南国太平記　上

直木三十五

角川文庫
20648

南国太平記　上　目次

呪殺変

一ノ一

高い、梢《こずえ》の落葉は、早朝の微風と、和《なご》やかな陽光とを、健康そうに喜んでいたが、鬱々《うつうつ》とした大木、老樹の下蔭《したかげ》は薄暗くて、密生した灌木《かんぼく》と、雑草とが、まだ濡れていた。樵夫猟師《きこりりようし》でさえ、時々にしか通らない細い径《みち》は、草の中から、ほんの少しのあか土を見せているだけで、両側から枝が、草が、人の胸へまでも、頭へまでも、からかいかかるくらいに延びていた。

その細径《ほそみち》の、灌木の上へ、草の上へ、陣笠《じんがさ》を、肩を、見せたり、隠したりしながら、二人の人が、登って行った。陣笠は裏金《うらきん》だから士分であろう。前へ行くその人は、六十近い白髯《はくぜん》の人で、後方のは供人であろうか？　肩から紐《ひも》で、木箱を腰に垂れていた。二人とも、白い下着の上に黄麻《きあさ》を重ね、裾《すそ》を端折《はしよ》って、紺脚絆《こんきやはん》だ。

老人は、長い杖《つえ》で左右の草を、掻《か》き分けたり、たたいたり、撫《な》でたり、供の人も、同じように、草の中を注意しながら、登って行った。

老人は、島津《しまづ》家《け》の兵道家《へいどうか》、加治木玄白斎《かじきげんぱくさい》で、供はその高弟の和田仁十郎《わだじんじゅうろう》だ。博士王仁《はくしわに》がもたらした「軍勝図《ぐんしょうず》」が大江家《おおえけ》から、源家《げんけ》へ伝えられたが、それを秘伝しているのが源家の末の島津家で、玄白斎は、その秘法を会得《えとく》している人であった。

口伝玄秘《くでんげんぴ》の術として、明かになっていないが、医術と、祈禱《きとう》とを基礎とした呪詛《じゅそ》、調伏術《ちょうぶくじゅつ》の一種であった。だからその修道者《すどうしゃ》として、薬学の心得のあった玄白斎は、島津重豪《しげひで》が、薬草園を開き、蘭方医《らんぽうい》戸塚静海《とつかせいかい》を、藩医員として迎え、ヨーンストンの「阿蘭陀本草和解《オランダほんぞうわげ》」、「薬海鏡《やっかいきょう》原《げん》」などが訳されるようになると、薬草に興味をもっていて、隠居をしてから五、六年、初夏から秋へかけて、いつも山野へ分け入っていた。

行手の草が揺らいで、足音がした。玄白斎は、杖を止めて立ち止まった。仁十郎も、警戒した。現れたのは猟師で、鉄砲を引きずるように持ち、小脇に、重そうな獲物を抱えていた。猟師が二人を見て、ちらっと上げた眼は、赤くて悲しそうだった。そして、小脇の獣には首が無かった。疵口《きずぐち》には、血が赤黒く凝固《ぎょうこ》し、毛も血で固まっていた。猟師は、ちょっと立ち止まって、二人に道を譲って、御辞儀《おじぎ》をした。玄白斎は、その首のない獣と、猟師の眼とに、不審を感じて「それは？」と、聞いた。猟師は、伏目で、悲しそうに獣を眺《なが》めてから、

「わしの犬でがすよ」

「犬が——なんとして、首がないのか？」

猟師は、草叢《くさむら》へ鉄砲を下ろして、その側へ首の切り取られた犬を置いた。犬は、脚を縮めて、ミイラのごとくかたくなってころがった。疵《きず》は頸《くび》にだけでなく、胸まで切り裂かれてあった。

「どこの奴《やつ》だか、ひどいことをするでねえか、御侍様《おさむらいさま》、昨夜方《ゆうべがた》、そこの岩んとこで、焚火《たきび》をする奴があっての、こいつが見つけて吠《ほ》えて行ったまま戻って来ねえで——」

猟師は、うつむいて涙声になった。

「長い間、忠義にしてくれた犬だもんだから、庭へでも埋めてやりてえと、こうして持って戻りますところだよ」

玄白斎は、じっと、犬を眺めていたが、

「よく葬《ほうむ》ってやるがよい」

玄白斎は、仁十郎に目配せして、また、草叢をたたきながら歩き出した。

「気をつけて行かっし——天狗様かもしれねえ」

猟師は、草の中に手をついて、二人に御辞儀《おじぎ》をした。

一ノ二

細径は、急ではないが、登りになった。玄白斎はうつむいて、杖を力に、——だが、目だけは、左右の草叢に、そそがれていた。小一町登ると、左手に蒼空《あおぞら》が、果てしなく拡がって、杉の老幹が矗々《ちくちく》と聳《そび》えていた。そこは狭いが、平地があって、谷間へ突き出した岩が、うずくまっていた。

大きく呼吸をして、玄白斎は、腰を延ばすと、杉の間から藍碧《らんぺき》に展開している鹿児島《かごしま》湾へ、微笑して、

「よい景色だ」

と、岩へ近づいた。そして、海を見てから岩へ眼を落とすと、すぐ微笑を消して、岩と岩の周囲《まわり》を眺め廻した。

「焚火を、しよりましたのう」

仁十郎が、こういったのに答えないで、岩の下に落ちている焚木の片《きれ》を拾う。

「和田——乳木《ちちぎ》であろう」

と、差し出した。和田は手にとって、すぐ、

「桑《くわ》でございますな」

乳木とは、折って乳液の出る、桑とか、柏《かしわ》とかを兵道家の方で称するのであった。

玄白斎は、岩へ、顔を押し当てるようにして、岩から、何かの匂いを嗅《か》いでいたが、

「和田、嗅いでみい」

仁十郎は、身体を岩の上へ曲げて、しばらく、鼻を押しつけていたが、

「蘇合香《そごうこう》？」

と玄白斎へ、振り向いた。玄白斎は、ちがった方向の岩上を、指でこすって、指を鼻へ当てて、

「竜脳《りゅうのう》の香もする」

和田は、すぐ、その方へ廻って鼻をつけて、

「そう、竜脳」

と、答えた。

「これは塩だ」

玄白斎は、白い粉を、岩の上へ、指先でこすりつけていた。仁十郎は、谷間へのぞんだ方の岩の下をのぞいていたが、急に、身体を曲げて、手を延ばした。そして、何かをつまみ上げて、玄白斎へ示しながら、

「先生、蛇の皮が――」

と、大きい声をした。玄白斎は、険《けわ》しい眼をして、

「人髪は？」

仁十郎は、あたりを探して、

「髪の毛はないか」

二人は、向き合って、しばらくだまっていた。玄白斎は、焚火をしたため、黒く焼けている岩肌《いわはだ》を眺めていたが、

「和田、この岩の形は？」

「岩の形？」

「鈎召金剛炉《きんしょうこんごうろ》に似ているであろうがな」

和田は、ちらっと岩を見て、すぐ、その眼を玄白斎へ向けて、

「似ております」

と、答えた。

「牧《まき》は、江戸へ上ったのう」

「はい」

玄白斎は、眼を閉じて、しばらく考えていたが、

「阿毘遮魯迦法《あびしやろかほう》によって、忿怒焔曼徳迦明王《ふんぬえんまんとくかみようおう》を祭った、人命調伏じゃ、この法を知る者は、牧のほかにない」

呟《つぶや》くようにいったが、その眼は、和田を、鋭く睨《にら》んでいた。和田は、自分がとがめられているように感じて、面を伏せると、

「この品々を、拾って――」

玄白斎は、岩の上の木片、蛇皮を顎《あご》で差した。和田が拾っていると、

「他言無用だぞ」と、やさしくいった。そのとたん――下の方で、それは、人の声とも思えぬような凄《すさま》じい悲鳴が起こってすぐ止んだ。

一ノ三

二人とも、ちらっと、眼を合せて、すぐ、全身を耳にして、もう一度聞こうとした。なんのための叫びか、もう一度聞こえたなら、判断しようとした。しばらく、黙って突っ立っていた二人は、もう一度眼を合せると、和田が、

「斬られた声でしょうな」

玄白斎は、答えないで、下の方へ歩き出した。

「四辺《あたり》に気を配って——油断してはならん」

玄白斎は、脚下の岩角を、たどたどと踏みつつ、和田に注意した。

「今のは猟師でしょうか」

「そうかもしれぬ」

二人の足音と衣《きぬ》ずれのほか、なんの物音もない深山であった。あんな大きい、凄い悲鳴が起ころうとは神も思えないくらいに、静かであった。

二人は、声がしたらしいと考えた場所へ近づくと、歩みを止めて、四方を眺めた。そして、小声で玄白斎が、

「この辺と思うが——」

と、振り返ると、

「探しましょう」

和田は、肩から掛けていた薬草の採取箱をおろそうとした。

「下手人が、まだ、うろついておろうかもしれぬ。用心して——」

和田の置いた箱のところへ杖を立てて、玄白斎は草のそよぎ、梢の風にも、注意した。和田は、杖で草を、枝を分けながら、薄暗い木の下蔭へ入って行った。玄白斎は、

「径《みち》から、あまり遠いところではあるまい」

と、背後から、声をかけた。和田は、小径を中心に、左右の草叢《くさむら》へ、森の中へ、出たり入ったりしていたが、しばらく、身体《からだ》が見えなくなると、

「先生、先刻の猟師です」

落ちついた大声が、小半町先の草の中から起こった。そして、草を揺るがして、陣笠が、肩が――和田が、小走りに戻《もど》って来た。

二人が、小径から覗《のぞ》くと、背の着物だけが少し見えていた。近づくと、虫が、飛び立った。死体は草の間にうつ伏せになって、木の間からの陽光が斑《まだら》に当っていた。

着物が肩から背へかけて切り裂かれて、疵口が惨《むご》たらしく、赤黒い口を開けていた。肉が、左右へ縮んでしまって肩の骨が白く見えていた。着物も、頸《くび》も、下の草も、赤黒く染まって、疵口には虻《あぶ》が止まって動かなかった。

「犬に、鉄砲は？」

玄白斎は、髻《もとどり》と、顎《あご》とを摑《つか》んで、猟師の顔を検《あらた》めてから立ち上って、和田にいった。

「径から、ここへ逃げ込んだのだから――」

和田は、径の方を見て、二、三歩行くと、

「この辺に――」

と、呟いて、左右の草叢を、杖で、掻き分けた。

玄白斎は、杖の先で、着物を押し拡げ、疵口を眺めて、血糊《ちのり》を杖の先につけていた。和田が、

「見つかりました」

と、径に近い草の中から、こっちを見た。

「血が、十分に凝固《かたま》っていぬところを見ると、斬って間もないが――一刀で、往生しとる。よ

ほどの手利きらしい」

玄白斎は、独り言のように、和田を見ながら呟いて、和田が、

「下手人は、まだ遠くへ走ってはおりますまい、探しましょうかの」

と、いうと、

「見つけたとて、捕えられる対手《あいて》ではあるまい」

そういった玄白斎の眼は、唇《くちびる》は、決心と、判断とに、鋭く輝き、結ばれていた。

一ノ四

島津家に伝えられている呪詛《じゅそ》の術は、治国平天下への一秘法であって、大悲《だいひ》、大慈《だいじ》の仏心によるものであった。私怨《しえん》をもって、一人二人の人を殺す調伏は、呪道《じゅどう》の邪道であり、効験の無いものである。たとえば一人の敵将を呪《のろ》い殺すということは、正義の味方を勝たしめることで——それは、一国一藩が救われ、ひいては天下のためになることで——つまり小の虫を殺して、大の虫を助ける、というのが調伏の根本精神であった。

だから、術者は、ほかに憤怒《ふんぬ》の形を作り、残虐な生犠《いけにえ》を神仏に供し、自分の命をさえ、仏に捧《ささ》げて祈りはしたが、それは、その調伏を成就《じょうじゅ》して、多数の人々が幸福になれば、生犠は仏に化すという決心と信念とからであった。

そして、その信念は、完全に、精神を昂揚《こうよう》し、普通の精神活動以上の不思議さを、常に示した。それは、小さい怨《うら》みとか、怒りでは到達のできない信念で、正義に立たなければ現れない

ものであった。

　そうして、加治木玄白斎にしても、代々の兵道家にしても、長い、大きい、深い、苦痛と、修練をして、その秘術を会得《えとく》するのであったから、その智恵、知識、人格から見ても、一人の人に私怨をもって、調伏を行うような愚かな人間ではなかった。そんな人間では、修行のしきれる呪術ではなかった。

「薬草取りは？」

　玄白斎が戻り道の方へ歩きかけたので、和田がこう声をかけると、

「やめた――戻ろう」

と、玄白斎は答えて、もう、左右の草叢へは、なんの注意もしないでうつむきがちに、足早に歩き出した。和田は玄白斎の心がわからないらしく、忠実に、草の中の薬草の有無を、杖の先で探しながら黙ってついて行った。

　だんだん木が疎《まば》らになって、木床峠《きどことうげ》へ出る往来が近くなった。右手の前方に、桜島《さくらじま》が、朗らかな初夏の空に、ゆるやかに煙をあげていた。

「仁十」

「はい」

　玄白斎は、こういったまま、また、しばらく黙っていた。

「先生――なにか？」

「うむ――ことによると、のう」

何を考えているのか、玄白斎は、なかなか語り出さなかった。

「何か大事でも――」

「うむ、容易ならぬ企てがあると、わしは思うが」

と、いって、突然、振り向いて、

「近々、牧に逢《あ》ったかの」

「いっこうに――」

「噂《うわさ》をきかぬか」

「ただ、江戸へまいられました、とそれだけより存じません」

牧仲太郎《まきなかたろう》とは、玄白斎の後継者で、牧に職を譲って、玄白斎は、隠居をしているのであった。

「もしか、牧が――」

玄白斎が、呟いた。

「牧どんが？」

「いいや――」

玄白斎は、首を振って、

「今日のことは、和田、極秘じゃ」

街道へ出てからも、玄白斎は、考えながら歩いているらしく、いつものように、左を見、右を見しなかった。和田はたいていの雨にも、道にも、薬草採りをやめない老師が、急に帰るのを考えると、何か、大変なことが起こっているように感じられた。

一ノ五

(牧よりほかにあの秘法を行う人間はないはずだ——牧の仕業《しわざ》としたなら——なんのために——誰を——)

玄白斎は、険路《けんろ》も、汗も感じないで、考えつづけた。

(もし、自分の考えが、当っていたとしたなら——島津家の興廃にかかわる——)

玄白斎の考えは、次のようなことであった。

当主斉興《なりおき》の祖父、島津重豪《しげひで》は、英傑にちがいなかった。彼はシーボルトが来ると、第一に訪問した。それから、大崎村《おおさきむら》に薬草園を作ったし、演武館《えんぶかん》、造士館《ぞうしかん》、医学院《いがくいん》、明時館の設立、それによって、南国偏僻《なんごくへんぺき》の鹿児島が、どんなに進歩したか?

彼自らは「琉球産物誌《りゅうきゅうさんぶつし》」「南山俗語考《なんざんぞくごこう》」「成形図説《せいけいずせつ》」を著し、洋学者を招聘《しょうへい》し、鹿児島の文化に、新彩を放たしめたが、しかし、それはことごとく、多大の金のかかることであった。

また重豪は、御国風《おくにふう》の蛮風を嫌って、鹿児島に遊廓《ゆうかく》を開き、吉原《よしわら》の大門を、模倣《もほう》して立てた。洋館を作った。洋物を買った。そうして、最後に、彼の手元には、小判はおろか、二朱金一つしかないことさえできるようになってしまった。

士は、鍔《つば》を売り、女は、簪《かんざし》を売って献金し、十三か月にわたって、食禄が頂戴できないまでに窮乏《きゅうぼう》してしまった。そして、彼は隠居をした。

次代の斉宣《なりのぶ》も、士分も、人民も、この重豪の船来好みによって、苦難したことを忘れることができなかった。だから、斉宣は、秩父太郎季保《ちちぶたろうすえやす》を登用して極端な緊縮政策を行った。しかし隠居しても、闊達《かったつ》な重豪は、自分への面当《つらあて》のようなこの政策に、激怒した。そしてただちに、秩父を切腹させ、斉宣を隠居させ、斉興を当主に立てた。

斉興は、茶坊主《ちゃぼうず》笑悦《しょうえつ》を、調所《ずしょ》笑左衛門《しょうざえもん》と改名させて登用し、彼の献策によって、黒砂糖の専売、琉球《りゅうきゅう》を介しての密貿易を行って、極度の藩財政の疲弊《ひへい》を、あざやかに回復させた。

しかし積極政策では、重豪と同じ斉興ではあったが、大の攘夷派《じょういは》で、したがって極端な洋学嫌いであった。尊王派《そんのうは》の頭領として、家来が、

「西の丸、御炎上致しました」と、いった時、

「馬鹿、炎上とは、御所か、伊勢神宮の火事を申すのだ。ただ焼けたと申せ」

と、怒鳴る人であった。家来が恐縮しながら、

「つきましては、何かお見舞献上を——」

「献上? 献上とは、京都御所への言葉だ。まだわからぬか此奴《こやつ》。なんでもよい、見舞をくれてやれ」

ペルリが来た時、江戸中は、避難の荷物を造って騒いだ。その時、三田《みた》の薩摩邸《さつまてい》は、徹宵《てっしょう》、能楽の鼓を打っていた。翌日、門に大きい膏薬《こうやく》が貼ってあるので、剝《は》がすと、黒々と「天下の大出来物」と書いてあった。

斉彬《なりあきら》は、この父の子であった。だが、幼少から重豪に育てられて、洋学好みの上に、開国論者であった。そして、自然の情として、父斉興とは、親しみが淡《うす》かった。その上に、幕府は、

斉彬を登用して、対外問題に当らせようとして、斉興の隠居を望んでいた。斉興が斉彬をよく思わないのは、当然である。

そして、斉興も、家中の人々も、斉彬が当主になっては、また重豪の轍《てつ》を踏むであろうと、憂慮した。木曾《きそ》川治水の怨みを幕府へもっている人々は、幕府が斉彬を利用して、せっかくの金をまた使わせるのだとも考えた。

そうして、斉彬の生母は死し、斉興の愛するお由羅《ゆら》が、その寵《ちょう》を一身に集めていた。そして、お由羅の生んだ久光《ひさみつ》は、聡明な子の上に、斉興の手元で育てられた。

（斉彬を廃して、久光を立つべし）

それは、斉彬の近侍のほか、薩摩大半の人々の輿論《よろん》であった。玄白斎は考えた。

（斉彬を調伏して、藩を救う――しかし――）

老人は、山路を、黙々として、麓《ふもと》へ急いだ。

一ノ六

黙々として歩いていた玄白斎が、突然、

「和田」

と、呼んで立ち止まった。和田が、解《げ》しかねる玄白斎の態度を、いろいろに考えていた時であったから、ぎょっとして、

「はい」

と、あわてて、返事をして、玄白斎の眼を見ると、

「その辺に、馬があるか、探してのう」

こういいながら、腰の袋から、銭を出して、

「ひとっ走り、急いで戻ってくれぬか」

和田は、何か玄白斎が、非常の事を考えているにちがいない、と思うと、ほんの少しでもいいから、それが、どんなことだか、知りたかった。それさえわかれば、自分にも多少の智恵もあり、判断もつくと思った。それで、

「御用向きは？」

「千田、中村、斎木《さいき》、貴島《きじま》、この四人の在否を聞いてもらいたい――おったら、それでよい。もしおらなんだ節は――」

玄白斎は、髯《ひげ》をしごきながら、

「いつごろからおらぬか？――どこへ行ったか？　誰と行ったか？　それから、便りの有無――よいか、いつ、誰と、どこへ行ったか？　便りがあったと申したなら、いつ、どこから、と、これだけのことを聞いて――」

玄白斎は小首を傾けてまだ何か考えていたが、

「一人も、もし、おらなんだら、高木へ廻って、高木を邸《やしき》に呼んでおけ。それから」

玄白斎は、和田の眼をじっと見ながら、

「何気なく、遊びに行ったという風で、聞きに行かんといかん」

玄白斎は、こういって、静かに左右を見た。そして、低い声で
「牧は斉彬公を調伏しておろうもしれぬ」

和田は、口の中で、はっといったまま、うなずいた。

「わしの推察が当って、もし、貴島、斎木らが四人ともおらなかったなら、一刻も猶予《ゆうよ》ならん。すぐに延命の修法《ずほう》だ」

「はい」

「斉彬公の御所業の善悪はとにかく、臣として君を呪殺《じゅさつ》することは、兵道家として、不逞《ふてい》、不忠の極じゃ。君の悪業を諫《いさ》めるには、別に道がある。もし、牧が軍勝の秘呪をもって、君を調伏しておるとすれば、許してはおけぬし、左《さ》はなくとも、秘法を行っている上は、なんのために行っておるか、聞きたださぬと、わしの手落になる」

和田は、玄白斎の考えていたことが、すっかり判った。そして、わかった以上、すぐに、命ぜられた役を、できるだけ早く果したいと、気が、急《せ》いてきた。それで、大きく、幾度もうなずいて、

「それでは、ひと走りして。谷山には、馬がござりましょうから――」

「わしも急ぐ――」

和田は、木箱を押えて、

「お先に」と、いうと、

「箱を――」

と、玄白斎は、手を出した。

「はっ——おそれいります」

和田は、急いで採取箱を肩から卸《おろ》して、手渡すと、一礼して走り出した。土煙が、和田と一緒に走り出した。

一ノ七

芝野《しばの》の百姓小屋が、点々として見えてきた。和田仁十郎は、肌着をべっとりと背へくっつけ、汗を拭き拭き、小走りに、

（馬——馬）と思いながら、馬の動きを、馬の影を求めていた。一刻も早く急ぎたかったし、暑かったし、心臓も、呼吸も、足も、

（早く、馬を）と、求めていた。土埃《つちぼこり》が、額へまで、こびりついた。

「この辺に馬がないか」

雑貨を売る店へ怒鳴って立ち止まった。

「馬？」

と、店先にいた汚ない女が、首を振って、

「谷山まで、ござらっしゃらぬと、この辺には、無いですよ」

「すまぬが、水を一杯」

仁十郎は、肩で呼吸をしながら、ようようこれだけいった。

「水なら——たんと——」

女は、薄暗い勝手から、桶をさげてきた。和田の前へ置いて、容器《うつわ》を取りに入った。和田は、身体を曲げると手で掬《すく》って、つづけざまに飲んだ。女が、茶碗《ちゃわん》を持って、小走りに来ると「かたじけない」と、投げつけるようにいって、もう、熱い陽の下へ出ていた。

暑い、このころの陽の下を旅する人は少ないから、戻り馬も通らなかった。和田は、俯向《うつむ》いて、口を開きながら、肩を歪《ゆが》めて、苦しそうに、小走りに走りつづけた。谷山の村へ入って、茶店へ来たが、いつも茶店の脇の、大きい欅《けやき》の木の下に、一疋《ぴき》ずついる馬が、一疋も見えないので、欅の下蔭は、淋しかった。

(出払いかしら)と、思うと、失望と、怒りを感じて、

「婆《ばあ》さん」

と、茶店の奥へ怒鳴った。

「馬は?」

「馬かえ」

婆《ばば》は、いつも、馬のいるところに、影が無いから聞かずともわかっていそうなものだ、というような態度で、

「おりましねえが」

「馬子は?」

「馬子も、おりましねえ」

和田は、この婆が、意地悪く、馬を皆、隠したように感じた。

「急用だに――」

「そのうちに、戻りましょう」

和田は、渇《かつ》と、疲れに耐えられなくなって、腰をかけた。

「水を一杯」

「水は悪うござるよ。熱い茶の方が――」

「水でよい」

竈《かまど》のところから、爺《おやじ》が、顔を出して、

「つい、今し方まで、四、五疋遊んでおりやしたがのう。御武家が四人、急ぐからと――つい今し方、乗って行かっしゃりましたよ。ほんの一足ちがいで、旦那《だんな》」

「どこかに、爺――野良馬でも、工面《くめん》つくまいか」

「さあ――婆さん、松のところの馬は、走るかのう」

和田は（走らぬ馬があるか、気の長い）と、じりじりして来た。

一ノ八

人通りのない、灼熱《しゃくねつ》した街道に、かつかつ反響させて、小走りに馬が、近づいて来た。誰か、乗っているにちがいなかったが、和田は、町人か、百姓なら、話をして、借りて行こうと、疲れた腰を上げて、葭簾《よしず》の外へ、一歩出た。

「先生」

玄白斎が、木箱をがたがたさせながら、半分裸の馬子を、馬側に走らせて、近づいて来た。

「馬がないか」

「一疋も、ござりませぬ」

「馬子」

馬子は、呼吸を切らして、玄白斎を、見上げただけであった。

「もう一疋、都合つかぬか」

馬も、馬子も、茶店の前で止まった。馬子は、胸を、顔を急がしく拭いて、

「爺さん、四疋とも、行ったかえ」

「四疋とも、行ったよ」

「旦那、ここには、四疋しかおりませんのでのう」

和田は、馬側へ近づいて、

「一足ちがいで、家中の者が、四人で――」

と、まで言うと、

「今か――」

玄白斎が、大きい声をして、和田を鋭く見た。和田は玄白斎のそうした眼を見ると同時に、

(そうだ。猟師を殺して、一足ちがいに)そう感じると、すぐ、

「爺――その内の一人に、背の高い、禿《は》げ上った額の、年齢三十七、八の侍はおらなんだか

の」

　玄白斎は、手綱を控えたまま茶店を覗《のぞ》き込んでいた。

「額の禿げ上った、背の高い？　婆さん、あの長い刀の御武家の背が、高かったのう」

「一番えらいらしい――」

　婆は、首を振って、仁十郎を、じっと見て、

「けれど、四十を越していなさったが――」

　玄白斎が、

「そのほかのは、三十前後ではなかったか？」

「はい、お一人だけは、二十八、九――」

「それは、少し肥《ふと》った――」

「はいはい、小肥りの、愛嬌《あいきょう》のある――」

　玄白斎は、

「馬子っ」

　と、叫んだ。馬子は、

「へっ」

　と、返事をして、茶店の中から、あわてて飛び出した。

「それが取計らう」

　玄白斎は、和田を、顎《あご》でさした。そして、和田へ、

「馬子に手当をしてやれ、わしは、彼奴《きやつ》を追うから、都合して、すぐ、続け」

半分は、馬が、歩み出してからであった。馬子が、

「旦那っ」

と、叫んで、馬の口を取ろうとするのを、和田が引き戻した。玄白斎は、手綱を捌《さば》いて、馬を走らしかけた。

「いけねえ、旦那っ」

「手当は、取らすと申すに」

和田は、力任せに、馬子の腕を引いた。

二ノ一

人々の立ち去った足音、最後の衣《きぬ》ずれが、聞えなくなった瞬間——邸が、部屋が、急に、しーんとした。

それは、いつも感じたことのない凄さと、不気味さとを含んだ、ちょうど、真暗な、墓穴の中にいるような、凄い静かさであった。七瀬《ななせ》は、肌をぞっとさせ、頭の中へ不吉なことや、恐ろしい空想を、ちらっとさせた。

(何を、怯《おじ》けて——)と、自分を叱って、すぐ膝《ひざ》の前に、よく眠入《ねい》っている、斉彬の三男、寛《かん》之助《のすけ》の眼を、じっと眺めた。

新しい蒲団《ふとん》を三重にして、舶来《はくらい》の緋毛布《ひもうふ》に包まれて、熱の下らない、艶々《つやつや》と、紅《あか》く光る頬《ほお》を

した四歳になる寛之助は、睫毛《まつげ》も動かさないで、眠入っている。七瀬が耳を寄せると、少し開いた口から、柔かな、穏かな呼吸が聞えた。（この分なら――）と、微笑して、身体を引くと、また、あまりの静かさが気にかかった。その静かさに、それから自分の臆病《おくびょう》さに、反抗するように、わざと灯の影の暗い天井を仰いだ。暗い、高い天井を、じっと視《み》つめていると、じりっと、下がって来るように感じたが、睨《にら》むと、なんでもなかったし、屏風《びょうぶ》の蔭から、誰かが顔を出しそうなので、じっと眺めていたが、何も出て来なかった。

（なぜ、今夜にかぎって、こんなことが気にかかるのか？　大事な役を勤めておりながら、なんという臆病な――）

と自分を励ましたが――そう思う次の瞬間に、後方の襖《ふすま》の中から、鬼のような、化物のような奴がこっちを見ているような気がした。

左右の次の間には、典医《てんい》と、侍女と、宿直の人々とがいたが、物音も、話声もしなかった。

寛之助の母の英姫《ひでひめ》は、寛之助が安眠したのと、斉彬がまだ起きているので、その部屋の方へ行った。英姫が、去ると、蘭方医《らんぽうい》の寺島宗英《てらじまむねひで》も、漢方医の延樹方庵《えんじゆほうあん》も、控えの間に退《さが》ってしまった。そして、徹夜をして詰めていた侍女が交代に出て、近侍も、七瀬《ななせ》に頼んで休憩に下がるし――それらの人々は、次の間か、遠くないところにいるにちがいないのだが、物音一つしない静かさで、七瀬一人が灯影《ほかげ》のゆらぐ下に坐っていた。

長男の菊三郎《きくさぶろう》は、生れて一か月目に死んだので、誰も気がつかなかったが、澄姫《すみひめ》と、邦姫《くにひめ》の二人は、三歳と、四歳になって、原因不明の病で死んだから、人々の記憶には、十分残っていた。

この二人の死ぬ前の症状と、寛之助の近ごろとが、よく似ているのであった。時々、熱を出して、よく怯《おび》えて——この十日ほど前から眠入っていても、出し抜けに泣いたり、眼の中いっぱいに、恐怖の色をみせて、小さい掌《てのひら》に汗を出していたり、

「怖《こわ》いっ」

と、泣いて、飛び起きたり——それは、前の二人の時も医者が、

「御弱い上に、熱が高いと、恐ろしい夢をよく見ます」

と、いったが、斉彬の近侍の二、三は、

「しかし——」

と、いって、うつむいて、何か考えていた。七瀬は、その人々の言葉を思い出して、

「調伏？——」

と、ちらっと、考えた時、ぴーんと、木の裂ける音が、七瀬の心臓を、どきんとさせた。

二ノ二

七瀬は、裁許掛見習《さいきょがかりみならい》、仙波《せんば》八郎太《はちろうた》の妻であった。そして斉彬の正室、英姫の侍女でもあった。誠実で聡明で、沈着であったから、寛之助の病の、悪化してくるとともに、その看護を仰せつけられたのであった。

「どうも可怪《おか》しい、何か、悪い企みがあるのではないか」

と、いう疑いが、まず、お目付兼物頭《めつけけんものがしら》、名越左源太《なごやさげんた》から起こされた。澄姫が、亡くなった時にも、熱がつづいて、医者は、首を振るだけで、

「さあ――」

と、臆病そうな目を上げるだけであったが、今度も、病状がわからなかった。澄姫は、死ぬ少し前から、小さい、瘦《や》せた手を、出し抜けに、蒲団の中から出して、誰かに縋《すが》りを求めながら、

「怖いっ、怖いっ」

と、絶叫した。身体が、がたがた顫《ふる》えて、瞳孔《どうこう》が大きく据《す》わってしまって、いじらしいほど、恐怖の怯《おび》えを眼にたたえながら、侍女へ抱きついて、顔を、その懐へ差し込んだ。

「夢でございますよ――何も、おりませぬ」

と、侍女は、怯えている澄姫を、正気にしようとしたが、澄姫は、がくがく顫《ふる》えて、しがみついたままであった。

英姫は、あまり、いじらしいので、自分が夜を徹して、澄姫の枕許にいたが、澄姫は、だんだん、夜になるだけにでも、怖《おそ》れだしてきた。昼間の、陽の明るいおり、

「寝てから、何を、見るの？」

と、聞くと、それだけでさえ、もう、顔色を変えて、

「鬼――」

と、答えると、それ以上のことは、怖ろしくて説明もできないようであった。そして、だん

だん衰弱して行った。

左源太は、その澄姫の死を想い出すと、可愛盛りの寛之助を捨てておけなかった。もう一度、あの恐怖に怯えさせるか、と思うと、斉彬の冷淡さに、腹が立ってきた。

「寛之助様は、はかばかしゅうござりませぬが」

と、いうと、斉彬は、ホンフランドの「三兵話法《さんぺいわほう》」を、読みながら、

「あれは、生来弱い」

「しかし、御病状が、異様でござります」

「病気のことは、医者に任せておけ」

「医者の手でおよばぬ――」

「なら、天命だ」

左源太は、それ以上、斉彬に言えなかったから、英姫に、

「よもやとは思いまするが、例のあること。油断せぬに、しくはござりませぬ。典医、侍女の方は、某《それがし》が、見張りますから、夜詰の人に、政岡《まさおか》ごとき女を――」

と、すすめて、そして、七瀬が、選ばれることになったのであった。病間夜詰と、きまった時、仙波八郎太は、

「寛之助様は御世継ぎじゃで、もしものことが、おありなされたら、ここの敷居《しきい》を跨《また》げると思うな」

と、言い渡した。小身者の仙波として、七瀬が首尾よく勤めたなら、出世の緒《いとぐち》をつかんだこ

となるし、他人に代った験《しるし》がなかったなら、面目として、女房を、そのままには捨て置けなかった。

「心して、勤めまする」

と、答えて来たが、夜の詰をして三日目の今夜は、いつになく、気が滅入《めい》って、どうしたのか、怯《おじ》け心が出て来た。

灯が、暗いようなので、心《しん》を切ろうと、じっと、灯を見つめながら、手を延ばそうとすると、部屋中が急に薄暗くなって、天井が、壁が、畳が、襖が、四方上下から、自分を包みに来るように感じた。

二ノ三

七瀬は、脚下《あしもと》から寒さに襲われた。はっとして、手を引くと、心を落ちつけようと、努力しながら、四方《あたり》を見廻した。

床の間には、重豪の編輯《へんしゅう》した「成形図説《せいけいずせつ》」の入った、大きい木の函《はこ》があったし、洋式鉄砲、香炉、掛物の万国地図。それから、棚《たな》には、呼遠筒《こえんとう》が、薄く光っていた。

誰かを呼びたい、ような気もしたが、自分の気の迷いで人を呼ぶのも恥ずかしかったから、心切りを持ち直して、燭台を見ると、前よりも薄暗いようであった。蠟燭《ろうそく》の灯が、妙に黄ばんでいて、部屋の中が、乳白色の、霧のようなもので、満たされているようであった。

(和子《わこ》は——)

と、寛之助を見ると、よく眠入っているし、その愛らしい睫毛《まつげ》さえ、はっきりとわかったから、安心して、部屋の異状を、見定めようとすると、その乳白色の空気が、薄暗い屏風《びょうぶ》の背後《うしろ》へ、流れ込むように動いていた。

七瀬は、蒼白《そうはく》になって、息をつめて、膝を握りながら、自分の恐怖心にまけまいと、それを、じっと眺めていると、霧の固まりが屏風の背後で、ぐるぐる廻りだしたように見えた。そして、屏風が、はっきりと眼に見えていながら、屏風の後方が、屏風を透《すか》して見えているように思えた。

(夢かしら？——夢ではない)と、思った瞬間——部屋の中が、急に、四方から狭《せば》められたように感じられてきて、畳が、四方の隅から、じりじりと、押し上ってくるように思えた。

七瀬の手は、いつの間にか、守り刀の袋へかかっていた。眼は恐怖に輝きながら、廻転している霧を、睨《にら》みつけていると、霧が気味悪い、青紫色にぎらぎらと光るようにも見えたし、光ったのは眼の迷いであるような——そして、自分の眼が、どうかしていると、じっと、眺めると、その霧の中に凄い眼が、それは、人間の眼であったが、悪魔の光を放っている眼であった。

「あっ」

と、叫んだが、声が出なかった。

(これが、寛之助様に——)と、思ったが、手も、足も、身体《からだ》も、動かなかった。急に、青紫色の光が、急速度で、廻転するとともに、その光る眼の周囲に、人の顔らしいものが現れたように感じた。痩せた、鋭い顔であった。

七瀬は、動かぬ手を、全身の力で動かそうとしながら、一念を込めて、

（こいつを、退散させたら――）と、全精神力を込めて、睨みつけた瞬間、寛之助が、

「ああっ」

と、叫んで、両手を、蒲団から突き出すと、顫《ふる》えたまま、左右へ振って、

「こわいっ――」

七瀬が、その声に、寛之助を眺めて、はっと胸を押えると、部屋は、前のように明るく、その灯の下で、寛之助が、汗をにじませて、恐怖に眼をいっぱいに開いているだけであった。

「和子様っ」

と、上から、抱くと、寛之助は、身体を、がたがた顫わせて、しっかりと抱きついた。七瀬の頰に触れた寛之助の額は、ただの熱でなく、熱かった。

長いようでもあったし、短いようでもあった。ほんの瞬間、疲れから、夢を見たような気もしたし、本当に、奇怪なことが起こったようにも思えたし――七瀬には、判断がつかなかった。ただ、鋭い眼だけは、頭の隅に閃《ひら》めいていた。

二ノ四

侍女が、つつましく、襖を開けるのさえ、もどかしかった。顔が見えると、すぐ、

「方庵《ほうあん》を――」

侍女は、立って入ろうとした。

「方庵を、早く——」

侍女は、七瀬の声と、顔が、ただでないのを見て、襖を閉《し》め残したまま、小走りに行った。

寛之助は、熱い額を、頰を、七瀬の肌へ押しつけて、しがみついていた。寝かせようと、下へ置こうとすると、咽喉《のど》の奥から叫んで、置かれまいとした。

「七瀬がおります。七瀬がおります」

背を軽く叩《たた》いて、顫える寛之助を、安心させようとしながら、七瀬は、眼の底、頭の隅に残っている今の幻像《げんぞう》が、誰かに似ていると考えた。だが、似ているその誰かが思い出せなかった。

抱き上げていて、風邪《かぜ》をひかしてはならぬと思ったので、寛之助がしがみついているまま、寝床の中へうつ伏せになって、毛布でくるんだ。

（あの物の怪《もののけ》に、おそわれなさるのかしら）

と、考えたが、そんなことが、あるはずでなかったし、自分の心の迷いから、幻に見たことを、迂闊《うかつ》に、人には話すこともできなかった。しかし、心の迷いにしては、あまりに明瞭《はっきり》と、幻の顔が残りすぎていた。

微《かす》かに、足音がつづいて襖が開いた。方庵と、左源太と奥小姓《おくこしょうの》野村伝之丞《むらでんのじょう》とが、入って来た。

三人とも、七瀬が、寛之助の熱を出させたように、睨みつけて、枕辺《まくらべ》に坐ると、

「何かに、おびえなされまして、急に、お目ざめになるとこのお熱で——」

方庵が、額へ手を当てた。

七瀬が、身を引こうとすると、

「こわいっ、いやっ——」

寛之助が、烈《はげ》しく、身体を悶《もだ》えて、小さい拳《こぶし》をふるわせつつ、七瀬の襟《えり》をつかんだ。

「左源太が、ぶった斬ってやりましょう。左源太は、鬼でも化物《ばけもの》でも、ぶった斬りますぞ、若」

寛之助は、顔を埋めたまま、いやいやをした。

「よほど、おびえていなさる」

と、伝之丞が呟いた。

「方庵、澄姫《すみひめ》様の時と、同じであろうが——」

「うむ、気から出る熱らしいが——」

方庵は、寛之助の脈を取って、

「宗英も、わからんといいおったが——」

「七瀬——なんぞ、異状なかったか？」

七瀬は、黙って左源太を見た。異変すぎた異変を見たが、それを見たといっていいか——本当に見たのか、夢を見たのか？　それさえ明瞭《はっきり》しないことをいいもできなかった。

「異状は、ござりませぬが——」

と、いった時、さっき見た幻の顔が、島津家兵道《へいどう》の秘法を司《つかさど》っている牧仲太郎《まきなかたろう》に似ているように思えた。ただ、牧は、もっと若かった。

（調伏——もしかしたなら）

七瀬は、こう感じると、冷たい手で、身体を逆撫《さかな》でされたように、肌を寒くした。

「若、何を御覧なされますな。左源太が、追っ払ってくれましょう。どっちから？——あっちから？」

と、寛之助の顔をのぞき込むと、左源太の指さしている方を、ちらっと見てうなずいた。左源太の指は、屏風の方を指していた。七瀬は、もう一度、頭の心から冷たくなってしまった。

三ノ一
「頼むえ」

お由羅《ゆら》が、こういって、一間へ入ってしまうと、手をついていた侍女たちが、頭を上げて、二人が、襖のところへ、三人が、廊下の入口へ、ぴたりと坐った。そして懐剣《かいけん》の紐を解《と》いた。

お由羅が入ると、青い衣をつけた、三十余りの侍が、部屋の隅から、御辞儀をして、

「用意、ととのうております」

部屋の真中に、六、七尺幅の、三角形の護摩壇《ごまだん》が設けられてあった。壇上三門《だんじょうさんもん》と称されている、その隅々に香炉が置かれ、茅草《ちぐさ》を布《し》いた坐るところの右に百八本の護摩木《ごまぼく》——油浸しにした乳木《ちぎ》と、段木《だんぎ》とが置かれてあった。

お由羅が、壇の前へ跪《ひざまず》いて、しばらく合掌してから立ち上ると、その男が、黒い衣を、背後《うしろ》から着せた。お由羅は、壇上へ上って、蹲踞坐《そんきよざ》と呼ばれている坐り方——左足の大指を右足の大指の上へ重ねる坐り方をして、炉の中へ、乳木と段木とを、積み重ねた。そして、左手に金《こん》

剛杵《こうしょ》を持ち、首へ数珠《じゅず》をかけてから、炉の中の灰を、右手の指で、額へ塗りつけた。

侍は、付木から、護摩木へ、火を移すと、お由羅は、白芥子《しろげし》と塩とを混《こん》じたものを、その上へふりかけた。小さくはぜる音がした。火花がとんで、すぐ燃え上った。

侍は、一礼して退くと、索縄《さくじょう》と、阜《ふ》とをもって、お由羅の坐っている壇の下、後方へ、同じように指を重ねて坐った。そして、低い声で

「東方阿閦如来《とうほうあしゅくにょらい》、金剛忿怒尊《こんごうふんぬそん》、赤身大力明王《しゃくしんだいりきみょうおう》、穢迹忿怒明王《えじゃくふんどみょうおう》、月輪中《げつりんちゅう》に、結跏趺坐《けっかふざ》して、円光《えんこう》魏々《ぎぎ》、悪神を摧滅《さいめつ》す。願わくは、閻吒羅火《えんたらか》、謨賀那火《ぼかなか》、邪悪心、邪悪人を燃尽《ねんじん》して、円明《えんみょう》の智《ち》火を、虚空界《こくうかい》に充満せしめたまえ」

と、祈りだした。

寛之助の病平癒《へいゆ》の祈禱《きとう》をするといって、この護摩壇を設けたのであったが、三角の鈞召火炉《きんしょうかろ》は、調伏の護摩壇であった。今、祈った仏は、呪詛の仏であった。

壇上の品々――人髪、人骨、人血、蛇皮《じゃび》、肝《きも》、鼠の毛、猪《いのしし》の糞、牛の頭、牛の血、丁子《ちょうじ》、白《びゃく》檀《だん》、蘇合香《そごうこう》、毒薬などというものは、人を呪い殺すために、火に投じる生犠《いけにえ》の形であった。

黒煙が、薄く立ち昇ると、お由羅は、次々に護摩木を投げ入れ、塩をふりかけ、水をそそいだ。煙は、濛々《もうもう》として、生物のように、天井へ突撃し、柱、襖を這い上って、渦巻きをおろしてくると、炉の中の火が、燃え上って、部屋の中が、明るくなった。

お由羅は、しばらく眼を閉じて、何か念じていたが、

「南無、金剛忿怒尊、御尊体より、青光を発して、寛之助の命をちぢめたまえ」

と、早口に、低く――だが、力強くいって、

「相は？」

と、叫んだ。と同時に、侍が、

「蛇頭形《じゃとうけい》」と叫んだ。火炉の中の火焔《かえん》は、蛇の頭の形をしていた。槍形、牙形というように、焔《ほのお》の形によって判断するのが、調伏法の一つであった。

お由羅は、また、眼を閉じて、護摩木を投げ入れ、毒薬と丁子《ちょうじ》をそそぎかけて、

「色は？」

と、叫んだ。

「黒赤色」

赤黒い、凄さを含んだ火焔が、ぱっと立っていた。

「声は？」

「悪声」

それは焔の音を判じるのであった。

三ノ二

煙と、悪臭とが、部屋の中で、渦巻いた。お由羅は右手で、蛇の皮を、犬の胆を、人の骨を、炉の中へ投げ入れて、その度に、

「相は？」

とか、

「声は？」

とか——火焔の頂の破散で判《はん》じ、音で判じ、色で判じ、匂いで判じて、調伏が成就するか、しないか——額は脂汗《あぶらあせ》が滲《にじ》み出していたし、眼は異常に閃《きら》めいていた。手も、体も、ふるえて、いつもの、甘い女の声が、狂人のように、甲高《かんだか》くなっていた。

焔を、見つめていた侍が、お由羅の、顔を眺めて、立ち上って、索縄を、壇上へ置いて、刀を持ち直して、お由羅の右手へ廻った。そして、何か、口の中で呟いて、お由羅の手をとると、お由羅は、半分失神し、半分狂喜しているような、凄い眼を閉じて、右手を侍の方へ突き出した。

浅黒い、だが、張り切った、艶々した腕が二の腕までまくり上げられると、侍の手に引かれて、火焔の上の方へ、近づいた。

「南無赤身大力明王、穢迹忿怒明王、この大願を成就したまえ」

侍は、こう叫ぶと、刀の尖《さき》を手首のところへ当てて、白く浮いている静脈を、すっと切った。血が、湧き上って来て、見る見る火の中へ、点々と落ちた。

二人は、そのままの形で、俯向《うつむ》いて、何か念じると、だんだん、お由羅が、首を下げてきて、左手に金剛杵《こんごうしょ》をもったまま、壇上へ、片手をついてしまった。その瞬間、侍は疵口《きずぐち》を押えて、火の中へ倒れかかろうとするお由羅を、後方へ押し戻した。

「大願成就、大願成就」

と、いいながら、お由羅の両手を胸のところへ集めて、抱きかかえながら、

「お方」

背を押して、叫んだ。お由羅は、眼を開けて、自分で手首を押えて、軽く、お辞儀《じぎ》をした。侍は、布を出して、膏薬《こうやく》を貼った上から、縛った。お由羅はしびれた、痛む腕を、這《は》うようにして、壇から降りて、

「火が、みんな、左へ廻りましたの」

と、微笑した。

「吉相《きっそう》にござります、焔頂《えんちょう》、左に破散して、悪声を発す。今夜の内に、成就致しましょうか」

「牧は、今夜あたり、お国のどの辺で、祈っておりましょうか」

侍は、壇の下から、護摩木を取り出して、積みながら、

「烏帽子岳《えぼしだけ》か——黒園山《こくえんざん》あたりで、ござりましょう」

侍は、兵道家牧仲太郎の高弟で、与田兵助《よだへいすけ》という人であった。

お由羅が、汗を拭いて、壇の下へ坐ると、兵助が燃え尽そうとしている護摩木の中へ、新しい木を、一本一本、押しいただいて、載せて行った。煙と、焔とがまた、勢いよく立ちかけた。

兵助は、気味の悪い、鈍い眼をした牛の頭を、両手で、静かに、火炉の中へ置いた。すぐ、毛の焼ける、たまらない臭《にお》いが、部屋中へ充ちた。兵助は、口の中で、何か唱《とな》えながら、白檀《びゃくだん》と、蘇合香《そごうこう》とを、牛頭の上から、撒《ま》きちらした。

右手に置いてあった、尖《さき》に、微《かす》かに、血のにじんでいる直刀《じきとう》を握って、牛の眼へ、ぴったり

つけながら、

「南無金剛忿怒尊」と、叫んで、右の眼を突いた。白い液が、少し流れ出てきた。兵助は、左の眼も突き刺した。

四ノ一

「お待ちに、ござりまするが」

三度目の使が、襖外《ふすまそと》で、おそるおそる声をかけた。斉彬《なりあきら》は、

「今――」

と、いったまま、紫檀《したん》の大机に凭《もた》れて、書き物をしていた。そして、筆を走らせながら、

「今行く」

と、大きいが、物やさしい声をした。机の上にも膝の周囲にも、書物と、書き損じの紙とが、散乱していた。

寛之助の臨終にも、同じ邸《やしき》にいる父として、むろん行かねばならなかったが、今書いている「大船禁造解《たいせんきんぞうかい》」と「大船禁造令撤去建議案」とは、一日早くできあがれば、一日だけ、日本に利益と、幸福とを齎《もた》らしてくるものであった。

斉彬の頭の中も、血の中も、大船を造ることを禁じるというような愚令を、早く撤廃《てっぱい》させなくてはならぬ、ということで、いっぱいになっていた。煙を上げて走る、鋼鉄で装われた船来《はくらい》船《せん》で、表象されている異国の力と、知識とを得んがためには、同じ船を作るよりほかに、最初

の手がかりは無いはずであった。

幕府も、それを知っておりながら、反対論に怯《おび》えたり、繁雑な手続きを長々と調べたり——斉彬は、そういう役人、大名、輿論《よろん》に対して、ただ一人、この部屋で、こうして闘っていた。

ふっと、寛之助のことを思い出しても、自分の子の病、死などは、窓外をかすめる風音ぐらいにしか感じなかった。

(医者が十分に手当をしてくれている。自分がいたとて、癒《なお》らぬものは癒らぬ)と、呼びに来られると、考えた。

(自分が行かないために、よし、寛之助が死んだとしても、この草案のために、あの子が犠牲になったとしたら、こんな光栄な死はない)と、いうような理屈まで考えた。だが、立ち上った。襖を開けると、近侍《きんじ》が、廊下に手をついて待っていた。

「もう、死んだか」

「いいえ、御重体のよしでござります」

斉彬は、愛児の見舞に急ぐよりも、早く見舞って早くここへ戻らんがために、大股に、早足に、廊下を急いだ。

「お渡り——」

と、いっている声が聞こえた。侍女だの、医者だのが、出迎えに来た。

病室へ入ると、誰の顔にも不安さと、涙とがあった。英姫の眼は、泣きはれて、蕾《つぼみ》のようになっていたし、七瀬の髪は乱れて、眼が血走っていた。斉彬は、寛之助の枕頭《ちんとう》へ坐って、じっと、病児の顔を眺めた。

寛之助は、眼に見えぬ敵と、どんなに戦ったのだろう？　三日見ない間に、頰《ほお》の艶《つや》はなくなって、痩せてしまっていた。罪の無い、無邪気な幼児が、たった一人で、乳母の力も、医者の力も、およばないところで、泣きながら、苦しめられながら、怯《おび》えながら、死と悪闘している姿を想像すると、斉彬は、

「若」

と、叫んで、涙ぐんだ。血管が青く透《す》いて見える手。せわしく呼吸に喘《あえ》いでいる落ちくぼんだ胸。愛と、聡明とで黒曜石《こくようせき》のごとく輝いていた眼は、死に濁されて、どんよりと、細く白眼を見開いているだけであった。

「回復の望みは――」

「はっ」

と、いって、三人の医者は、頭を下げたままで、なんとも答えなかった。見ない前の心強さが、寛之助のいじらしい姿に、打ちくじかれて、斉彬は、幾度自分の名を呼び、自分を見たく思ったかと思うと、熱い悲しさの珠のようなものが、胸から、頭の中までこみあげて来た。

四ノ二

「痩《や》せたのう」

と、いって、斉彬は、意識のない寛之助の手を握った。掌へ感じたのは、熱と骨とだけであ

った。英姫は、それを見ると、袖を口へ当てて泣き入った。

(せめて——せめて正気のある間に、そうしてやって下さったら)

三日前英姫の懐の中で、熱っぽいだるそうな目をしながら、

「お父《とと》は?」

と、聞いた時、幼児は、それが父に逢う最後だと感じていたにちがいなかった。

「見たいか」

と、聞くと、はっきりと、強く、

「お父は?」

と、いって、頷《うなず》いた。英姫は、すぐ、侍女に斉彬を迎いにやったが、今行く、今行くと、とうとう斉彬の来ぬうちに、また熱の中に倒れてしまったのであった。

(どんなに、顔を見たかっただろうか)

寛之助が、灰色の広々とした中を、ただ一人でとぼとぼと、果《は》てもなく、父を恋い、母を求めて歩いて行く姿が考えだされてきた。英姫は、袖を嚙《か》んで泣き入った。

「寛之助——父《とと》じゃ」

と、斉彬が叫んだ。だが、幼児の眼は、もう動きもしなかった。

「方庵」

「はっ」

「澄も、邦も、同じ容体で、死んだのう」

「はい」

「まだ匙《きじ》が届かぬか」

やさしいが、鋭い言葉であった。斉彬のいうのは当然であったが、方庵には、どうしても解《げ》せぬ病であった。

「七瀬、疲れたであろう」

「いいえ」

「病は、薬よりも、看護じゃ。こういう幼児には、よけいにそうじゃで——」

七瀬は斉彬の称《ほ》めてくれる言葉を、責められているように聞いた。寛之助の死は、斉彬にとって、後嗣《あとつぎ》を失う大事であるとともに、七瀬にとっても、仙波の家を去らなければならぬ大事であった。夫の肩身を狭くし、自分を不幸にさせ——と、思った時、

「ひーっ」

と、寛之助が叫ぶと、斉彬に握られている手も身体も、力の無い脚も、一度に、病児とは思えぬほどの力で突き上げ、顫《ふる》わせた。唇は痙攣《けいれん》して、眼は大きく剝《む》き出し、瞳孔を釣り上げてしまって、恐怖と、その苦痛とで、半分気を失っているような表情であった。

「寛之助っ」

斉彬は、不意に、力いっぱいに振り切ろうとした寛之助の痩せ細った手を握りしめて、がたがた顫えている子供の身体を、片手で軽く抑えながら、

「父じゃ——見てみい、父じゃ」

と、顔を、幼児の眼の上へ押しつけた。

「見えんか——寛之助っ、父じゃ」

斉彬の声は、沈黙している部屋中へ響いた。涙声であった。

「七瀬——おそわれると——いつもこうか？」

「はい」

寛之助の唇は、わくわくと開いたり、閉じたり、身体は烈しくふるえているし、眼は白眼が多くなって、しだいに細く閉じられてきた。

「まだ脈はあるが——」

斉彬は、医者の方を見て、

「何か手当の法が無いものか」

と、口早に聞いた。

「助かるものなら——」

と、低く、呟いて、七瀬の眼を見た斉彬の睫毛《まつげ》には、涙が溢《あふ》れるように湧き上って来ていた。

手首に怨む

一ノ一

「噂をすれば、影とやら――」

一人がこういって、隣りの男の耳を引っ張った。

「何をしやがる」

「通るぜ、師匠が」

お由羅の生家、江戸の三田四国町《みたしこくまち》、大工藤左衛門《だいくとうざえもん》の家の表の仕事場であった。広い板敷の上で、五、六人の男が、無駄話をしていた。

「師匠」

常磐津富士春《ときわずふじはる》は、湯道具を抱えて、通りながら、声と一緒に、笑顔を向けて、

「おやっ――」

と立ち止まって、

「お帰んなさいまし」

と、小藤次《ことうじ》に挨拶《あいさつ》をした。小藤次とはお由羅の兄で、妹が、斉興の妾となって、久光を生んでから、さらに取り立てられて、岡田小藤次利武《おかだことうじとしたけ》と、名乗っているのであった。

小藤次は、袴《はかま》も、脇差《わきざし》も、奥へ捨てたまま、昔のように大あぐらで、

「入ったら――」

「おめかしをして」

富士春は、媚《こび》をなげて、素足の匂いを残して行った。

「いい女だのう。第一に、鼻筋が蛙《かわず》みたいに背中から通ってらあ」

「兄貴を、じっと見た眼はどうだ、おめかしをして——」

「おうおう、誰の仮声《こわいろ》だ」

「師匠のよう」

「笑わせやがらあ、そんなのは、糞色《ばばいろ》といってな——」

「鳴く声、鵺《ぬえ》に似たりけりって奴だ」

「俺《お》ら、あの口元が好きだ。きりりと締まってよ」

「その代り、裾の方が開けっ放しだ。しかもよ、御倹約令《ごけんやくれい》の出るまでは、お前、内股《うちまた》まで白粉《おしろい》を塗ってさ」

「御倹約といやあ、今に、清元常磐津習うべからずってことになるてえぜ」

「そうなりゃ、しめたものだぜ。師匠上ったりで、いよいよ裾をひろげらあ」

と、いった時、泥溝板《どぶいた》に音がして、一人の若い衆が、下駄《げた》を飛ばした。片足をあげて、ちんちんもがもがしながら、大きい声で、

「とっ、とっと——猫、転んで、にゃんと鳴く、師匠が転べば、金になる——」

板の間で、それを見た一人が、

「庄公《しょうこう》、来やあがった」

と、呟《つぶや》いた。庄吉は、入ろうとして、小藤次に気がつくと、

「お帰んなさいまし」

と、丁寧《ていねい》に、上り口へ手をついた。

「上れ」

「今、酒買うところだ」

「ちょうど、師匠の帰りに、酌《しゃく》ってことになるのか」

小藤次が、

「庄、どうだ、景気は？」

「へへっ、頭は木櫛《きぐし》ばかり、懐中は、びた銭、御倹約令で掏摸《すり》は、上ったりでさあ」

「押込《おしこみ》なんぞしたら」

「押込？――押込は、若旦那、泥棒でさあ。品の悪い。掏摸は職人だけど――」

「はははは、そうか――庄吉、いい腕だそうだが、武士のものを掏《す》ったことがあるか」

「御武家にゃあ、金目のものが少くってね」

「どうだ、一両、はずむが、鮮やかなところを見せてくれんか？」

小藤次が、こういって、往来を見た時、一人の若侍が、本を読みながら、通りすぎようとしていた。

「あいつの印籠《いんろう》は？」

「朝飯前、一両ただ貰《もら》いですかな」

庄吉は、微笑して腰を上げた。

出て行こうとする庄吉へ、一人が、
「へまやると、これだぞ」と、首頸《うなじ》を叩《たた》いた。庄吉が、振向いて、自分の腕を叩いた。

一ノ二

若い侍は、仙波《せんば》八郎太《はちろうた》の倅、小太郎で、読んでいる、書物は、斉彬から借りた、小関三英訳の「那波烈翁伝《ナポレオンでん》」であった。

父の八郎太が、裁許掛見習《さいきょがかりみならい》として、斉彬の近くへ出るのと、斉彬の若者好きとから、小太郎は無役の御目見得《おめみえ》以下ではあったが、時々、斉彬に、拝謁《はいえつ》することができた。

斉彬は、時々、そうした若者を集めては、天下の形勢、万国の事情を説いて、新知識の本を貸し与えた。「那波烈翁伝」は、こうした一冊であった。

近ごろ、流行《はや》りかけてきた長い目の刀を差して、木綿の紺袴《こんばかま》に、絣《かすり》を着た小太郎を見て、庄吉は、

(掏り栄えのしない)と、思った。庄吉の狙った印籠は、小太郎の体に軽く揺れていたが、黒塗で、蒔絵《まきえ》一つさえない安物であった。

(仲間の奴が見たら、笑うだろう)と、そうした安物を掏る自分へ、嘲《あざけ》ってみた。

(しかし、一両になりゃあ——)

庄吉の冴《さ》えた腕は、掏ろうとする品物を生物にした。庄吉が、腕を延ばすと、その品物の方から、庄吉の掌の中へ飛び込んで来るのが、常であった。そして、今の仕事は鋭利《えいり》な鋏《はさみ》を、右

手の掌《て》の中へ隠して、紐を指先で切ると同時に、掌へ、印籠を落すという、掏摸の第一課であった。

庄吉は、ぐんぐん近づいて行って、鋏を指の間へ入れた。二尺、三尺——近づいて、鋏を動かすと——ほんの紙一重の差であろう、鋏は、空を挟んで——庄吉は、

(侮っちゃいけねえ)

と、感じた。そして、次の瞬間、もう一度、鋏を突き出して、指を動かすと、紐は、指先へ微かに感じるくらいの、もろさで、切れて、印籠は、嬉しそうに、庄吉の手の中へ落ち込んだ。庄吉は、満足した。

だが、それは、ほんの瞬間だけのことであった。庄吉の身体《からだ》が侍から一尺と離れぬ内に、侍が振り向いた。険しい眼が、庄吉の眼と正面から衝突した。侍が、立ち止まった。

庄吉は、それでも、腕に自信があった。掏ったとわかって、振り返ったのでなく、自分があまり、近づきすぎたのを怪しんで、振り返ったのだと思った。

だが、それも、ほんの瞬間だけにすぎなかった。庄吉の引こうとした手が、侍の手で、しっかり握りしめられてしまった。

(ちぇっ)

と、心の中で、舌打ちをして、生若《なまわか》い侍から侮辱《ぶじょく》されたように感じて、憤《いきどお》りが湧いてきた。

(小僧のくせに、味な真似《まね》を——)

と、思った。そして、手を握られたまま、小太郎の眼と、じっと睨《にら》み合っていた。振り切っ

て、横っ面を、一つなぐって、逃げてやろう、と思った。だが、右手を十分に取られていて、勝手が悪かったので、

「すみません」

と、油断させておいて――とも、思ったが、こんな小僧に、詫びるのも癪《しゃく》であった。

「どうするんでえ」

庄吉は、睨みつけた。小太郎は、微笑した。そして、左手の書物を、静かに、懐へ入れて、

「さあ、どう致そうかの」と、答えた。

一ノ三

庄吉も、微笑した。

「江戸は物騒だから、気をつけな」

「不埒者《ふらちもの》っ」

小太郎の顔に、さっと、血が動いた。

「何？」

力任せに引く手首を、ぐっと、内へ折り曲げるとともに、庄吉の手首から、頭の中まで、血の管、筋骨を、一時に引きちぎられるような痛みが走った。

(手首が折れる)と、感じ、

(商売が、できなくなる)と、頭へ閃めいた刹那《せつな》、庄吉は、若僧の小太郎に、恐ろしさを覚え、

怯《おじ》け心を感じたが、その瞬間——ぽんと、鈍い、低い音がして、庄吉の顔が、灰土色《はいつちいろ》に変じた。眉が、唇が、歪《ゆが》んだ。

往来の人が、立ち止まって、二人を眺めていた。庄吉は、自分の住居に近いだけに、自分の仕事を人に見られたくなかったし、弱味を示したくもなかった。

しびれるような痛む手に、左手を添えて、懐へ、素早く入れた。そして、一足退って、

「折ったなっ」

「江戸は物騒だ。気をつけい」

小太郎が、嘲笑《ちようしよう》して、

「印籠は、くれてやる」

庄吉は、口惜《くや》しさに逆上した。左手を、小太郎の頬へ叩きつけようとした時、何かが、胸へ当ってよろめいた。踏み止まろうと、手を振って、足へ力を入れた刹那《せつな》、足へ、大きい、強い力が、ぶっつかって——青空が、広々と見えると、背中を、大地へぶちつけていた。手首の痛みが、全身へ響いて、庄吉は、歯をくいしばって、しばらく、動こうにも、動けなかった。

(取り乱しちゃ、笑われる)

ちらちらと、富士春の顔が、閃めいた。

「野郎っ——殺せっ」

そうとでも、怒鳴るよりほかに、しかたがなかった。足で、思いきり蹴《け》った。起き上ろうとすると、手首が刺すように痛んだ。

「殺せっ」

庄吉は、首を振った。小太郎の後姿が、三、四間先に見えた。

「待てっ」

左手をついて、起き上ろうとして、尻餅《しりもち》をついたが、すぐ、飛び起きて、

「やいっ」

走りだした。背中も髻《もとどり》も、土埃《つちぼこり》にまみれて、顔色が蒼白に変り、唇が紫色で、眼が凄く、血走っていた。小太郎が、振り向いて、

「用か」

庄吉は、小太郎の三、四尺前で、睨みつけたまま立ち止まった。

「元のとおりにしろっ。手前《てめえ》なんぞに、なめられて、このまま引っ込めるけえ。元どおりにするか、殺すか、このままじゃあ、動かれねえんだ——おいっ、折るなら、首根っ子の骨を折ってくれ」

庄吉は、じりじり近づいた。手首がやけつくように、痛んだ。

(早く手当すりゃ、癒《なお》らぬこともあるまい)

と、思ったりしたが、意地として、後へ引かなかった。印籠一つと、かけ代えに、商売道具を台なしにされたと思うと、怨みと怒りで、いっぱいになってきた。

「返事をしろ、返事をっ」

小太郎は、黙って、歩きだした。かっとなった庄吉は、

「うぬっ」

小太郎の髻を、左手で、引っ掴もうと、躍りかかった。刹那、小太郎の体が沈んだ。延びた左手を引かれて腰を蹴られると、たたっとのめり出ると、膝をついてしまった。

一ノ四

「大変だ——若旦那」

表に立って、庄吉の仕事振りを見ようとしていた若い者が、叫んだ。

「どうした？」

「やり損《そこな》って——あっ、突き倒されたっ」
二、三人が、跣足《はだし》のまま、土間へ飛び降りて、往来へ出た。往来の人が、皆、庄吉の方を眺めていた。
「喧嘩《けんか》だっ」

「やられやがった」

口々に叫ぶと、走りだした。残っていた若者と一緒に、小藤次が、往来へ出ると、庄吉が、起き上ろうとしているところであった。侍は、早足に、歩いて行った。

「生《なま》なっ」

小藤次が、呟いて、走りかけた。一人が、後方から、

「刀っ」

小藤次が、振り向いて、

「早く、持って来いっ」

と、手を出した。二人が、泥足のまま、奥へ走り込んだ。若い者は、鋸《のこぎり》、鑿《のみ》、棒を持って、走りだした。近所の若い者が、それについて、同じように走った。

小藤次は、受け取った刀を差しながら、その後方から走りだした。

「喧嘩だ」

「喧嘩だっ」

叫び声が、往来で、軒下で、家の中でした。犬が吠えて走った。子供が走った。

庄吉は、手首の痛みに、言葉も、脚《あし》も出なかった。立ち上って、小太郎の後《うし》ろ姿《すがた》を、ぼんやりと眺めていると、

「庄吉っ」

若い者が、前後からのぞき込んで、

「どうした？」

「掏った」

低い声で、答えて、懐中から、印籠を出した。小藤次らが、追いついて来て、

「庄吉、どうした」

「ええことをやりゃあがった。痛えっ」

庄吉は、左手の印籠を、一人に渡して、左手を添えて、袖口から折れた右手を、そろそろと

出した。手首の色が変って、だらりと、手が下っていた。

「折りゃあがったんだ」

「折った？」

一人が叫んで、

「畜生っ」

その男は、鋸を持って走りだした。

「掏摸が、右手を折られりゃ、河童《かっぱ》の皿を破られたんと、おんなじことさ」

小藤次は、自分の言葉から、一人の名人を台なしにしたことに、責任を感じた。

「待ってろ、庄吉」

小藤次が行きかけると、若い者が、走りだした。

「逸《はや》まっちゃならねえ」

小藤次はその後方へ、注意して、自分も走りだした。

小太郎は、小半町《こはんちょう》あまり、行っていたが、走り寄る足音に振り向くと、一人の男が、鋸を構えて、

「待てっ、おいっ」

その後方からも、得物《えもの》をもった若い者が、走って来ていた。小太郎は、眼を険しくすると、一軒の家の軒下へ走り込んで、身構えした。

「あいつ――なんとか――」

走りながら、小藤次が呟いて、

「俺んとこの、家中の奴だ。なんとかいった——軽輩だ」

と、自分の横に走っている若者に言った。

「御存じの奴ですかい」

そう答えながら若い者は、小太郎の前で、走りとまった。

一ノ五

「小藤次氏《うじ》」

岡田小藤次は、仙波小太郎の顔に見覚えのあるほか、姓も、身分も知らなかったが、小太郎は、お由羅の兄として、家中の、お笑い草として、大工上りの小藤次利武を、十分に知っていた。

小藤次は、そういって微笑している小太郎の顔を睨みつけながら、走って来た息切れと、怒りとで、言葉が出なかった。ただ心の中では（なにを、吐《ぬ》かしゃあがる）と、叫んでいた。小藤次にとって、士分になったのは、もちろん、得意ではあったが、岡田利武という鹿爪《しかつめ》らしさは、自分でもおかしかった。そして、自分では、おかしかったが、人から、

「利武殿」

とか
「小藤次氏」

とか呼ばれるのには、腹が立った。軽蔑され、冷笑されているように聞こえて、上役の人々からそう呼ばれるのはとにかく、軽輩から、

「小藤次殿」

などと、呼ばれると、

「面白くねえ、岡田と呼んでくんねえ」

と、わざと、職人言葉になった。

若い者が、じりじり得物を持って、威嚇《おど》しにかかるのを、手で止めて、

「手前、誰だ」

と、小藤次は、十分の落ちつきを見せていった。

「仙波小太郎」

「役は」

「無役」

「無役？」

往来の人々が、職人の後方へ群がってきた。小藤次は近所の人々の手前、この小生意気な若侍を、なんとか、うまく懲《こ》らさなくてはならぬように思った。

齢《とし》は小藤次より、二つ三つ下であろうが、身の丈は、三、四寸も、高かった。蒼ざめた顔に、笑を浮べて、鯉口《こいぐち》を切ったまま、小藤次の眼を、じっと、視つめていたが、

「御用か」

「用だから、来たんだ。手前、さっきの人間の手を折ったな」

「いかにも――」

「いかにもって、いったい、どうするんだ。――人間にゃ、でき心って奴があるんだ。でき心って――つい、ふらふらっと、でき心だ。なあ。それに、手を折ってすむけえ。納得の行くように始末をつけてくれ、始末を――始末をつけなけりゃ、俺から、大殿様へ御願《おねげ》えしても、相当のことはするつもりだ。人間のでき心ってのは、こんな日和《ひより》には、ふらふらと起るものだ。それに、手を折るなんて」

「ふらふらっと、でき心じゃ」

小藤次の顔が、さっと赤くなると、

「何っ」と、叫んだ、職人が、じりっと、一足進み出た。

「でき心だ？――でき心で、人様の手を折って――じゃあ、手前、でき心で殺されても文句は無《ね》えな。馬鹿にするねえ、この野郎、人の手を折っときゃあがって、でき心だ？　でき心が聞いて呆《あき》れらあ」

「親方、やっつけてしまいなせえ。野郎の手を折りゃ、元々だ」

職人が、喚《わめ》いて、得物を動かした。

「猫、鳶《とんび》に、河童の屁」と、通りがかりの男が大きい声をして、人々の後方から覗《のぞ》き込んだ。

「退《の》きな」

と、人々の肩を押し分けて、前へ出て来た。人々が振り向いて、男を見て、笑った。

一ノ六

「よう、先生っ」

と、見物の一人が叫んだ。

「南玉《なんぎょく》、しっかり」

「頼むぜっ」

南玉は、麻の十徳《じっとく》を着て、扇を右手に握って、

「今日は、若旦那」

と、小藤次に、挨拶《あいさつ》をした。小藤次は振り向いて、南玉の顔を見ると、ちょっとうなずいただけで、すぐに、小太郎を睨みつけた。

「今日は」

小太郎は、

「やあ」

と、答えた。桃牛舎南玉《とうぎゅうしゃなんぎょく》という講釈師《こうしゃくし》で、町内の馴染男《なじみおとこ》であった。小太郎の隣長屋にいる益《ます》満休之助《みつきゅうのすけ》のところへよく出入りしているので、知っていた。

「喧嘩ですかい、ええ？」

南玉が、こう聞いたのに返事もしないで、小藤次が、

「おいっ、どうする気だ」

群衆がどよめいて、南玉の立っている後方の人々の中から、庄吉が、土色の顔をしてのめるように出て来た。職人が、振り向いて、庄吉の顔から、左手に光っている短刀へちらっと、目を閃かして、

「若旦那っ、庄吉が――」

庄吉は、職人の止めようと出した手を、身体《からだ》で掻《か》き分けて、

「さあ、殺すか、殺されるか、小僧っ」

南玉が、両手を突き出して、

「いけねえ」

と、叫んだ。

「庄っ、待てっ」

小藤次が、あわてて、庄吉の肩を押えた。

「待て、庄公」

同じように、職人が肩をもった。

「手前なんぞの青っ臭えのに、骨を折られて、このまま引っ込んじゃ、仲間へ面出《つら》しができねえや――若旦那、止めちゃあいけねえ。後生《ごしょう》だから――」

庄吉は、乱れた髪、土のついた着物をもがいて、職人の押えている手の中から、小太郎へ飛びかかろうとした。

「無理もない、大工が、手を折られちゃ、俺が舌を抜かれたようなものだからのう――小旦那、

どうしてまた、手なんぞ、折りなすったのですい」

南玉が、聞いた。小太郎は、微笑しただけであった。

「放《はな》せったら、こいつ」

と、庄吉が叫んで、一人の職人へ泣き顔になりながら、怒鳴った。

「だって、お前、お役人でも来たら」

「来たっていいよ。放せったら――」

庄吉は、口惜《くや》しさと、小太郎の冷静さに対する怒りから、涙をにじませるまでに興奮して来た。二人の職人が、短刀を持っている手を、腕を、押えていた。

「放せっ――放してくれ、後生だっ」

庄吉は、泣き声で叫んだ。

「話は、俺がつける。庄吉」

小藤次は、こういって、職人に、眼で、庄吉をつれて行け、と指図した。

「庄公、落ちついて――取り乱しちゃ」

「取り乱す？　べらぼうめ――放せったら、こいつ放さねえか」

庄吉は、肩を烈しく揺すって、一人を蹴った。

「とにかく、ここで、話はできねえ、俺んとこまで、一緒に来てくれ」

小藤次が、こういった時、群衆の後方から、大きい声で、

「仙波っ、何をしている。寛之助様、お亡くなりになったぞ」

と、口早に叫んだものがあった。

一ノ七

小太郎も、小藤次も、その声の方へ眼をやった。群衆の肩を、押し分けているのは、益満であった。

小太郎は、益満の顔を、じっと見ながら、庄吉をむりやりに押して行く職人の、後方を、益満へ早足に近づいて、

「いつ？」

と、叫んだ。それが、事実であったなら、父母も、離別しなければならないのであった。

「今しがた」

「誰から聞いたか？」

二人は、群衆の、二人を見る顔の真中で、じっとお互に胸の中のわかる眼を、見合せた。

「名越殿《なごやどの》から——すぐ戻れっ。下らぬ人足を対手《あいて》にしておる時でない」

益満は、小藤次の顔を睨みつけた。小藤次は乱暴者としての益満と、才人としての益満とを、見もしたし、聞いてもいた。それよりも、今の、寛之助が死んだ、という言葉が、小藤次の心を喜ばした。

（妹が、喜ぶだろう）と、思うと同時に、もし、妹の子の久光《ひさみつ》が島津の当主になったなら、俺は、益満も、この小僧も、ぐうの音《ね》も出ないような身分になれるんだ、と考えた。そして、そ

う考えると、益満が、

「下らぬ人足」

と、いったのも、小太郎の振舞も、大して腹が立たなくなってきた。

だが、二人が、群衆の中を分けて行こうとするのへ、

「どうするんだ」

とあびせかけた。益満が、仙波に、何か囁《ささや》いた。仙波が、庄吉の方を顎で指して、何か言った。

「利武っ」

と、益満が怒鳴った。

「大工の守《かみ》利武なんぞに懸け合われる筋もないことだ。申し分があれば、月番まで申し出い。掏摸の後押しをしたり、お妾の尻押しをしたり――それとも押し合うならば、束になってかかってまいれ、材木を削るよりも、手答えがあるぞ」

益満の毒舌は、小藤次の啖呵《たんか》よりも上手《うわて》であった。小藤次は、士言葉《さむらいことば》で、巧妙な啖呵《たんか》を切る益満に驚嘆した。

（おれなんぞ、職人言葉なら、相当、べらべら喋《しゃべ》るが、ござり奉《たてまつ》る言葉じゃあ、用件も、満足にたせねえのに、掏摸の後押し、妾の尻押しなんぞ――うまいこといやあがる）と、思った。

とたんに、

「ようよう」

と、南玉が、叫んで、手をたたいた。

「何っ——もう一度、吠《ほ》えてみろ」

小藤次が、睨んだので、南玉は、

「いえ——」

あわてて、益満の方へ、走り寄った。益満は、もう群衆の外へ出て、群衆に、見送られながら、小太郎と、早足に歩きかけていた。

「あら、何奴《なにやつ》で」

と、職人が、小藤次に聞いた。

「あれが——益満って野郎だ。芋侍《いもざむらい》の中でも、名代のあばれ者で、二十人力って——」

「若い方も、強そうじゃ、ござんせんか」

「あいつか」

二人が、湯屋の前を通り過ぎようとすると、暖簾《のれん》の中から、鮮やかな女が出て来て、

「おや、休さん」

「富士春か」

「寄らんせんか」

富士春は、鬢《びん》を上げて、襟白粉《えりおしろい》だけであった。小太郎はちらっと見たまま、先へ歩いて行った。益満は、小太郎を追いながら、

「急用があって」と答えた。

「晩方に、ぜひ」と、富士春が、低く叫んで、流し目に益満を見た。

一ノ八

小太郎は、自分の歩いていることも、益満のいることも、南玉が、ついて来ることも、忘れていた。

（父は、きっと、家中への手前として、自分の面目として寛之助様が亡くなったとしたら、母を離別するだろう。医者の手落ちであっても、御寿命であっても、また、噂《うわさ》のごとく調伏であったにしても――そして、離別されて、母は、いったい、どうするだろう？――母になんの罪もないのに、ただ家中へ自分の申し訳を立てるだけで、夫と別れ、子と引き放し、一家中を悲嘆の中へ突き落して――それが、武士の道だろうか）

南玉は、二人の背後から、流行唄《はやりうた》の、

君は、高根の白雲か
浮気心の、ちりぢりに
流れ行く手は、北南
昨日《きのう》は東、今日《きょう》は西

と、唄っていた。益満が、

「小太」

小太郎が、振り向くと、益満は、微笑して、

「またとない機《おり》が来た」

小太郎は、父母のことで、いっぱいだった。

「関ヶ原以来八十石が、まだ八十石だ。それもよい。我慢のならぬのは、家柄、門閥《もんばつ》——薄のろであろうと、頓馬《とんま》であろうと、家柄がよく、門閥でさえあれば、吾々微禄者はその前で、土下座、頓首《とんしゅ》せにゃならぬ。郷士の、紙漉武士《かみすきぶし》の、土百姓のと、卑《さげす》まれておるが、器量の点でなら、家中、誰が吾々若者に歯が立つ。わしは、必ずしも、栄達を望まんが、そういう輩《やから》に十分の器量を見せてやりたい。器量を振ってみたい。それにはいい機だ、またとない機だ。この調伏——陰謀が、どの程度かわからぬが、小さければ、わしは、わしの手で大きくしてもよいと思うし、真実でなければ、わしが真実にしてもよいとさえ思うている。小太」

益満は小太郎の顔を見た。

「うむ」

「何を考えている」

「わしは——」

小太郎は、益満の眼を見ながら、

「父は、例の気質じゃで、今度の、お守《も》りのことで、母を離別するにきまっている」

「あるいは——しからん」

益満が、うなずいた。

「だいぶ、こみ入ってますな」

南玉が、後方から、声をかけて、

「智恵がお入りなれば、上は天文二十八宿より、下は色事四十八手にいたるまで、いとも丁寧《ていねい》親切に御指南を――」

「うるさいっ。貴様、先へ行っていろ」

益満が、振り返って叱った。

「承知」

南玉が、手をあげて、小太郎へ挨拶《あいさつ》して、早足に行ってしまった。

「わしに、一策がある。母上が、戻られたなら、知らせてくれ」

「一策とは？」

益満は、声を低くして、小太郎に、何か囁いた。小太郎は、幾度もうなずいた。

「これがはずれても、まだ他の手段がある。所詮《しょせん》は、八郎太が一手柄立てさえすればよいのではないか――こういう機《おり》――一と手柄や、二た手柄――」

益満は、怒っているような口調であった。三田屋敷の門が見えた。

二ノ一

八郎太は、自分の丹精《たんせい》した庭の牡丹《ぼたん》を眺《なが》めながら腕組をしていた。

「ただいま」

と、小太郎がいっても、振り向きもしなかった。それは、もう、寛之助の死を知り、心ならずも、妻を離別しなくてはならぬ人の悲しい態度であった。

母としての七瀬は、三人の子にとって、父八郎太よりも親しみが多かった。そして、英姫の侍女としての七瀬は、その儕輩《せいはい》よりも群を抜いていた。八郎太の妻としては、あるいはすぎるくらいの賢夫人であった。それだけに、今度のことの責任は重かった。八郎太としては、容赦の無い処分を妻に加えて、自分の正しさを家中へ、示さなくてはならなかった。

「寛之助様のことは——」

「聞いた」

八郎太は、なお、牡丹を見たままであった。

「母上のことにつきまして——」

「お前は、文武《ぶんぶ》にいそしんでおればよい」

父は振り向いた。

「髪が乱れて——何かしたのか？」

「掏摸を懲らしてやりました」

「下らぬ真似をするのでない」

八郎太は、これだけいうと、また庭の方へじっと眼をやった。小太郎には、父の苦しさが、十分にわかっていた。そして母の苦しさ、悲しさも、わかっていた。

（益満のいった手段《てだて》を——）と、思った時、玄関で

「お母様」

と、姉娘綱手《つなで》の声――すぐ、つづいて妹深雪《みゆき》の、笑い声がした。八郎太は、眉一つ動かさなかった。小太郎は、すぐ起こるにちがいのない、夫婦、母子の生別《いきわか》れの場面を想像して、心臓を、しめつけられるように痛ませた。

　小手を、かざして
　御陣原《ごじんばら》見れば
　武蔵鐙《むさしあぶみ》に、白手綱
　鳥毛の御槍に、黒纏《まと》い
　指物《さしもの》、素槍《すやり》で、春霞《はるがすみ》

益満の家から、益満の声で、益満の三味線《しゃみせん》で、朗らかな唄が聞こえてきた。

　お馬揃《そろ》えに、花吹雪《はなふぶき》
　桜にとめたか、繋《つな》ぎ馬
　別れまいとの、印かや
　ええ、それ
　流れ螺《かい》には、押太鼓
　陣鐘《じんがね》たたいて、鬨《とき》の声
　さっても、殿御《とのご》の武者振は
　黄金《きん》の鍬形《くわがた》、白銀《しろ》小実《こざね》――

八郎太も、小太郎も、黙って、その唄を聞いていた。何をいっていいか、わからなかった。

罪もなく、尽すべきことを尽して、そして、離別されに戻って来た妻の顔が、今すぐに見えるのかと思うと、いらいらした怒りに似たものと、とりとめのない悲しいものとが、胸いっぱいになってきた。

つつましい足音が聞こえてきた。襖《ふすま》が開いた。小太郎は、母だと思ったが、顔を見るのさえ辛かった。振り向いて、眼を逸《そ》らしながら、

「お帰りなされませ」と、いった。

「ただいま——」

そういった七瀬の声は、小太郎が考えていたよりも、晴々《はればれ》としていた。小太郎は、うれしかった。

二ノ二

（医者が、侍臣《じしん》が十分に、手を尽しても、助からぬのだから、なにも、妻の手落ちばかりというのではないが——重役《じゆうやく》の方々のお眼鏡に叶《かな》って、御乳母役《おめのとやく》に取り立てられたのに、その若君がおなくなり遊ばされた以上は、のめのめ夫婦揃《そろ》って、勤めに上ることもできん。妻の不行届を御重役に詫び、わしの心事を明かにするためには、とにかく当分の離別のほかに方法がない。そのうちに、誰かが、仲へ入ってくれるであろうが——）

八郎太は、その面目上から、立場から、妻の責任を、こうして負うよりほかになかった。振り返って七瀬を見ると、七瀬は眼を赤くして、げっそりとやつれていた。眼の色も、乾いて、

悪くなっていた。

八郎太は、慰めてやりたかった。可哀そうだ、とも思った。こいつの性質として、十分に努力はしただろうと思った。だが、もし、寛之助の病がよくなったのだとしたら、自分は、どんなに肩身が広く、出世ができるか？　と思うと、なんだか、七瀬の背負っている運が、曲っているようで、不快でもあった。

七瀬は、部屋の中へ入って後ろ手に襖を閉めた。そして、

「お詫びの申し上げようもござりません」

両手をついて、頭を下げた。

「しかたがない」

八郎太は、低く、短くこういったきりであった。

「ただ一つ、不思議なことがござりまして、それを申し上げたく、とり急いで、戻ってまいりました」

小太郎は、ほっとした。何か、母が、証拠でも握ってくれたのであろう。それならば、それを手柄にして、円満に行けば――と、母の顔を見た。

「どういう？」

「一昨日の夜のことでございます。夢でもなく、うつつでもなく、凄い幻を見ましたが、これが、若君を脅かすらしく、幻が出ますと、急に――」

八郎太の眼が、険しく、七瀬へ光った。

「たわけっ」

八郎太は、睨みつけた。

「なにを申す、世迷言《よまいごと》を――」

その声の下から、

「御もっともでござります。お叱りは承知致しております。人様にも、誰にもいえぬ、奇怪なことがござりますゆえ、まだひとことも申しませぬが、貴下《あなた》へ、せめて――」

「たわけたことを申すなっ」

八郎太は、七瀬が夢のようなことをいいだしたので、怒りに顫えてきた。常は、こんなではないのに、あまり大事の役目で少しどうかしたのではないか、と思った。

「しかし、父上――母上、もう少し詳しく、腑《ふ》に落ちるようにお話しなされては」

と、小太郎が取りなした。

「黙れ、そちの知ったことではない」

「しかし」

「黙らぬか」

「はい」

小太郎は立ち上った。益満を呼ぶよりほかにないと思った。そして、玄関の次の間に行って、妹の深雪《みゆき》に、

「すぐ益満を呼んで――母が戻って来たからと」

深雪の背を突くようにして、せき立てた。

二ノ三

「——形を、見極めもしませずに、話のできることではござりませぬが、たしかに、この眼で見たにちがいござりませぬ。急に、御部屋の中が暗くなりまして——齢のころなら四十あまり、その面影が、牧仲太郎様に、似ておりましたが——」

「牧殿は三十七、八じゃ」

綱手《つなで》が、小太郎の後方から入って来た。そして、いっぱいに涙をためた眼で、八郎太を見ながら、両手をついた。

「お父様」

八郎太は、綱手に、見向きもしないで、

「七瀬、予《かね》て、申しつけておいたとおり、勤め方の後始末を取り急いで片付け、すぐ、国へ戻れ。許しのあるまで、二度と、この敷居を跨《また》ぐな」

「はい」

「お父様」

綱手は、泣き声になった。

「お母様に——お母様に」

「お前の知ったことではない、あちらへ行っておいで」

「それから、手廻りの品々は、船便で届けてやる。早々に退散して、人目にかからぬように致せ」

「いいえ、妾《わたし》は――」

罪のない妻を、こうして冷酷に扱うということが、武士の意地だと、八郎太には思えた。この恩愛の別離の悲嘆を、こらえることが、武士らしい態度だと信じていた。また、妻をこう処分して、武士らしい節義を見せるほか、この泰平の折に、忠義らしい士《さむらい》の態度を示すことは、ほかになかった。こうすることだけが、唯一の忠義らしいことであった。

ざんば岬《みさき》を
後にみて
袖をつらねて諸人《もろびと》が
泣いて別るる旅衣

益満が、大きい声で、唄いながら、庭の生垣《いけがき》のところから、覗き込んだ。

「お帰りなさい」

七瀬に、挨拶して、生垣を、押し分けて入って来た。そして、綱手の顔を見ると、

「何を叱られた?」

綱手は、袖の中へ、顔を入れた。

「若君、お亡くなりになったと申しますが、小父上《おじうえ》――前々よりの御三人の御病症と申し、ただごとではござりますまい」

「あるいは——」

「七瀬殿を幸い、そのまま奥の機密を、探っては？」

「七瀬は——離別じゃ」

益満は、腕組をして、唇を尖《とが》らせた。

「離別」

「止むを得まい。仙波の家の面目として」

「面目が立てば？」

「立てば？」

「某《それがし》に、今夜一晩、この話を、おあずけ下さらんか。小太郎と談合の上にて、聊《いささ》か考えていることがござる」

「どういう？」

「それは——のう、小太。言わぬが、花で。小父上、若い者にお任せ下されませぬか」

八郎太は、益満の才と、腕とを知っていた。齢を超越して、尊敬している益満であった。

二ノ四

「益満様」

七瀬が一膝《ひとひざ》すすんで、

「ただいまも、叱られましたところで——怪力乱神を語らずと申しますが、不思議なことが、御病室でございました」

小太郎も、益満も、七瀬の顔を、じっと眺めた。

「五臓の疲れじゃ。埒《らち》もない」

八郎太は呟いた。

「何かしたことが？」

「幻のような人影が、和子様《わこさま》へ飛びかかろうとして、それが現れると、和子様はお泣き立てになりましたが、それがどうも、牧様に——ただ年齢が、五つ六つもふけて見えましたが——」

益満は、うなずいた。小太郎は、益満の眼を凝視していた。その小太郎の眼へ、益満は、（そうだろうがな）と語った。

「聞き及びますと——」

益満は、膝の上に両手を張って、肩をいからせながら、八郎太から七瀬を見廻して、

「当家秘伝の調伏法にて、人命を縮める節は、その行者、修法者は一人につき、二年ずつ己の命をちぢめると、聞いております。その幻が、牧仲太郎殿に似て、四十ぐらいとあれば——牧殿は——」

益満が指を繰った。八郎太が、

「牧殿は、七、八であろう」

益満は、腕を組んで俯向《うつむ》いていたが、

「牧殿は、お由羅風情《ふぜい》の女に、動かされる仁ではござるまい――小父上《おじうえ》」

「うむ」

「さすれば――」

そういって、益満は、黙ってしまった。一座の人も俯向いたり、膝を見たりして、黙っていた。

「斉興公《なりおきこう》が」

小太郎が、当主の名を口へ出すとともに、八郎太が、

「小太っ」

と、睨みつけて、叱った。益満は、うなずいた。

「濫《みだ》りに、口にすべき御名ではない、慎しめ」

「はい」

「次に、調所笑左衛門殿《ずしよしようざえもんどの》――これが、右の腕でござろう。そして、牧は調笑《ずしよう》に惚《ほ》れ込んで、己の倅《せがれ》を大阪の邸にあずけておるが、国許はしらず、江戸の重役、その他、重な人々は、おそらく、斉彬公を喜んではおりますまい――のう、小父上」

「そう」

「ことごとく、斉彬公のなさることへ反対らしい。第一に、軽輩を御引き立てになるのが、気に入らぬ。この間もお目通りをして、三兵答古知幾《さんぺいたくちき》を拝借して退って来ると、御座敷番の貴島《きじま》太郎兵衛《たろべえ》が、何を持っているか――突きつけてやると、また、重豪公《しげひでこう》の二の舞を、何故、貴公

「斉彬公を外国方にしようとする幕府の方針を、あいつらは、木曾川治水で、金を費わされたのと同じに見ている、調所さえ、そうじゃものなあ」

小太郎は、顔を、心もち赤くして、静かにいった。

二ノ五

「とうとうとうと、御陣原《ごじんばら》へ出まして、小手をかざして眺めますと、いやあ——押しも、寄せたり、寄せも、押したり、よせといっても、押してくる武蔵鐙《むさしあぶみ》に、白手綱、その勢、およそ二百万騎、百万騎ならひと繰りだが、やりくりしても、八十石、益満休之助の貧乏だ。こう太くなっては、振り廻せぬ——」

一人ぼっちになった南玉は、薄暗くなってくる部屋の中で、大声で、怒鳴り立てていた。綱《つな》手《で》が、

「南玉さん?」

と、益満を見て、微笑《ほほえ》むと、深雪《みゆき》は、袖を口へ当てて、笑いこけた。

「はははは、この盆が越せるやら、越せぬやら」

益満は、

「七瀬殿、某《それがし》と、小太との計《はかりごと》が、うまく行かぬにせよ、大阪表へ行って、調所を探る気はござりませぬか」


たち諫《いさ》めんかと、こうじゃ」

「さあ、——話によっては——」

七瀬は、八郎太の顔を見た。八郎太は、黙って、庭の方を眺めていた。廊下へ、灯影《ほかげ》がさして、女中が、燭台を持って来た。深雪が振袖を翻《ひるが》えして、取りに立った。

「のう、綱手殿」

「ええ？」

綱手は、あわてて、少し、耳朶《みみたぼ》を赤くしながら、ちらっと、益満を見て、すぐに眼を伏せた。

「母上と同行して、大役を一つ買われぬかのう」

「大役？　どういう」

「操《みさお》を捨てる——」

益満は、強い口調で言った。綱手は、真赤になった。七瀬が、

「それは？」

「場合によって、調所の妾《めかけ》ともなる。また、時によって、牧の倅とも通じる」

「益満——」

と、八郎太が、眉を歪《ゆが》めた。益満は、平気であった。

「夫のために、捨てるものなら、家のために捨てても宜《よろ》しい。操などと、たわいもない、七十になって、未通女《おぼこ》だと申したなら、よく守って来たと称《ほ》められるより、小野の小町だと嗤《わら》われよう。棄《す》つべき時に棄つ、操を破って、操を保つ——」

「しかし、益満さま、あんまりな——」

七瀬が、やさしく言った。

「いいや、女が、男を対手に戦って勝つに、そのほかのなにがござる。某《それがし》なら、そういう女子こそ、好んで嫁に欲しい」

「ははは、益満らしいことを申す。それも一理」

八郎太が、微笑して頷《うなず》いた。綱手も、深雪も、俯向いていた。

「そろそろ暗《くろ》うなってきた。小太、小者《こもの》にならぬと咎《とが》められると思う。その用意をして、例の——師匠のところへ来ぬか」

「心得た」

益満が、立ち上った。

「猫、鳶に河童の屁とはいかない蚊だ——益満さん、油はござんせんか。あっしゃ、夜になると、眼が見えない病でねえ」

南玉が、廊下へ立って叫んでいるらしかった。

「今、戻《もど》る」

益満は、庭へ出た。

「闇《やみ》だの、小太」

と、振り向いて、すぐ、歩いて行った。

泥人形

一ノ一

常磐津富士春は、常磐津のほか、流行唄《はやりうた》も教えていた。

襖を開けた次の間で、若い衆が、三人、膝を正して、

　錦の金襴《きんらん》、唐草模様《からくさもよう》
　お馬は栗毛で、金の鞍
　さっても、見事な若衆振り

「そう——それ、紫手綱で」

　富士春は、少し崩れて、紅いものの見える膝へ三味線を乗せて、合の手になると、称《ほ》めたり、戯談《じょうだん》をいったりして調子のいい稽古《けいこ》をしていた。

　表の間の格子のところで、四人の若い衆が時々富士春を眺めたり、格子の外に立っている人を、すかして見たりしながら、四方《よも》山話《やまばなし》をしていた。

「その毛唐人がさ、腰をかけるってのは、膝が曲らねえからだよ。膝さえ曲りゃあ、ちゃんと、

畳の上へ坐らあね」

南玉が、表の格子をあけて、提灯《ちょうちん》の下から、

「今晩は——益満さんは？」

「まだ見えていないよ」

「そうかい、もう見えるだろうが、見えたら、これを渡して」

と、風呂敷包を置いて、出かけようとする後姿へ、

「先生、ちょっとちょっと」

「何か用かの」

「毛唐の眼玉の蒼《あお》いのは、夜眼が見えるからだって本当かい？」

「話説《わせつ》す。目《ま》の当り奇々怪々なことがありやした」

「また、諸葛孔明《しょかつこうめい》が、とんぼ切りの槍を持ってあばれたかの」

「作麼生《そもさん》、これをなんぞといえば、呼遠筒《こえんとう》と称して、百里の風景を掌《て》にさすことができる。遠《とお》眼鏡《めがね》の短いようなものでの。つまり、毛唐人の眼は夜見える代りに、遠見がきかん。一町先も見えんというので発明したのが、覗き眼鏡に、呼遠筒、詳しくは、寄席へ来て、聞かっし」

南玉が出て行くと、

「八文も払って、誰が、手前《てめえ》の講釈なんぞ聞くか」

富士春の稽古部屋では、時々、小女が出入して、蠟燭《ろうそく》の心《しん》を切った。

「この流行唄は、滅法《めっぽう》気に入ったのう。俺の宗旨は代々山王様宗《さんのうさましゅう》だが、死んだら、一つ、今の

合の手で、
　お馬は栗毛で
　　金の鞍
ってんだ」

　富士春が、媚《こ》びた眼と、笑いとを向けて、

「静かに」と、いった。

「東西東西、お静かお静か。それで、その馬へ、綺麗《きれい》な姐御《あねご》を乗せての、馬の廻りは、万燈《まんどう》を立てらあ。棺桶《かんおけ》の前ではこの吉公《きちこう》が、ひょっとこ踊りをしながら、練り歩くんだ。手前の面が、一生に一度、晴れ立つんだ。たのむぜ」

「よし、心得た。友達のよしみに、今殺してやる。手前殺すに刃物はいらぬ、にっこり笑って眼で殺す」

「ぶるぶるっ、今の眼は、笑ったのか、泣いたのか」

　稽古場から、

「煩《うる》さい」と、一人が怒鳴った時、誰か表から入って来た。

一ノ二

「よう」

と、一人が、のびやかに迎えて、会釈をした。

「今日は、少いのう」

益満は、刀をとって、部屋の隅へ置いた。富士春が、軽く、挨拶《あいさつ》をした。

「病人の見舞で」

「誰か、病気か」

「寅《とら》んとこの隣りの大工が、人にからかって手首を折りましてな」

「庄吉という男か」

「御存じですかい」

「わしの朋輩《ほうばい》が折ったのだ。あいつは掏摸《すり》でないか」

「ええ、時々やります。しかし根が、真直ぐな男で、悪いことって微塵《みじん》もしませんや」

「悪いことをせぬて。掏摸でないか」

「だって、掏摸と、泥棒たあちげえますぜ。庄吉なんざ、あっさりした、気のいい男ですぜ。あいつの手を折るなんざ可哀そうだ」

「まったく」

稽古部屋の人々が出て来た。富士春は、小女の出す湯呑《ゆのみ》を一口飲んで、

「休さん、南玉先生から、さっき、何か、御土産《おみやげ》が——」

「そうそう」

と、一人が風呂敷包を渡した。益満が、開けると、

「なんだ。薄汚ない」

一人が、こういって、益満の顔を見た。

「山猫を買いに行くのには、これにかぎる」

富士春が、

「悪い病だねえ」

「師匠の病気と、いずれ劣らぬ」と、いいながら、益満は、袴《はかま》をぬいで
「小道具を、一つあずかっておいてもらいたい。猫は買いたし、御門《ごもん》はきびし」

益満は、そういいながら、部屋の隅で、汚ない小者姿になって、脇差《わきざし》だけを差した。そして
両手をひろげて、

「三両十人扶持《ぶち》、似合うであろうがな」

と、笑った。

富士春は、次の稽古の人々へ、三味線を合して、

「主の姿は、初鮎《はつあゆ》か、青葉がくれに透いた肌、小意気な味の握り鮨《ずし》と。さあ、ぬしいの」

と、唄いかけた時、

「頼もう」

と、低いが、強い声がした。そんな四角張った案内は、久しく聞いたことがなかった。御倹約令以来、侍は土蔵の中へ入って三味線を弾くくらいで、益満一人のほか、ぴたりと、稽古をしに来なくなったし――富士春は、唄をやめて、不安そうな眼をした。

（役人が、また何か、煩《うる》さいことを）

と、思った。

「入れ」

益満が、答えた。格子が開いたので、富士春も、人々も大提灯《おおぢょうちん》のほの暗い影の下に立った人を眺めた。

(あいつだ)と、人々の中の二人——昼間の喧嘩《けんか》を見ていた人は思い出した。富士春は、

(まあ、いい男——休さんの朋輩には、稀《めず》らしい——)とじっと小太郎の顔を眺めていた。

二ノ一

益満と小太郎とは、小者風であった。脇差を一本、提灯を一つ——芝中門前町《しばなかもんぜんちょう》を出て、増上寺《ぞうじょうじ》の塀《へい》の闇の中を、御成門《おなりもん》の方へ、歩いて行った。

「多少、聞いてはいるが、忍術の忍は、忍ぶではなく、忍耐の忍だ。正忍記《しょうにんき》など、ただこの忍耐だけを説いている」

「奴《やっこ》さん、遊んで行かっし」

闇の中から、女の声がした。

「急ぎの御用だ。戻りに、ゆっくり寄らあ」

小太郎が、

「何者だ」

「これが、夜鷹《よたか》じゃ」

ほの白く、顔が浮いて、

「いい男だよ。ちょいと——」

小太郎は、袖《そで》を握られて、振り払いざま、

「無礼なっ」

女は、高い声で、

「あっ、痛っ」と、叫んで、すぐ「いい男振るない。泥棒、かったい、唐変木《とうへんぼく》」と浴びせた。寺の塀の尽きるところまで、女たちが、近くから、遠くから声をかけた。小太郎は、気まり悪さと、怒りとで、黙って急いだ。益満は、時々受け答えしながら、

「諸事節約になってから、だんだんふえてきた」

と、独《ひと》り言《ごと》をいっていた。御成門から、植村出羽《うえむらでわ》の邸に添って曲り、土橋へ出ないで、新《あたら》し橋《ばし》の方へ進んだ。

斉彬は、多忙だったので、三田の藩邸にいずに、幸橋御門内《さいわいばしごもんない》の邸——元の華族会館に起臥《きが》していたので、寛之助も、そこにおったのであった。

大きい門の闇の中に立って、高い窓へ、

「夜中、憚《はばか》り様、将曹様《しょうそうさま》へ急用」

と、益満が叫んだ。

「門鑑《もんかん》」

益満が、門鑑を突き出して、提灯を、その上へもって行った。窓のところへも、提灯が出て、

門鑑を調べた。門番は、門鑑を改めただけで、二人の顔は改めなかった。改めようにも、灯がとどかなかった。二人が、小門に佇《たたず》んでいると、足音と、錠《じょう》の音とがして、くぐりが開いた。

「御苦労に存じます」

「ありがとう、ございます」

二人は、御辞儀《おじぎ》をしつづけて、急ぎ足に、曲ってしまった。

益満は、提灯を吹き消した。そして、木の枝へ引っかけた。二人は手さぐりに——様子のわかっている邸の内を心に描きながら、

(ここを曲って)(この辺から、植込み)と、中居間の方へ近づいて行った。益満は草を踏むと、

「這《は》って」

と、囁《ささや》いた。庭へ入ってからは、歩くよりも、這った方が危険が少かった。二人は立木《たちき》を避け、植込みを廻り、飛び石を撫《な》で、一尺ごとに、手をのばして、手に触れるものを調べながら、御居間の方へ近づいた。灯の影もなく、人声もなく、ただ真暗闇の世界であった。

二ノ二

「山一のことが——思い出される」

益満が囁いた。小太郎は、床下へ入った時に、そのことを思い出していた。

山一とは、山田《やまだ》一郎《いちろう》右衛門《えもん》のことであった。高野山に納めてあった島津《しまづ》家久《いえひさ》の木像を、高野

山の僧侶が床下へ隠して、紛失したと称した事件があった。島津家が、窮乏の時、祠堂金《しどうきん》を与えなかったから僧侶が意地の悪いことをしたのである。それを、肥料汲《く》みにまでなって、床下から探し出したのが山田一郎右衛門であった。そして、それだけの功でも、相当であったのに、この褒美《ほうび》を与えようとしたのに際し、山田は、「褒美のかわりに減《へら》し児《ご》を禁じてもらいたい」といった。減し児とは、子供が殖《ふ》えると困るから、生れるとすぐ殺す習慣をいった言葉である。山田のこの建議によって、幾人、幾十人の英傑が、救われたかもしれなかった。益満のごとき小身者は、当然減らされた一人かもしれなかったし、小太郎の後進の下級の若い人々は、たいてい減らされ残しが多かった。

だから床下へ行って、しめっぽい土の香を嗅《か》ぐと、すぐ、山田の功績を思い出して、(首尾よく行ったら、自分の手柄も、山田に劣らない)と考えた。

床下の土は、じめじめしていて、異臭が鼻を突いた。七、八間も、這って来た時、益満は静かに、燧石《ひうちいし》を打って、紙燭《ししょく》に火を点じた。紙撚《かみよ》りに油をしましたもので、一本だと五寸四方ぐらいが、朧《おぼろ》げに見えた。それでたりないと二本つけ、三本に増す忍び道具の一つであった。

二人は、微《かす》かな光の下の土を、克明に調べかけた。もし調伏の人形を、埋めたとすれば、土に掘った跡がなくてはならなかった。二人は、一本の柱を中心にして、残すところのないように這い廻った。

微かに足音がしても、這うのを止めた。紙燭の灯の洩れぬよう二人の袖が、火を囲んだ。一寸、二寸ずつ、少しの物音も立てぬように這った。

小太郎が、益満の袖を引いて、その眼と合うと、前の方を指さした。益満が、うなずいて、大きく足を延ばして、一気に近づいた。土が盛り上って、乱れていた。二人は向き合って、片手で、灯《あかり》をかばいながら、片手で土を掘った。十分に叩かれていないらしい土は、指で楽々と掘り返せた。

二人の眼は、嬉《うれ》しさに、微笑していた。小太郎が、

「それに、ちがいあるまい」

と、低くいうと、

「箱らしい」

益満は、両手で土を掻《か》いた。白い箱が、土まみれになって、だんだん形を現してきた。二人が、両手をかけてゆすぶると、箱は、すぐ軽くなった。一尺に五寸ぐらいの白木で、厳重に釘づけされていた。

「開けて」

と、小太郎が、益満を見ると、

「開けんでも、わかっとる」

益満は、土を払って、箱の上の文字を見た。梵字《ぼんじ》が書いてあって、二人にはわからなかったが、梵字だけで十分であった。

二ノ三

（あまり、うまく行きすぎた）と、二人とも思っていた。門の外へ出るまで、（何か、不意に事が起こりはしないだろうか）と、忍び込む前とちがった不安が、二人の襟《えり》を、何かが今にも引き捕えはしないだろうかと、追っかけられているような気がした。門を出て、植村出羽《うえむらでわ》の邸角まで来ると、

「やれやれ」

益満が、笑い声でいった。幸橋御門を出ると、もう、往来にうろついているのは、野犬と、夜泣きうどんと、火の用心だけであった。それから、灯が街へさしているのは、安女買いに行った戻り客を待っている燗酒屋《かんざけや》だけであった。

小太郎は、袖に包んだ箱の中を想像しながら（これで両親も、別れなくて済むし、自分の手柄は父のためにも、自分のためにも——それよりも、斉彬公が、どんなに喜ばれるであろう）と、頭の中も、胸の中も、身体中が、明るくなってきた。

「小太、先へ戻って、早く喜ばすがよい。わしは、さっきのところへ寄って、刀を取って行くから——」

小太郎が、答えない前に、益満は、駈け出していた。

「なるべく早く——」

その後姿へ、小太郎が叫んだ。

「猫、鳶に、河童の屁、というやつだ」

益満は、大きな声で、独り言をいいながら、富士春の表へ立つと、もう提灯は消えていた。

だが、まだ眠っている時刻ではなかった。

「師匠」

益満が、戸を叩いたとたん、増上寺の鐘が鳴りだした。

「どなた?」

「ま、だ」

「ま?」

「まの字に、ぬの字に、けの字だ」

益満は、大きい声を出すと、

「やな、益さん」

小女が、戸を開けて、

「お楽しみ」と、からかった。

「師匠の方は?」

襖の内に、二、三人、まだ宵《よい》の男が残っていた。

「首尾はどう?」

一人が、声をかけた。半分開いた襖の中に、酒が、肴《さかな》が並んでいた。

「お帰んなさい。ちょうどよいところ」

富士春が、顔を少し赤くして、裾《すそ》を崩していた。益満は、暗い次の間に立っていた。

「へへへ、だんだんよくなるところで。ええ、おいでなさいまし」

一人は酔っ払って、両手をついた。

「刀は？」

「刀？――刀なんぞ野暮《やぼ》でげしょう。野暮な邸の大小捨《だいしょう》ててさ――中でも、薩摩の芋侍《いもざむらい》は野暮のかたまりで、こいつにかかっちゃ、流石《さすが》の師匠も歯が立たねえって――へへへ、御免なせえ」

益満が、富士春の持って来た刀を取ろうとすると、女は、手の上へ手をかけて、

「ゆっくりしたら」と、媚びた眼で見上げた。

「そうは勤まらぬ」

富士春は、益満の手を、力任せにつねった。

三ノ一

小太郎は、嬉しさで、いっぱいだった。どこを歩いているかさえわからなかった。（陰謀が、自分の手で暴露されたなら、斉彬公は、どんなに喜ばれるだろうか？　あの柔和な眼で、あの静かな口調で、何をおっしゃるだろう？――そして、父はおそらく、自分が手柄を立てたよりも、喜ぶであろうし、母は、父よりも嬉しがって、きっと、涙をためるにちがいない。二人の妹は――）

と小太郎は、次々に、いろいろのことを空想しながら、木箱を、小脇《こわき》に抱えて、小走りに、夜の街を急いだ。ふっと（しかし、箱の中に、何も証拠品が入っていなかったら？）と不安に

なったりしたが、ことこと中で音がしているし、病室の床下にあったのだし、疑う余地はなかった。

将監橋《しようげんばし》を渡ると、右が、戸田采女《とだうねめ》、左が遠山美濃守《とおやまみののかみ》の邸で、その右に、藩邸が、黒々と静まりかえっていた。八時に大門を閉じて、通行禁止になるのが一般武家邸の風であったから、悪所《しよ》通《がよ》いをする若者などは、塀を乗り越えて出入した。益満など、その大将株であった。

小太郎は、その塀越えの出入口と決まっている切石の立ったところから、攀《よ》じ登って、邸の中へ入った。長屋の入口で、ことこと戸を叩くと、すぐ、足音がした。

（まだ、寝ないで、自分の帰りを待っているのだ）と、思うと、頭の中で、

（証拠品を持って帰りました。今すぐに御覧に入れます）と、叫んだ。

「兄様？」

次の娘、深雪《みゆき》の声が聞こえた。小太郎は、戸を一つ叩いた。

「ただいま――」

二人の足音がした。閂《かんぬき》がはずされた。戸が引かれた。上の妹の綱手が上り口に立って、手燭をかざしていた。深雪が、

「首尾は？」

低い、早口であった。

「上々」

深雪は、小兎《こうさぎ》のように上り口へ、走り上って、

「姉様、上々」

綱手が、微笑《ほほえ》んで、廊下を先へ立った。

「お父様は、お臥《やす》みだけれども、お母様は、まだ」

深雪は、小太郎の後方から、口早に囁いた。薄く灯のさしている障子のところで、綱手は手燭を吹き消して、

「お母様、お兄様が、上々の首尾で、ござりますって」

いい終らぬうちに、小太郎が、部屋の中へ入った。七瀬は、小太郎の膝を見て、

「ひどい泥が――」

と、眉をひそめた。二人の妹が、

「ああ、あっ、袖も――ここも――」

深雪が立って、何か取りに行った。

「その箱は？」

七瀬が眼を向けた。

「若君の御病間《ごびょうま》の床下にござりました。調伏《ちょうぶく》の証拠品」

両手で、母の前へ置いた。

「お父様に、申し上げてきや」

綱手は、裾を踏んでよろめきながら、次の部屋の襖を開けた。

三ノ二

八郎太は、むずかしい顔をしながら、じっと、箱を眺《なが》めていた。

「小柄《こづか》」

七瀬が、刀懸《かたなか》けから刀を取って、小柄を抜いた。八郎太は、箱の隙目《すきめ》へ小柄を挿し込んで、静かに力を入れた。四人は呼吸をつめて、じっと眺めた。ぎいっと、箱が軋《きし》ると胸がどきんとした。

(調伏の人形でなかったら?――)

小太郎は、腋の下に汗が出てきた。顔が逆上《のぼ》せてくるようであった。釘づけの蓋《ふた》が少し開くと、八郎太は、小柄を逆にして、力を込めた。ぐぎっ、と音立てて、半分あまり口が開いた。白布に包まれた物が出て来た。八郎太は、静かに布をとった。五寸あまりの素焼《すやき》の泥人形――鼻の形、唇の形、それから、白い、大きい眼が、薄気味悪く剝《む》き出していて、頭髪さえ描いていない、素地そのままの、泥人形であった。人形の額に、梵字が書いてあって、胸と、腹と、脚と、手に、朱で点を打ってあった。背の方を返すと、八郎太が、

「うむ――なるほど」と、うなずいて「相違ない」

四人がのぞき込むと、一行に、島津寛之助、行年四歳と書かれてあって、その周囲に、細かい梵字がすっかり寛之助を取り巻いていた。

人形は、白い――というよりも、灰色がかった肌をして眼を大きく、白く剝《む》いて、ちょうど、

寛之助の死体のように、かたく、大の字形をしていた。七瀬は、それを見ると、胸いっぱいになってきた。小太郎は、八郎太が、一言も、自分の手柄を称《ほ》めぬので、ものたりなかった。

「父上、いかがで、ござりましょう」

八郎太は、小太郎の眼を、じっと見つめて、

「他言することならぬぞ」

七瀬が、

「まあ、よかった。よく、見つかったねえ、床下といっても、広いのに――」

「お兄様――蜘蛛《くも》の巣が――」

深雪が、小太郎の頭から糸をつまみ上げた。八郎太は、人形を旧《もと》のように包んで、膝の上へ置いて、何か考えていた。

「これで、母も安心できました。ほんとに、大手柄――」

そういう七瀬の顔を、睨《にら》みつけて、

「支度」

「お出まし？　この夜中に」

七瀬が、恐る恐る聞くと、

「名越殿へまいる」

七瀬が立ち上った。綱手も、深雪も、せっかくの小太郎の手柄を、一言も称《ほ》めもしない父へ不満であったが、小太郎は、父の厳格な気質から見て、口へ出しては称めないが、肚《はら》の中では、

よくわかっているのだと思った。だが、なんだかものたりなかった。

七瀬は、次の間で簞笥《たんす》を、ことこと音させていたが、

「お支度ができまして、ございます」

八郎太は、箱を置いて、

「元のように入れておけ」

と、小太郎へやさしくいって立ち上った。

第一の蹉跌《さてつ》

一ノ一

丸木のままの柱、蜘蛛の巣のかかった、煤《すす》まみれの低い天井、赧《あか》っ茶けた襖《ふすま》――そういう一部屋が、崖に臨《のぞ》んだところに、奥座敷として、建てられてあった。その大きい切窓《きりまど》から、向うの峰、下の谷が眺《なが》められて、いい景色であったが、仁十郎《じんじゅうろう》が、疲労によろめいていて、どかりと腰をおろすと、座敷中がゆらめいたくらいに危くもあった。

茶店の爺《おやじ》が、早朝からの客を、奥へ通して、軒下に立てかけてある腰掛を並べて、店ごしら

えをしていた。婆は、土間の真暗な中で、竈《かまど》の下を吹きながら、皺《しわ》だらけの顔だけを、焔《ほのお》のあかりに浮き上がらせていた。

「霧島《きりしま》、韓国《からくに》、栗野《くりの》――」

玄白斎《げんぱくさい》は、眼を閉じて、髯《ひげ》をしごきながら、呟《つぶや》いた。仁十郎が、

「間根《まね》ヶ平《ひら》で、七か所――牧殿のお力なら、調伏《じょうじゅ》は成就致しましょうな」

玄白斎は、しばらくしてから、

「是非もない」

それも、元気の無い、低い声であった。

「婆あ――粥《かゆ》はまだできんか」

市助《いちすけ》が、土間へ、声をかけた。

「はい、ただいま、すぐ、煮《に》えますから――」

三人が、牧を追って、牧の修法《ずほう》している山々を調べてから、もう二十日近くなっていた。日数の経った修法の跡から、だんだん、追いつめて、昨日、修法した跡だと、判断できたのが、栗野山の頂上であった。玄白斎は、それを見て、

「間根ヶ平が、最後の修法場であろうが、今から、この疲れた脚で、行けようとも思えぬ。この上は、牧が国外に出てまで、修法するか、それとも、御城下へ戻るか――間根での修法が、明日の四つ刻《どき》にすむとすれば、久七峠《きゅうしちとうげ》へ出て、牧が通るか通らぬかを待とう。もし、通らぬ時は、城下へ戻ったもの、通るとしたなら、話によっては、そのままには差しおかぬ」

と、いった。和田仁十郎、高木市助の二人は、老師の、たどたどしい脚を、左右から支えながら、夜を徹して、栗野から、大口へ、大口から、淋しい街道を久七峠へ登って来てたのであった。

久七峠には、島津の小さい番所が置いてあった。その番所から、少し降《くだ》ったところに、この茶店があった。

「牧殿の返答によっては――」

仁十郎は、こういって（斬っても、よろしいか）と、つづけたいのを止めた。玄白斎は、牧を追跡し、口でも、よくはいっていないが、秘蔵弟子として、師よりも優れた兵道家として、子の無い老人にとっては、子よりも可愛い仲太郎であった。仁十郎には、よくそれがわかっていた。

「そう――返答によっては――捨て置けんかもしれぬ」

玄白斎は、たとい斉興の命なりとも、臣として、幼君を呪う罪は、兵道家として許しおけぬと、頑強に考えてはいたが、そのために自分の手で、牧を殺す、という気にはなれなかった。牧がうまく自分を説き伏せ、家中の人々を感心させてくれたら、――玄白斎は、自分の老いたことを感じたり、心弱さを感じたり、兵道家の立場の辛さを感じたりしながら、

「疲れた――疲れたのう」

と、眼を閉じたまま、額を、握り拳《こぶし》で叩《たた》いた。

一ノ二

「爺っ」

一人の侍が、軒下から、大声に呼んだ。

「今、十二、三人、見えるから、支度せえ」

「はいっ」

爺が、あわてて、走り出ると、侍はすぐ、番所の方へ登って行った。

「先生——牧の一行でござりましょうか」

玄白斎は、俯向いて、眼を閉じていた。

「うむ」

「十二、三人とは、人数が少し、多すぎまするが——」

「多くはない」

「はい」

市助が立って、暗い台所で何か水に浸していた。そして、持って来た。

「和田」

と、言った。水に漬《つ》けた真綿であった。仁十郎は手拭に包んで、いつでも鉢巻にできるよう、折り畳んだ。二人は、乱闘の準備をした。

「さあ、できました。お待ちどおさまで」

婆が、こういって、大儀《たいぎ》そうに、上り口から、土鍋《どなべ》を運んで来た時、しとしとと土を踏んで近づく音と、話声とが聞こえてきた。

和田《わだ》と、高木《たかぎ》とが、眼を見合せながら、玄白斎を見ると、前のまま、俯向いて、眼を閉じたきりであった。爺が表へ出て、下を眺めて、すぐ入って来た。そして、

「婆、ござらしたぞ」

と、言った。

「先生、芋粥《いもがゆ》が――」

玄白斎が、頷《うなず》いた。そして、眼を開いて、身体を起こして、

「わしにはわからん――」

と、呟いた。

「何が？」

「いや、食べるがよい」

三人が、茶碗《ちゃわん》へ手をかけると、表が騒がしくなった。

馬上の士《さむらい》が一人、駕《かご》が一梃《ちょう》、人々は、ことごとく脚絆《きゃはん》掛けで、長い刀を差していた。茶店の前で止まって、すぐ腰かけて、脚を叩いた。

「疲れた」

と、一人は股を拡げて、俯向いた。

「爺、食べる物があるか」

「芋粥ならちょうどできておりますが、あのお髯《ひげ》の御武家衆は貴下方《あなたがた》のお連れではござりませぬか」

「お髯の――幾人？」

「御三人」

侍は、首を延ばして、奥を覗《のぞ》いたが、襖で何も見えなかった。士は、土間から出て、軒下の腰掛にかけている一人に、

「斎木《さいき》」

「うむ」

「玄白斎が、まいっておるらしい」

低い声であったが、こう言うと同時に、人々は、動揺した。

「玄白斎が――」

と、一人が怒鳴った。馬上の士が、馬から降り立って土間へ入って来て、三人の草鞋《わらじ》を見ると、

「これは？」

と爺の顔を、咎《とが》めるように、鋭く見た。

「はいはい、これは、奥にいられます、三人のお侍衆の――」

「三人の？」

「御一人は、御立派な、こんな――」

爺は、髯を引っ張る真似《まね》をした。

一ノ三

家老、島津《しまづ》豊後《ぶんご》の抱え、小野《おの》派《は》一刀流の使い手、山内重作《やまのうちじゅうさく》が、

「斬るか」

と、大きい声をした。斎木と、貴島が、

「叱《し》っ」

眼で押えて、頭を振った。重作は、二人を、じろっと見て、土間へ入って、突っ立った。

馬から降りた侍は、豊後の用人、飽津《あくつ》平八《へいはち》で、七日、七か所の調伏を終り、大阪蔵屋敷へ、調所笑左衛門を訪《と》いに行く、牧仲太郎を、国境まで、保護して来たのであった。

玄白斎が、自分一人で牧を追うのとちがって、牧を保護するためには、家老も、目付もついていた。烏帽子《えぼし》岳《だけ》から牧の足跡を追って城下へ入り、高木市助をつれて、大篦《おおの》柄山《がらやま》へ向ったとき、もう目付の手から牧へ、玄白斎の行動は、報告されていた。豊後は手紙で、

「玄白斎が、修法の妨《さまた》げになるなら、どうでも、処分するが――」

と、さえいった。だが、牧は、

「老師を罪するがごとき邪念を挟《はさ》んでは、兵道の秘呪《ひじゅ》は、成就致しませぬ」

と、答えた。しかし、玄白斎が牧を追いかけていると知っている人々は、牧の、厳粛な、自分を棄てて、主家のために祈っている、凄惨《せいさん》な様を見ると、それを邪魔する玄白斎が憎くなっ

てきた。

奥の間に、人影が動いたので、人々がいっせいに見た。だが、それは、婆が立つ姿であった。が、すぐ婆の後方に白い髯が、玄白斎が、独りで、ずかずかと出て来た。土間に立っている山内が、睨《にら》みつけているのを、平然と、横にして、狭い表の間——駄菓子《だがし》だの、果物《くだもの》だの、草鞋、付木《つけぎ》、燧石《ひうちいし》、そんなものを、埃《ほこり》と一緒に積み上げてあるところへ来て立ったまま、

「貴島、斎木」

と呼んだ。

「老先生、御壮健に拝します」

二人は御辞儀《おじぎ》をした。

「牧は？」

「はい」

飽津《あくつ》が、玄白斎の前へ行った。

「加治木老先生、拙者《せつしや》は、島津豊後、用人、飽津平八と申します。牧殿は、大任を仰せつけられて、連日の修法を遊ばされ、ただいま御疲労にて、よく、御眠《おやす》み中でござります。御用の趣き、某《それがし》代って、承わりましょうが、御用向きは？」

「いや、御丁寧《ごていねい》な御挨拶にて、痛みいる。余人《よじん》には語れぬ用向きでのう」

「ははあ」

飽津が、何かつづけようとした瞬間、玄白斎が、

「牧っ、出いっ」

と、大声で、呼んだ。

「玄白じゃっ」

土間の、山内が、刀へ手をかけて、つかつかと、近づいた。斎木が、眼と、手とで押えて、

「老先生っ」

と、叫んだ時、駕《かご》の中から、

「先生」

低い、元気の無い、皺枯《しわが》れた声がして、駕の垂れが、微《かす》かに動いた。

一ノ四

貴島が駕へ口をつけて、

「垂れを、上げますか」

と、聞いた。

「出してもらいたい」

「しかし――」

垂れが、ふくらんで、細い手がその横から出た。人々があわてて手を出して、集まった。飽津が、

「牧氏、その御身体で――」

と、いった時、牧は瘦《や》せた脚を、地につけて、垂れの下から、頭を出していた。駕につかまり、人々の手にささえられながら、斎木と、貴島に左右から抱えられて、牧は駕から立ち上った。

玄白斎は、牧の顔を、じっと睨んでいた。三月あまり前に、ちょっと、見たきり、逢わない彼であったが、なんという顔であろう。それは、身体の病に、瘦せた牧でなく、心の苦しみに、悩みに、肉を削《けず》った人の面影であった。力と、光の無くなるべき眼は、かえって、凄《すご》い、怪しい力と、光に輝いていた。灰土色に変わるべき肌は、澄んだ蒼白色になって、病的な、智力を示しているようであったし、眉と眉との間に刻んだ深い竪皺《たてじわ》は、思慮と、判断と――煩骨は、決心と、果断《かだん》とを――その乱れた髪は、諸天への祈願に、幾度か、逆立ったもののように薄気味悪くさえ感じられるものだった。

骨立った手で、駕を摑《つか》みながら、よろめき出たのを見ると、玄白斎は、憎さよりも、不憫《ふびん》さが、胸を圧した。（よく、こんなになるまでやった。お前ならこそ、ここまで、一心籠《こ》めてやれるのだ）

ただ一人の優れた愛弟子《まなでし》に対して、玄白斎は、しばらくの間（死んではいけないぞ。お前が、死んでは、この秘法を継ぐものがない）と、思って、痛ましい姿を、ただじっと眺めていた。

牧は俯向いて、よろよろしながら、腰掛のところまで行くと、左右へ、

「よろしい」

と、低く、やさしくいった。

「大丈夫でござりますか」

牧は頷《うなず》いた。そして、腰掛へ、両手をついて、玄白斎に叩頭《じぎ》をした。

「御心痛のほど――」

これだけいうと、苦しそうに、肩で、大きい呼吸をした。

「某《それがし》――今度のこと――まずもって、先生に、談合申し上げん所存にはござりましたが――さる方より――火急《かきゅう》に、火急に、との仰《おお》せ、心ならずも、そのまま打ち立ちましたる儀、深く御《お》詫《わ》び申しまする」

牧は、丁寧に、頭を下げた。

「ちと、聞いたことがあってのう」

玄白斎は、やさしくいって、髯を撫でた。

「はい、なんなりとも」

「奥へまいらぬか」

飽津が、

「牧殿、ちと、お急ぎゆえ――」

「手間はとらせぬ」

「いや、しかし――」

牧が、頭を上げて、

「斎木、奥まで、頼む」

腰掛に手をついて、立ち上ると、よろめいた。貴島が、

「危い」

と、呟いて、支えた。

一ノ五

「おお、和田も、高木も――」

牧は、奥の部屋の中の二人を、ちらっと見ると、すぐ微笑して声をかけた。二人は、ちょっと狼狽《ろうばい》して軽く、頭を下げた。

「御苦労をかけた」

斎木と、貴島が、牧を案じて、部屋に近い上り口に待っているのへ、こういって、手を振って、あっちへ行けと命じた。そして、膝《ひざ》へ手を当てて、大儀そうに坐った。しばらく、四人は、そのままで黙っていたが、

「烏帽子《えぼし》で、護摩壇の跡を見た」

と、玄白斎が、口を切った。牧は頷いた。

「お前のほかに、あれを、心得ておる者はない」

牧は、また頷いた。

「そうか」

「はい」

「猟師を斬ったな」

牧は、静かに、低く、

「斬りませぬ」

「犬は？」

「犬は斬りました」

「猟師は、誰が殺した？」

「余人でござりますが――しかしながら――お叱りは某《それがし》が受けまする」

玄白斎は、また、しばらく黙っていた。牧の素直さに、鋭く突っ込みたくなくなってきた。

「聞くが、牧、鈎召金剛炉《きんしょうこんごうろ》の型のある以上、人命の呪詛《じゅそ》だのう」

「はっ」

「誰を、呪詛した？」

牧は、はじめて眼を上げた。澄んだ、聡明《そうめい》な、決心と、正しさと、光の溢れた眼であった。

「御幼君、寛之助様でござります」

牧のそういった言葉には、少しの暗さも、少しのやましさも無いのみか、自信と、力さえ入っていた。玄白斎は自分の想像していたように、斉彬を呪《のろ》っているのではなかったので、軽く失望したが、

「御幼君をな」

と、いって、すぐ、

「前の、お姫、お二人は？」

「存じませぬ」

「しかと」

「天地に誓文《せいもん》して」

「御幼君のこと──誰が、申しつけたぞ」

「そのことは、兵道家として──よし、師弟の間柄とはいえども、明かすことは──」

「よし、わかった。その言はよい。しからば、聞くが、御幼君といえども、主は主でないか。そもそも、兵道の極秘は大義の大小によって行うものではない。斉彬公が、また、御幼君が、よし、御当家のため邪魔であるにしても、これを除《の》けよと命ぜられたる時には、兵道家はただ一つ──採るべき道はただ一つ、一死をもって、これを諫《いさ》め、容《い》れられずんば、腹を裂く。義の大小ではない。たとえ、いかなることたりとも、不義に与《くみ》せぬをもって、吾等の道と心得ておる。このことは、よく、説いたはずじゃ。牧」

高木と、和田とは、刀を引き寄せながら、黙って、俯向いていた。牧は、眼を閉じたまま、身動きもしなかった。玄白斎は、すぐ、言葉をつづけた。

一ノ六

高木と、和田とは、どう、牧が答えるか、じっと──身体《からだ》中を引き締めていた。表の人々は、一人残らず、こっちを眺めていた。山内は、上り口で、いつでも、駈《か》け上れる用意をしていた。

「斉彬公を――いや、斉彬公を調伏せんにしても、お世継《よつぎ》にしようとする大方の肚《はら》であろう。藩論より考えると、これが大勢じゃ、しかし、よし、これが大勢にしても、所詮《しょせん》は久光殿を、寛之助様をお失い申すことは、不義に相違ない。余人は知らず、兵道家としては、久光殿と、寛之助様とを秤《はかり》にかけて、一方がやや軽いからとて、不義は不義じゃ、従うべきではない。牧、わしなら、皺腹《しわばら》を掻《か》っさばいて、上命に逆らった罪をお詫びして死ぬぞ。それがよし、斉興公よりの御上意にしても、主君をしてその孫を失うの不義をなさしめて、黙視するとは、その罪、悪逆の極じゃ。諫《いさ》めて容れられずんば死す。兵道に尚《とうと》ぶところ、これ一つ。兵道家の心得としても、これ一つ。わしは、常々申したのう。心正しきものの行う兵道の修法は、百万の勇士にも優り、心邪《よこしま》なる者の修法は、百万の悪鬼にも等しいと――牧、憶《おぼ》えておろうな。どうじゃ」

玄白斎は、静かに、だが、整然として、鋭く、牧に迫った。

牧は、俯向いたままで、微かに、肩で呼吸《いき》をしていた。どういう苦行をしたのか？　玄白斎が、想像していた牧とは、まるで違った疲労した牧であった。一人の命を縮めると、己の命を三年縮めるというが、この疲労、このやつれは、三年や五年でなく、すでに、死病にかかっている人の姿であった。玄白斎は、高木と、和田の前で、自分の気弱さを見せたくなかったが、もし二人がいなかったなら、この愛弟子《まなでし》の肩を抱き、手を執《と》って、

「牧、どうした？」

と、慰めてやりたかった。自分の立場として、兵道守護の務めとして、牧を、こうして咎《とが》めたが、心の中では、

（牧が、うまく返辞をしてくれたなら）と、祈っていた。和田が、

「牧殿――御返答は？」

牧は、眼を閉じて、手を膝へついて俯向いたまま、まだ答えなかった。山内が、咳《せき》をして、

「手間取るのう」

と、土間で、無遠慮なことをいった。

「お答え申し上げます」

牧は静かに顔を擡《もた》げて、澄んだ眼で、玄白斎を見た。

「うむ――」

玄白斎が頷くと、牧は、身体を真直ぐに立てた。牧のいつもの、鋭さが、眼にも、身体にも溢れてきた。

「君を諫《いさ》めて自殺する道、御教訓として忘却《ぼうきゃく》してはおりませぬ。しかしながら、某《それがし》自ら命を断つにおいては――この兵道の秘法は、今日かぎり絶えまする。また兵道は、ただいま、危地に陥っております。人間業に非《あら》ざる修業を重ねること二十年。それで、秘法を会得しても、一代に一度、修法をするか、せぬかでござりましょう。二百五十年前、豊公攻め入りの節、火焔の破頂《はちょう》にて和と判じて大功を立てて以来、代々の兵道方、先師たち、一人として、その偉効を顕現《けんげん》したことはござりませぬ。いたずらに、秘呪と称せられるのみにて、ここに十六代、代々、扶持せられて安穏《あんのん》に送るほか、なに一つとして、功を立てたことはござりませぬ」

牧は、澄んだ、しかし、強い口調で、熱をこめて語りだした。

一ノ七

番所の役人らしいのが、大股に降りて来た。用人に、何かいった。用人が、上り口へ来た。

「牧氏、まだか」

牧は、振り向きもしなかった。

「また、御先代よりの洋物流行《ようぶつばやり》、新学、実学が奨励されて以来、呪法のごときは、あるまじき妖術《ようじゅつ》、御山行者《みやまぎょうじゃ》の真似事、口寄《くちよ》せ巫女《みこ》に毛の生えたものと――なかんずく斉彬公、並にその下々の人々のごときは――」

「じゃによって、呪法の力を人々に、示そうと申すのか」

「よい時期と、心得まする。御家長久《おいえちょうきゅう》のために、兵道のために、また、老師の御所信に反《そむ》きまするが、当兵道は、島津家独特の秘法として、門外不出なればこそ重んぜられまするゆえ、御当家二分して相争う折は、正について不正を懲《こ》らし、その機に呪法の偉力を示して、人々の悪《あっ》口雑言《こうぞうごん》を醒《さ》ますのも、兵道のために――」

「黙れ」

和田と、高木とが、一膝すすめた。飽津がまた、

「こみ入った話ならば、後日になされとうござるが」

牧は答えなかった。玄白斎も対手《あいて》にならなかった。

「当兵道への悪口雑言などと、それほどの、他人の批判で、心の動くような――牧、浅はかで

はないか？　上より軽んぜられ、下より蔑《さげす》まれても、黙々として内に秘め、ただ一期《いちご》の大事に当って、はじめて、これを発するこそ、大丈夫の覚悟と申すものじゃ。三年名を現さずんば忘れ去るのが人の常じゃ。二百五十年、修法の機がなければ、雑言、悪口、当り前じゃ。先師たちは、それを、黙々として、石のごとく、愚のごとく、堪《た》えてこられた。わしも、秘呪を会得してこの齢になるが、一度の修法を行う機も無い。しかし己を信じ、法を信じて来た――」

「先生――先師十六代の二百五十年間よりも、この十年間の方が、世の中も、人心も激変致しました」

「万象変化《ばんしょうへんげ》しても、秘法は不変じゃ」

「人の無いところ、法はござりませぬ。秘呪の極は人と法と融合して無礙《むげ》の境に入るときに、その神力を発しますが、その人心が――」

「ちがってしまったか？」

「自ら独り高《たこ》うする態度と、兵道を新しくし、拡張し、盛大にせんとする心と」

「わしは、それを愚かしいと思うが――」

牧は、御家のため、師のため、己のため、兵道のために命を削って、調伏の偉効を示そうとしていたが、玄白斎にとって、それは、不正な、便法でしかなかった。兵道家はもっと、純一無垢《むく》な態度でなくてはならぬと信じていた。

「兵道のために尽そうとするお前の心は、よくわかる。ただ――その雑念、邪念が入っていて、はたして秘呪が成就《じょうじゅ》するか――牧。当兵道興廃のわかれるところ。その心のお前が成就するか、わしの修法に力があるか——わしも、一世一代の修法、お前と、秘呪をくらべてみようか」

「はっ」

「諸天を、通じて、夢幻の裡《うち》に逢おう」

「はあ」

「返答によっては、斬るつもりであったが、牧、わしは、お前を、斬れんわい。兵道の興廃よりもお前が可愛い」

牧は、だんだん、うつむいて行った。膝の上へ涙が落ちた。玄白斎も、涙をためていた。

二ノ一

牧の一行が立ち去ってからも、玄白斎は動かなかった。連日の疲れが一度に出て来たせいもあったが、玄白斎にとっては、それよりも、牧の処分に対して、強い態度を取れなかったという苦しさからであった。

玄白斎の日頃からいって、もっと烈《はげ》しく叱るであろうと、和田も、高木も考えていたが、玄白斎は、牧に逢い、牧の辛苦を見ると、ただ一人の自分の後継者を、自分の手で失いたくはなかった。和田の、高木の前もあったが、どうしても、「自裁《じさい》しろ」とは、言えなかった。和田も、高木も、黙っていた。二人が黙っているだけに、玄白斎は、自分の矛盾した心に、悩まなければならなかった。

「脚でも、お揉《も》み致しましょうか」

仁十郎が、こう言った時、

「爺っ——牧の一行が、通らなんだか」と、表で、大声がした。そして、大勢の足音が土に響いて来た。

「はい、今しがた、お越しになりました」

爺が、台所から、表へ小走りに出て行きながら、

「どうぞおかけ下さいませ」

和田が、襖のところから、眼を出すと、鉢巻をしめ、裾を端折《はしょ》った若者が、八人ばかり、軒下に立って、何か囁き合っていた。

「行けっ。一走りだ」

「遠くはない」

和田が、

「先生っ、若い者が、牧氏のあとを追いよりますが」

玄白斎は、眼を開いて、

「そうらしい」

と、静かにいった。立とうともしなかった。

「わしには、牧が斬れぬ。しかし、あの若い者なら、斬れよう。余人が斬るなら、斬ってもよい。わしには、仁十郎——斬れぬ」

俯向きがちに、髯もしごかない、玄白斎は袴の下へ、両手を入れてやさしくいった。表の若

者たちは爺の出した茶も飲まないで、すぐ登って行った。話し声だけ、しばらくの間聞こえていたが、玄白斎が顔をあげて、

「いいや――和田」と、大きい声をした。

「あの無分別な、若い者では、覚束《おぼつか》ない。牧は斬れぬ。止めるがよい」

「止めにまいりましょう」

仁十郎が立ち上った。

「待て――なんとしたものか、高木、わしには判断がつかなくなってきたが、――ここで朋党《ほうとう》の争いを起こしては、斉興公のお耳に入った時、斉彬公方の人々は極刑に逢おう――やはり止めなくてはならぬ。高木、仁十と二人で追っかけて、引き止めてまいれ。秘法での調伏は、秘法にて破りうる。玄白斎の命のあるかぎり、そう、牧の自由にはさせぬ」

仁十郎と、市助とは、頷くと同時に立ち上った。

「爺、草鞋の新しいのを――」

二人は刀を提《さ》げて上り口へ出た。そして、草鞋の紐を通している時、二、三人の馬上の人々が、二人の眼を掠《かす》めて鉄蹄《てってい》の響きを残して、山の下へ影のごとく過ぎ去った。

二ノ二

右手は雑草と、熊笹《くまざさ》の茂りが、下の谷川までつづいていた。左手は、杉の若木が、幾重にも山をなして聳《そび》えていた。

斉彬に目をかけられている家中の軽輩、下級武士の中の過激な青年たちが、牧を襲撃するという噂《うわさ》が、いつの間にか相当に拡がっていた。後方を振り向いた一人が、

「あれは？」

振り向くと、山角《やまかど》の曲りに、白い鉢巻をした人々が走り出て来ていた。

「山内、斎木、安堂寺《あんどうじ》、貴島」

と、馬上から、飽津《あくつ》が叫んだ。

四人が、向いて、

「なに？」

と、いうよりも先に、彼らの眼は、その近づいて来る人々を見た。山内は、大きい舌を出して、唇をなめながら、

「来よった」

と、笑いながら、袖《そで》の中から、襷《たすき》を出した。

「駕、急げっ、先へ行け」

と、二、三人が、同じことをいった。駕は小走りに遠ざかった。斎木は、道幅を計って、

「山内と、二人でよろしい」

追手《おって》は、木の間へちょっと隠れて、すぐまた現れた。もう間は小半町《こはんちょう》しかなかった。山内と、斎木が第一列に、少し下って貴島と、北郷《きたごう》が、第三段に安堂寺と飽津とが、並んだ。

追手の先頭に立っているのは、二十二、三の若者で、白地の稽古着に、紺木綿《こんもめん》の袴《はかま》をつけて

いた。山内が、

「牧殿が入用か」

と、怒鳴った。追手は、それに答えないで、四、五間まで近寄った。そして、

「吾ら有志より、牧殿に申し入れたい儀がござる。御面謁《ごめんえつ》できましょうか、それとも、御伝達下さりましょうか」

「無礼な、その鉢巻は、なんじゃ」

「お互でござろう」

「なに？」

「好んで、争いを求めませぬ。牧殿に何故、御世子《ごせいし》を調伏したか？　その返答を、お聞き下されい」

「戻《もど》れ、戻れっ」

若者の背後の人々が、

「問答無益」

と、叫んだ。

「奸賊《かんぞく》」

「斬れっ」

「斬れっ」

若い人々は、お互に、興奮しながら、他人を押し退《の》けて前へ出ようとした。

「山内を存じておるか」

山内が、崖《がけ》の端へ立って、若者に笑いかけた。

「お手前など対手でない。引っ込め」

「牧に尻っぽを振って、ついてまいれ」

山内は、さっと赤くなった。刳形《くりがた》へ手をかけて、つかつかと、前へ出ると、若者たちは、二、三歩退いた。

「よろしいか」

山内は、真赤な顔をして、睨《にら》みつけた。その瞬間、背の低い一人の若者が、水に閃く影のごとく、人々の袖の間を擢《す》り抜けて出て、

「ええいっ」

懸声《かけごえ》と同時にちゃりんと、刃の合った音がした。人々は胃をかたくして、柄《つか》を握りしめた。

二ノ三

人々が、額を蒼白《あおじろ》くして、脇《わき》の下に汗を出して、刃の音のした方を見た。

小柄な青年は、狂人のように眼を剝《む》き出して、山内を睨んでいた。山内は、唇に微笑を浮べて、正眼に刀をつけていた。青年は、だんだん肩で呼吸をするようになった。青年の背後から、一人が何かいいながら、青年の横へ出ようとした。その瞬間――

「ええいっ」

それは、声でなく、凄《すさ》まじい音だった。谷へも、山へも木魂《こだま》して響き渡った。青年は、その声と一緒に身体も、刀も叩きつけるように――それは、手負の猛獣が、対手を牙にかけようと、熱塊のごとく、ぶつかって行くのと同じであった。

人々の見ている前で、自分から斬り込んでおいて、よし、山内がどんな豪の者にせよ、一太刀も斬らずに、引きさがることは、面目としてできなかった。自分の命を捨てる代り、いくらかでもいいから、対手を斬ろうとする絶望的な、そして、全力的な攻撃であった。

「おおっ」

山内は、強く、短く、唸《うな》った。二つの刀が白くきらっと人々の眼に閃いた瞬間、血が三、四尺も、ポンプから噴出する水のような勢いで、真直ぐに奔騰《ほんとう》した。そして、雨のように砕けて降りかかった。

山内は、血を避けると同時に、次の敵のために刀を構えて、一間あまりの後方に立っていた。真赤な顔であった。青年は、血を噴出させて、黒い影を人々にちらっと示したまま――谷へ落ちたのであろう、どこにも姿が無くなった。

敵も、味方も、しばらく黙っていた。山内が、右手に刀を持って、左手を柄から放した。そして、後方へ小声で、

「布はないか」

「傷したか」

「指を二本、落された」

「おお、どの指を——」

山内が、右手片手で、刀を構えて、指を後方へ示した時、

「山内、見事だ。おれが、対手になる」

「見た面だのう」

若者は、答えないで、刀尖《きっさき》を地の方へつけて、十分の距離を開けた。薩摩独自の剣法、瀬戸《せと》口備前守《ぐちびぜんのかみ》が発明したと伝えられる示現流《じげんりゅう》（一名、自顕流、自源流。自源《じげん》という僧、天狗《てんぐ》より伝わったものという）特異の構えである。

馬蹄《ばてい》の音が、向うの山に響いて、青年の背後へ近づいて来た。二、三人が、振り向くと、三人の士が、馬を走らせて来ていた。

「邪魔の入らぬうち——」

と、一人が叫んだ。

「斎木殿、御対手申す」

真先《まっさき》にいた若者が、刀を抜いた。それと同時に、若者も牧の人々も、いっせいに、鞘《さや》を払った。

「兵頭《ひょうどう》はおらんか、兵頭っ」

遠くから、馬上の人が叫んだ。その刹那《せつな》、

「なにがっ。兵頭」

山内が、受けると見せて避け、対手の身体の崩れるのを、片手《かたて》薙《な》ぎと構えていたのへ、兵頭

は、こう叫ぶと、雷のごとく、打ち込んで行った。避ける暇はなかった。がちっと受けた。しっかと柄を握ってはいたが、指を二本なくした掌であった。びーんと、掌から腕へ響いて、左手が柄から離れた。刀が下った。兵頭の刀尖《きっさき》が、山内の頭へ、浅いが割りつけた。

二ノ四

腕で斬るのではなく、身体ぐるみで斬りかかった刀だった。山内の頭から、額へ、眉の上へ、赤黒く血が滴って来た。

「池上っ――池上はおらぬか」

と、馬上の人の叫ぶ声が、近づいた。

「新納《にいろ》殿《どの》だ」

二、三人が呟いた。

「ええいっ、ええいっ」

兵頭は、刀を真直ぐに右手の頭上へ構えて、山内の眼を睨みつけた。お互に、それは、物を見る眼ではなく、人間の全精力を放射する穴のようなものだった。凄惨《せいさん》な、殺気とでも名づけるような異常な光が放たれていた。

「来いっ――さ、来いっ」

こう答えて、またしばらく、二人は、黙って睨み合った。

斎木も同じように、黙って、正眼に構えたままであった。刀と刀との間が、まだ二、三尺も離れていたが、それがかちっと触れて、音立てた時には、どっちかが、傷つくか、殺されるかの時だった。敵も味方も、狭い道の背後《うしろ》から、隙があれば、一太刀でも助けようとしていたが、どうすることもできなかった。

「引けっ、刀を引けっ——山内っ、斎木っ」

新納は、若者の中へ、馬を乗り入れて来た。若者は、家老の位置に対し、無抵抗でいなければならなかった。

「兵頭っ。刀を引け——引かぬかっ」

「はっ」

兵頭が、こう答えた刹那、新納が、

「山内っ」

と、叫ぶのが早いか、山内の打ち込んだのが早いか——兵頭は、

「おおっ」

さっと、引くと、新納の馬へ、どんと、ぶつかった。よろめきながら、閃いた刀を、反射的に受けて、

「何をっ」

「山内っ、おのれ、たわけ者がっ」

新納が、山内の前へ、馬をすすめた。馬は怖《お》じて、頸《くび》を上げながら、二、三尺、山内の方へ胸を突き出して、脚踏《あしぶ》みした。

「卑怯者《ひきょうもの》っ、それでも、剣客かっ」

一人が、兵頭の後方から、山内へ怒鳴った。

「引け、引き揚げいっ」

人々の後方にいた二人の馬上の士が、近くの若者へ、頭を振って、引き揚げろといった。

「斎木、早く行け、牧は行ったか」

「御無事に」

新納は頷いて、

「池上、兵頭、戻れ」

「由利《ゆり》が殺されました」

兵頭が、馬の横から蒼白な顔で見上げた。

「どこに」

「谷へ、斬り落されました」

「誰に？」

「山内に――」

「すべて、戻ってから聞こう。戻れ、皆戻れっ――なにを、ぐずぐずする。戻らぬと、おのれら、厳重に処するぞ」

「池上――おお無事か、新納様――」

「お前は？」

「加治木玄白斎の門人、和田仁十郎と申しまする」

「加勢か」

「いいや、師の仰せにて、押えにまいりましたが、無事の体にて――」

「そうか、わかった。玄白斎に、新納が静めたと申しておけ、御苦労。池上、兵頭、拙者《せっしゃ》と同道せい」

「はい」

新納は馬を廻した。

三ノ一

「同志の名は、明かすまいぞ」

「うん」

と、いった時、板戸が、埃と一緒に軋《きし》って開いた。

「池上――出ろ」

池上は、声に応じて立ち上って、ずかずかと、その侍の方へ歩み寄った。薄暗い廊下に、もう二人の侍が立っていた。

「ついてまいれ」

廊下の突き当り、中戸を突きあげると、沓脱《くつぬぎ》に、庭下駄《にわげた》と草履《ぞうり》とが並んでいた。人々が、庭下駄を履《は》いたので、池上がその上へ足を下ろすと、

「草履だ」

と、背を突いた。

「なに?」

池上は、振り返って、睨みつけた。

「草履を履くのだ」

「いえばわかる。なぜ、背中を突いた」

「黙って、早く行け」

「行《ゆ》かん。俺は、罪人でないぞ、軽輩だと、お主たちは侮《あなど》る気か」

先に、庭に降りていた一人が、

「ここで争っては困る。殿が待っておられるのだ。池上」

「よろしい」

池上は、赤い顔をして、眼を光らせて、植込みの中を、曲って行った。広縁《ひろえん》のところへ来ると、一人が、縁側へ手をついて、

「召し連れました」

と、いった。二人は、池上とともに、庭へうずくまっていた。しばらくして、障子《しょうじ》があいた。

新納六郎左衛門が、小姓と近侍《きんじ》とを従えて坐っていた。

「それへ上げろ」

新納は、縁側を、扇で指した。

「御意《ぎょい》だ。すすむがよい」

池上の後方の士が、囁《ささや》いた。池上は、一礼して立ち上って沓脱《くつぬぎ》から、縁側へ平然として上って行った。新納は、その一挙、一動をじっと、見ていたが、池上が坐って、礼をしてしまうと、

「七、八人、人数がおったのう」

「はい」

「誰と、誰と――」

「忘れました」

新納の眼に、怒りが光った。池上は、その眼を、少しも恐れないで、正面から、じっと視《み》つめていた。

「なぜ――思い出さぬか？」

「出しません」

池上は、言下に、はっきりと、答えた。

「よし、それでは、思い出させてやろう。釘をもて――粉河《こかわ》、その方ども、そいつの手足を押えい」

四人の近侍が立ち上った。池上は、微笑した。だが、顔色は少し蒼《あお》ざめてきた。一人が池上の右手をとって、上へ引いて、膝頭を片脚《かたあし》で蹴《け》りながら、

「俯《う》つ伏《ぶ》せになれ」

と、いった。池上は、その男を下から睨み上げて、

「俯つ伏せ？　薩摩《さつま》隼人《はやと》は、背を見せんものじゃ。馬鹿め」

怒鳴ると、右手を振り切って、仰向《あおむ》けに、大の字に、手足を延ばした。四人が、一人ずつ手と足を押えつけた。

三ノ二

「釘を、持参《じさん》仕《つかまつ》りました」

「親指を責《せ》めてみい――池上、ちいっと、痛むぞ」

一人が、押えている池上の掌《てのひら》を、板の上へ伏せて、親指の爪の生《は》え際《ぎわ》へ、釘のさきを当てた。そして、少しずつ力を加えながら、爪をおしつけた。

爪は、しばらく、赤色になっていたが、すぐ、紫色に、変った。池上の顔は、真赤に染まって、米噛《こめかみ》の脈が破裂しそうにふくれ上ってきた。額に、あぶら汗が滲《にじ》み出てきて、苦しい、大きい息が、喘《あえ》ぐように、呻《うめ》くように、鼻から洩《も》れかけた。脚が微かにふるえて、一人の力では押えきれぬくらいの力で動こうとした。足の指は、皆内側へ曲って、苦痛をこらえていた。眉も、眼も、唇も、頬も、苦しそうに歪《ゆが》んできた。

「池上、どうじゃ、同志の名を聞こうか」

新納は、煙草をはたきながら、静かに、声をかけた。池上の腹が、波打つように動き、頭髪が、目に立ってふるえてきた。

「池上」

うむーっ、と、苦痛そのものが、洩らしたような凄い呻きが、池上の口から洩れて出た。手足を押えている四人の侍は、手だけでなく、身体と、脚とで、池上の一本の手、一本の脚を押えていた。

池上は、唇を噛《か》んで、眉も、鼻も、くちゃくちゃに集めて苦痛を耐えていた。指から、腕じゅう、腕から、頭の真中《まんなか》へまで、痛みが、命を、骨を削《けず》るように、しんしんと響いていた。顔色が、灰土のように、蒼《あお》ぐろく変って、呼吸《いき》が、短くなってきた。仰向いている腹が、人間とは思えぬように、高く、低く、波打って呼吸をしかけた。

「池上」

池上は、黙っていた。新納は、吐月峰《はいふき》を叩いて、

「よかろう」

と、いった刹那、池上が、

「うっ」

それは、呼吸のつまったような、咽喉からではなく、もっと奥の方から出た音のようなものであった。そして、池上の腹が、胸が五寸あまりも浮き上った。人々が、池上の上へのしかかった。池上の爪へ、釘を押し当てていた侍が、

「突き抜けました」

と、額に、冷たい汗をかいて、蒼白い顔をしながら、小さいかすれ声でいった。

「手当をしてやれ――気絶したか」

新納が、人々の蔭になっている池上の顔を見ようとした。

「はは、はははは」

人々は、冷たいもので、背中を撫でられた。池上のその笑い声は、幽鬼《ゆうき》のような空虚で、物凄い笑いだった。

「あははは、生きていたか——池上、流石《さすが》に薩摩隼人だ。よく耐《こら》えた」

新納が、池上の、灰色の顔を見て、睨《ね》めつけるように、鋭い眼をして、こういうと、次の瞬間、やさしい声になって、

「池上、お前たちの世の中じゃ。その心を忘れずに、しっかり、やってくれ。ただ——ただ、無謀な振舞だけはするな、世の中は広大じゃで、一家一国の争いなどに、巻き込まれるな——感心したぞ——えらいぞ」

新納の眼に、微かに、涙が白く浮いていた。池上は仰向いて、眼を閉じたまま、大の字になって、身動きもしなかった。

三ノ三

医者が来て、釘の突き抜けた疵口《きずぐち》を洗って、繃帯《ほうたい》をした。池上は、何をされても、黙って、眼を閉じて、身動きもしなかった。また、できなかった。苦しさに、痛みに、気を失う間際《まぎわ》までになっていた。それが急に放たれて、称《ほ》められて、肉体も、精神も、ぼんやりとして、疲れきっていた。医者が立ち去ろうとすると、新納が、

「兵頭を呼べ」

池上が、

「兵頭」

と、呟いた。そして、首を動かして、起き上ろうとした。四人の者が、片膝を立てて、もし、主人に乱暴でもしようものならと、池上の眼を、手を、脚を、油断なく見つめていた。

「新納殿」

池上は、灰色の顔色の中から、新納を睨みつけた。

「裁許掛《さいきょがかり》でもないお身が、なぜ、濫《みだ》りに、人を拷問《ごうもん》なされた」

新納は、口に微笑を浮べて、

「書生の理屈じゃ。ま、理屈はよい、わしが負けておこう。今、兵頭がまいったなら、改めて話すことがある」

と、いった時、庭石に音がして、兵頭が案内されてきた。薄汚ない着物が、庭の中でも、部屋の中でも、目に立った。侍が兵頭に、囁くと、

「御免《ごめん》」

と、いって、ずかずかと、池上の側へ坐った。そして、新納へ、挨拶した。

「兵頭」

「はっ」

兵頭は、両手をついた。

「今、池上を爪責めにした――」

兵頭は、頭と、手を、さっと上げると、正面から、新納を睨んだ。そして、

「ここの親爺とも覚えぬ」

と、大きい声を出した。新納は微笑を納めて、兵頭を眺めていた。近侍が、ことごとく、兵頭を睨みつけた。

「爪責めは愚か、八つ裂き、牛裂きに逢おうとも、いったん口外すまいと誓ったことを破るような――あははは、ここらの方には、爪責めでぺらぺら喋《しゃべ》る人もござるのじゃろ。だから拷問も御入用じゃ。吾ら、軽輩、秋水党《しゅうすいとう》の中に拷問などと申すものはござらぬ。爪責め？ どう責める？」

兵頭は、一座の人々を、じろりと、見廻して、いきなり右脚を、新納の方へ投げ出した。そして、右手で、足の親指を握って、

「爪を責めるだけか――見ろっ」

ぐっと、逆にとった自分の親指、

「えいっ」

ぽきっ、と音がした。

「新納、見そこなうなっ。吾等薩摩隼人に、拷問にかけて問うなどと、恥を知らぬかっ。おのれが拷問にかけられると、ふるえ上るから、吾らも白状するかと、ははははは、老いぼれたかっ。脚でも――」

兵頭は、腕をまくって突き出した。

「腕でも——斬るなり、突くなり、折るなり——池上っ。生死命あり論ずるにたらず、一死ただ報いんとす、君主の恩」

兵頭は、足を投げ出したまま、大声に、詩を吟《ぎん》じた。誰も、だまっていた。身動きもしなかった。

三ノ四

「武助《ぶすけ》、おいとま致そう」

少し、顔色を回復した池上が、静かにいった。

「新納殿、御無礼致しました」

兵頭は、脚を引いて、御辞儀もしないで、

「もう、夜に近い。急ごうよ」

一座の人々は、一座を、新納を、あまりに無視した二人の振舞に、どう判断していいか、ぼんやりしていた。兵頭が立ちかけると、新納が、

「兵頭、引出物を取らそう」

と、叫んだ。

「引出物？」

兵頭が、新納を睨んで、身構えた。新納は自分の脇差《わきざし》を抜きとって、

「主水正《もんどのしょう》じゃ。差料《さしりょう》にせい」

と、兵頭の脚下へ投げ出した。兵頭は、しばらく黙って、新納の顔を見ていたが、静かに坐った。った。そして手をついて、

「お許し下されますか」

じっと新納の眼を見た。

「池上、そちにも取らそう。大刀を持て」

と、小姓へいった。そして、兵頭へ、

「斉彬公が、軽輩、若年の士を愛する心が、よくわかった。機《おり》があったら、新納が、感服していたと、申し伝えてくれい。ただ、池上、兵頭。噂《うわさ》に上っている牧、あるいは調伏のことなどで、あったら命を捨てるなよ。近いうちに天下の大難が来る、それを支え切り抜け、天下を安きに置くは、もう、わしらごとき老境の者の仕事ではない。ことごとくかかってお前たちの双肩《そう》《けん》にある。よく、斉彬公を補佐し、久光公を援《たす》けて、この天下の難儀に赴《おもむ》かんといかん。一家の内に党を立て、一人の修行者風情《ふぜい》を、お前ら多数で追っかけるような匹夫《ひっぷ》の業《わざ》は慎《つつ》しまんといかん」

二人は、だんだん頭を下げた。

「同志の者によく申せ。これ、馬の支度をして、送ってやるがよい。お前たちが、次の天下を取るのじゃ。大切にせい。髪の毛一本でも粗末にするな、指は、一本だけ折ればよいぞ。兵頭」

「はっ」

兵頭は、泣いている。顔を上げなかった。

「斉彬公よりも、天下の動乱のあること、よく承《うけたま》わっております。御教訓、しかと一同に申し伝えまする」

と、池上が挨拶した。

二人が、引出物の刀と、脇差とを持って廊下へ出ると、もう、黄昏《たそがれ》になっていた。廊下つづきの、左右の部屋部屋から、いろいろの顔が、ちらちらと覗《のぞ》いたし、玄関にも、多勢の人々が二人を眺めていた。

提灯を片手に、馬丁《ばてい》が、馬の右に立った。人々の挨拶を受けて、門を出ると、もう、夜であった。門の軒下《のきした》を曲がると——二つの影が、

「武助」

「五郎太」

と、叫んだ。馬丁がその方へ提灯を突き出した。二人の青年が見上げていた。

「おお、西郷《さいごう》」

「大久保。今ごろまで、何していた」

「待っていた。無事だったな」

大久保の声は、微かに、明るく、顫《ふる》えていた。

「引出物まで頂戴《ちょうだい》した」

と、武助は、脇差を、かざして見せた。

四ノ一

黒塗の床柱へ凭《もた》れかかって、家老の、碇山将曹《いかりやましょうそう》が、

「なんと——京で辻君《つじぎみ》、大阪で惣嫁《そうか》、江戸で夜鷹《よたか》と夕化粧《ゆうげしょう》——かの。それから」

金砂子《きんすなご》の襖の前で、腕組をして、微笑しているのは、斉興の側役《そばやく》伊集院《いじゅういん》伊織《いおり》である。その前に、膝を正して、小声で、流行唄《はやりうた》を唄っているのは、岡田小藤次であった。

　意気は本所《ほんじょ》、仇《あだ》は両国
　うかりうかりと、ひやかせば
　ここは名高き、御蔵前《おくらまえ》
　一足、渡しに、のりおくれ
　夜鷹の舟と、気がつかず
　危なさ、恐《こわ》さ、気味悪さ

小藤次は、眼を閉じ、唇を曲げて、ひとくさり唄い終ると、

「ざっと、こんなもので」

扇を抜いて、忙しく、風を入れた。

「世間の諸式が悪いというに、唄だけはよく流行《はや》るのう」

将曹が、柱から、身体を起こして、

「ツンテレ、ツンテレ——か、のう、ツンテレ、ツンテレ、京でえ、辻君——」

「トン、シャン」

小藤次が、扇で、膝を叩いた。

「申し上げます」

廊下から、声がした。

「大阪で、惣嫁」

「テレ、ツテツテ、ツテテンシャン」

「申し上げます」

将曹が、扇で、ぽんと膝を叩いて、

「えへん——江戸で、夜——」

「申し上げます」

伊集院が、立って行って、

「なんじゃ」

「名越左源太、仙波八郎太殿御両人、内密の用にて——」

「待て」

「テレトン、テレトン」

「御家老」

将曹は、細目を開いて、

「夕化粧、ツンシャン——なんじゃな」

「名越と、仙波とが、何か話があって、お目にかかりたいと」

将曹は、うなずいて、また、眼を、閉じた。小藤次が、

「意気は、本所」

「意気は、本所」

「テレ、トチトチ、ツンシャン」

障子が、静かに開くと、敷居《しきい》から一尺ほどの中へ、二人が坐った。障子をしめると、二人は、御辞儀をした。

「仇は、両国——もっと、近う」

「はっ」

「ただ今、唄の稽古じゃ」

小藤次が、口三味線のままちょっと振り向いて、二人を見て、すぐ、

「うかりうかりと——」

「うかり」

仙波が、

「ちと、内談を——」

「ひやかせば——内談か、聞こう」

「申しかねまするが、御人払いを——」

「人払い？」

将曹の顔が、ちょっと険しくなった。

「余人はおらぬ、申してよい」

床柱から、身を離すと、二人をきっと眺めた。小藤次も二人の方へ、膝を向けた。

四ノ二

「では――」

名越左源太は、右手を後方へ廻して、包み物をとって膝の上へ置いた。そして、中から、箱をとり出して、

「これを御覧下されたい」

右手で押し出すと、伊集院が、将曹の前へ置いた。将曹は蓋《ふた》の梵字《ぼんじ》をしばらく眺めてから、蓋をとって、人形の包みを、手早く開けた。そして、

「これが？」

二人を見た。

「御世継様を、調伏した形代《かたしろ》と心得ますが――」

三人の眼が光って、一時に、人形へ集まった。左源太が、

「裏側を――」

声に応じて、将曹が、人形を裏返した。小藤次が、首を延ばして覗《のぞ》き込んだ。

「あるいは、調伏の人形かもしれぬ――どこで、手に入れた」

「御病間の床下から――仙波の倅《せがれ》が、手に入れました」

将曹は、うつむいている仙波へ、じろっと、眼をくれて、

「これが、調伏の形代《かたしろ》として、誰が、いったい寛之助様を呪《のろ》うたのじゃ」

二人は、将曹を、じっと見たまま、しばらく黙っていた。左源太が、

「その儀は、この人形を埋めました者を詮議《せんぎ》すれば、わかると存じます」

「心当りでもあるか」

「ござります」

「申してみい」

小藤次と、伊集院とは、二人を見つめたままであった。

「おそれながら――」

仙波が、懐《ふところ》から、紙を取り出して、伊集院の方へ押しやった。

「この二つの筆跡《ひっせき》から判じますに、牧仲太郎殿の仕業《しわざ》と心得まする」

将曹は、人形を持った手を、膝《ひざ》の上へ、落すように置いて、

「牧だと――」

「その、書状の筆跡を――」

と、までいうと、少し、赤い顔になった将曹が、

「仙波――名越。この人形を、その方どもが作り、牧の筆跡に似せて書いたとされても、弁解

の法が立つか」

名越が、さっと、顔を赤くした。

「奇怪な。――仰せられる御言葉とも思えぬ。某《それがし》が――」

「物の道理じゃ。貴公がせんでも、牧に怨みのある奴が、牧を陥《おとしい》れんがために、計ったこととも考えられるのではないか。余《よ》のことではない。軽々しく、調伏の、牧の仕業のと、平常の、貴公に似ぬ振舞だ」

「お姫様から、御次男様まで、御四人とも、奇怪な死方をなされた上は、一応、軍勝図《ぐんしょうず》を秘伝致す牧へ御取調べのあっても、不念《ぶねん》とは申せますまい。もし、その人形が余人の手になったものなら、不肖《ふしょう》ながら、某《それがし》ら両人切腹の所存でござる。島津壱岐殿《しまづいきどの》も、牧の筆と御鑑定になりましたが、一応、調伏の有無を、御取調べ願いたいと――内密の用とはこのことでござります」

名越は、声を少しふるわせていた。将曹が、

「左源太」

と叫んだ。

四ノ三

左源太は、少し怒りを含んだ眼で、将曹に膝を向けた。将曹も左源太を睨みつけながら、

「この形代《かたしろ》は、いったいどこから、持ってまいったな」

「申し上げましたとおり――御病間の床下から――」

「いかがして、取り出した？」

「いかがしてとは？」

「床下へ、忍び込んだので、あろうな」

仙波も、名越も、しばらく黙っていた。忍び込んだ、といえば、なぜ忍ぶべからざるところへ、忍び込んだと、逆にとがめられても、弁解はできなかった。しかし、名越は強い明瞭《はっきり》した調子で、

「いかにも――御床下へ、忍びこんで、手に入れました」

小藤次も、伊集院も、名越の大胆な答えに、じっと、顔を見つめた。

「誰が、許した――誰が、忍び込めと、許した」

名越は、眼の中に冷笑を浮べて、

「許しを受ける場合もあれば、受けんと忍ぶ時も、ござろう。御家の大事に、いちいち――」

将曹が、

「黙れ、許しなくば、重い咎《とが》めがあるぞっ」

「あはははは、命を捨てての働きは――あはははは、仙波も、某《それがし》も、とっくに、命はないものと覚悟しておる。御家に、かかる大不祥事《ふしょうじ》があって、悪逆の徒輩《とはい》が、横行致しておる節、かような証拠品を手に入れるに、いちいち、御重役まで届けられようか。ははは。いや、御貴殿が、この品を軽々しくお取り扱いなさるなら、もはやそれまで、某らは、某らとして、相当の手段をとって、飽《あ》くまで、牧殿を追求する所存でござる。貴殿御月番ゆえに、一応の御取り調

べ方を御願いにまいりましたが、思いもよらぬ御言葉、この大事を取り調べようとせず、逆に、当方を御咎めになるらしい口振り、裁許掛ならいざ知らず、月番の御役にしては、ちっと役表に相違がござろう。その品が偽《いつわ》り物ならば偽り物、真実ならば真実と、ひととおり、掛《かか》り役人にて取り調べされるよう御指図なさるのが、月番の御貴殿の役では」

名越は、大きい声で、一息に、ここまで喋《しゃ》べると、将曹が真赤になったかと思うと、

「黙れっ、黙れっ」

と、叫んだ。

「無礼なっ、何を、つべこべ、講釈を披《ひろ》げるか？　かようのあやふやな人形を、証拠品などと、大切そうに——」

「奇怪なっ、この人形が、あやふやとは？　何が故に、あやふやか？　高《たか》の知れた泥人形ゆえに、あやふやと申されるのか？　牧仲太郎でも召し捕えて、白状させれば、あやふやでないと、仰せられるのか？　取り調べもなされずと、あやふやと断じて、裁許掛の手へも、御廻しにならぬとすれば、御貴殿も、同じ穴のむじなと見てよろしゅうござるか？」

「なに？」

「仙波、直々、裁許掛へ願い出ることに致そう」

名越が、赤い顔をして、仙波へ、振り向いた時、七、八人の静かな足音が、広書院《ひろしょいん》の方に近づいて、障子の開く音がした。

「持って戻れっ」

将曹は、唇と、頬とを痙攣《けいれん》させながら、人形と、箱とを名越の前へ投げ出した。がちゃんと音がして——人形の片手がもげた。仙波が、

「何をなさるっ」と、叫んだ。

四ノ四

「なに？」

将曹は、こういって、仙波を睨みつけながら、立ち上った。八郎太は、頬をぴくぴくさせ掌を顫《ふる》わせていた。そして、

「お待ちなされ」

将曹の行手へ、膝をすすめた。

「軽率なる御振舞、何故、証拠の品を、毀《こわ》し召された」

将曹は、少し、額を、蒼白ませながら、小藤次と伊集院に、

「御渡りになったらしい」

と、いって、襖《ふすま》へ手をかけようとした。

「待たれいっ」

八郎太は、手を延ばした。

「将曹殿」

八郎太が、片膝を立てて手を延ばし、将曹の袴の裾を掴むと同時に、

「無礼者がっ」

室中《へやじゅう》に轟《とどろ》く、大きい声であった。そして、真赤になった将曹は、摑まれている方の足を揚《あ》げて、八郎太の腕を、蹴った。八郎太は、将曹の、意外な怒りに、態度に、摑んでいた裾を離すとともに、無念さが胸の中へ、熱い球のように押し上って来た。

「なんと心得ているっ。け、軽輩の分際《ぶんざい》をもって、無礼なっ」

八郎太の下から睨み上げている眼へ、憤怒《ふんぬ》と、憎悪を浴びせながら、将曹は、襖を少し開けた。

「仙波、無益なことじゃ。対手による。戻ろう、戻って——」

将曹は、襖を少しずつ開けつつ、

「両人とも、退れっ」

と、立ったままで叫んだ。

「伊集院っ、此奴《こやつ》を退《さ》げろ」

将曹の声は、顫えていた。二、三寸隙間の開いた襖から、中の模様が見えていた。六十に近い、当主の、島津斉興が、笑いながら脇息《きょうそく》に手をついて、坐りかけながら、将曹の声に、こっちを眺めていた。その横に、ほの暗い部屋の中に、浮き立ってみえる、厚化粧のお由羅《ゆら》が、侍女を従えて、立っていた。

「お退り召され」

伊集院が、膝を立てて、仙波にいった。ちょうど、その時、老公の顔と、名越の顔とが合ったので、名越が、平伏する。仙波も、すぐ平伏した。

「お退り召され」

二人は平伏したまま、しばらく、じっとしていた。

「将、なんとした」

斉興が、声をかけた。将曹は、襖を開けて、入りながら、

「ただいま、言上」

と、坐って、後ろ手に、襖を閉めた。

「早く――」

と、伊集院が、三度目に促すとともに、

「煩《うる》さいっ」

左源太が、低いが、鋭く叫んで、伊集院を睨んだ。仙波は、木箱の中へ、毀れた人形を包んで入れた。

「退ろう」

と、名越を振り向いた時、

「両人とも、待てっ」

足音とともに、斉興の部屋から、呼び止めた人があった。

四ノ五

襖を開けたのは、横目付《よこめつけ》四ッ本喜十郎《よつもときじゆうろう》であった。後ろ手《うしろで》に閉めて、二人の前へ坐ると、

「何か、証拠の品が、あると申されるか」

「ござります――これなる――」

仙波が、膝の上で、包みかけていた箱を、差し出した。

「暫時《ざんじ》――」

四ッ本は、そのまま向き直って、膝行《しっこう》して、書院へ入った。

二人は、膝へ手を置いて、黙っていた。伊集院は、天井を眺めて、腕組をしていた。小藤次は、扇をぱちぱち音させていたが、立ち上って、廊下へ出て行った。

斉興の部屋からは、低い話し声が、誰のともわからずに洩れてきた。仙波と、名越とは、斉興が、あの証拠品を見てどう処置するか？　自分の孫を呪い殺した下手人に対して、どう憎み――自分たちの真心を、どう考えるか？　煙管《きせる》を叩く音が、静かな書院中へ響いていた。しばらくそうした沈黙がつづいてから、足音がしたので二人が、俯向いていると、四ッ本が、

「拙者《せっしゃ》の詰所まで」

と、いって、襖のところへ、立っていた。

「詰所へ？」

「御上意によって、承《うけたま》わりたいことがござる」

「心得た」

名越が、膝を立てた。仙波が、

「ただいまの品を──」

「ただいまの？ .御前にあるが──」

「御持参御願い申したい」

四ッ本が、襖を開けて、膝をついて、敷居越しに、

「申し上げまする」

将曹が、

「なんじゃ」

「その証拠の品を戻してくれいと、申しておりますが──」

斉興が、鋭く、四ッ本の後方に、頭の端だけを見せて、俯向いている二人を、睨んだ。そして、脇息越しに、手を延ばして、人形を摑んで、

「これか」

大きい声と一緒に、四ッ本の前へ、投げつけた。片手を折った人形は、また首を折った。白《しろ》灰色《はいいろ》の眼を、剝き出した首だけが、ころころと、四ッ本の前へ転がってきた。

名越と、仙波とは、ただの調子でない斉興の声に心臓を突かれると同時に、人形を投げつけたらしい気配に、ちらっと眼を挙《あ》げたが、近侍の人々しか見えなかった。

（どうして、御立腹になったのかしら？）と、二人の心が心もち蒼ざめて、冷たくなった時、

「不届者がっ」

と、斉興の、少し顫《ふる》えて、しゃがれた大きい声がした。二人は、

「はっ」

と、いって、見えぬところであったが、平伏した。

斉興は、首を延《のば》して、二人を見ようとしながら、両手で脇息を押えて、ぶるぶる両手を顫わしながら、

「これっ、不届者——聞け」

と、叫んだ。

四ノ六

斉興が、思いがけぬ烈《はげ》しい罵声《ばせい》に、二人は、手をついてしまった。

「不届者っ——こ、これへまいれっ」

甲高《かんだか》い、怒り声であった。

「おのれら、不所存《ふしょぞん》な。なんと思いおる。たわけがっ」

二人は、平伏しているよりほかにしかたがなかった。四ツ本も、二人と同じように手をついていた。

お由羅は、薄明りに金具の光る煙草盆《たばこぼん》を、膝のところへ引《ひ》き寄せて、銀色の長煙管《ながぎせる》で、煙草を喫《す》っていた。そして、白々とした部屋の空気を、少しも感じないように、侍女に何かいっては、侍女と一緒に朗らかに笑った。

「実学党崩《じつがくとうくず》れ、また、秩父崩《ちちぶくず》れ——家中に党を立てて、相争うことは、それ以来、きつい法度《はっと》

にしてあるはずじゃ。それを存じておりながら――こともあろうに、由羅がどうの、調伏がどうのと――おのれら、身《み》をなんと見ておるのじゃ。当家は身のものじゃぞ。これっ――身が当主じゃぞ。身を調伏したり、身に陰謀を企てたりする奴輩《やつばら》がおったなら――そりゃ、床下へなりと、天井へなりと、奥へなりと忍び込め――それは、忠義の所業《しょぎょう》じゃ。また倅の側役として、斉彬に事があれば、それも許してやろうが、高が斉彬の倅一人の死に、陰謀がどうの、こうの――申すにことを欠いて、由羅が張本人などと――由羅は、身の部屋《へや》同然の女ではないか。それを謀反人《むほんにん》扱いにして、それで、おのれら、功名顔をする気か――公儀に聞こえて、当家の恥《ち》辱《じょく》にならんと思うのか――たわけっ、思慮なし。石ころ同然の手遊《てあそび》人形一つを証拠証拠と、さような ものを楯《たて》にとって、家中に紛擾《ふんじょう》を起こして、それが、心得ある家来の所作《しょさ》か――」

斉興は、一気に、ここまで喋べって、疲れたらしく、水飲みを指さした。そして、咳《せ》き入った。

「おそれながら――」

沈黙している一座の中へ、八郎太が、低いが、強い声を響かせた。斉興は、湯を一口飲んで、首を延ばして、名越の背後をのぞき込みながら、

「おのれは、なんじゃ」

小藤次が、

「裁許掛見習、仙波八郎太と申します」

「これっ――裁許掛を勤めるほどのものなれば、濫《みだ》りに、奥へ忍び込んだ罪ぐらいは、存じて

おろう――」

「おそれながら――」

「黙れっ――直々の差出口、誰が、許したっ。不届者。軽輩の分際として、老職へ、強談《ごうだん》するのみか、身に――身に――」

斉興が、興奮した手から、湯を溢《こぼ》そうとするのを、由羅が手を添えて、

「将曹――二人を退げてたもれ」

「退れっ」

斉興が八郎太の方を睨んだ。

「御身体に障《さわ》ります」

お由羅が、人々を叱るように叫んだ。名越が、

「八郎太」

と、口早にいって、目を配った。八郎太が、平伏した。そして、一膝退ると、斉興が、

「閉門しておれ、閉門」

と、叫んだ。小藤次が俯向いて、にやっと笑った。

父子双禍

一ノ一

目付、洞川《どうかわ》右膳《うぜん》と、添役《そえやく》宝沢《たからざわ》茂衛門《しげえもん》とは、沈んだ顔付をして、八郎太の手もとを見ていた。八郎太は、赤い顔をして、墨を磨《す》りながら、御仕舞《おしまい》に連署している三人の名——島津将曹、伊集院平、仲吉利《なかよしとし》へ、押えきれない憎しみと怒りとを感じていた。手先の顫うのを二人に見せまいと、気を静めながら左の隅へ、自分の名を書いた。その奉書の右の方に、

其方不埒儀有之《そのほうふらちぎこれあり》、食禄《しょくろく》を召上げ、暇被下者也《いとまくださるものなり》

月　日　　承之《これをうけたまわる》

それから、その三人の名が、書いてあるのであった。八郎太が、受書《うけしょ》をして、二人の前へ差し出すと、一見してから洞川が、

「それで——」

と、ちょっと、いい淀《よど》んで、

「三日の内に、退転されるよう」

「三日？」

「さよう」

八郎太の顔は、怒りで、だんだん赤くなってきた。

「承知仕りました。御苦労に存じます」

洞川は、宝沢に合図して、立ち上った。次の間で、小太郎が、玄関の供へ、

「お立ち」

と、叫んだ。八郎太は、坐ったまま、見送りに立とうともしなかった。

小太郎の手柄も、八郎太の訴えたことも、すべて逆転して来た。多少の咎めは覚悟していたが、追放とまでは考えなかったし、三日かぎりで、出て行けというのも、法はずれのきびしさであった。

重豪《しげひでこう》公の放漫から、七、八年前まで、藩財窮乏《はんざいきゆうぼう》のために、知行《ちぎよう》の渡らないことさえあった。それに裁許掛見習などの役は、余分の実入りとて無かったから、御暇《おひま》が出れば、すぐにも困る家であった。

「七瀬──皆もまいれ」

次の間で、行末《ゆくすえ》の不安に、おののいていた七瀬らが入って来た。

「聞いたであろう」

「はい」

「いずれにせよ、別れる運命になった──国許《くにもと》へ戻ってもらいたい。それについて、一つ頼み

があるが、益満の申すごとく、元兇調所《げんきょう》を、ひとつ、さぐって欲しい」

「はい」

「わしは、名越殿と談合の上、お国許の方々と策応《さくおう》して、小太郎とともに手段をめぐらそうが、あるいは、これが一生の別れになるかもしれぬ」

二人の娘は、俯向《うつむ》いた。深雪《みゆき》は、もう、袖を眼へ当てていた。

「すぐ召使の者に手当して取らせい。目ぼしいものは売却《ばいきゃく》して——小太郎、益満を呼んでまいれ。ひっそりしているから、留守かもしれぬが、どこにいるか、心当りを存じているか？」

「存じております」

「深雪、何を泣く。女は女として、また一分《ぶ》の勤めがある。泣くようでは、父の子でないぞっ。泣くなっ」

廊下へ集まっているらしい三人の召使の一人が、すすり泣いた。七瀬は、ふらふらしそうな頭で——だが、元気よく、

「綱手《つなで》、門前の道具屋へ、深雪は、古着屋を呼んで来てたも」

「私がついでに」

と、小太郎が立ち上った。八郎太は、もう手箱から、不用の文書を破り棄てにかかっていた。

一ノ二

「お父様、妾《わたし》にも、何か御用を仰せつけ下さいませ」

涙曇りの声だ。八郎太は、手箱から出てくる文書の始末《しまつ》をつづけながら、黙っていた。

「どんなことでも致します。どんな、辛い辛抱《しんぼう》でも致します」

八郎太は、手をついている深雪の眼の涙を、いじらしそうに見た。深雪は、湧いて来る涙を睫毛《まつげ》で押えつつ、

「お父様、けっして、御手纏《おてまと》いにはなりませぬから――」

「お前は、江戸へ残って――」

「ええ？　江戸へ残って――お父様、残って？　一人で残るのでございましょうか」

「話をよく聞かずに、なんじゃ。そんなことで手助けができるか」

「いいえ、お父様、妾一人残りましても、御申し付のことは仕遂《しと》げます」

八郎太は、うつむいている綱手に、

「綱手、お前は、母について国許へまいるがよい」

「はい」

「生れて三歳までしかおらなんだから、国と申しても、なんの憶《おぼ》えもあるまいが――よいところじゃ、お前の生れた家も、母の家も、親類たちも、皆そこにある」

「幾日ぐらいかかりましょうか」

「道程《みちのり》は、ざっと三百八十里、女の足で二月はかかろうか」

「まあ、三百八十里？」

綱手も、深雪も、安達《あだち》ケ原《はら》の鬼の話や、胡麻《ごま》の蠅《はえ》のことや、悪い雲助のことや、果のない野

原、知らぬ道の夜、険しい山などを、いろいろと、心細く、悲しく想像した。

「母と二人で行けるか」

「ええ、まいります。そして、妹は？」

「深雪には、深雪の役がある」

「どんな役？　お父様」

七瀬が、襖を開けた。召使が、膝を揃えて平伏した。

「お暇乞《いとまごい》に」

七瀬が、そういって、中へ入ると、小者の又蔵《またぞう》が、

「いいえ、お暇乞ではござりませぬ。ただ今、このお手当をいただきましたが、これは、御返し申します」

又蔵は、金の包の紙を、敷居の中へ押しやった。

「六年と申せば、短いようで長い――お嬢様が、十二、三から、こんなに成長遊ばしますまで、ええ、その長い間、どうか、よいところへ御縁のきまるのを見てと、それを楽しみに――何も、いまさらになって、手当だの、暇だのと、それは一期、半期の奉公人のことで、手前は、憚《はばか》りながら、坊ちゃんに、剣術を教えていただきますのも、こんな時に、又蔵こうこういう訳だが、どう思うと、旦那様、一言ぐらいおっしゃって下さっても――」

又蔵の涙声がだんだん顫えて来た。

「い、いきなり、手当をやるから、出て行けって――」

「又蔵、よくわかった。かたじけない。しかし、明日から、雇人《やといにん》を置く身分ではなくなるのじゃ」

「さあ、旦那、そこで――手前は、や、雇人じゃござんせん。なぜ、主従は三世の、家来にして下さいません。死ねとおっしゃれば死にます。出て行けとおっしゃれば――そいつだけは、御勘弁《ごかんべん》を――」

二ノ一

「うめえことを、言やがったのう、古人《こじん》って奴は」

富士春の坐っている長火鉢の、前と、横にいる若い衆の中の一人が、小藤次の家にいる源公の顔を見て、大声を出した。

「何が？――とほうもねえ吠《ほ》え方をして、何を感ずりゃがった」

「そら、千字文《せんじもん》の初めに、天地玄黄《てんちげんこう》、とあらあな。源公」

「何を言やあがる。そりゃ、論語《ろんご》の初めだあな」

「糞《くそ》くらえ、論語の初まりは、山高きが故に尊からずだあ」

「無学文盲《むがくもんもう》は困るて。それは、大学、熹句《きく》の章だ」

「熹句《きく》の章じゃあねえ、団子《だんご》の性《しょう》だ。団子の性なら転《ころ》げて来い、師匠の性なら、金もってこい」

「おやっ、もう一度唄って御覧な」

富士春は、口で笑って、眼で睨《にら》んだ。一人が、

「東西東西、それで、天地玄黄が、どうしたえ」

「天地玄黄の、玄の字は、黒いって字さあね。それ千年前に、源公は、色が黒いって、古人って奴が、ちゃあんと、物の本に書き残してあるんだ。豪気なもんじゃあねえか」

「なるほど、それで感ずりましましたか」

「へへへ、雀《すずめ》ら、嫉《そね》め嫉め、師匠の側にくっついているから羨《うらや》ましいのだろうよ。もそっと、くっつくか」

源公は、富士春の方へ、身体を寄せた。白粉《おしろい》と、舞台油《ぶたいあぶら》の匂いが、微かに、源公の血の中へ流れ込んだ。

「色が黒いって、福の神は、大黒天《だいこくてん》って、こら、三助、色の白い福の神があるか？　師匠のような別嬪《べっぴん》は、玄人《くろうと》って言わあ。まだあるぞ。九郎判官義経《くろうほうがんよしつね》って、源頼光《みなもとのらいこう》さんの弟だ」

「大伴《おおとも》の黒主《くろぬし》ってねえ、源さん」

「師匠っ、じょうできっ。天下を睨む、大伴の」

「九郎助」

「稲荷大明神《いなりだいみょうじん》」

「こんこんちきな、こんこんちきな」

「おきあがれ、馬鹿野郎――おやおやっ、喋べってる間に、定公《さだこう》め、一人で、煎餅《せんべい》を食っちまやがった」

「手前の洒落《しやれ》より、煎餅の方がうめえ」

格子の開く音がして、

「頼もう」

若い侍の声であった。それに応じて、富士春が、

「はい」

と、店の間をすかして見た。若い衆が、

「しばらく、士《さむらい》連中の弟子入がなかったが――」

と、呟きつつ御神燈《ごしんとう》の下を眺めた。

「おやっ」

富士春は、裾《すそ》を押えて立ち上った。二、三人が、押えている裾のところをちらっと見た。倹約令が出て、いくらか衰えたが、前幅を狭く仕立てて、歩くと、居《い》くずれると、膝から内股まで見えるのが、こうした女の風俗であった。そして、富士春は、今でも、内股まで、化粧をしている女であった。

「しばらく」

と、小太郎の前に立った富士春は、紅縮緬《べにちりめん》の裏を媚《なま》めかしく返した胸のところへ、わざと手を差し入れて、胸の白さを、剝《む》き出しにしていた。

二ノ二

「益満は？」

「休さん？」

　富士春は、こう言っておいて、すぐ、

「もう見えるはず――お上んなさいましな」

　小太郎は、土間へ眼を落したままで、

「間もなくで、ござろうか」

「今しがた、南玉先生も、お尋ねに見えて、いつも、もう見える時分、町内の若い衆ばかりゆえ、御遠慮はござんせん」

　源公は、小太郎をじっと眺めていたが、

「不憫《ふびん》や、この子も」

　と、大声にいって、

「素浪人」

　と、小太郎に、聞こえないように、小さく呟いた。そして、

「お上んなせえまし」

「おもしろい方ばかりで――」

「暫時《ざんじ》、では、ここにて、待ちましょう」

小太郎は、上り口へ、腰をかけた。

「そこは――」

富士春は、両膝をついていたが、こう言うと、片膝を立てた。乱れた裾から、白い肌、紅縮緬が、小太郎の顔を、赤くさせた。富士春は、小太郎の耳朶《みみたぼ》の赤くなったのに、微笑して、

「では、こちらへ」

小太郎の腰かけている後方から、小太郎の後方の格子の前に重ねてある座蒲団《ざぶとん》を取るために、手を、身体を延ばすはずみ、左手を、軽く、小太郎の腰へ当てて、

「少し手が――憚《はばか》りさま」

ぐっと、小太郎の背中へ、身体を押しつけて、届かぬ手を延ばしていた。小太郎は、あわてて、身体を引きながら、素早く、横にある蒲団をとった。

「えへん、えへん、えへん」

一人の若いのが、

「きゅっ――きゅっ」

と、大きい声を出した。源公が出し抜けに、

「浪人って、いいものだのう」

「芝居《しばい》で見ても、小意気なもんだ」

「しかし、扶持離れになると――」

小太郎が、じっと、その方を見た。自分へ当てつけているような感じがして、腹が立ってき

た。

「源さん、憚りさま、お湯を一つ」

「へいへい、一つとおっしゃらず、二つお揃《そろ》いで、持参致します。憚りさまやら、茶ばかりさん」

源公が、湯呑を二つ両手にもって、店の間へ出た。そして、

「へへへ、どうぞ」

小太郎は、どこかで見た顔だと思った。そして、考えると、すぐ、いつか、掏摸《すり》の手首を折った時、正面に鋸《のこぎり》を持って、喚《わめ》いていた男だと思った。

(浪人、扶持離れ)と、いう言葉は、十分に意味がある。小藤次から聞いたのであろう――と思うと、怒りで、頭が濁ってきた。張りつめてきた。とたん、荒い足音が、近づいて、手荒く格子が開いた。

「おやっ」

益満が、土間へ入ると、小太郎を見て、すぐ、源公へ、じろっと眼をやった。そして、

「富士春、罪なことをするなよ」

と、笑った。

二ノ三

「仙波、今聞いた、御暇だとのう」

「それについて、父が、何か智恵を借りたいことがあるらしいが、同道してくれんか」

益満は、土間に立ったままで、腕を組んだが、

「断わろう」

小太郎が、眼を険しくして、立ち上った。

「なぜ」

「なぜか？――わしらの見込みがちがうらしい。名越にも今逢うたが、陰謀などと跡方もないことじゃ」

富士春が、

「休さん、話なら、ゆっくりと上って」

源公は、じっと聞いていたが、立ち上って、奥へ入った。だが、敷居際《しきいぎわ》で、じっと、耳を立てていた。

「それに、斉興公が、このことについて、大の御立腹だから、手出ししては損じゃ。小太のところは、しかし、気の毒ゆえ、餞別《せんべつ》を集めるつもりで、実は今まで、駈けずり廻っていたのだが、小太――斉彬公のお袖にすがって御助力を願ってみぬか、それなら、わしも――」

「断わる」

小太郎は、赤くなっていた。富士春が、

「なんの話か、妾《わたし》には判じられんが、休さん、せっかくの――」

「婆あ、黙っちょれ」

「まあ」

と、いったとたん、小太郎が、

「御免」

立ち上ると、益満の肩に、ぶつからんばかりにして、開けたままの格子から、出て行ってしまった。

「もし」

富士春が、素早く、格子のところへ立って、往来《おうらい》へ叫んだが、姿も、答えもなかった。

「親爺《おやじ》相伝《そうでん》の、野暮天野郎《やぼてんやろう》だ。富士春——あいつを射落してみろ。男はよいし、身体はよいし、抱き甲斐《がい》があるぞ」

「情夫《まぶ》に持とうか」

益満は、上って奥へ入りながら、

「よい男じゃが、下らぬことをしでかして、御払い箱に、なりよった」

「浪人に？」

「引き取って、養ってやってくれ」

「随分——」

「では、町内会議を、開くか。お集まり、御歴々の若い衆方々、富士春が、人形を食べたいと申します」

益満が、こういって、人々の挨拶《あいさつ》を受けながら、坐ると、源公が、

「あの方には、御器量よしの妹さんがお二人あるという話じゃござんせんか」

「うむ、それで、わしらの住居を、小町長屋と申すのう」

「貴下《あなた》との御関係は？」

「わしか、わしは、御国振《おくにぶ》りで、あの小太郎が、よか稚児《ちご》、二才《にせ》さんじゃ」

「それに、また、どうして、ああ手強《てごわ》く」

「いくら可愛くとも、あいつの浪人といっしょに、食わず交際は、真っ平だ。この師匠なら、食わんとも可愛がるかもしれんが」

「ええ、そうとも、浪人の、一人や、二人、達引《たてひ》く分にゃあ――」

「町内から、追い出してしまう」

「そんなことをいうと、ここから、追い出す」

「そいつあいけねえ」

益満は、じっと、天井を眺めていたが、

「もう二、三軒、餞別を集めてやろう、後刻にまた――」

立ち上って、すぐ、表へ出てしまった。

三ノ一

益満の気紛《きまぐ》れ、奔放《ほんぽう》は、十分に知っていた。しかし、いざとなった時に、利慾につくのは――

――益満だけに、許しておけなかった。

小太郎は怒りに顫えながら、不信の態度に歯噛《はが》みしながら、富士春のところを飛び出して来たが、ふと、佇《たたず》むと、

(引き返して斬り捨ててやろうか)と、思った。

重い空から、小雨が降りかけてきた。往来の人々は、小太郎に、気もかけず、急ぎ足に、小走りに——すぐ、ちらちら、傘をさす人さえ見えてきた。

小太郎は、歩いているのか、走っているのか、わからなかった。頭の底に、重い怒りが沈んで燃えていた。血管の中の血までが怒っていた。その時、

「可愛や、あの子は、浪人かあ」

大きい声であった。浪人と、いう言葉が、その怒っている頭を、針のように突き刺した。小太郎が振り向いて、声のした家を、睨むと、

「不憫《ふびん》や、明日から、野伏《のぶせ》りかあ」

二人の職人が、家の中の板の間に坐って、雨の降ってくる往来を見ながら、小太郎の振り向いた顔へ、にやっと笑った。

独り言だろう、と思っていたのが、自分への当てつけらしいので、

「なに?」

と、小声で、叫んで、立ち止まった。職人が、それに応じて、

「なんでえ」

職人のからかいとしては、あまりに乱暴な態度であった。小太郎は、一足踏み出したが、す

ぐ、

（たわけた——）と、思い直して、歩もうとすると、

「馬鹿野郎っ、素浪人の、痩浪人《やせろうにん》、口惜しかったら出て来いっ」

二人の職人は、腕捲《うでま》くりをして、入口まで出て来た。小太郎は、怒りの中から、二人の不審な態度に、疑いを抱いて、

（こいつら、どこの、誰か——）

店をじっと見ると、顔の色が変った。

（小藤次の家だ）

手が、脚が、顫えてきた。

（この職人づれまでに、もう、浪人になったことがわかっている以上、小藤次の指金——それは、お由羅の指金——）

そう思うと、小藤次がどこかの陰から、冷笑しているように感じた。こういう侮辱を受けて、そのまま、通りすぎることは、できなかった。小太郎は、脇差《わきざし》を押えて、小走りに、その家の軒下に走りよった。職人が、

「やあい」

と、叫んで、一、二間、板の間を逃げ込んだ。小太郎が、入口に立って、

「出ろっ」

と、叫ぶと、別の声で、

「出てやろう。へへお主ゃあ、俺を見忘れたか。手首を折られの与三郎《よさぶろう》だあ」

口で、おどけながら、凄い目をして、両手を懐《ふところ》に、木屑《きくず》、材木の積んであるところから立ち上ったのは、掏摸《すり》の庄吉であった。

「うぬは、おれの仕事を叩き折りゃがったが、うぬも、明日から日干しの蛙だ。はいつくばって、ぎゃあと鳴け、頭から、小便ぐれえ引っかけてやらあ」

三ノ二

「なにっ」

「なには、難波《なにわ》の船饅頭《ふなまんじゅう》」

庄吉は、ぺろりと舌を出して、眼を剝《む》いた。小太郎は、憤怒《ふんぬ》に逆上した。

「たわけっ」

下駄《げた》のまま、板敷へ、どんと、片脚踏み込んで、側の木片を握った時、

「小太郎っ」

障子が開いて、小藤次が、次の間から板の間へ飛び降りた。小太郎は、木片をもったまま、

「不埒《ふらち》なっ、通るを見かけての罵詈雑言《ばりぞうごん》、勘弁ならぬ」

「馬鹿っ」

一人の職人が、木片を、かちんと叩いて、

「東西東西、この場の模様、いかがに相成りまするか」

「えへん」

一人が、空咳《からぜき》をした時、小太郎は後方に人の動きを感じた。振り向くか、向かぬうちに、跳《おど》りかかる一人の男と、その手に閃《ひら》めく棒とを見た。その瞬間、小太郎は、反射的に、身体を伏せたし、小太郎の手は、平素の修練で、咄嗟《とっさ》に延びていた。男が、

（しまった）と、よろめき、小太郎が、腕に、重みを感じた時、

「ええいっ」

小太郎自身が叫ぶよりも、腕が、咽喉《のど》に叫ばしたのだった。男がよろめいて、前へのめる力を、そのまま引いて、さっと、太腿《ふともも》を払った引き倒しの一手。どどっ、板の間に、壁に天井に響いて、男はうつ伏しに、倒れてしまった。棒が、からんからんと、板敷へ音立てて転がった。

小太郎は蒼白な顔をして、突っ立った。

「やいっ、仙波っ、小倅《こせがれ》」

小藤次は、刀へ手をかけて怒鳴った。

「うぬは、もう、素浪人だぞっ。土足のまま人の家へ入りゃあがって、この泥棒め、勝手に、人の家へ入《はい》りゃあ、引っ捕えて、自身番へ渡されるのを知らねえか。この野郎」

小太郎は、前から企んでいた計《はかりごと》だと感じた。

（いけない、長居《ながい》しては――）

一人を叩きつけたので、いくらか胸が納《おさ》まった。

板の間へ叩きつけられた男は起き上らなかった。小太郎が、出ようとすると、

「殺しゃあがったなっ——人殺し」

と、一人が叫んだ。

「えらい血だ」

「医者っ」

「役人を呼んで来いっ」

「逃がすなっ」

奥からも、向い側からも、人が走り出して来た。

抱き上げられた男は、口から血を流していたし、鼻血で頰《ほお》も、額も染まっていた。眼を閉じて、唸っていた。何を叫んでも、返事をしなかった。

「人殺しだっ」

往来の人々が叫んだ。雨の中を近所の人々が、傘もささずに駈けつけた。そして、小太郎を恐ろしそうに避けて、板の間へ集まった。庄吉は、懐手《ふところで》のままで、微笑して立っていた。小太郎は、動くことができなかった。

三ノ三

「退《ど》けっ、退けっ」

その声とともに、

「御役人だ」

と、人々が、呟《つぶや》いた。

小太郎は、立っている大地が、崩れて、暗い穴の中へ陥《おちい》って行くように、絶望を感じた。だが、

（取り乱してはいけない）と——父のこと、母のことよりも先に、武士として立派な態度をとりたいと感じた。

「どうした」

自身番に居合せた小役人は、小藤次と顔馴染であった。小太郎を、じろっと見たまま、職人にこう聞いた。

「そいつが、常を殺しゃがったので」

役人は、小太郎に、

「いずれの御家中で——」

「薩藩《さつぱん》——」

と、口に出して、黙ってしまった。そのとたん、

「薩藩？　巫山戯《ふざけ》るねえ。得体の知れねえ馬の骨のくせに、薩藩？　一昨日《おととい》来やがれ、この乞《こ》食侍《じきざむらい》」

庄吉が怒鳴った。小藤次が、

「昨日までは、俺んとこの下っ端だったが、不都合をしやがって、お払い箱になった代物だ。ひとつ、しょっ引いて行ってやれ、人の骨を折ったり、殺したり、近所へ置いとくと、危なく

ていけねえ」

役人は、小太郎の手を握って、

「とにかく、番所まで――」

抵抗したとて、素姓の知れた者として無駄《むだ》であった。だんだん多くなってくる群集に、見られたくもなかった。

小太郎は無言で、役人と肩を並べて歩きだした。群集が左右へわかれた。

雨は少し烈《はげ》しくなって来て、道が泥濘《ぬかる》んできた。小太郎は、いつの間にか、跣足《はだし》になっていた。髪が乱れていた。頭から、ぴたぴたかかる雨の中を、人々の眼を、四方から受けて、自身番の方へ、引かれて行った。

「常っ」

「うむ」

「死んじゃいねえや」

「ぺっ」

常公は、唾《つば》を吐いた。

「こいつ、物を言やがる。死んだんじゃあねえや。やいっ、しっかりしろ」

「しっかりしてらあ。ああびっくりした。眼から火が出るって、本当に出るもんだのう」

常公が起き上った。

「俺あ、殺されると思ったよ。死んだ振りを、していたが――」

「こん畜生っ、びっくりさせやあがって」

「あれっ、前歯が折れてやがらあ」

常は、指を口の中へ突っ込んだ。小藤次が、

「よかった。仙波の小倅め、しおしおと引かれて行きあがって、いい気味だ。庄っ、溜飲《りゅういん》が下ったただろう」

「溜飲は下ったが、常公、睾丸《きんたま》がちぢみ上っちまったぞ。血だらけの面をして、眼を剝きあがって」

人々が、笑いかけた時、表口に集まっている人々の背へ眼をくれながら、益満休之助が、傘を傾けて、急ぎ脚に、通って行った。

四ノ一

玄関脇の部屋で、又蔵が、古着屋を対手に、いくらかでも高く売ろうと、押し問答をしていた。

綱手と、深雪とは、七瀬が、旅着と、その着更《きが》えのほか、白無垢《しろむく》まで持ち出してしまったので、新調の振袖も、総刺繡《そうぬい》の打掛《うちか》けも、京染《きょうぞめ》の帯も、惜しんでおれなかった。

「これは、二度着たっきり――」

綱手は、甚三紅《じんざべに》の絞りになった着物を、肩へ当てて、妹に見せた。深雪は、涙ぐみながら、大久保小紋《おおくぼこもん》の正月着、浮織《うきおり》の帯、小太夫鹿《こだゆうか》の子《こ》の長襦袢《ながじゅばん》、朧染《おぼろぞ》めの振袖と、つづらから出して

積み上げた。

七瀬は、夫の着物を出して、えりわけた。八郎太は「道中細見《さいけん》」の折本を披《ひろ》げて、大阪までの日数、入費《にゅうひ》などを書き込んでいた。

「十五両？ 馬鹿申せっ、人の足許へ付け込んで、この素ちょろこ町人め。又蔵、日影町《ひかげちょう》へひとっ走りして、もそっと人間らしいのを五、六人呼んで来い。わしが売ってやる」

益満が、大きい声を出していた。そして、荒い足音がすると、

「小太、怒ったか」

と、怒鳴って、襖が開いた。

「おお、益満」

「これは」

益満が、御辞儀《おじぎ》をした。

「小太郎は？」

「足下《そっか》を探しにまいったが――」

「はて――」

益満は、坐って、

「そこの遊芸師匠の家で――ちょうど小藤次の若い奴がおりましたので、小父貴《おじき》だの、小太郎を毒づいて、お由羅の耳まで入るよう、ちょっと、小刀細工をしたが、小太め、本気にとりましての、かんかんになって駈け出して行ったが、戻《もど》らないとは」

「たのみがあるが――」

「何を――」

「しばらく、深雪をあずかってもらいたい」

「そして、小父上は？」

「妻に、調所のもとを調べさせ、わしは、牧の所在を突き止め――」

「ごもっともながら、今度のことは、一人二人の手で、なんともしようのないことで、証拠も握れましょうし、陰謀の形跡も調べてわからぬこともないが、さて、どうそれを処分するか？もしこれに、斉興公が御同意なら、取りも直さず斉彬公のために、その父君を、罪に処すことになる。同志の苦慮するところはここで――」

益満は、声をひそめた。

「万一の時には、久光殿を――」

指を立てて、斬る真似をした。

「禍根《かこん》は、ここにござりましょう」

八郎太は、返事をしないで、益満の顔を眺めていた。

「極秘、いまだ同志にも語りませぬが、久光殿の御側小姓を一人、引き入れて――」

二人は、じっと眼を合せた。八郎太にとって、益満の底知れぬ、そして、大胆な計《けい》が、少し薄気味悪かったし、益満は、一本気なこの老人に、ここまで話していいか、悪いか、――八郎太の様子をうかがった。

「まあ雨がひどくなったのに、小太郎は」

七瀬が、独り言のようにいった。

四ノ二

雛人形《ひなにんぎょう》を、膝《ひざ》の上で、髪を撫《な》でたり、襟《えり》をいじったりしていた深雪が、七瀬の声に、あわてて、

「お迎えに行ってさんじましょうか」

人形を、箱の中へ入れて、じっと、眺《なが》めていた。

益満が、

「四国町の、湯屋《ゆや》横町《よこちょう》に、常磐津の師匠がいる。そこからこの辺、心当りを聞けば、わかるであろう」

「はい」

深雪は、人形に、小さい声で、

「これで、お別れ致します。他所《よそ》の可愛いお嬢さんに、たんと可愛がってもらいなされ。さようなら」

両手を、人形箱の前へついて、御叩頭《おじぎ》した。薄い涙が眼瞼《まぶた》に浮いていた。

「行って参《さん》じます。お母様、妾の戻らぬうちに道具屋を呼んでおいてくださいませ」

襖越しに、こう言って、

「ああ」

と、七瀬の気のない返事を聞くと、もう一度、人形を取り出して、頰ずりした。一尺あまりの古代雛は、澄んだ眼をうるましているようであった。深雪は、雛の頭を撫でながら、もう一度自分の頰を頰へくっつけていたが、

「手柄を立てて、元の身分になるまで、辛抱してくだされや」

と、雛の耳に囁《ささや》いた。そして、撫でて乱れた髪を、自分の櫛《くし》でといて、そっと、箱へ納めた。

「もう、売らねえ」

「そういわずに、三十両で」

「手前、根性が腐ってるから厭《いや》だ。おれが、一分や二分もらって、主家の品を安く売る男と思ってるのか」

又蔵が、古着屋に怒っていた。深雪は、傘をさして、門口を出た。表門から往来へ出ると、雨合羽《あまがっぱ》、饅頭笠《まんじゆうがさ》の人々が急ぎ足に行き通っていた。

四国町の自身番の、粗末な、黒い小屋の前に、人が集まって、何か覗き込んでいたが、深雪は、人から、顔を見られるのが厭なので、傘を傾けて通った。

大きい達磨《だるま》を書いた油障子の立ててある髪結床《かみゆいどこ》の前に、薬湯と、横板のかかった湯屋があった。その横町の泥溝《どぶ》添いに入って行くと、軒下に、小さい提灯がつるしてあって、中を覗くと、一坪ほどの土間に、大提灯が幅をしめていた。

「あの――」

男が、大勢坐っていたので、どきっとしながら、

「仙波と申しますが、お宅に——」

男たちが、ざわめいて、二人、同時に立ち上った。一人は、一人を、手で押して、

「ええ？　おいでなさいまし。いたって、おとなしいのが揃っていやすから、ずっと」

「あの、仙波と申す若い侍が」

「師匠っ。さっきの方は？」

富士春が立ち上って、小走りに出て来て、

「貴女様は」

「仙波の妹でございます。さきほど、益満様を尋ねて、こちらへまいりましたが、もしか、まだ——」

富士春は、黙って、深雪に見とれていた。

四ノ三

「まあ」

しばらく顔を見てから富士春が、

「お妹様で——まあ」

「お宅へ伺いましてから、どこへまいりましたか、御心当りでも、ございましょうなら——」

泥溝板が、ことこと鳴って、

「猫に、鳶《とんび》に、河童の屁か」

大声で、怒鳴りながら、庄吉が、深雪を見ると身体を避けて、

「今日は」

と格子口から叫んだ。そして、

「御免なすって」

おとなしい口をきいて、御辞儀をした。

「珍らしい。手は直ったかえ」

「人形の首を飯粒《そっくい》でくっつけるようにゃあいかねえや」

庄吉が、深雪を盗み見して、その横をそっと上って行った。

「さあ、手前どもから、お出ましになって、どこへいらっしゃいましたか」

と、富士春が言った時、

「へい、そうかい、お嬢さんが――」

庄吉は、源公へこう言って、深雪の方を見た。深雪は、男たちが、自分を、じろじろ眺め、噂《うわさ》をしているので、少しでも早く、出て行きたかった。

「では、お邪魔致しました」

深雪が、お叩頭《じぎ》をした時、

「お嬢さん、ちょっと、仙波の小太さんを、お探しですかい」

「はい」

庄吉は、こう言ったまま、入口からさす薄曇りの光を背に受けて、白々と浮き出している深雪の顔を、じっと、視《み》つめていたが、

「あっしゃあ、お行方を存じていますんで」

「兄は、どちらへ？」

「それがね――」

「おい、庄っ、おかしな考えを出すな」

「それが――ちょっと」

庄吉は、こういって立上った。そして、富士春のいるところへ来て、

「訳ありで――話をせんとわかりませんが――ええと、外は雨だし――しかし、御案内旁々《かたがた》、お話し申しやしょう」

源公が、

「庄公っ、よせったら」

「うるせえ、手前、そんなら、行方を知ってるか」

「そんなことあ――」

「知らなけりゃ引っ込んでろ」

庄吉は、土間へ降りた。

「お嬢さん、すみませんが、傘を一つ、差しかけて下さいませんか。手が、いけねえんで、すみませんが――つい、近所で――」

庄吉は、武家育ちの深雪の態度と、その美しさとに気押《けお》されて、軽い口をききながらも、眼は伏せていた。富士春が、

「庄さん、本当に知っているのかい」

「知っているとも――俺《おれ》、こんなお嬢さんに、嘘《うそ》を吐《つ》くような悪じゃあねえ」

「そら、そうだけど」

深雪は、庄吉の、いうこと、することに、腑《ふ》に落ちぬところはあったが、白昼、町の真中であったから、二人の相合傘《あいあいがさ》を人に見られるほか、安心していてもいいと、考えていた。

四ノ四

「そのねっ」

庄吉は、格子戸を出ると、

「ひょんなことがありましてね――」

庄吉は、泥溝板を、ことことさせながら、こう言ったまま、黙ってしまった。深雪は、自分から、口をききたくなかったが、

「ひょんなこととは？」

「それが、その――実、まったくの、ひょんなことでね」

庄吉は、こう言ったまま、また、黙ってしまった。往来へ出ると、人々が、二人を、振り向いて眺めた。

「急ぎますから——」

「ええ、お嬢さんは、今、お邸からいらっしゃいましたか」

「はい」

「四国町の自身番に、人だかりがござんしたでしょう」

「はい」

「それなんで——お兄上様は、そこにいらっしゃいますが——」

深雪は、庄吉の顔を見た。胸が、ぎくりとした。

「自身番？」

「ええ、それがね」

「やってやがらあ」

「やいっ、庄公っ」

二人が通りかかった小藤次の家の中から、一人の職人が怒鳴った。

「お話し申さんと、わかりにくうござんすが」

薄暗い家の中から、小藤次が、じっと、深雪を眺めていた。そして、

「庄公、ちょっと」

庄吉は、ちらっと振り向いて、

「ええ、すぐ後から——」そして、深雪に「今の、御存じですかい——」

深雪は、家の中へ振り返った。小藤次と、眼が合った。

「いいえ——あすこは、お由羅様の、御生家でござりましょう」

「ええ、今のが、兄貴の、岡田小藤次利武でさあ」

深雪は、もう一度、しっかり顔を見ようかと思ったが、汚ならしいものを見るような気がした。

「話さんとわかりませんが、あっしゃあ、実は掏摸でござんしてね」

「掏摸？」

「巾着切《きんちゃくき》り、人様の——」

深雪は、傘と、身体を庄吉から離した。庄吉はあわてて、手を振りながら、

「ここから話さんと、よくわかりやせん。お嬢さん、掏摸は、悪者じゃあござんせんよ。小藤次なんかと一緒になすっちゃ——お兄さんとは、ひとかたならん関係のある、あっしで、こと細《こま》かに、今、申し述べやすがね、この手を」といって片手を、懐から出した。大きく布で手首を包んであった。

「こいつを、お嬢さんの、兄《にい》さんが、折ったのでござんすが、こいつあ、たしかに、あっしが悪かったんでげす」

自身番の前は、まだ、人だかりであった。深雪は、本当とも、嘘ともわからぬ話を、妙な男から聞いているよりも、早く、兄のことを確かめたかった。

「お嬢さん、お供いたしまして、お兄さんの前で、申しましょう」

庄吉は、こういいながら、じっと、深雪の頬、襟足《えりあし》を眺めて、ついていった。

四ノ五

辻番所《つじばんしょ》の前には、まだ人が集まっていた。傘と、傘とが重なり合って、入口も、屋根も見えなかった。

「ちょっと御免なさい——お前さん、ちょいと、肩を片づけてくんな」

庄吉は、右手を懐《ふところ》に、頭から雨に濡れながら、群集を、左手で、肩で、言葉で押しわけて入って行った。

「やいっ、肩を押しゃがって、なんだ」

「お嬢さんのお供だ、おっかない顔をしなさんな」

庄吉の後方に、傘をすぼめて、顔を隠した深雪がついていた。人垣《ひとがき》を抜けると、番所の入口に、中間《ちゅうげん》が一人、番人が一人、腰かけていた。薄暗い中の方に、四、五人の侍姿が見えた。庄吉が、

「今日は」

番人は庄吉への挨拶をしないで、その後方に佇《たたず》んだ深雪を、怪訝《けげん》そうにじっと眺めた。

「まだ、お調べ中かい」

「うん」

「なんだか、大勢、見えてるじゃないか」

「三田の御屋敷から、今見えたのだ」

深雪は、一心に、中の方を見て、兄の姿、兄の声を知ろうとしていたが、今の番人の言葉を聞くと、胸をどきんとさせて、その顔をちらっと見た。番人は、庄吉の陰になっている深雪の方へ、顔をしゃくって、

「なんでえ」

と、庄吉に囁《ささや》いた。

「あの侍の妹さんさ。ちょっと、逢いていが、いいかい」

「願ってみな」

庄吉は、土間を、中戸《なかど》の方へ行って、小腰をかがめて、

「御免なさいまし」

一人が、振り向いたが、じろっと庄吉を見たまま、黙って元の方へ顔をやった。庄吉は（こん畜生っ、何を、威張《いば》ってやがる）と、憤りながら、

「ちょっと、お願い申しやす」

「なんだ、貴様は——」

また、その侍が振り向いて、睨んだ。そして、深雪が、群衆の前に、浮絵のような鮮やかさで立っているのに気がつくと、じっと、その顔へ見入ってしまった。庄吉は、心の中で（この甘酒野郎《あまざけやろう》、女の顔を見て、とろとろにとけやあがる）と、冷笑しながら、

「ただ今のお侍衆へ、あのお妹さんが、ちょっとお目にかかりたいと——」

「あれが、妹か」

そういった時、中の三人の侍も、深雪に気がついて、入口へ眼をやった。深雪は、それに気がついて、俯《うつむ》向いてしまった。

「不埒《ふらち》なっ」

その時、出し抜けに大声がして、

「邸へ戻って、御指図を待て」

早口の、怒り声が聞こえると、横目付四ッ本が、二、三人の侍の中から姿を現した。そして深雪を見た。そして、主人の出て来たのにあわてて立ち上った中間と、二人の侍をつれて、深雪の叩頭《おじぎ》に、軽く御辞儀《おじぎ》と一瞥《べつ》を返しながら、群集の二つに開く中を出て行った。深雪は、暗い内部に動く人影があったので、(兄?)と、思った時、小太郎が蒼《あお》ざめた顔に、怒った眼をして、暗い中から出て来た。深雪の顔と合った。二人はすぐお互に眼を逸《そ》らした。

四ノ六

「探しにか」

「はい」

群集は、二人を見て、何か囁き合った。

「どうなされました」

「傘を貸せ、話は戻ってからだ」

小太郎がどんどん番所を出て行くので、深雪は、土間の隅に俯向いている庄吉に、

「いろいろと、お世話でございました」

「何ね」

庄吉が、そう言って顔を上げたとたん、妹の今の言葉に、

(誰に、礼を言っているのかしら?)と、思って振り返った小太郎の眼と、庄吉の眼とがぴったり合った。小太郎が鋭く、

「深雪」

「ただいま」

深雪は、もう一度、庄吉に頭を下げて、群集の眼の中を出て行った。

「だれだ、庄公か」

小太郎の出て来たうしろから、証人に呼ばれて来ていた職人が出て来た。

「別嬪《べつぴん》だなあ――庄、上々に行ったよ。お邸からすぐ、横目付が来てね。邸から、明日とも言わず、叩き出すって――俺あ、胸がすっとしたよ」

「そうかい」

「こいつ、何をぼんやりと――庄公っ、あの女に惚《ほ》れやがったな」

職人が、太い声をした。辻番人が、

「いい女だなあ、屋敷者には、ちょっと稀《めず》らしい玉だぜ」

「女郎に売ったら儲《もう》かるだろうな」

庄吉は、黙って、往来へ出た。群集は、どんどん散り始めて、番所近くの人々が、四、五人

しかいなかった。

（あの兄貴の野郎にゃあ、怨《うら》みがあるが、妹にゃあ、なんの怨みもねえ――怨みもねえのに、あの小太と一緒に、浪人になって――邸を追い出されて――待て待て、俺は一人だから、片手折られても、どうにでもなるが、あいつのところは大勢――大勢でなくたって、あの妹一人だったって、怨みもねえのに、これから、浮世の苦労をさすってことは、――俺一人の仕業ではないにしても、男として、寝醒めがよくねえや。足貫の奴あ、どうなってもいいが、――うんにゃ、兄貴の野郎がどうにかなると、妹もどうにかなる――こいつあ、いけねえ。あん畜生、一人きりが、ひでえ目に逢わなくちゃ、物の理前《りまえ》が合わねえ。罪も、咎《とが》もない、あの別嬪が、巻きぞえ食うなんて――俺あ、あの女に手を折られたのじゃねえ、だから怨みもねえのに、畜生っ――どうしてあんな別嬪の、可愛らしいのがいやがったんだろう。早く知ってたら、小藤次の告げ口だって、止められたのに――掏摸だって、庄吉あ、真直ぐな男だ。物の理前に合わんことはしたくねえ――）

庄吉は、雨の中を、軒下伝いに、ぽつりぽつり歩きだした。

（少しゃあ、惚れたかな。あのくらいの女にならば、惚れたって――無理はねえ――しかし、惚れていなくたって――こいつは、なんとか、考えんと、俺の男にかかわる。稼業は巾着切《きんちゃくきり》でも、小藤次なんかたあ、憚りながら、人間のできがちがうんだ）

庄吉は、三田の薩摩屋敷の方へ、歩くともなく歩いて行った。兄妹の姿は、どこにもなかったし、人通りも少なかった。庄吉は俯向いて、片手を懐に、肩から、尻まで雨に濡れてしおしおとした姿だった。

五ノ一

火点《ひとも》し時に近くなってきた。

「仙波八郎太は、在宅か。横目付四ツ本だ」

玄関で、大きな声がした。七瀬と、綱手とが、八郎太に不安そうな眼を交えて、立とうとした。八郎太が、眼で押えて、

「わしが行く」

すぐ立っていった。八郎太が玄関へ出ると、四ツ本の後方に、小者が四人ついていた。八郎太には、すぐ、なんのための使かわかった。憤《いきどお》った血が、米嚙《こめかみ》でふくれ上った。八郎太は立ったままで、

「何用か？」

四ツ本は、一言の挨拶もなしに、いきなり、そういう物のいい方をした八郎太に、しばらく、物もいえぬくらいに怒っていたが、

「小太郎に、上を憚らざる、不届の所業があったゆえ、ただ今から、屋敷払いを命じる。すぐ立ち退け」

下から、八郎太を見上げて睨んだ。八郎太は、覚悟していた。しかし、こんなに早いとは思わなかった。

「それは――お上からのお沙汰《さた》か？　重役からか、それとも貴公一人の所存からか」

「なに？――」

「扶持《ふち》のお召上げは、お上の心、お指図によらねば、ならぬし、屋敷払いに、三日の猶予《ゆうよ》をおくことも、慣わしになっておるが、今の口上は、お上から出た沙汰か――それとも、ほかからかと申すのだ」

「いずれにしてもよろしい。すぐに、退去せい」

八郎太は、鯉口《こいぐち》を握った。小者たちが、驚愕《きょうがく》の眼を動かした。

「聞かぬうちは――ならぬ、強《た》ってとあらば、対手《あいて》するぞ」

「対手《あいて》に？」

四ッ本は、八郎太の鋭い気勢に押されまいと、身構えた。

「食禄に離れた以上、貴公ら一存の指図を、受ける訳がない――」

「食禄を離れた上は、指図を受けるも、受けんもあるか？　ここは、島津家の御長屋だ。それに、一時たりとも、縁もゆかりも無い浪人者を、住まわして置けぬ」

「こ、この、たわけっ」

八郎太が、大声を出した。四ッ本は、すぐ、鯉口へ左手をかけた。

「横目付ともあろうものが、よくもたわけた横車を押したな。役目の表として、恥でないか、役目を汚したとわからぬか」

八郎太は、口早に、たたみかけた。

「食禄召上げ程度の者には、三日五日の立ち退き期間を与えるのは、独り、御当家のみならず、天下の慣わしだ。慣わしは、これ、掟《おきて》より重い。その掟を、目付風情ごときが破るは、上を軽んじ――いいや、上を傷つける不忠の振舞。もしお上の命ならば、これを止めるが道でないか？　しかも、拙者は斉彬公の直臣、一言でも、斉彬公にこのことを計って御許しでも受けたか？　まさか、かかる不法の振舞を、お許しなさる公でもあるまい。また、浪人者と――いかにも、扶持離《ふちばな》れした以上浪人だ。その浪人の拙者に、島津家が、天下の掟を破ってまでも、二度の処分をしようと申すのか。天下の慣わしを破り、浪人までも支配しようと申すのか。四ッ本、汝の支配を受ける八郎太でなくなっておるぞ。町奉行同道にてまいれ」

八郎太は、怒りに顫えて、いい終ると、自分を押えて冷笑した。

五ノ二

八郎太の冷笑へ、四ッ本も、蒼白な顔の唇に、微笑をのせた。

「なるほど――」

しばらくこういったまま、黙っていてから、

「この処分は、その方へではない。小太郎の不届に対して――」

「小太郎が、どこで、不届をした」

「岡田小藤次の家へ土足のまま乱入し、弟子を傷つけたのは、不届でないか？　それとも、知らんとでも申すか？」

「倅から聞いた、不屈千万じゃ」

「よって――」

「だ、黙れっ、いよいよもって奇怪至極、浪人者の倅の働いた狼藉《ろうぜき》を、何故、島津家からわざわざ取調べにまいった？　それとも、南北町奉行所から、貴公に立ち会えとの御通知でもあってまいったのか？　当邸内なら、いざ知らず、すでに浪人した小太郎が、町内での所業を、わざわざもって、何が故に、島津家の横目付が出かけた。三田四国町の岡田小藤次ならば、お由羅の方の兄であろう。主君の愛妾《あいしょう》の兄の家ゆえに、町奉行の職権を犯してまでも、処置をしにまいったか？　目付とは、なんじゃ。人の不正を見て、これを正すのが役でないか？　その目付が、自ら、法を枉《ま》げて、軽々しくも、辻番所へ出張するなど、近頃もって奇怪千万。島津の目付が、町奉行の下働らきになったなど、いつごろからか、後学のために聞こう。四ツ本、いつから、町奉行の下役になった？」

仙波の表に、二、三人の人が立って、二人の高声を聞いていた。小太郎も、七瀬も、姉妹も、不安な胸の中にも、四ツ本をやり込める父の言葉を微笑しながら、聞いていた。小太郎は、四ツ本から見えるところへ、身体を出して、左手に太刀を立てて、じっとその顔を睨みつけていた。

四ツ本は、八郎太が、こんな強硬な態度で、こんな理屈をいおうなどと、考えてもいなかった。蒼白になって、掌を顫わせていた。言い込められた口惜しさに、唇が、ぴくぴく痙攣《けいれん》していた。

「よしっ――」

四ッ本は、鋭く叫んで、身体を斜めにした。そして、

「道具を運び出せっ」

と、小者の方へ、手を振って指図した。小者が一足踏み出すと、八郎太が、式台へ片足を音高く踏み下《お》ろして、脇差へ手をかけた。小太郎が、兎のように飛び出して来て、三尺に近い刀をどんと式台へ轟かした。小者たちは、そのまま止まってしまった。

「どうなされた」

表に見物していた家中の一人が、入って来て、声をかけた。四ッ本は、激怒で、口がきけなかった。八郎太が、

「人間、切腹の覚悟さえあれば、何も恐ろしいものはない――叩っ斬って腹を切るまでだ」

と、独り言のように、大きく呟いた。

「四ッ本氏」

四ッ本は、黙っていた。

「仙波氏も、穏《おだ》やかになされたら――」

と、いった時、

「よしっ、人数をかりても、処置はする」

八郎太と同じように、独りごちて、四ッ本が出て行ってしまった。小者も、すぐ、四ッ本に蹤《つ》いて出てしまった。

「馬鹿がっ」

八郎太は、身構えを解いて、吐き出すように呟いた。

五ノ三

「小太郎、表を閉《し》めて、あらましの品を、庭から、益満のところへ運んでおけ」

八郎太は、こういって、小走りに部屋へはいると、小者に鎧櫃《よろいびつ》の一つを背負わせ、自分もその一つを背にして、垣根《かきね》から、益満の廊下へ運んだ。益満は、留守らしく、勝手口から、爺が出て来て、

「旦那様」

「物を運ぶから頼むぞ」

「手前も御手伝い致します」

三人が、垣根のところへ引き返すと、七瀬と綱手とが、大きい包み物を持って来た。小太郎が仏壇を抱いて、よろめきつつ、廊下を降りて来た。深雪は、人形の箱と、位牌《いはい》を持って、

「危ない」

小太郎の後方《うしろ》で、重さによろめく小太郎の脚へ眉をひそめていた。庭の土は、雨で泥になっていた。垣根は、茂った葉で、一度跨《また》ぐと、裾がぐしょぐしょになった。父子が、雨に打たれながら、二、三度往復した時、

「開けろっ」

表が、けたたましく叩かれた。八郎太が、縁側から、

「深雪、早くっ」と叫んだ。深雪は、あわてて垣根に袖を引っかけながら、入って来た。

「たわけ者がまたうせおった」と、自分も、着物の濡れたのを拭きながら、袖を、肩を、気にしている娘に、小太郎に、

「わしらのすることは、これからじゃで、今、何をされても、手出しをしてはならぬ」

そう言って、小太郎を見た。小太郎は、

「よくわかっております」

戸が、苦しそうに、軋《きし》り音を立てた。御家の邸内で、厳しい用心がしてないから、すぐ閂《かんぬき》がはずれたらしく、土間へ棒の転がる音がした。

「仙波っ――仙波」

誰も、答えなかった。どかどかと、踏み込んで来る足音がした。玄関の襖が開いた。廊下が轟いた。次の間へ来た。襖が開かれた。

もう、暮れかかっていて、部屋の中は、夜色が沈んでいた。庭の植込みは、すっかり暗くて、牡丹《ぼたん》の花だけが、白く、だが、雨にうなだれていた。

襖の後方いっぱいに、足軽が、小者が――そして、水の溢《あふ》れるように、襖から入って来て、その両側へ溢れ出て来た。四ツ本の上席にいる佐田が、

「仙波、即刻に立ち退くか、立ち退かぬか、いずれか、この返答だけを聞きたい」

足軽が、棒を取り直した。

「是非もない」

八郎太は立ち上った。

「小太郎、長持を運べ――いや、待て、――佐田氏、人間には足があって、すぐにも御門前へ出られるが、この長持、諸道具と申す輩《やから》には、不憫《ふびん》ながら、足がのうて」

「道具類は、小者が持ち出そう」

佐田は、仙波がすぐ承知したのに、軽い失望と、大きい安心とをしながら、

「諸道具類を残らず、門前へ運び出せ」

仙波父子は、暗い廊下を、人々の中を、玄関へ出た。

「深雪、益満のところへ行っておれ、邪魔になる」

「いいえ」

深雪は、泣声を出した。五人の足軽と、士分が一人、式台に立って、五人を看視《かんし》していた。

五ノ四

（おや――）

庄吉は薄暗い、大門の軒下へ、不審そうに、眼をやった。

中間対手の小さい、おでんと、燗酒《かんざけ》の出店が、邸の正面へ、夕方時から出て店を張っていた。車を中心に柱を立てて、土塀《どべい》から、板廂《いたびさし》を広く突き出し、雨だけは凌《しの》げた。

（お嬢さんだ――次は小太郎。ははあ、もう一人、これもいい娘だ。しめて五人、小者とで

六人——この雨の中を——）と、思った時、辻番所で、四ツ本が、「今日のうちにも、追放する」と、いった言葉を思い出した。

「親爺《おやじ》、いくらだ」

庄吉は、急いで、財布を出した。それを口にくわえて、紐《ひも》を解いたが、じれったくなってきたので、

「この中から取ってくれ」

がちゃんと、財布を板の上へ投げ出して、門の方ばかり眺めていた。

「ええ、たしかに、二十三文いただきました。お改め——旦那、お改めなすって——」

庄吉は、返事もしないで、財布を懐へ押し込んだ。六人の後方《うしろ》から、長持が、小箪笥《こだんす》が、屏風《びょうぶ》が、箱が——次々に、軒下の片隅へ、一人一人の手で、運ばれて来た。六人は、その側に立っていた。庄吉は、

「ありがとう」

と、いった亭主の言葉を、耳では聞いたが、何をいわれたのかわからないくらいに、軒下の人と、品物とを凝視《ぎょうし》しながら、雨の中へ出た。小走りに、泥溝《どぶ》のところへ行って、夜色の中にまぎれながら、表門の出窓の下へ入った。そして、雨を避けている人のように、しゃがみこんでしまった。

六人は、黙って立っていた。品物が、かなり、積み重なって、小者たちが、もう出入しなくなると、一人の侍が、六人に、

「明朝まで、ここへ、差し許す。早々に処分するよう」

庄吉の、しゃがんでいる出窓の上で、低い話し声がした。

「ああまでせんでもええになあ」

「別嬪だのう。もう、明日から拝めんぞな」

「じゃあ、御供して――」

庄吉が下から、

「つかんことを、お尋ねしますが」

窓の内部の門番は、さっと、顔を引いた。

「あの――あれはいったい、御引越しかなんかで――」

門番は、答えなかった。

(薩摩っぽうって、恐ろしいつき合いの悪い奴ばかり揃ってやがる――手前に聞かねえでも、追《お》ん出《だ》したたあちゃんとわかってるんだ。唐変木《とうへんぼく》の糞門番)

道具を運んでいた人々は、門内へ入ってしまった。暗い大門の軒下で、人通りの少ない雨の往来であったが、時々通る人は、立ち止まってまで、六人と、道具とを眺めて通った。

(なんと挨拶しゃあがるか――とにかく、ぶっつかってみろ。だまっちゃ、なんしろ、おれないことになって来やがるんだからなあ)

庄吉は、勢いよく立ち上った。そして、真直ぐに六人の方へ歩いて行った。

五ノ五

「いつぞやの者でござんす」

庄吉は、小太郎に、お辞儀をした。小太郎は、じっと睨《にら》みつけたまま、口をきかなかった。

深雪が、

「ああ——先刻《さっき》の？」

「ええ先刻の野郎でございます」

と、深雪に、お辞儀してから、

「手前、お初にお目にかかりやす。ええ、仙波の御旦那様、手前——」

庄吉は、膝まで、手を下ろして、

「巾着切の、庄吉と申しやす。至って、正直な——」

「あっちへまいれ、用はない。行けっ」

八郎太が、静かにいった。庄吉は、その声とともにさっと身体《からだ》を立てて、八郎太と正面から、顔を合わせた。

「ごもっともでございます。すぐ、あちらへまいりますが、一言だけ、聞いていただきたいもんで。御存じのとおり、若旦那にこの手首を——ねえ、小太郎さん——手首を折られまして——

——」

八郎太は、じっと、庄吉の顔を見た。

「実は——本当のことを申しますと、怨みがございます。なんしろ、巾着切が、手首を折られちゃ、上ったりでげすから——人間誰だって、手首を折られて恨《うら》まん奴はござんせん。——ねえ旦那、随分怨んでいましたよ。今だって、こん畜生、ひでえ目に逢いやがるがいいや、と——これは、本当の話で、正直な、気持を申し上げているんでげすが——しかし、でござんす。旦那、このお嬢さんにゃあ、怨みはござんせん。その怨みも、縁もない方が、こんなにおなりなさり奉《たてまつ》ったのを、あっしが、黙って見ておれるか、おれんか？　どうでげす、旦那、江戸っ子なら、わかりまさあ、見ておれるものじゃござんせん。そうでげしょう、ねえ、旦那、見ちゃいられませんや」

八郎太は、七瀬に、

「支度をせんか」

七瀬は、風呂敷包の中から、旅支度の品々を、取り出した。綱手が手伝った。

「旦那、待っておくんなさい。あっしゃあ、これで一生懸命なんだ。お侍対手に、うまくいえねえが——おかみさんちょっと、聞いてやってくだっせえよ。そう急がずに——その手首を折られて、無念、残念、びんしけん、なんとか、この青ちょこ野郎め、御免なせえ——大体、この方の印籠を掏《す》れといった奴は、岡田小藤次って、野郎でさあ」

八郎太も、小太郎も、ぺらぺら妙なことを喋べっている庄吉に、五月蠅《うるさ》さを感じていたが、岡田と聞いて、次を聞く気になった。七瀬も、娘も、庄吉の顔を見た。

「ねえ、ところが、若旦那に、御覧のごとく、手首を折られっちまいました。小藤次野郎も、自分のいい出したことだから、あっしにすまねえと思ったのでしょう、庄吉、この仇はきっと取ってやるって――どうか、皆さん、怒らずに聞いておくんなさい。するてえと、昨日、仇は取ってやったよ、あいつら明日から浪人だと――あっしゃあ、実のところ、胸がすーっとしやしたよ。まったくね。ところが、さっきお嬢さんにお目にかかりやした。あっしの怨みのあるのは、この若旦那一人にだ。こんな、別嬪のお嬢さんを怨もうにも、怨めやしませんや。ねえ旦那、そうでしょう。若旦那に怨みはある、しかし、憚《はばか》んながらお嬢さんにゃあ、怨みも、罪もなんにもねえ。そのお嬢さんが、もう一人ふえて、お二人だ、それにまたふえて旦那様、奥様まで――それが、何か大それた泥棒でもなすったのならとにかく、小藤次野郎の舌の先で、ぺろりとこの泥の中へ転がされちゃあ、江戸っ子として、旦那、自慢じゃあねえが、巾着切仲間じゃあ黙って見ていませんや。それで、さっきから何か、いい工夫《くふう》がなかろうかと、おでんを食べ食べ考えていたんでげすがね――いい智恵が、ござんせん、随分、お力になりますが――」

庄吉は、一生懸命であった。

五ノ六

「そうか」

八郎太は笑った。

「よくわかった」

庄吉の顔を見てうなずいてから、七瀬に、

「いつまでも、ここにはおれぬ。わずかの道具に未練をもって、夜明ししおったと噂されては口惜しい。そちとも、いずれは別れる宿命でもあるし、ここからすぐに上方《かみがた》へ立て——」

「旦那」

庄吉が、口を出した。八郎太が、庄吉へ手を振った。

「あっちへ行っとれ——旅は急ぐなよ、八里のところは、六里にしても、足を痛めて馬、駕《かご》などに乗るな、駕人足一人前の賃で、十五文の宿銭が出る。夜は必ず、御岳講《おんたけこう》か、浪花講《なにわこう》へ泊れ」

「それが、ようがす、宿のことなら、あっしが——」

「煩《うる》さいっ」

「旦那、ごもっともでござんす」

庄吉が大きな声を出した。そして、早口に、

「あっしが、若旦那をお怨み申したように、あっしが憎うがしょう。だがねえ、あっしら仲間にゃあ、意地って奴と、酔興《すいきょう》って奴とがござんしてねえ」

小太郎が、

「わかったから、あっちへまいれ」

と、いって、庄吉の肩を静かに押した。

「ようがす、で、この御道具類は？」

「捨てておく」

「じゃあ、あっしにいただかせてくださいまし」

　八郎太が、

「売って、手首の疵《きず》の手当にでも致せ」

「ところがね、へっへっ、そんな、けちな巾着切じゃござんせん——じゃあ、皆様、あっしゃ、ここで失礼いたしやす」

　庄吉は、丁寧に、御叩頭《おじぎ》をして門番の窓下へ行って、

「御門番」

　と、怒鳴った。そして、何か、紙包を渡して、物を頼んで、雨の中を、闇《やみ》に融けてしまった。

　親子、主従六人は、もう顔も見えぬくらいになった闇の中に立っていた。八郎太は、話しだそうとして、妻の顔がほのかな、輪郭《りんかく》だけしか見えぬのに物足りなくて、

「灯を——」

　と、いった。又蔵が、

「はい」

　燧石《ひうちいし》が鳴った。その火花の明りで、ちらっと見た、夫の顔。小太郎の顔。七瀬は、それを深く、自分の眼の底に、胸の奥に、懐の中に取っておきたいように、感じた。

　提灯《ちょうちん》は、すぐついた。こんなところを、あまり人に見せたくないと思っていたが、闇の中で、このまま、別れることも、八郎太には、流石《さすが》にできなかった。

　綱手は、深雪に助けられて、旅支度をしていた。二人とも、灯がつくと涙の顔をそむけた。

八郎太は、二人の娘の顔をちらっと見たが、平素のように、何を泣く、と叱らなかった。

七瀬は、手甲《てっこう》、脚絆《きゃはん》までつけて、いくらか蒼ざめた顔を引き締めて、夫の眼をじっと見た。いつもの七瀬よりは、美しく見えた。小太郎は、親子の生別よりも、反対党に対する憤りでいっぱいだった。彼は、腕を組んで、胸を押えていたが、悲しいものが、胸の底に淀んでいて、時々押えきれないで湧き上って来かけた。

五ノ七

七瀬は、何をいっていいか、わからなかった。何かに、せき立てられるようで、いいたいことがいっぱい胸の中にあるような気がしたが、そのいずれを、どういっていいのか――苛立《いらだ》たしさと悲しさとが、いいたいと思うことを、突きのけて、胸いっぱいにこみ上げてきた。

「いろいろ――」

それだけいうと、咽喉《のど》がつまってしまった。人目がなかったなら、せめて胸へでも縋《すが》ったなら、このいろいろの胸の中の思いが、夫の身体へ滲《し》み込むだろうと思えた。四ッ本の無法な、冷酷な仕打さえなかったなら、今夜は、ゆっくり名残を惜しめたのにとも思った。そして、もう一言、

「長々――」

と、いうと、涙声になった。八郎太も、

「うむ」

と、いっただけであった。深雪は、門の柱へ袖を当てて、顔を埋めていた。綱手は、その片手を、しっかりと握って、片手で、母親の手を摑みながら、手を顫わして泣いていた。小太郎は、涙の浮んで来るのを、そのまま雨空を見上げていた。しばらくして、七瀬は、

「御看護に不調法をつかまつりまして申訳もござりませぬ。この失策は必ず、上方にて取り戻して御覧に入れます」

「抜《ぬ》かるな」

「み、深雪を、どうか――」

「うむ――綱手、予々《かねがね》申付けあるとおり、命も、操も、御家のためには捨てるのじゃぞ。また、こと露見して、いかようの責苦に逢おうとも、かまえて白状するな。敵《かな》わぬ時は舌を嚙《か》め、隙があれば咽喉を突け」

「はい」

綱手の頰は涙に濡れていた。七瀬が、

「深雪」

深雪は振り向かなかった。

「何を、お泣きやる」

それは、深雪の泣くのを叱るよりも、自分の弱さと、涙とを叱る声であった。綱手は、自分の握っていた深雪の手を放した。深雪は、顔に袖を当てたまま母の方へ振り向いた。

「お前も、いずれ、綱手と同じように、働かねばなりません。それに――そんな――よ、弱い

ことで――」

「七瀬、道中、水あたり、悪人足《わるにんそく》に気をつけよ。深雪は、益満の許にあずけるから、心配すな。小太郎、申すことはないか」

「別に――御身体、気をおつけ遊ばして」

「お前も――」

「では行け。又蔵、たのむぞ」

小者は、地に両手をついて、

「いろいろと、御世話になりました。命にかけて御供つかまつります」

「たのむ」

「では、御、御機嫌、よろしゅう」

「道中無事に――」

深雪と、綱手とはもう一度抱き合った。そして、泣いた。それから、深雪は、

「お母様」

と、叫んで、胸へすがった。七瀬はその瞬間、深雪の背をぐっと抱き締めたが、すぐ、

「未練な」

やさしく、深雪の指を解いて、押し放した。そして、雨具、雨笠を手に、門から一足出た。深雪は、佇《たたず》んだまま袖の中で声を立てて泣いていた。七瀬と、綱手は、手早く、雨支度をすると、

「まいります」

「うむ」

「母上をたのむぞ」

深雪は、雨の中を駆け出した。小太郎が、追っかけて素早く引き留めた。そして、泣き崩れる深雪を自分の胸の中へ抱え込んだ。三人の者は静かだったが、すぐ見えなくなった。だが、すぐ、闇の中から、

「お父様」

と、綱手の声がした。八郎太が、

「未練者がっ」

と、怒鳴った。しめった声であった。

両党策動

一ノ一

目黒《めぐろ》の料亭「あかね」の二階——四間つづきを借り切って無尽講《むじんこう》だとの触れ込みで、雨の中

の黄昏時《たそがれどき》から集まって来た一群の人々があった。もう白髪の混っている人もいたし、前髪を落したばかりの人も混っていた。平島羽二重《ひらしまはぶたえ》の熨斗目《のしめ》に、精好織《せいごうおり》の袴をつけている人もあったし、木綿の絣《かすり》を着流しに、跣足《はだし》の尻端折《しりばしより》で、ぴたぴた歩いて来た人もあった。

人々の前には、茶、菓子、火鉢、硯《すずり》、料紙《りょうし》と、それだけが並んでいた。階段から遠い、奥の端の部屋の床の前に、名越左源太、その左右に御目見得以上の人々。そして、その次の間の敷居際には、軽輩の人々が、一列に坐っていた。

「仙波がこぬが、始めよう」

名越左源太は、細手の髷《まげ》、ちょっと、当世旗本風《とうせいはたもとふう》といったようなところがあったが、口を開くと、底力を含んだ、太い声であった。

「今日の談合は——」

と、言って、低い声になって、

「御部屋様の御懐妊《ごかいにん》——近々にめでたいことがあろうが、もし、御出生《ごしゅっしょう》が、世子ならば、その御世子をあくまで守護して、御成長を待つか。また、それとも——女か——あるいは男女のいかんに係らず、お由羅派を討つか、それとも、牧仲太郎一人を討つか——この点を、計ってみたい」

居並ぶ人々は、黙っていた。

「つまり、なるべくならば、家中に、党を樹《た》てたくはない。たださえ、党を作ることの好きな慣わしの家中へ、御当主斉興派、世子斉彬派などとわかれては、また、実学崩れ、秩父崩れなどより以上の、惨禍《さんか》が起こるに決まっておる。これは御家のため、またようやく多事ならんとする天下のために、よろしくはない――しかしながら」

「声が、高い」

と、一人が注意した。左源太は、また、低声《ていせい》になって、

「斉彬公の御子息四人までを呪殺したる大逆の罪、しかもその歴々たる証拠までを見ながら、これを不問に付するということは、家来として、牧の仕業《しわざ》に等しい悪逆の罪じゃ。ただ――もし、しかしながら、この企《くわだ》てが、お由羅の計画であり、斉興公も御承知とすれば、吾ら同志は、なんと処置してよいか？　福岡へ御縋《おすが》りするか、幕府へ訴え出るか、斉彬公へ仔細《しさい》に言上《ごんじょう》するか？　もし、このまま捨ておいて、御出生が男子なら、牧はまた、呪殺するにちがいない。しからば、牧を討つか？　しかしながら、はたして牧一人討って、禍根《かこん》を絶滅させうるか？　牧のごときは一匹夫《ひっぷ》にして、その根元はお由羅にあるか？　調所《ずしょ》にあるか？　あるいはまた、久光公が在《おわ》さばこそ、かかる無慚《むざん》の陰謀も企てられるが故に、久光公こそその大根《おおね》か」

黙々と俯向《うつむ》いている人もあるし、一々頷《うなず》く人もあった。左源太は、ここまでいって、腕組をした。そして、

「来る途上、嘉右衛門《かえもん》とも、話をしたが、とにかく、穏健《おんけん》の手段をとるならば、今度の御出生の模様によって、もし御幼君ならば、飽くまで守護する――」

「今までも、飽くまで守護したてはござらんか」

軽輩の中から、益満が、鋭く、突っ込んだ。

「つくした」

「しかし、無駄でござった」

「そう」

「論はいらぬ。まず、牧を斬ることが、第一」

益満は、腕組して、天井を見ながら、冷然といい放った。

一ノ二

「わしも、そう思う。しかし——益満、牧がどこにいるか？　また、牧の居所がわかったにせよ、毎日の勤めを持っておる身として——牧を斬りに行くことは——」

「もとより、浪人の覚悟——」

「そちのごとき、軽輩は、それでよいが、わしらは、そう手軽、身軽に行きかねる。その上、牧には、相当、警固の人数もおると聞き及んでいるから、迂闊《うかつ》に行っては、いっさいの破滅になる。行った者のみでなく、この同志のことごとくが罪になる。それで、考えあぐんでおるが」

「それが、何よりも困るところ——斉彬公にも明かさず、吾らの手で、上手に料理してしまいたいが、少くも、牧を討つには、十人の人数が要《い》る。今、この同志より、十人が去ったなら、斉彬公から、誰々は、どうしたか、と、すぐ聞かれるは必定。一日、二日なら病気でも誤魔化《ごまか》されようが、十日、二十日となっては免《まぬが》れぬ。お由羅方は、上が御承知ゆえ、何をしても、気の儘《まま》じゃが、こっちは、斉彬公が、こういうことに反対じゃから――」

「牧を斬ることに御異議ござらぬか」

益満が、嘉右衛門の顔を見た。

「それはない」

「名越殿には？」

「ないのう」

「方々には」

軽輩の、益満の一人舞台になって、上席の人々は、少し反感をもっていたが、こういうことにかけては、益満の才智《さいち》よりほかに、いつも、方法がなかった。

「大体、異存はないが」

「益満――名案が、あるか？」

「名案と、申すほどでは、ござりませぬが、失敗しても、御当家の迷惑にならず、行くのは目付役として、拙者一人でよろしく、ただ金子《きんす》が少々かかります」

「その案と申すのは」

益満は、前の硯函《すずりばこ》をとって、料紙へ、
不逞浪人《ふていろうにん》を募って
と、書いた。そして、人々の方へ廻した。益満の隣りにいる軽輩たちが、微笑した。

「なるほど」と、いって、人々は、紙を、つぎつぎに廻した。

「よし、まず、第一に――」

名越は、こういって、同じように、紙に、
牧を斬る
と書いた。

「第二、国許の同志と、相策応《あいさくおう》すること」

「ごもっとも」

「誰も、異論あるまいの」

国へ、使を出す事
「それには、仙波父子《せんばおやこ》が、よろしゅうございましょう」

「わしも、その肚《はら》でいるが――あやつ、どうしたか？」

雨は、小さくなったり、強くなったりして、風が交《まじ》ってきた。庭の、竹藪《たけやぶ》が、ざわめいていた。

「それからお由羅方の毒手《どくしゅ》を監視のため、典医《てんい》、近侍、勝手方《かってがた》、雇女《やといおんな》と見張る役が要るし、同志があればこのうえとも加えること。斉彬公へ、一応、陰謀の話を進言すること。要路《ようろ》、上司へ、場合によっては訴え出る用意をすべきこと――」

と、名越が、書きながら、話していた時、下の往来の泥濘路《ぬかりみち》に、踏み乱れた足音がして、

「名越殿」

と、叫ぶ者があった。

一ノ三

「仙波だ」と、一人がいった。

「どうした、おそいでないか」

一人が、立ち上って、廊下へ出た。

「ただいま、まいるが、――油断できぬ」と、八郎太が、下から叫んで、すぐ表の入口へ廻ったらしく、下の女たちの、

「お越しなされませ」

と、叫んでいる声が、聞こえた。

「油断できぬ、と――嗅《か》ぎつけよったかな」

名越が、呟いた。小さい女が、階段のところへ、首だけ出して、

「お二人、お見えになりました」

と、いった時、八郎太と小太郎とが、広い、黒く光る階段を、登って来た。そして、

「手が、廻っておるらしい」

と、低く、鋭く、叫んで、ずかずかと、人々の方へ来た。

「手が？」

八郎太も、小太郎も、興奮して、光った眼をし、袖も、肩も、裾も、濡れていた。八郎太が、席へつくと、小太郎は、益満の後方へ坐って、

「遅参致しまして、あいすみませぬ」

と、平伏した。

「それで、手が廻ったとは？」

「ちょうど、不動堂の横——安養院《あんようゐん》の木立のところで、仙波、と呼び止めた奴があった」

人々は、仙波を、目で取り巻いた。

「顔は、この暗さではわからぬ。声も覚えはないが、わしと知って、呼び止めた以上、跟《つ》けて来たのであろうか？　前から、忍んでおったのでは、わかる理由《わけ》がない」

人々が、頷いた。

「それで、誰だ、と、こっちから咎《とが》めた」

人々が、

「うむ」

と、また、頷いた。

「すると、今日、あかねの会合は、何を談合するのか？　と、こうじゃ。それが、いやに、落ちついての。談合？——談合ではない、無尽講じゃが、なんの用があって聞くか。誰とも、名乗らず、無礼ではないか。と、申したら——行け、と、それで、わかったが、その、行け、と、申した声が、どうも、伊集院平に似ておるし、行けと、横柄《おうへい》に申す以上、もちろん、家中の上席の者で、わしを、よく存じておる奴にちがいない。そして、今日の会合を、怪しんでおる者にちがいない。わしは、嗅ぎつけられたと思うが、方々の判断は？」

「早いのう。なるほど油断できぬわい」

「それで、手間取ったのか」

「いいや、遅参致したのは——つい先刻、出し抜けに、四ツ本がまいって、手籠《てご》めにして、道具もろとも、御門外追放じゃ」

「三日の間と、申すでないか」

「それが、急に、今日中に、出て行けと、足軽の十人も引き連れて来たが——」

「無礼なことをするのう」

「だから、軽挙ができぬ。仙波は、形代《かたしろ》を探し出したので第一番に、睨《にら》まれておるのじゃ。今日の談合が、嗅ぎつけられたとしたなら、わしらにも咎めが来ると、覚悟せにゃいかんぞ」

「むろんのこと——そうなれば、なるで、また、おもしろいではないか」

そういいながら、人々は、暗い、雨の中に、お由羅方の目が光っているようで、不安と、興奮とを感じてきた。

一ノ四

「相談ごとは、あいすみましたか」

「すまぬが、もし、嗅ぎつけられたとすると、長居《ながい》してはいかん」

「さよう、どういう手段を取ろうも計られん。すぐ、退散して、もう一度、回状《かいじょう》によって集まるか」

益満が、

「余のことは、お任せ申しましょうが、牧を斬ることは、決まったこととして――」

「それは、よろしい。入用の金子《きんす》は、明日にでも、すぐ取りにまいれ。したが、浪人は、集まるかの」

益満が、笑って、

「町道場へまいれば、一束ぐらい――百人くらいは、立ちどころに集まりまする」

「立つか」

と、左源太が、指を立てて、斬る真似をした。

「相当に――」

人々は、外の雨脚の劇《はげ》しいのを見て、尻端折《しりはしより》になった。そして、雨合羽《あまがっぱ》を着て、

「まごまごしておったなら、打《ぶ》った斬るか、この雨の夜なら、斬ってもわかるまい」

などと、囁《ささや》き合った。

「それでは、一両日中に、改めて、会合するとして、今日はこれまで――途中、気をつけて」

と、名越が立ち上るとともに、人々が、いっせいに立って身支度をした。軽輩は、すぐ下へ降りて、蓑笠《みのかさ》をつけた。そして、上席の人々は自分の供を呼んで、提灯をつけさせた。人々が降りると、料亭の主人が草鞋《わらじ》を持って出て、

「この路になりましたからには、高下駄では歩けませぬ。どうか、これを、お召しなすってくださいませ」と、いった。

「御一同、草鞋にかえて――途中のこともある」

人々は、袴を脱いで、懐中《かいちゅう》し、供に持たせ、身軽になって、草鞋を履《は》いた。

「いずれ、物見に一足先へ」

と、いって、踏み出した一人が――何を見たのか、

「待てっ」

と、叫んで、雨の中へ、笠をかなぐり捨てて、走り出した。四、五人が、その声に、軒下に出ると――遠くに、足音が小さくなるだけで、何も見えなかった。

「亭主、怪しい奴がうろうろしておらなんだか」

「いっこうに、見かけませんが――」

「油断がならぬ。一同、御一緒に」

人々は、刀を改めて、帯を締め直した。

「益満に、仙波は、どうした」

と、一人がいって、

「益満」

と、二階の二人を呼んだ。益満の落ちついた声で、

「少し、仙波殿と相談事があるで、かまわずお先に」

と、いった時、ぴたぴた泥を踏んで、

「逃がした」

と呟きつつ、一人が戻って来た。

「見張らしい。わしの顔を見ると、すぐ、走り出したので追っかけたが、暗いのでのう」

人々は、心の底から、動揺しかけた。

（どうして、ここを嗅ぎつけたか）
十二、三人の同志だけでは、大勢の、上席の人々を対手《あいて》にどう争えるか？
（もう、ここまで、手を廻して）

心細さを感じるとともに、憎しみを感じたが、その代り、張合が強くなっても来た。

一ノ五

人々の去った静かな――だが、乱雑な、広間で、三人が火鉢をかこんでいた。女中は、つつましく、他の部屋を取片付《とりかたつ》けながら、小太郎を、ちらっと、眺めては、笑ったり背をぶち合ったり、していた。

「女中、そっちの女中」

と、益満が呼んだ。

「はい」

と答えて、微《かす》かに、赤らみながら、

「お召しで、ございますか」

女中のついた手を、いきなり、小太郎の手にくっつけて、

「どうじゃ、いくらくれる？」

女中も、小太郎も赤くなった。女中が、走り去ると、

「とにかく、江戸は、斉興公贔屓《びいき》が多い。これでは仕事ができん。しかし、国許には、御家老の島津《しまづ》壱岐《いき》殿《どの》、二階堂、赤山《あかやま》、山一、高崎、近藤と、傑物《けつぶつ》が揃いも、揃って、斉彬公方じゃ。この人々と、連絡すれば、平《たいら》や将曹ごとき、へろへろ家老を倒すに、訳はない」

「調所《ずしょ》は？」

「調所は――このへろへろを除いてからでよい。よし、こやつが元兇《げんきょう》としても、大阪におっては、大したこともしでかしえまい。それで、小父上、拙者《せっしゃ》は、浪人を集めて、牧を討ちにまいるから――」

「牧は、わしが討ち取るつもりじゃ」

「小太郎と二人で？」

「うむ」

「牧には、少くも、十人の護衛がおりまするぞ」

「成否《せいひ》は問わぬ、意地、武門武士の面目《めんぼく》として」

「では、力を添えてくださされますか」

「わしも、お前がおると、力強いで」

「それから、綱手は、調所のところへ、あの又蔵を国許の同志への使に立てたなら？」

「あれは、忠義者じゃし、心も利いておる」

「では、小父上、今からでも、立ちますかの」

「ここへ泊って、明日、早々にでも――」

「七瀬殿は？」

「もう立ったであろう」

「この雨の中を――」

「可哀想《かわいそう》じゃが――」

「初旅に――」

「お前は、いつ立つ」

「さよう――浪士を集めて、敵党の手配りを調べて、三日がほどはかかりましょうか」

「深雪は、その間」

「南玉と申す講釈師に、あずけましょう」

「講釈師、あの、ひょうげた？」

「あれで、なかなかの奴で、肚《はら》ができておりまする。安心してよろしゅうござりましょう」

と、いって、話が終ると、

「そこな女中、この美少年が、お主に惚《ほ》れて、今夜泊るとよう」

「ああれ、また、嘘《うそ》ばっかり――」

八郎太が、苦笑して、

「益満」

「あはははは、では、拙者は、これにて、小太、上方で逢おう」

「うむ」

「どうれ、雨の夜、でも踊るか」

と、いって、益満は、裾を端折った。

「途中、気をつけて」

「闇試合は、女中と、小太に任せよう」

「あれまた、あんなことを――」

と、女中は、益満を睨んですぐ、その眼で、小太郎に媚《こび》を送った。

二ノ一

七瀬ら三人は、秋雨の夜道を、徹宵《てっしょう》で歩いて行った。品川の旅宿の人々は、この雨の中を、この時刻から、西へ行く女連れの三人に、不審さを感じながら――それでも、

「お泊りじゃござんせんか」

と、声だけはかけた。軒下づたいに妓楼《ぎろう》を素見《ひやか》して歩いている人々は、綱手をのぞいて、

「よう、別嬪」

と、叫んだ。三人は、この闇の雨の道を歩きたくはなかったが、江戸近くで泊るということは、夫に対してできなかった。夫に対し、父に対し、主人に対し、自分たちも、その人と同じように苦労をしなくてはならぬように感じていた。そして、身体を冷やしつつ歩いた。

それでも、鈴ケ森へかかって、海鳴りの音、波の打ち上げてくる響き、松に咽《むせ》びなく風と、雨の音を聞き、仕置場の番小屋の灯が、微かに洩れているのを見た時には、流石《さすが》に気味悪くなって、

(品川で泊った方がよかった) と、思った。街道には一人の通行人も無かったし、これから川崎までは、ほとんど人家のない道であった。川崎は、まだ深い眠りの中にいるうちに通った。そして、鶴見《つるみ》へ入る手前で、ようよう雲に鈍い薄明りがさし初《そ》めて、雨が上るらしく、降りも少なくなってきたし、雲の脚が早く走りだした。

合羽を着ていたが、それを透《とお》したと見えて、着物の所々が冷たく肌へ感じるくらいに濡れていた。そして、暁《あかつき》の冷たい空気が顫《ふる》えるくらいに寒かった。

鶴見を越えると、道傍《みちばた》の、茶店などは起き出ていて、煙が低く這《は》っていたし、いろいろの朝らしい物音が聞こえかけてきた。神奈川へ入る手前では、早立ちの旅人が、空を仰ぎながら、二、三人急いで来た。そして、

「お早う、道中を、気をつけさっし」

と、気軽に三人へ挨拶して、擦《す》れちがって行った。綱手は、(こんな人ばかりの道中ならよいのに) と、思った。そのうちに断れ断《ぎ》れの雲間から、薄日がさしだした。三人は、神奈川の茶店で、朝食を食べて、着物を乾すことにした。鯨《くじら》、蒟蒻《こんにゃく》、味噌汁、焼豆腐《やきどうふ》で、一人前十八文ずつであった。

この辺から左右に、小山が連なって、戸塚《とつか》の焼餅坂《やきもちざか》を登りきると、右手には富士山が、ちら

ちら見えるまでに晴れ上ってしまった。左手には草のはえた丘陵《きゅうりょう》が起伏《きふく》して、雨に鮮やかな肌をしていた。戸塚の松並木は、いつまでもいつまでもつづいた。七瀬は、その松並木があまり長いので腹が立った。そして、すっかり疲れきった。

松並木の下の、茶店で休むと、腓《こむら》に何か重い物を縛りつけているようで、腰も、足も立たなくなってしまった。茶店の亭主が、江戸からと聞いて、

「そりゃ、無茶だ。奥様、無茶というものですよ。女の脚で、おまけに、初旅というのに——そんな無茶な、——こちらへござって、足をよく揉《も》んで、しばらく、ちゃんと坐ってござれ」

座敷を開けてくれた。三人は、そこへ入った。そして、又蔵が、七瀬の足を揉み、綱手が自分の腓《こむら》を揉んでいる時、往来から、道中合羽を着た男が、覗《のぞ》き込んだ。

「やっと、見つかった」

と、七瀬へ笑いかけて、御叩頭《おじぎ》した。

二ノ二

又蔵が、警戒するように、二人の前へ立って、男を睨《にら》んだ。七瀬も、坐り直した。

「無茶なことをなさるじゃあござんせんか——昨夜は、夜っぴてでござんしょう。あの雨の中、もし風邪でもひいたら、いったい、どうなさるんで。旅ってものは、腹と一緒で、八分目でござんすよ。昨夜よっぴて歩いたって、今朝、早立したあっしが、馬で急ぎゃあ、ここで追っつけるんだ。旅の初日に出た肉刺《まめ》は、二日や三日で、癒《なお》らねえし、その脚じゃあ、今日、当り前

なら六里歩けるところが、無理なすったため半分歩きゃあ、またへたばっちゃいますぜ。——又蔵さん、いい齢をして、なんのためのお供だい」

「そうともそうとも」

茶店の亭主が、茶を汲《く》んで来て、庄吉の喋《しゃ》べっているのへ相槌《あいづち》を打った。

「それくらいのことあ心得てらあ。ところが、そうは行かねえんだ」

又蔵が、不平そうに言った。七瀬は、又蔵へ気の毒な気がしたし、気ばかりあせって、旅慣れない自分に、軽い後悔も、起こって来た。庄吉は、合羽の間から、懐へ手を入れて、

「悪気で言うんじゃあねえ、怒んなさんな。ところで——」

鬱金《うこん》木綿《もめん》の財布を、七瀬の前へ置いて、部屋の隅へ小さく腰をかけた。

「ええ——これは、御道具を売った金でござんす」

三人は、一時に、財布と庄吉の顔を見較べた。七瀬が、

「なんという名であったか——そちの志は、ようわかっていますが——」

「うんにゃ、ちっともおわからねえ——なんとか、ござり奉って、御返答申し上げ遊ばすおつもりでげしょうが、あっしゃあ、もう少し——やくざ野郎だが、この胸んとこを買ってもれえてんだ。お嬢さん、あっしのここを、買っておくんなせえ。庄吉、死ねっとおっしゃったら、死なんにもかぎらねえ野郎ですぜ。失礼ながら、ぎりぎりの路銀《ろぎん》しかお持ちじゃねえ。万一、水あたりで五日、七日、無駄飯でも食ったらいったいどうなさる。この財布をお持ちになるよりは、もっと辛い思いをしますぜ」

「しかし、あの道具はいったん、お前に、差し上げた道具ゆえ」

「なんのいわれ、因縁があって、差し上げてもらったんで――いや、お互に、唐変木《とうへんぼく》は、よしやしょう。とにかく、こいつあ御納め願います。ほんのあっしの志で――」

左手で、財布を、七瀬の膝の方へ、押しやって、立ち上った。

「お前――」

「さよなら」

「これっ――又蔵」

七瀬は、又蔵へ財布を渡して、庄吉を追わそうとした。表口から、庄吉が振り返って、

「深雪さんにゃ、手前がついていやす。御心配にゃ及びません。さよなら」

口早に叫んで、微笑した。そして、軒下から足早に走り去ろうとした時、二人の馬上の武士が通りかかった。又蔵が、駆け出して来た。七瀬が、上り口のところまで出て来た。

「下郎」

馬を停めて、馬上から侍が呼んだ。又蔵が振り向くと、一人の武士が、七瀬を、顎でさして、

「仙波殿の家内ではないか」

又蔵は、不安そうな顔をして、馬上の人を見上げた。

二ノ三

一人が、馬から降りて、左手で編笠の紐を解きつつ、

「仙波殿の御内室では、ございませぬか。久し振りにて、お眼にかかりまする」

「おお、池上」

国許で、小太郎の友だちとして、出入していた池上であった。

「どちらへ?」

「貴方は?」

「江戸へ」

「妾《わたし》は、国許へ」

「亭主、ちょっと、奥を借りるぞ」

池上は、こういって、まだ馬上にいる兵頭へ、

「降りて来いよ」と、声をかけた。そして、奥へ入ろうとすると、赭《あか》っ茶けた襖《ふすま》の前に、花が咲いたような綱手が坐っていた。

「これは――御無礼致した。亭主、客人がいるではないか」

七瀬が、

「いいえ、お見忘れでござりますか、あの綱手」

綱手が、御辞儀した。

「ああっ、綱さんか、わしは――」

池上は、少し赤くなった。そして、小声で七瀬に、

「寛之助様の、御死去の折、たしか、お守役と聞きましたが――それについて、ちと、聞いた

ことがあって」

池上は、打裂羽織《ぶっさきばおり》の裾を拡げて、腰かけた。兵頭が、土間の奥の腰掛へ、大股にかけて、

「初めまして、兵頭武助と申します」

と、挨拶した。七瀬は、二人のちょうど間へ坐って、

「いかようの？」

「国許では、御変死、と噂《うわさ》しておりますが――」

池上は、こういって、七瀬の顔を、じっと見た。

「はい、御変死で、ございます」

七瀬は、言下に、はっきり答えた。

「と申すと、証拠でもあって」

「調伏の人形が床下にござりました。小太郎が、それを掘り出しましたが、そのために、八郎太は浪人――妾は、国許へ、戻るところでござります」

池上は、しばらく黙っていたが、

「それはまた、奇妙な――調伏の証拠を掘り出して、咎めを蒙《こうむ》るとは」

「地頭には勝てませぬ。して、貴方様は、何用で、御江戸へ」

池上は、腕組してしばらく黙っていたが、

「御内室を見込んで、お明かし申そうが――加治木玄白斎殿が、牧仲太郎の調伏に相違無しと、見究《みきわ》められ、ただいま、御懐妊中《ごかいにんちゅう》の方に、もしものことがあっては、と、江戸の同志の方々と、

打ち合せのためにまいる途中——」

「そして、その牧は、ただいま、どこに——」

「上方へまいっておりましょう。場合によっては、某《それがし》らの手にて討ち取る所存でござる」

「国許の同志の方々は？」

「赤山靭負《あかやまゆきえ》殿《どの》、山田一郎右衛門殿、高崎五郎右衛門殿、など——今度の異変にて、夜の目も寝ずに御心痛でござる」

七瀬は、又蔵に、

「聞いたか」

「はい」

「御国許ではお待ちじゃによって、妾《わたし》にかまわず、先に行ってたもらぬか」

「でも——」

七瀬は、黙って又蔵を睨みつけた。

二ノ四

兵頭が、

「わかったなら、急ごうではないか」

「いや、江戸の気配も、ほぼ、わかり申した。かたじけのう存じます。道中御堅固に」

と、いって、池上が立ち上った。

「もし、名越様にお逢いの節は、よろしくお伝えくださされませ」

「して、仙波殿は」

「江戸におりましょうか、それとも、その辺まで、まいっておりましょうか」

「その辺まで？」

と、池上がいった時、もう、兵頭は、馬の頸《くび》を叩《たた》いていた。

「では、御免。もし、仙波殿に途中で逢ったなら——」

池上は、歩き歩き振り向いていった。

「無事とお伝えくださりませ」

三人は、池上の馬に乗るのを見送った。

「御免」

二人は、編笠をきて、すぐ、馬をすすめた。三人は、御辞儀して、座に戻ると、しばらく黙っていたが、

「又蔵、御苦労ながら、一足先へ立ってたもれ、大事の手紙じゃで、一刻も急ぐから」

「はい——しかし、お二人では——」

「今、聞いたであろう。牧が、上方へ、まいっておると——このことを、夫に知らせて、一手柄させて上げたいが、今から江戸へ戻れるものでなし、ここでこうしていて、夫と小太郎に逢うて、牧の行方を告《つ》げましょう。それまで、そちが、ここにおっては、大事の書状《しょじょう》が無駄《むだ》になる。わかりましたかえ。お前の心配に、無理はないが、妾とても、十八、九の娘ではない——

さ、心配せずに、急いで立っておくれ」

「はい」

七瀬は、腹巻きを引き出そうと、手を入れた。俯向いていた又蔵が、

「路銀は――ここに」

と、庄吉の置いて行った財布を出した。

「それは、人様の金子《きんす》ではないか」

「いいえ――あいつの申しますとおり、もしも、水あたりででも五日、七日寝ましたなら、先立つものは金、また、手前が、これを使います分にゃあ、申訳も立ちますし――あいつも、なかなかおもしろい奴でございます。手前、これでまいります」

「なにほど入っていますかえ」

又蔵は、中を覗いてから、

「おやっ」

と、いって、掌へ開けた。小判と、銀子《ぎんす》とが混《まじ》っていた。

「ございますよ。八両あまり」

「八両？　少し、多いではないか」

「ねえ」

「あれは巾着切であろうがな」

「そう申しますが」

「もしか、不浄の金ではないかの」

又蔵は、立ち上った。

「もしもの時にゃあ、奥様、又蔵が、背負います」

「いいえ、これをもって——」

と、七瀬が金子を差し出した時、

「では、御無事に——すぐまた、大阪へお迎えにまいります。お嬢さん、気をおつけなすって下さいまし、水あたり——」

又蔵の声が湿った。走るように軒下へ出て、振り向いて、

「祈っておりまする。奥さん、お嬢さん、行ってまいりますよ」

綱手は泣いていた。七瀬の眼も、湿っていた。茶店の旅人も、亭主も、両方を見較べていた。

三ノ一

碇山将曹《いかりやましょうそう》は、四ツ本の差し出した書面を見ていた。それには「あかね」で、会合した人々の名が、書いてあった。

大目付兼物頭《おおめつけけんものがしら》　名越左源太《なごやさげんた》
裁許掛《さいきょがかり》　中村嘉右衛門《なかむらかえもん》
同見習　近藤七郎右衛門《こんどうしちろうえもん》
同　新納弥太右衛門《にいろやたえもん》

蔵方目付《くらかためつけ》　吉井七之丞《よしいしちのじょう》
奥小姓《おくこしょう》　村野伝之丞《むらのでんのじょう》
遠方目付《えんぽうめつけ》　村田平内左衛門《むらたへいないざえもん》
宗門方書役《しゅうもんがたかきやく》　肱岡五郎太《ひじおかごろうた》
小納戸役《こなんどやく》　伊集院中二《いじゅういんなかじ》
兵具方目付《ひょうぐがためつけ》　相良市郎兵衛《さがらいちろべえ》
同人弟　宗右衛門《そうえもん》
無役　益満休之助《ますみつきゅうのすけ》
同　加治木与曾二《かじきよそじ》

「このほかに、仙波親子か」

大きい、丸い眼鏡越しに、四ッ本を見て、

「はっ」

と、頷くと、眼鏡をはずして、机の上へ置いた。そして、金網のかかった手焙《てあぶ》り——桐の胴《どう》丸《まる》に、天の橋立の高蒔絵《たかまきえ》したのを、抱えこむように、身体を曲げて、

「これだけの人数なら、恐ろしくはないが、国許の奴らと通謀《つうぼう》させてはうるさい。それを取り締って——時と、場合で斬り捨ててもよい。と申しても、貴公は弱いのう」

「おそれいります」

四ッ本は、平伏した。

「それから、これも、貴公では、手にあまる獣《けだもの》じゃが、益休——こいつを、油断無く見張ってもらいたい——と、申しても、お前で、見張られるかな」

「死物狂いで——」

「死物狂いでは見張れん。添役《そえやく》に、一人、付けてやろう。それから、万々、内々のことじゃで、世間へ知れては面白うない。これも、よく含んでおいてくれ、ええと——」

将曹が、冷えた茶を、口へつけた時、次の間に、荒い足音がして、取次が、

「伊集院様」

と、言い終るか、終らぬかに、襖を開けて、伊集院平が入って来た。小姓が、その後方から、あわてて、座蒲団を持って来た。四ツ本が一座滑って、平伏した。

「やあ——寒くなって」

伊集院が、座につくと、

「四ツ本ならよかろうが、碇氏《いかりうじ》、国許から、暴れ者が二人、名越へ着いたのを、御存じかな。昨夜」

「いいや」

碇山は、身体を起こして、伊集院の方へ、少し火鉢を押しやった。

「例の、秋水党の、なんとか、池上に、兵頭か、そういう名の奴がまいったが、案ずるところ、国許の意見を江戸へ知らせ、江戸の話を、国許へ持ち戻る所存らしい」

「打《ぶ》った斬《ぎ》ろう」

「やるか」

「四ッ本、藩の名では後日が煩《うる》さい。浪人を、十人あまり集めて、網を張り、引っかかったら、引っ縛るか、斬るか——のう平」

「四ッ本、斬れるか」

「ただいまも、それで、面目を失いました」

「ははははは、碇殿も、流行唄《はやりうた》は上手だが、この方はいっこうでのう」

と、平は四ッ本の頭を打つ真似をした。

三ノ二

四ッ本は、将曹の指令を受けて、退出してしまった。将曹は、欠伸《あくび》をして、

「商魂士才で、如才《じよさい》がない、薩摩の殿様お金がない、か」

と呟いて、

「これは?」

と、指で丸を作って、平へ、微笑した。

「どうも——」

平は、口重にいって、腕を組んで、首を傾けて、

「調所《ずしよ》の心底がわからぬ。下らぬ大砲鋳造とか、軍制改革とか——表面は、久光公の御命令だが、裏に斉彬公が糸を引いていることは、よくわかっておるのに、すぐ、それには、金を出す。

そして、この御家の基礎を置こうとするには、きまって出し渋《しぶ》る」

将曹が微笑して、金網の間から、火を掻《か》き立てつつ、

「数理《すうり》に達者だからのう。あの爺――わしらが、その中から小遣にしておるのを、ちゃんと知っておるかもしれぬ」

「真逆《まさか》――」

「いいや、金のことになると、お由羅とて容赦《ようしゃ》せぬからのう。そうそう、あいつの江戸下りも近づいたから、張尻を合わせておかぬと、何を吠《ほ》え出すかわからん」

「この夏の二千両の内、八百両、貴殿にお渡しした、あの明細が、いまだ、届いていん」

「届かぬはずで、ありゃ、内二百両が、芸子《げいこ》に化けた」

「また、できたか」

「できたと思うたら、逃げられた」

将曹は、唇を尖《とが》らせた。そして、

「その代り、端唄《はうた》を一つ覚えた。二百両の端唄じゃ。一、二百両也、端唄と書け。調所のかんかん爺には、わかるまい」

あはははは、と高笑いして、鈴の紐を引いた。遠くで微かに鈴が鳴ると、すぐ、女の声で、

「召しましたか」

「酒じゃ」

「はい」

「お高《たか》の三味線で、その二百両の唄を一つ聞かしてやろう」

平《たいら》は、丁寧に頭を下げて、

「ありがたいしあわせ」

と、膝の上で、両肱《りょうひじ》を張った。衣擦《きぬず》れの音がして襖が開くと、

「お久し振り」

将曹の愛妾、お高が、真紅の襟裏《えりうら》を、濃化粧の胸の上に裏返して、支那渡りの黒繻子《くろじゅす》、甚三紅《じんざもみ》の総絞《そうしぼ》りの着物の裾を引いて入って来た。

「高、二百両の端唄を、今夜は、披露《ひろう》しようと思うが――」

お高は、練沈香《ねりじんこう》の匂いを立てて、坐りつつ、

「三文の、乞食唄？」

「また――」

「でも、深川あたりの流し乞食の――」

「平、文句がよい――巽《たつみ》に見えたあの白雲は、雪か煙か、オロシャ船、紅毛人《こうもうじん》のいうことにゃ、日本娘に乗りかけて――」

お高が、口三味線で、ちかごろ流行《はやり》の猥歌《わいか》を唄いだした。平は、神妙に聞いていたが、

（敵党には人物が多い。こんなことでは）と、俯向いて、暗い心を、じっと、両腕で抱いていた。

匕首に描く

一ノ一

南玉のところは上り口の間と、その次の六畳と、それだけの住居であった。ただ幾鉢かの盆《ぼん》栽《さい》と、神棚《かみだな》と——それから、深雪《みゆき》が、明るく、光っていた。益満が、

「退屈なら深雪、富士春のとこへでも行くか」

「戯談《じょうだん》を——碌《ろく》なことは教えませんよ。富士春は——」

「その代り、お前のように、孔明字《こうめいあざな》は玄徳《げんとく》が、蛙切《かわずぎ》りの名槍《めいそう》を持って、清正《きよまさ》と一騎打ちをしたりはせん——」

「だって、あん師匠あ、辻《つじ》便所じゃあごわせんか。そんなところへお嬢さんが——」

「小父さん、辻便所って、何？」

「そうれ御覧なさい——だから、言わないこっちゃねえ。齢ごろが、お齢ごろなんだから、こういうことは、すぐ感ずりまさあ——辻便所ってのは、お嬢さん——」

南玉は、両手の人差指で、鼻を押し上げ、小指で、口を大きく開いて、

「ももんがあ」

「あら、ももんがあが、お厠《しも》から出ますの」

「そうそう、三縁山《さんえんざん》の丑《うし》三つの鐘が、陰にこもってぐおーん――と、鳴ると――」

「なるほど、拙《まず》い講釈師だの」

「便所の蔭から――」

「ちょいと、ちょいと」

南玉は、手で額を叩いて、

「できましたっ、夜鷹の仮声《こわいろ》は天下一品」といった時、

「物申そう、講釈師、桃牛舎南玉《とうぎゅうしゃなんぎょく》の住居はここかの」

南玉が、

「へい」

と、いったとたん、益満が、

「真木《まき》か」

「益満」

格子を開けて、着流しの浪人が入ってきた。そして、土間に立っていると、

「南玉、酒を買って来い」

銀子《ぎんす》を渡して、益満が、

「こちらへ」

と、いった。南玉は、勝手口から出て行った。浪人が、深雪に挨拶してしまうと、益満が、金包を出して、

「支度金」

「いや、かたじけない」

浪人は、膝の上へ手をついてお叩頭《じぎ》した。

「一手五人として、三手——なるべくならば、姿をかえて悟られぬようにお願いしたい。一手から一人ずつ、物見兼連絡掛として、某《それがし》と、各々との間におって、事があれば知らせ合うこと——誰も同じことで、某も覚えがあるが、苦しい時には、刀の中身まで替えたもの。もし、そういう仁があれば、是非味のよい物を求めてもらいたい。仲間の喧嘩口論はもちろんのこと、道中、みだりに人と、いさかってはならぬ。旅館《やど》での、大酒、高声、放談も慎《つつ》しんでいただきたい」

浪人は、一々、うなずいていた。

「出立《しゅったつ》は、明後日？」

「さよう、明後日ときめて、万事、某の指図をお待ち願いたい」

「では、支度に忙しいゆえ、これにて」

浪人は、手をついて、

「一同の人は、どこに、貴公のところ？」

「揃《そろ》うておりまする」

浪人は、そう言って、腰を上げた。

「では、明後日早朝として、某は、神奈川でお待ち申そう」

益満も、見送りに立ち上った。

一ノ二

益満は、座につくと、

「深雪」

と、正面から、顔をじっと見た。

「わしは、予《かね》ての話のごとく、明後日の早朝、牧仲太郎を討ち取るため、今の浪人どもを連れて上方へ立つ」

深雪は、膝を凝視《みつ》めて、鼓動してくる心臓を押えていた。

「人を討つに、己のみが助かろうとは思わぬから、あるいはこれが今生の別れかもしれぬ。父に別れ、母に別れ、小太に別れ――今また、わしと別れて心細いであろうが、かかる運命になった上は是非もない――ただ――いかなる苦しみ悲しみが押しよせようとも、必ず、勇気を失うなよ。じっと、耐えて、その苦しさを凝視《みつ》めてみるのじゃ。それに、巻き込まれず、打ち挫《くじ》かれずに、正面から引っ組んで味わってみるのじゃ。そうすると、なぜ、自分は、こんなに苦しめられるのか？　悲しまされるのか、だんだんわかってくる。誰が苦しめるのか？　なんのために、悲しまされるのか？　それを、よく考えて、その苦しませる奴と戦う――ここから、その悪い運が、明るく開けてくる。よいか」

深雪は、頷《うなず》いた。

「それで、小父上から、あずかっておいたが」

益満は、袋に入った短刀を取り出した。

「小藤次が惚《ほ》れておるのを幸《しお》として、お由羅の許へ、奉公に出るということ――もし、この話が成就したなら、これを、父と思って肌身を離すな。奥女中は、片輪者《かたわもの》の集まりゆえ、いじめることもあろうし、叱ることもあろうが、お家のため、父のために十分に耐えて――隙《すき》があらば、由羅を刺し殺せ。己を突くか、二つに一つの短刀じゃ。そのほかに使うことはならぬ。また――朱に交われば赤くなる、と申すが、泥水《でいすい》に咲いても、清い蓮《はす》の花は清く咲く。けっして、奥の悪風に染むなよ」

深雪は、身体《からだ》をかたくして聞いていた。一家中の者が、それぞれ身を捨ててかかっているのに、自分一人だけは、南玉のおどけた生活の中にいたので、日夜、そのために苦しんでいたが、益満の言葉で、頭が軽くなった。

だが、同時《どうじ》に、齢端《としは》のいかぬ、世間知らずの娘が、そんな――由羅を刺すというような大任《たいにん》ができるだろうかと、心配になった。

「人間というものは、どんなことがあっても、いつも、明るい心さえもっておったなら、道は、自然に開けてくる。明るい心とは、勇気のあること、苦しさに負けぬこと――よいか」

と、言った時、南玉は、とことこと戻って来た。深雪は、短刀を押しいただいて、懐中した。

「わしは、これから、富士春の許へ、ちょっと、行ってくる」

益満は、刀を持って、立ち上りながら、勝手で、七輪への焚木《たきぎ》を、ぶつぶつ折っている南玉へ、

「客は、戻《もど》ったぞ」

「しめたっ」

「へべれけになって、また、席を抜くなよ」

「腰を抜く」

南玉は、こういって、障子の破れ穴から、中をのぞいて、益満が出て行きそうなので、

「一杯やってから」

と、徳利を提《さ》げて出て来た。

「急ぐ」

「便所なら、こちらにも――」

「馬鹿っ」

益満は、笑いながら出て行った。深雪にはなんのことだかわからなかった。

二ノ一

富士春は一人きりだった。益満が入って行くと、惣菜《そうざい》をお裾《すそ》分《わ》けに来たらしい女房が、あわてて勝手から出て行った。富士春は、お惣菜の小鉢を、鼠入《ねずみい》らずへ入れて、益満へ、

「お見かぎりだねえ」

「なにを――こっちのいう科白《せりふ》だ。近ごろは、巾着切をくわえこんでいるくせに――」

富士春は、下から、媚《こ》びた目で、益満を見上げて、

「ま、お当て遊ばせな」

と、座蒲団を押しつけた。

「貴様でも、遊ばせ言葉を存じておるか」

「妾《わらわ》は、元、京育ち、父は公卿《くげ》にて一条の」

「大宮辺に住居《すまい》して、夜な夜な、人の袖を引く」

「へんっ、てんだ。どうせ、そうでございましょうよ。柄にもない、お嬢さんなんかと、くっついて」

富士春は、益満の眼へ、笑いかけつつ、茶をついだ。

「そのお嬢さんに、小藤次が執心らしいが、師匠、一つ骨を折って、奥勤めへでものう。父は浪人になるし、南玉の許に食客をしていては」

「本当にねえ、お可哀そうに――」

「などと、悲しそうな面あするな。内心、とって食おう、と、思っているくせに――」

「やだよ、益公。与太《よた》な科白《せりふ》も、ちょいちょいぬかせ。意地と、色とをごっちゃにして、売っている、泥溝板《どぶいた》長屋の富士春を知らねえか」

「その啖呵《たんか》あ、三度聞いた」

「じゃあ、新口《しんくち》だよ。いいかい、剣術あお下手で、お三味線は上手てんだ。益公。お馬もお下手で、胡麻《ごま》摺《す》りゃお上手。ぴーんと、痛いだろう」

「常磐津よりは、その手が上手じゃ。流石《さすが》、巾着切のおしこみだけはある」

「外聞の悪い、巾着切、巾着切って」

と、言って、女は、声を低くして、

「お前さんにゃあ敵《かな》わないが、知れんようにしておくんな、人気にかかわるからね」

「心得た――その代り、二階へちょっと――」

富士春は、ちらっと、益満を見て、

「本心かえ」

と、険しい眼をした。

「一緒に、というんじゃねえ。わし一人で――その代りしばらく、誰も、来んように」

富士春は、微笑して、

「屋根伝いに、お嬢さんが――」

「まあず、その辺」

富士春は、手を延して、益満を抓《つね》った。

「たたたった、まさか、二階に、庄公が鎮座してはおるまいの」

「はいはい、亭主は、人様《ひとさま》が、お寝静まりになりましてから、こっそり、忍んでまいりまする」

益満は、立ち上って、押入《おしい》れを開けた。狭い、急な階段があった。

「今は、狼《おおかみ》ども、来るかの」

「さあ、一人、二人は――お由羅さんが、お帰りなので、町内中が、見張りに出ているらしいから」

「ほほう、お由羅様が、お帰り？」

「あのお嬢さんを、奥勤めさせるなど――どうして、あちきのところへ、あずけないかしら？」

益満は、階段の二段目から、首を延ばして、

「庄吉は、色男だからのう、危ない」

と言ってすぐ階段を、軋《きし》らせて登ってしまった。

二ノ二

「お由羅さん、か」

富士春は呟いた。同じ、師匠のところへ、通っていたこともあったが、物憶《ものおぼ》えの悪い、お由羅であった。そして、富士春はその反対であったが、反対であったがために、富士春は師匠となり、お由羅は、いつの間にか、お部屋様になった。富士春は、勝手の小女《こおんな》に、

「早くおしよ」

と、夕食を促《うなが》した。

益満は、暮れてしまった大屋根へ、出た。周囲の長屋の人々は、ことごとく、里戻りのお由羅を見るため、家を空にして出ているらしく、なんの物音もしなかった。

屋根から往来を見下すと、町を警固の若い衆が、群衆を、軒下へ押しつけ、通行人を、せき立てて、手を振ったり、叫んだり、走ったりしていた。

提灯を片手に、腰に手鉤《てかぎ》を、ある人は棒をもって、後から出る手当の祝儀を、どう使おうかと、微笑したり、長屋の小娘に、

「お前《めえ》も、あやかるんだぞ」

と、言ったり、その間々に、

「出ちゃあいけねえ」

とか

「早く通れっ」

とか、怒鳴《どな》ったり――小藤次の家は、幕を引き廻して、板の間に、金屏風《きんびょうぶ》を、軒下の左右には、家の者、町内の顔ききが、提灯を股にして、ずらりと、居流れていた。

益満は、ぴったりと、屋根の上へ、腹を当て、這《は》い延びて、短銃を、棟瓦《むねがわら》の上から、小藤次の家の方へ、狙いをつけていた。片眼を閉じて、筒先を上げ下げしつつ、軒下の中央へ、駕《かご》が止まって、お由羅の立ち出《いで》るのを、一発にと、的《まと》を定めていた。

駕が近づいて来たらしく、人々のどよめきが、渡って来るとともに、軒下の人々がいっせいに首を延ばし、若い衆の背を押して、雪崩《なだ》れかかった。そして、若い衆に制されて、爪立ちに

なって覗《のぞ》くと――真先に士分の一人、挟箱《はさみばこ》一人、続いて侍女二人、すぐ駕になって、駕脇《かごわき》に、四人の女、後ろに胡床《こしょう》、草履取り、小者、広敷番《ひろしきばん》、侍女数人――と、つづいて来た。

軒下に居並んでいた人々が、手をついた。陸尺《ろくしゃく》が訓練された手振り、足付きで、小藤次の家の正面へ来た。

益満は、左手を短銃へ当て、狙いの狂わぬようにして、右手を引金へかけた。そして、駕から出て、立ち上った女の胸板をと、照準《しょうじゅん》を定めていた。

駕は、しかし、横づけにならず、陸尺の肩にかかったまま、入口と直角になった。そして、益満が、

（妙な置き方をする）と、思った時、そのまま陸尺は、土足で、板の間へ、舁《か》き入れかけた。

（しまった）照準を直した時、駕は、侍女の蔭を通って、もう半分以上も、家の中へ入ってしまっていた。

（こっちに備えがあれば、敵も用心するのだ――流石に、お由羅だ）

益満は、微笑して立ち上った。そして、瓦をとことこと鳴らしつつ、一階の窓から入って来て、

「ちんとち、ちんちん、とちちんちん、ちんちん鴨《かも》とは、どでごんす――」

と、唄いながら、段を下りた。富士春が、

「騒々しいね」

「ちんちんもがもがどでごんす」

益満は、片足で、三段目から、飛び降りて、そのままぴょんぴょん、富士春の側へ行こうと

すると、火鉢の前に一人の男が坐っていた。

二ノ三

益満が降りてくると、火鉢の前に、見知らぬ男が坐っていた。そして、その男も、富士春も、二人ながら気拙《きまず》そうに、沈黙してしまった。益満は、

（庄吉だな）と、思った。そして、二人を気拙くさせたのは、自分だと感じた。そのとたん、富士春が、

「ねえ、益満さん、あの、貴下《あなた》とこのお嬢さんという人は、この人の手を折った人の妹さんで、ござんしょう」

益満は、庄吉に、

「初めて――でもないが、手前は、益休と申して、ぐうたら侍」

庄吉は、あわてて座蒲団から滑って、

「おそれいります。お名前は、それから、以前こいつが、お世話になりましたそうで、いろいろと――」

富士春が庄吉を睨んで、鋭く、

「よけいなことを喋《しゃべ》らなくってもいいよ」

「ははは、逢えば、そのまま、口説《くぜつ》して、と唄のとおりだの。それで、富士春、妹なら？」

「現在手首を折られた男の妹に惚れて――」

「手前はまた、折った小太郎さんに思《おぼ》し召しがあるんじゃねえか」

「馬鹿に――」

「仲よく二人で惚れたって、なんでえ。なんとかいや、不具者《かたわもの》を引き取ってやったと――手前なんざ、不具者のほかの亭主がもてるけえ」

富士春は、ぽんと、煙管《きせる》を投げ出して、益満に、

「その深雪さんが、小藤次の手で奥勤《おくづと》めすると聞いて、へへ、邪魔を入れてますのさ、この人が――奥へ入ると、逢えないもんだから――」

「て、手前、おれの気立てを、うぬあ、まだ御存じ遊ばさねえんだ。俺、なるほど、よく聞いてみりゃあ、深雪さんは好きだと、この胸がおっしゃるけどな、あのお嬢さんを追っかけるのは、南玉親爺《なんぎょくおやじ》一人に任せちゃあおけねえからだ。一手柄、俺の手で立てさせ上げ奉っちまって、ねえ、益満さん、あの親爺さんなり、小太郎さんに逢わして上げたら、どんなに肩身が広かろうと、これが世に言う、そら、義侠心《ぎきょうしん》って奴だ」

「体《てい》のいいこと言いなさんな」

「手前、なんでえ、小太郎の男っ振《ぷ》りに惚れやがって――」

「小娘じゃあないよ」

「なにを、昨夜も、手前、あの人は、まだ女を知らないだろう、どんな顔をするだろうねって――嘘《うそ》と思やあ、腕まくりしてみろ、俺がつねった跡がついてるだろう。さあ、そっちの腕をまくって、益満の旦那に見せてみろ、それ、見せられめえ」

「ははあ、のろけか」

　庄吉は、笑った。益満が、

「まま、こういう喧嘩ならたいしたことはあるまい。なまじ仲裁《ちゅうさい》をしては、あとで、悪口を言われるものじゃて——そのうちに、ゆっくり——」

　と、立ち上った。

「旅をなさいますって？」

　と、富士春が、見上げた。

「上方へしばらく」

「そして、深雪さんは？」

「奥勤めができんなら、しばらくは、南玉の食客かの」

「庄吉が、くっつきましては？」

「それも、よかろう。庄吉頼むぞ」

「男ってものは——」

　と、富士春は、口惜しそうに、羨《うらや》ましそうに呟いた。

「男同士でなくっちゃあ、わからねえ」

　庄吉は、そう、言いすてて、益満を送りに立った。

三ノ一

「お部屋様付になれたら、俺のいうことも聞くか？――なるほど」

小藤次は、常公と、二人で、南玉のところへ、深雪を尋《たず》ねて来て、自分の妾《めかけ》に、または、妻にと話しだした。

「もっともだが、ま、俺からいうと、俺のいうことを聞いてくれたら、由羅付なりと、好きなところへ奉公してもいい、と、こういいたいの」

常公が、頷いた。深雪は、頭から、髪の中まで、口惜しさでいっぱいだった。父に別れるとすぐ、浅ましい妾奉公などを、大工上りの小藤次から、申し込んで来たのに対して、口惜しかった。

（でも、これを忍ばないと――いい機《しお》なのだから――）と思った。しかし、小藤次に肌を与えてまでも、由羅付女中になりたくはなかった。そうまでしないでも、ほかに方法があるように思った。しかし、益満は、

「操ぐらい――」

と、軽く――それも、深雪には、口惜しかった。汗ばんだ手に、懐《ふところ》の短刀を持って、

（由羅付になって、由羅を刺すか、自分を刺すか）と、思うと、人々の見ている中で、芝居をしているように、いろいろの場面が、空想になって拡がっていった。

女の決心は、男の決心よりも強い。その今、流している涙を十倍にして、敵党へ叩きつける決心をするのだ。父の分、母の分、兄の分、姉の分を、自分一人で背負って、復讐《ふくしゅう》する決心をしておれと、言われたが、それを思いだすと、小藤次に、肌を許して、一日も早く、お由羅を

刺そうかと思った。だが、小藤次の下品な鼻、脂ぎった頬、胸の毛を見ると、身ぶるいがした。

「武家育ちだから知ってるだろうが、いったん、上ってしまうと、町方《まちかた》たあちがって、なかなか、男など近づけるところでないし、宿下《やどさが》りは年に二度さ、だから——」

南玉が、

「そこをひとつ、若旦那、お由羅さんの兄さんという勢力で、気儘《きまま》に逢引《あいびき》のできるよう、骨を折って下さるんでげすな」

「不束者《ふつつかもの》でございますが、お世話になります以上は、一生をかけたいと存じます。それにつきましては、ひととおりの御殿勤《ごてんづと》めも致しとうございますゆえ、一、二年、御部屋様付にて、見習をさせていただきましたなら」

深雪は、一生懸命であった。頭も熱くなって、舌が、ざらざらして、動かなくなるのではないかと思えた。

「利口なことをいうぜ」

小藤次は、腕組をして、深雪の滑らかな肩、新鮮な果実のような頬と典雅《てんが》な腰の線を眺めていた。

「なるほど、ごもっともさまで——」

と、常公が、思案に余ったような顔をしていた。

「講釈流で行くと、ここで、岡田小藤次は、侠気を見せますな。なんにも言わねえ、行ってきな」

南玉は、首を振って仮声《こわいろ》を使った。

「てえことになると、娘の方から——ほんに、頼もしい小藤次さま」

南玉は、娘の仮声をつかった。そして、常公に、しなだれかかった。

「うわっ、おいてけ堀《ぼり》の化物だ」

と、常公は、身体を反《そ》らした。

三ノ二

「今晩あ——やあ、これはこれは」

庄吉が、暗い土間から、奥を覗き込んだ。そして、

「若旦那、今晩は」

と、言って上って来た。小藤次は、煙管《きせる》をしまって、

「とにかく、奥役に聞いて、奉公に上れるか、上れんか、なあ、それから先にして、俺《おれ》あ、もう一度来るから、深雪さんも、よく考えておいてくれな。そりゃあ、無理をすりゃあ、邸の中でも——できねえこたあねえが、窮屈だからのう、邸勤めってのは」

「話あ、きまりましたかえ」

と、庄吉が、小藤次の顔を見た。

「庄公も、一つ骨を折っといてくれ。なかなか利口なお嬢さんだ。じゃあ、師匠、また来《く》らあ。お邪魔したのう」

「手前も、今夜、ゆっくり、口説《くど》いてみましょう」

「師匠の口説くなあ、講釈同然、拙《まず》いだろうの」

といいつつ、深雪に挨拶して立ち上った。常公も、庄吉も、南玉も上り口まで見送って来た。

深雪は、まだ短刀を握りしめて俯向いていた。

「お嬢さん——邸奉公なさるって——そりゃさ、いったい、貴女の望みか、それとも、この南玉爺の」

「これこれ、爺とは、なんじゃ。齢はとっても、若い気だ。物を盗っても、庄吉と、いうがごとし、とは、これいかに。うめえ問答だ。明晩、席で、一つ喋ってやろう」

庄吉は、南玉が喋るのを、うるさそうに聞きながら、

「勤めなんぞより、お嫁に行きなせえ。早く身を固めた方が、利口ですぜ」

庄吉は、じっと、深雪を凝視《みつ》めつつ、

「だが、びっくりなさんな。こうすすめるのは庄吉の本心じゃあねえんで——その懐の中、手のかかっているものは——」

深雪は、庄吉を見た。

「短刀でげしょう」

深雪の眼も、懐の手も、微かに動いた。

「商売柄わかりますさあ。お由羅のところへ奉公に上って、その短刀が——」

と、いった時、南玉が、

「わしの、講釈よりも、筋立が上手だよ、のう庄吉」

「誰も、俺を、巾着切だとおもって対手にしねえが、流石に、益満さんは、目が高えや、南玉、深雪さん、益満さんは、貴女のお父さんが、牧を討ちに行ったと、あっしを見込んで打ち明けてくださいましたぜ。床下の人形のこたあ、世間でも知ってまさあ。二つ合せて考えて、その短刀と三つ合せて考えて、小藤次の色好みを幸いに、御奥へ忍んで――ねえ、あっしゃあ嬉しゅうがすよ、十七や、八で、その心意気が――あっしの手が、満足なら、忍び込んで御手伝いしやすがね」

庄吉の言葉は、二人を動かすに十分であった。だが、二人とも黙っていた。

「あっしに、何か、一仕事――庄吉、これをせいとお嬢さん、何かいいつけてくださんせんか――死ねとか、盗めとか」

二人は、黙ったままであった。

「じゃあ――深雪さん、大阪のお母さんと、姉さんを、手助け致しやしょうか。そして、貴女に何か、一手柄――」

「立てさせて上げてくれるなら、そりゃあ、庄吉、この爺も――ねえ、お嬢さん」

深雪は、

「はい」

と、答えた。

「ようしっ」

庄吉は、眼を輝かして、膝を叩いた。

第二の蹉跌《さてつ》

一ノ一

戸塚《とつか》より藤沢《ふじさわ》へ二里、本駄賃《ほんだちん》、百五十文。藤沢より平塚《ひらつか》へ三里、二百八十文。平塚より大磯《おおいそ》へ二十町、六十文。箱根路《はこね》へかかると、流石《さすが》に高くなって、小田原《おだわら》から、箱根町へが四里という計数で、七百文であった。

「駕屋《かごや》、急ぎだぞ」

五人の侍風の者と、商人風の者とが、藤沢の立場《たてば》の前で乗り継ぎの催促をしていた。

「へい」

と、いって、小屋の中で、籤《くじ》を引いていた駕人足が、きまったと見えて、黒く、走って出た。そして自分の駕を肩へかけると、侍の方へ、

「お待ちどおで」

七瀬は、小屋の横から、駕へ入る人を、一人一人眺めていたが、

（あれは――家中の夫と近しい方――）と、思うと、一足出て見た。駕は、すぐ上った。七瀬は、

（夫のことを聞こうか、聞くまいか）と、思案した時、その人も、七瀬を見つけた。それをきっかけに、七瀬は御叩頭《おじぎ》をして、小走りに駕へよって、

「奈良崎様《ならさきさま》では？」

奈良崎は、七瀬を見て、

「仙波氏は？」

「さあ、――ここで、待っておりますが」

奈良崎は、

「待つ？　待っておる？　何を愚図愚図《ぐずぐず》と――危険が迫っておるに」

と、いって、すぐ、

「駕やれ」

駕は、五梃《ごちょう》つづいて、威勢《いせい》よく行きかけた。奈良崎の急ぐ態度、言葉からは、何かしら、大事が起こるような、予感がした。

一筋道ではあったが、八郎太と、小太郎とが、昼間しか通らぬと決まってはいなかった。自分たちが、品川から夜道したように、二人は、綱手の眠っている間に、行きすぎたかもしれぬし――

（もしかしたなら、あの人々が、夫を追うのでは？）と、思うと、そうも、思えた。七瀬は、

多勢の者に取り巻かれて戦っている、夫と、子とを想像すると、もう、立場《たてば》で見張ってはおれなくなってきた。

（奈良崎の、あの、危険が迫っているという言葉――夫に迫っているのか、自分に迫っているのか？　なぜ、危険が迫るのか？）

七瀬には、十分理由がわからなかったが、今まで引き続いて起こった不運のことを考えると、何かしら大事が起こるように思えた。

「七梃だっ、急ぎ」と、いう声がしたので、振り向くと、侍が七人、怒鳴っていた。その中に七瀬の顔見知りの人がいた。立場の横には、掘抜井戸があって、馬の、雲助の、飲み水になっていた。駄賃《だちん》をもらうと、駕を、軒下へ片付けて、雲助はその井戸へ集まった。

「今し方、五梃、侍が乗って行かなんだかのう」

「行かっしゃりました」

「どの辺までいっておろう」

「さあ、この宿を――はずれたか、はずれんかぐらいでござんしょう」

筆を、耳へ挟んで、立場の取り締りらしいのが答えた。七人の侍は、軒下に陽を避けながら、何か囁いては、頷き合った。

「酒手《さかて》をはずむから、急いでくれんかの」

「心得ました」

「てへっ、てへっ、今日は、女っ子が抱けるぞ。いいお天道様《てんとう》だっ」

雲助たちは、元気よく、駕を担《かつ》いで走り去った。七瀬は、なんとなく、だんだん胸が騒がしくなってきた。そして、宿の方へ歩き出した。その時、

「ほいっ、ほいっ」

と、四人立の駕が、すぐ後方《うしろ》へ来た。七瀬が振り向くと、駕の中の一人の眼が光って、

「七瀬殿、何を愚図愚図」

と、叫んだ。益満であった。

「夫は？」

「とっくに——今、敵の討手が、七人、吾々同志を追ってまいったであろうが」

と、いう内に、駕が眼の前を行きすぎていた。七瀬は、裾《すそ》をかかげて走り出した。

一ノ二

「追っつきましたぜ、旦那」

駕の中の侍は、駕をつかまえて、身体《からだ》を延ばした、そして、

「垂れを下ろして——」

自分で、そういいながら、垂れを下ろしてしまった。七梃の中二梃には槍が立ててあった。同じ、宿場の駕として、四人仕立《じたて》のが、二人立の駕を抜くのは当然であったが、二人仕立同士の抜きっこは、止められていた。だが、酒手の出しようで駕屋は、対手に挨拶をして、抜いてもよかった。七人の侍の駕は、五梃の駕へ追いつくと、

「兄弟、頼むっ」

と、棒鼻《ぼうばな》が叫んだ。

「おおっ、——手を握ったか」

後棒《あとぼう》が、振り向いた。

「その辺——」

お互に、仲間の符牒《ふちょう》で、話し合って、追い抜いてしまった。大磯と、小田原の間、松並木つづきで、左手に、遠く海が白く光っている所であった。

小田原から、箱根越の雲助は、海道一の駕屋として、威張《いば》っていた。七百文の定賃《ていちん》に、三百文の酒手《さかて》ではいい顔をしないくらいであった。美酒、美食で、冬の最中にも裸で担ぐのを自慢にしていた。その裸の腕へ、雪が降っても、すぐ、消えていくのが、彼らの自慢の第一であった。

「箱根泊りですかい、今から——」

不平そうな顔をして、雲助がこういうのに対して、

「頼む——」

と言って、多分の酒手を出すほかになかった。雲助は支度をしながら、七人の姿を、ちらちら眺めていた。

七人は軽装で、二人まで袴をつけていなかった。木綿の給《あわせ》一枚に、兵児帯《へこおび》をしめて、二尺七、八寸の刀を差していた。

「おかしい野郎だの」

駕屋は、仲間へ囁いた。

七梃の駕が、小田原を離れるとともに、駕の中の人々が、

「山へ入ってから、それとも――この辺でよいではないか」

とか、

「その曲りっ角は――」

とか、話し合った。最初の駕にいる人が、

「山の中で、十分の足場のところでないと――」

と、対手にしなかった。湯本《ゆもと》から登りになった。石段道へかかった。駕屋は、沈黙して、息杖《いきづえ》を、こつこつ音立てながら、駕を横にして、ゆるゆる登りかけた。

一町か、一町半で、休み茶屋があった。駕屋は、きっと、そこでしばらくやすんだ。少しも疲れていないようであったが、十分に休んでからでないと行かなかった。

右も左も杉林で、その下は雑草の深々としたところへかかった。最初の駕の侍が、

「駕屋、とめろ」

と、叫んだ。

「ええ？」

「ここまででよい――降りる」

駕屋はお互に、

（怪《あや》しい奴だよ、この野郎ら——）と、眼配《めくば》せをした。

「吾々は、公儀御用にて咎人《とがにん》を討ち取る者じゃ。見物せい」

と、一人が、駕屋へ微笑して、

「小田原の方へ降りることはならぬ。そっちへ——遠く離れておれ」

と、命じて、そして、酒手を多分に出した。

一ノ三

「待て。駕屋、待てっ」

行手の草叢《くさむら》から、侍が立ち現れて叫んだ。

最初の駕にいた男も、次の駕の男も、立てかけてあった刀をとった。そして、素早く、左脚を、駕の外へ出した。

「奈良崎——」

草叢の中から出て来た侍は、こういって近づくと、

「聞きたいことがある」

奈良崎は、黙って、刀を提げて、その侍の反対側へ出た。雲助が、急いで草履《ぞうり》を持って来た。四梃の駕からも、刀を持って、商人に化《ば》けた四人が出た。そして、四辺《あたり》を見廻してから、奈良崎の背後に立って、その侍を、じっと睨《にら》みつけた。

「一木《いちのき》」

奈良崎が、少し、顔を赤くして叫んだ。

「連れ戻るか、斬るかであろう」

一木は、冷たい微笑をして、

「君公の命じゃ、なぜ、お主は無断で、旅へ出た」

「そういうことを聞きとうない」

「そうか——覚悟しておるのか」

「お身たち、虎の威《い》を借《か》る狐とはちがう」

一木の顔色が動いた。

「奈良崎、君公の御裁許も仰がず、濫《みだ》りに私党を組んで、無届出奔《しゅっぽん》に及ぶ段、不届千万、上意によって討ち取る」

「そうか」

奈良崎が、足に敷いていた草履を蹴飛《けと》ばして、身構えすると同時に、草が動き、物音がして、人が、槍が、草叢の中から現れた。

「奈良崎、そのほかの浪人者も、手向い致すか」

七人は、槍と、刀とで、五人を取り巻いた。

「たわけ——来い」

「芋侍《いもざむらい》なら不足はない」

五人は、刀を抜いて、背を合せた。

「そうか――是非もない」

一木が、こういうと同時に、六人の侍はじりじりと迫って来た。五人の方の駕屋は、立木の中へ入って、樹を摑《つか》みながら、ぼんやりと、だが、脇《わき》の下に、掌に、汗をかいて、眺めていた。もう走ることも、動くことも、できなくなっていた。

十二人は、無言で、お互の刀尖《きっさき》と、穂先《ほさき》とを近づけて行った。誰も皆、蒼白な顔をして、眼が異常に光っていた。

一木は、右手に刀を提げて奈良崎の横へ廻って来た。奈良崎はもう、額に微《かす》かに汗を滲ませていた。追手の内の二人は、肩で呼吸をしていた。

槍は中段に、刀は平正眼《ひらせいがん》に、誰も皆同じ構えであった。お互に、最初の真剣勝負に対して、固くなっていた。懸声《かけごえ》もなかった。刀尖《きっさき》が二尺ほどのところまで近づくと、お互に動きもしなかった。

一木は、両手で、刀を持つと刀尖を地につけた。示現流《じげんりゅう》の使手として、斬るか、斬られるか、一挙に、勝負を決しようとする手であった。――はたして、

「やっ、やっ、やっ」

一木は、つづけざまに叫ぶと、刀尖で、地をたたきつけるように、斬り刻むように、両手で烈《はげ》しく振って、

「ええいっ」

山の空気を引き裂いて、たちまち大上段に、振りかざすと、身体ぐるみ、奈良崎へ、躍《おど》りか

かった。

一ノ四

一木の攻撃は、獰猛《どうもう》の極であった。それは躍《おど》りかかって来る手負獅子《ておいじし》であった。後方《うしろ》へか、横へか――避けて、その勢いを挫《くじ》くほかに方法がなかった。

もし、受けたなら?――それは、刀を折られるか、受けきれずに、どっかを斬られるか、それだけであった。

だが、たった一つ、相打ちになる手はあった。一木の、決死の斬り込みに対して、斬らしておいて、突くという手である。諸手突《もろてづき》に、一木の胸へ、こっちからも、必死の突撃を加えることである。

しかし、それも冒険だった。もし、一分、一秒、奈良崎の刀が、遅れたなら、自分だけが真向《まっこう》から二つに斬られなくてはならなかった。

こういう時になると、それは技量《ぎりょう》の問題でなく、肚《はら》の問題であった。生死の覚悟いかんの問題であった。二人の間に格段の相違があればとにかく、互角《ごかく》か、互角に近かったなら、それは、場馴れているとか、いないとかの問題でなく、自分の命を捨ててかかった方が勝であった。

(ここを逃れて――牧を討たなくてはならぬ――)と考えていた奈良崎に、この覚悟がなかった。一木の、眼の凄《すご》さと、脚構えを見て、

(さては――)と、感じた瞬間、ちょっと、怯《おじ》け心がついた。それは剣道で、もっとも、忌《い》む

べきものとされているものだった。疑う、惑う、怯ける——どの心が起こっても、勝てぬものとされているものだった。

奈良崎は、一木の光る眼、輝く眼、決死の眼が、礫《つぶて》のように、正面から飛びかかって来たのを見た。一木の両手の中に、暗紫色をして、縮んでいた刀が、きえーっ、と、風を切って、生物のごとく叫びながら、さっと延び、白く光って、落ちかかるのを見た。

奈良崎は、避けた。それは、自分の命令で、避けたのでなく、本能的に、反射的に、身体が勝手に、自然に避けたのだった。それから、奈良崎の両手も、無意識に刀を斜にして、一木の打ち込んでくる刀を支えようとした。

だが——奈良崎が、避けたはずみに、隣りの味方——浪人者の一人へ、身体がどんと、ぶっつかった。お互に、よろめいた。奈良崎は膝《ひざ》をついた。そして、眼《む》を剝き出し、絶望的な光を放って、一木を睨んだ。その瞬間、一木の打ち込んだ刀が、びーんと腕へ響いた。奈良崎は、膝を立て直そうと、動かした時、太腿に、灼《や》けつくような痛みと、突かれたという感じとを受けて、腰を草の上へ落してしまった。

「卑怯《ひきょう》、卑怯」

奈良崎は、血走る眼、歪んだ唇、曲った眉をして、叫んだ。自分でもわからなかったが、こうでも叫ぶほかしかたがなかった。だが、一木は、

「えい、えいっ、えいっ《つ》」

それは殺人の魔に憑かれた人間のように、倒れかかっている奈良崎へ、力任せに、つづけざ

まに、大太刀を打ち込んできた。奈良崎は、その隙間なく打ち降ろす刀を受けるだけで一生懸命であった。二人とも逆上したように、憑かれたように、同じことを繰り返していた。

「わーっ」

それは、杉木立の中へ、反響して、空まで響くような叫び声であった。そして、すぐ奈良崎の頭へ誰かが斬られたらしい生あたたかいものが、小雨のように降って来た。

「これでも――これでも」

一木は、歯を食いしばって、頭上のところで受けている奈良崎の刀を、つづけざまに撲《なぐ》った。人の絶叫と、懸声とが、人間の叫びとは思えぬくらいに物凄く、杉木立の中へ木魂《こだま》していた。

一ノ五

誰の米噛《こめかみ》もふくれ上っていたし、額からは汗が流れていた。眼は、ヒステリカルに光って、それは、物を見る穴でなく、殺人的気魄を放射する穴に変っていた。

浪人たちは、三重の不利があった。一つは、ここを切り抜けて牧を討つのが目的であったし、もう一つ、地の利を対手に占められていたし、第三は、得物に槍の無いことと、人数の少いことであった。

だが、それよりも、もっと大きいのは、金で動いている請負仕事《うけおいしごと》で、一木以下の六人が隼人《はやと》の面目をかけて、対手を討とうとするのと、その態度においてちがっていた。

一木が、奈良崎に打ち込んだのを合図にして、双方の離れていた刀尖《きっさき》が、少し触れ、二、三人は、懸声をしたが、対手が、じりじりつめて来るのに対して、四人は、退るばかりであった。

だが、その中の一人は、奈良崎が槍で股を突かれたのを見ると、

「何をっ」

と、絶叫して、その槍の浪人に斬りかかった。進む浪人も、退《ひ》いた浪人も、草に滑った刹那《せつな》、

「ええいっ」

右頭上八双に構えていた一人が、閃電《せんでん》のごとく——ぱあっと鈍い音とともに、つっと上った血煙——

「うわっ」

と、遠巻にしていた旅人、駕屋が、自分が斬られたように叫んで、顔色を変えて、二、三間も逃げた。

斬られた浪人は、首を下げて、手を下げて、二、三歩、よろめいて歩み出て、すぐ奈良崎の横へ倒れてしまった。斬口から血の噴出するのが遠くからでも見えた。

斬った男は、真赤な顔をして、刀を振り上げて、悪鬼のように、眼を剝き出して、

「こらっ、うぬらっ」

と、叫んで、三人に、走りかかった。それは、殺人鬼のように、狂的な獰猛《どうもう》さであった。三人は、同じように刀を引いた。そして、逃げ出した。

「逃げるか、逃げるか。卑怯者、卑怯者」

六人は、お互に絶叫して、猟犬のごとく追った。追う者も、追われる者も、草に滑り、石に

つまずき、凹《へこ》みによろめいて走った。旅人は、周章《あわ》てて、木立の中に飛び込んだ。

「待て、卑怯なっ、待てっ」

一人は、刀を押えて、槍を持って走っていたが、思うように走れないので、こう叫ぶと、槍を差し上げ、

「うぬっ」

と、叫んで、投げつけた。槍は、獲物に飛びかかって行く蛇のように、穂先を光らせて、飛んで行った。そして、一人の腰に当ったが、石の上へ落ちて転がってしまった。

「馬鹿っ」

追手の一人が、振りむいて、槍を投げた男に、

「股を目掛《めが》けて、なぜ投げん」

と、睨みつけた。そのとたん一人の追手が浪人の一人に追いついて、片手突きに、その背中を突いたが、間髪《かんはつ》の差——素早く、振り向いたその男が、片手薙《かたてなぎ》に、身体も、刀を廻転するくらいに払ったのが見事、胴へ入った。討手は、背後から突かれたように、手を延ばしたまま、どどっと、前へ倒れてしまった。

「やったな」と、一人が叫んだ。

二ノ一

七瀬は、綱手《つなで》をせき立てて、すぐ、益満の後を追った。小田原の立場で、

「箱根まで——」

と、いうと、人足たちは、

「秋の陽は、短いでのう」

と、渋っていたが、それでも、七瀬の渡した包紙を握ると、

「やっつけるか」

と、いって、駕を出した。荒涼とした、水のない粗岩《あらいわ》の河原を、左に湯本へ行くと、駕屋は、草鞋を新しくして、鉢巻をしめ直した。

湯本から急な登りになる石敷の道は嶮《けわ》しかったし、赤土の道は、木蔭の湿りと、木の露とで滑り易かった。

「おう」

と、駕屋が振り向いて、後棒《あとぼう》へ、

「妙ちきりんなものが、現れましたぜ」

その声に、綱手が、駕から覗くと、遠くの曲り角へ、槍を持って白布で頭を包んだらしい侍が、急ぎ足に降って来た。

駕屋は斜にしていた駕を真直ぐにして、その侍を避けるように、道傍《みちわき》を、ゆっくり登っていった。七瀬も、その侍は、八郎太と小太郎とを討ち取った戻り道のような気がして、胸が高く鳴りだした。

「綱手、あの方は、御邸の一木様ではないか」

「はい、お母様――」

と、いった時、もう、一木は、駕のすぐ間近まで来ていた。七瀬が、

「ちょっと、駕屋」

と、声をかけて、駕が止まるか、止まらぬかに、駕の外へ足を出して、降りかけながら、

「一木様」

と、叫んだ。

一木は、答えないで、七瀬へ、冷たい一瞥《べつ》を送って、行きすぎようとした。そのとたん、綱手が、

「一木様っ――それは」

と、叫んだ、一木の左の腰に――それは、たしかに首を包んだ包と覚《おぼ》しいものが、縛りつけてあった。七瀬は、駕を出て、

「卒爾《そつじ》ながら――」

一木は、七瀬を、睨んで立ち止まった。

「仙波八郎太に、お逢いではございませんでしたか」

「仙波？」

一木は、左手の槍を、突き立て、

「仙波とは――ちがう。仙波へは、別人が、まいって――」

「別人とは――」

「別の討手——気の毒であるが、御家のためには詮《せん》もない」

「そ、その討手は、貴下《あなた》様より、先か、後か？」

綱手は蒼白になって、七瀬の横に立っていた。駕屋は、眼を据《す》えて、一木の顔を見ていた。

「前後？」

一木は、唇で笑って、

「敵の女房に、さようのことがいえようか。聞くまでもない。無益なことを——」

口早に、いうと、ずんずん降《くだ》って行った。二人は、しばらく眼を見合せていたが、

「急いで、——急いで」

と、憑《つ》かれたようにいいながら、駕の中へ入りかけた。

「合点だっ」

駕屋は、肩を入れると、

「馬鹿っ侍、威張りゃがって」

と、呟いて足を早めた。

二ノ二

「びっくりしたのう、おいら」

「なにをっ。吃驚《びっくり》って、あんなものじゃねえや」

「なに？」

「手前のは、ひっくり、てんだ。下へ、けえるがつかあ」

「おうおうおう、涎《よだれ》をたらして木へしがみついていたのは誰だい」

「それも、手前だろう」

旅人たちは、一団になって、高声に話しながら降りて来た。そして、七瀬と、綱手の駕を見ると、いっせいに黙って、二人を、じっと見た。七瀬が、

「お尋ね申します」

と、一人へ声をかけて、

「ただいまのお話、もしか、斬られた人の名を御存じでは——ござりませぬか」

旅人は、立ち止まって、二人を眺めていると、駕屋が、

「斬られた人の名前を、知ってなさる人はいねえかの」

「のう、名はわからんのう」

「名はわかんねえが、齢頃は三十七、八だったかの、あの首を取られた人は」

「三十七、八？　何をこきゃあがる。二十七、八だい」

「こいつ、嘘を吐《つ》け。昔っから、生顔と、死顔とは、変るものと言ってあらあ。二十七、八と見えても——」

「物を知らねえ野郎だの、こん畜生め。二十七、八だが、死ぬと、人間の首ってものは、十ぐらい齢をとるんだ。女が死ぬと美人に化け、男が溺死《できし》すると、——土左衛門、相場がきまってらあ」

「手前、首だけしか見ねえだろう。俺、最初から見ていたんだ」

七瀬が、

「その中に老人が――」

「老人も、若いのも、いろいろいたがね。奥様。まず、こうその駕、待あて、と」

「おうおう、芝居がかりかい」

「待てと、お止めなされしは？」

「音羽屋《おとわや》っ」

「東西東西、静かにしてくれ、ここが正念場《しょうねんば》だ」

旅人は、七瀬が、綱手が、どう考えているかも察しないで、綱手を、じろじろ見ながら、巫《ふ》山戯《ざけ》ていた。

「その、果《はた》し合《あい》の場所は？」

と、七瀬が聞くと、

「この、二、三町上でさあ、のう、待てと、お止めなされしは――」

「おや、眼を剝いたよ。豆腐屋あ」

「ありがとう存じました。駕屋さん、急いで」

駕が上った。

「いい御器量だのう」

「吉原にもいまい」

「ぶるぶるとするのう」

「首を見ては、ぶるぶる、女を見てはぶうるぶる」

人々は、遠ざかった。行きちがう人々は、ことごとく、血腥《ちなまぐさ》い話を、声高にして、いった。

駕が、ようやく山角を曲ると、草叢のところに、旅人が集まっていて、菅笠《すげがさ》や、手拭頭が動いていた。

「あれだっ」

と、駕屋が、叫んだ。二人は、駕の縁を握りしめながら、夫と、子が、父と、兄とが、その中にいないように祈っていた。いないとわかっていても、なんだか、どっかで斬られているような気がした。

三ノ一

四梃の駕が、急いでいた。そのすぐ後方から、一梃の駕が、

「頼む」

と、声をかけて、崖《がけ》っぷちを擦《す》れ擦《す》れに追い抜こうとした。一梃抜き、二梃抜き、三梃目のを抜いた時、その駕の中の侍が、

「待てっ、待てっ、待てっ、とめろっ」

と、怒鳴った。駕屋が、あわてて、駕を止めると、

「益満っ、待てっ」

三梃目の侍が、刀を提げて、駕から、跣足《はだし》のまま飛び降りて、抜いて行った駕を、追うと同時に、他の人々も、駕を出て、走りすがった。

「その駕、待てっ、益満」
六、七間のところで叫ぶと、抜いて行った駕がとまって、益満が、口から煙草《たばこ》の煙を吐きながら、駕の中から振り向いた。そして、
「おおっ」

と、微笑して、

「これは、御無礼」

追って来た侍は、真赤な、顔をして、袴を左手で摑み上げながら、

「出い、駕を出い」

益満は、頷いて、刀を左手に、駕を出た。見知らぬ浪人者が、腕捲《うでま》くりして、三人、益満を睨んで、三方から取り巻いた。駕屋が、恐る恐る、駕を人々のところから引き出して、道傍《みちばた》で、不安そうに、囁き合っていた。

「いずれへまいる？」

「さあ、いずれへ――」

益満は、ゆっくり、腰へ刀を差してから、喫《す》い残りの煙管《きせる》を、口へ当てて、

「当て途《ど》もなく」

「なにっ、当て途もなく？――御重役へ届け出《い》でてお許しが出たか」

「いや、その辺、とんと、失念仕《しつねんつかまつ》って——」

「こやつ、引っ捕えい」

侍は、一足引いて、浪人たちに、顎《あご》で指図した。益満は、煙を吹き出しながら、

「引っ捕える？　しばらくしばらく、ちょっと、一服して——こうなれば尋常に——」

と、いいつつ、太刀の柄《つか》へ、煙管を当てて、とんとん二、三度叩いて、灰殻《はいがら》を落した。そして、舌の先へ当てて、ぶつぶつ音させて、それから、懐の煙草をつまみ出して、

「暫時《ざんじ》、今一服」

と、いって、雁首《がんくび》へつめ込んだ。四人の侍は、黙って見ているのほかになかった。益満は、燧石《ひうちいし》を腰の袋から取り出して、

「ゆっくり眺めると、いい景色でござるが」

火をつけて、一口吸って、一人の浪人の顔へぷーと煙を吹っかけた。

「何を致す」

「斬る」

三人の浪人が、この益満の言葉に、一足退《ひ》いて、刀へ手をかけた瞬間、益満の煙管は、一人の鼻へ当っていたし、一人はよろめいて、顔を押えて、よろめきつつ走り出した。押えている手から、血が土の上に洩れていた。

一人が、躓《つまず》きつつ、後方《うしろ》へ退って、抜いた刀を両手で持ち直す隙もなく、片手で益満の返した刀を止めようとしたが、もう、遅かった。膝頭《ひざがしら》を十分に斬られて、刀を、草の上へ投げ出し

て、前へ転がってしまった。

「手向い致すか」

侍が、絶叫した。

「小手をかざして、御陣原見れば、か。行くぞ、行くぞ」

益満は、同屋敷の侍を振り向きもせず、残りの浪人者に、刀を向けた。浪人者は、煙管に打たれて、鼻血を出しながら、じりじり退《さが》りかけた。

三ノ二

益満は、じりじり浪人を追いつめた。浪人は、蒼白になっていた。益満は、片手で、刀を真一文字に突き出して、道の真中まで出ると自分の投げつけた煙管を左手に拾い上げた。侍も、浪人も、二人を一瞬に斬った益満の腕と、その態度とに、すっかり圧倒されてしまっていた。頭も、身体も、しびれたように堅くなってしまって、恐怖心だけが、あふれていた。

益満は、左手の煙管を口へ当てて、舌の先で、ぶつぶつと音させつつ、右手の刀を、浪人の咽喉の見当へ三尺ほどのところから、ぴたりと当てて、

「たって斬ろうと申さん。逃げるなら、逃げるがよい——後方が危ない、もっと、左へ、そうそう」

益満の刀の尖と、浪人の咽喉とが、何かで結ばれているようにぴったりと膠着《こうちゃく》していた。益満は、煙管を口にくわえて、刀を左手に持ち直した。そして懐へ右手を入れて、短銃を取り出

した。そして、刀と短銃とを左右に持って、二人へ突きつけながら、微笑して、

「こういう物もある——選《え》り取り、見取《みど》り取りゃしゃんせ。お七ゃ、八百屋の店飾り、蜜柑《みかん》に、鉄砲、柿、刀。心のままに取りゃしゃんせ——どうじゃ。買手がなければ、陽が暮れるからのう」

二人は、駕屋さえいなかったら、逃げだすか、謝罪するか？——頭も、身体も、ただ苛立《いらだ》たしさと恐怖とが、燃えるように、感じられるだけで、どうする方法もなかった。

「駕屋っ」

益満は振り向いた。

「勝負はあったのう」

駕屋は、両手を膝までおろさんばかりにして、頷いた。

「駕人足の言うことにゃ、か。陽は暮れかかる。腹は、すく。勝負も、すでに見えました。私ゃ、本郷へ行くわいな、——駕っ」

益満は、両手に刀と、短銃とを提げて、くるりと、背を向けた。そして、自分の駕の方へ、歩きながら、短銃を、懐に、刀を鞘《さや》に——そして、倒れている浪人へ、眼をやって、二人を顧《かえり》みて、

「これは往生《おうじょう》しておる。そちらのは膝だけじゃ。二人で抱《かか》えて行ってやるがよい。今後、濫《みだ》りにかかるなよ。仙波小太郎などは、某《それがし》よりも、業《わざ》が早い」

侍と、浪人とは、益満を、じっと睨んだまま、刀を下へ下げて、同じところに佇んでいた。

益満は、駕へ入って、

「吃驚《びっくり》、致したか」

と、駕屋へ笑いかけた。駕屋は、ぶるぶる脚を震わせていたが、

「へえ」

と、答えたまま、容易に駕が上らないようであった。手も、膝も、がくがくふるえていた。

「どうした」

「へっ」

二人の侍は、倒れている浪人を、肩にすがらせて立ち上らせた。片膝を斬られて歩けない浪人は、左右から扶《たす》けられて、ようよう一足歩き出した。その時、益満がちょうど振り返った。そして、

「おーい」

と、呼んだ。三人が益満を見ると、益満は微笑して、

「片脚や、本郷へ行くわいな、と申すのは、そのことじゃて、あはははは」

駕は小走りに走り出した。

「娘のお七のいうことにゃ、
妾《わたし》や吉三《きちさ》に惚れました、
月に一度の寺詣り《てらまいり》――」

益満は、腕組して、駕に凭《もた》れかかって、小声に、唄をうたっていた。

四ノ一

草は踏み蹂《にじ》られていた。所々に、醤油《しょうゆ》のような色をして血が淀《よど》んでいた。その中に一つの、首のない、醜くて、滑稽《こっけい》な感じのする死体と、首のあるのとが転がっていた。

その周囲は、人がいっぱいで、口々に、話しながら人の肩から覗き込んだり、血の淀んでいるところを探しては、

「ここにもある」

と、叫んでみたり——女たちは、そうしたことに騒いでいる連れの男を、腹立たしそうに呼んで、眉をひそめていた。

一つの死体の胸には、小柄《こづか》が突き刺してあった。その小柄の下には、紙切が縫いつけられていて、それに、

依御上意討取者也《ごじょういによりうちとるものなり》。薩藩士、一木又七郎

と、書かれてあった。七瀬と綱手とが、駕から降りて、人々へ、

「心当りの者でござります。少し、拝見させて下さりませ」

と、挨拶して、人垣《ひとがき》を分けた。

「退《の》けよ、この野郎。心当りのあるお嬢さんが御通行だ」

と、一人は、綱手の顔を見て、連衆《つれしゅう》の耳を引っ張って、道をあけた。

「お嬢さん、首がござんせんぜ、わかりますかい」

「黙ってろ、臍《へそ》の上に、ほくろがあるんだ」

「おやっ、手前知ってるのか」

「毎朝、銭湯で逢わあ。臍ぼくろって、臍の上のほくろは首を切られるか、切腹するにきまったものだ。ちゃんと三世相《さんぜそう》に出てらあ」

一人は、小声で、

「どっちかの、御亭主だぜ。気の毒に」

「この間抜け、一人は生娘だ」

「生娘だって、亭主持があらあ——ほうら、娘の方が紙を引っ張った」

「読めるかしら」

「手前たあ、学問がちがわあ」

「何を、こきゃあがる。俺だって。ちゃんと読んでらあ。斬られた奴は、一木ヌ七って人だ」

綱手と、七瀬とは、紙切を読んで、頷き合った。その時人垣の外の人々が、

「来た来た、また来た」

と、どよめいた。二人は立ち上がって、人々の眺めている方を、爪立《つまだ》ちして見た。五人の侍が、一人の手負いらしいのを、駕の中へ入れて、灰色の顔をしながら、急ぎ足に近づいて来た。

「あれは？」

「ええ、あの方は——」

二人とも、名は知らないが、同藩中で、顔見知りの人が一人いた。七瀬がすぐ近づこうとし

た。綱手が、

「お母様、もしものことが――」

「でも、気にかかるゆえ――まさか、女を斬りもしまい」

七瀬は、こういいすてて、小走りに駕の方へ行った。綱手は、懐剣《かいけん》の紐を解いて、すぐつづいた。群集が、ざわめいた。駕脇《かごわき》の一人が、一人の旅人に、

「この辺に、二十七、八の侍がおらなんだか」

と、聞いた。七瀬が、歩きながら、

「一木様は、先刻、お下りになりました」

と、いった。侍は、二人の顔を見て、じっと睨んで、

「仙波の家内か」

「その死体に、一木様が、何かお書付けおきなされました。あの、お疵《きず》は、いかがしてお受けになりましたか、誰から――」

「さようのこと、聞かんでよい」

侍は、ずかずか、死体の方へ歩いて行った。

「仙波に、お逢いなされましたか」

「煩《うる》さいっ、ぶった斬るぞ」

振り返って睨みつけた。

四ノ二

七瀬と綱手とは駕を急がせた。

「ああれ、まただ」

と、先棒が叫んだ。と同時に、後から、

「おっかねえ。睨んでるぜ」

七瀬も、綱手も、道の傍《そば》に、二人の侍が立っていて、その真中に、一人がうずくまっているのを見た。二人とも、凄い眼をして、駕の近づくのを、じっと見ていた。駕が、二、三間のところまで行くと、

「御無礼ながら――」

と、一人が叫んで、駕の中を見た。七瀬は、はっとした。やはり、同じ家中で、見た顔の一人であった。と、同時に、その侍が、

「待て、駕、待てっ」

と、道の真中へ出て、両手を拡げた。

「待ちやすっ」

四人の駕屋は、顔色を変えた。

「降りろ」

七瀬も、綱手も、懐剣へ手をかけた。駕屋が、

「旦那、手荒いことは――」

駕屋は、駕が血で汚れるのを恐れて、二人が駕を出るが早いか、木立ちのところへ運んでしまった。

「駕屋、動くことならんぞ」

と、一人が、刀を抜いた。草の上にしゃがんでいる侍が、二人を見た。

「御用は？」

七瀬は、蒼白になって――だが、静かに聞いた。

「御用？　仙波の家内などに用はない」

「御用もないのに、なぜ、降りよと、仰せられました」

「なに？」

侍は、七瀬を睨みつけておいて、

「駕屋っ、この手負《ておい》を、湯本まで運んでまいれ」

「これは御無礼な、この駕は、妾《わたし》が――」

侍は、七瀬にかまわないで、

「愚図愚図致すと、斬り捨てるぞ」と、駕屋へ怒鳴った。

「へい」

駕屋は、顔を見合わせて、

「すみませんが」

と、七瀬へ、腰を曲げた。侍が、棒鼻《ぼうばな》へ手をかけて、

「早くせい」

「へいっ」

駕屋が駕を上げた。

「お待ちなされませ、女と侮《あなど》って、薩摩隼人ともあろうものが、人のものを強奪して――」

「強奪？　無礼者」

一人は、駕から手を離すと、七瀬の胸を突いた。七瀬はよろめいた。

「何をなされます」

甲高《かんだか》く叫んだ。綱手が、

「お母様」

と、叫んで、七瀬の前へ立った。ぶるぶる顫《ふる》える唇をしめて、侍を睨んだ。

「旦那、手荒いことは」

駕屋が、侍を止めた。

「素浪人分際の女として、無礼呼ばわり――」

「これが無礼でなくて」

と、七瀬が、ふるえ声でいった時、一梃の駕が、手負のところへ行き、一人が、手負を抱いて駕の中へ入れた。綱手は、母を片手で押えながら、

「駕は、二梃とも、御入用？」

侍は、落ちついた綱手の態度と、その美しさと、物柔かさとに、挫《くじ》けながら、

「一梃でよい――無礼な」

と呟いて、駕の方へ去った。七瀬は、身体を顫わせていた。

「お母様、お駕へ。妾は、歩いてまいります」

七瀬は、涙をためて、侍の方を睨んでいた。

「あれっ、あそこに一人死んでいる」

と、駕屋が指さして、低く言った。

五ノ一

遥《はる》かに、芦《あし》の湖《こ》が展開して来た。沈鬱《ちんうつ》な色をして低い灰色の雲を写していた。

「益満氏、益満氏ではないか」

後方から絶叫した者があった。益満が振り向くと、右手に刀を提げた三人の浪人が、走って来た。益満が、駕の中から、右手を挙げた。浪人は、近づいて、

「奈良崎と、羽鳥とが、やられた」

「刀を拭いて――関所が、近い」

三人は、刀を拭いて納めた。

「ここへ来る道で、一人は膝を切られ、二人は無疵《むきず》で――」

「逢うた。お互に、顔を知らぬし、怪しいとは存じたが、睨み合ったままで、擦れちがった」

「女二人に、一人は四十近い、一人は十八、九の」

「それとは、死体の転がっていた辺で――」

益満は、頷いて、

「どうじゃ、真剣の味は？」

「駕屋、咽喉《のど》が乾いたが、その水を」

一人が、駕の後方に、下げてある竹筒の水を指した。

「さあ、お飲みなすって、たいそう、血が――」

「少しかすられた」

三人は、そういわれて、自分たちの疵《きず》の痛みを感じてきた。交る交る竹筒の水を飲んで、着物を直しながら、

「凄かったのう、あの示現《じげん》流の、奈良崎を斬った男の腕は」

「一木か、あれはできる」と、益満は答えて、

「駕屋、もう六つ近いであろう」

「へえ、空の色から申しますと、もうすぐでござります」

駕屋は顔色を変えていた。

「関所の時刻に間に合うか」

駕は、急坂の石敷道へかかっていた。駕屋は、駕を、真横担《にな》いにして、一足ずつ降りかけた。

「さあ但州《たしゅう》、どうだの」

「さあ、急いだら、しかし、どうかのう」

益満は、手早く、金を取り出して、

「降りる。駄賃《だちん》は、町までのを。それは、別に口止料《くちどめりょう》」

といって、金を差し出して、片手で駕をたたいた。

「降りて走ろう。走れば、間に合うであろう」

益満は、手早く、金を取出して、

「ええ、それなら、十分に。旦那、こう多分にいただかなくとも、喋りゃしませんよ——」

「貴公たちは、賽《さい》ノ河原《かわら》辺で宿をとるがよい。某《それがし》は関所を、今日のうちに通らねばならぬ。それから、もし、仙波の妻子がまいったなら、某は仙波へ、急を告げにまいったが、明朝すぐ引っ返すからと、申し伝えておいてもらいたい」

口早に、こういうと、益満は、駕屋の礼を後に、急坂を走り降りて行った。

雲が、少しずつ暗くなりかけて、水色の沈鬱《ちんうつ》な湖面は、すっかり夜の色らしくなりかけてきた。

箱根の関所は、冬も、夏も、暮六つに、門を閉じる慣わしであった。益満は、一足早く旅へ出た仙波父子へ、討手のかかっていることを告げてやりたいと、湖を右に、杉木立の深い、夕《ゆう》靄《もや》の薄くかかった中を、小走りに急いだ。

石垣、その上、その横に連らなっている柵、高札場が見えた。門は、まだ開かれていた。

面番所前の飾り武器、あわてて門を出て来る旅人。

（間に合った）と、益満が思った瞬間、二人の足軽が、急ぎ足に門へ近づくと、扉へ手をかけた。

「待てっ」

と益満が叫んだ。だが、門は、左右から、二人の足軽の手で閉まりかけた。

「急用だっ」

益満が門へ着いた瞬間、門が閉まった。

五ノ二

「急用じゃ。すまぬが、開けてもらいたい」

益満は、柵の間から、足軽へ頼んだ。足軽は、門を押えたままで、

「公用か」

「公用ではないが――」

足軽は、黙って、閂《かんぬき》を入れた。

「命にかかわることじゃから」

足軽は返事もしないで、錠《じょう》をかけ、鍵《かぎ》を持って、去ってしまった。益満は、すぐ踵《くびす》を返した。関所手前の旅宿は二軒しかなかった。二軒とも、小さくて汚かった。軒下の常夜燈《じょうやとう》の灯も薄暗くて、番頭も、女中も、不愛想で、足早に近づく益満へ、

「お泊りかえ」

と、眠そうにいっただけであった。

「今しがた、女が二人、着かなんだか」

女中は、首を横に振った。

「三人連れで、一人は侍、二人は商人風の者は？」

女中は、番頭を振り返った。

「その方なら、ただ今、お着きになりました」

番頭は、帳場の中で、火鉢を抱いたままで答えた。

「そうか」

「お連衆《つれしゅう》でございますか」

「いいや」

益満は、それだけ聞いて、表へ出た。

「ちょっ、狼が出るぞ」

と、番頭が、呟いた。益満は、その隣りの表から、

「女連れ二人が泊まっておらんか」

「いいえ」

「十八、九の美しいのと、四十がらみの」

「いいえ、お泊りじゃござりません」

女中は、じろじろと、益満を眺め廻していた。

(時刻からせば、二人は、もうこの辺へ着かなくてはならんのに——途中で、悪雲助どもに逢うたか、討手の奴らに手でも負わされたか——今夜小太に逢えぬとすれば、せめて、二人に逢いたいが——)

「旦那、お泊りじゃござんせんか」

「少し、尋ね人があって——」

益満は、そう答えて、街道へ出た。そして、すっかり暗くなった湖畔を、提灯もなく、歩きだした。角の茶店のしまいかけているところを折れて、急坂にかかろうとすると提灯の灯が見えた。

(あれかもしれん)と、足を早めて、提灯を見ると、それは駕屋のものでなく、定紋入りの提灯であった。益満は、素早く杉木立の中へ入った。人声が近づいた。提灯のほのかな灯でみると、それは、大久保家中の人々らしく、

「ようよう着いた。慣れた道じゃが、疲れるのう」

「薩摩っ坊め、下らぬごたごた騒ぎをしやがって、彼女《あれ》との約束が、ふいになってしもうた」

「それは、御愁傷様《ごしゅうしょうさま》、拙者《せっしゃ》には、また、箱根町に馴染があっての——」

「また色話か」

「話は、これにかぎる。貴公の、斬口の、鑑定は、女と手を切った時にたのむ」

「しかし、見事に斬ってあったのう。薩州の示現流——」

人々は、話しながら、通ってしまった。

(もう小田原から役人が来た。宿にいる三人は、一日、二日取り調べられるであろう。——いいや、この身も危ない。山越に、今夜のうちに、三島まで、のすか)と、思った時、小さい提灯が一つ、ゆっくり、坂路を降りて来た。

五ノ三

提灯の、微かな灯影《ほかげ》の中にでも、綱手の顔は、白く浮き出していた。益満は、ずかずかと、近づいて、

「お嬢様、お出迎えに——」

と、いって、びっくりして、益満の顔を見た綱手の眼へ、合図をしながら、

「心配致しました。あまり、お遅いので。途中で斬り合がございましたそうで、ただ今、役人が、その侍を取り調べておりますが、うっかりしたことはできませぬ」

と、口早に、小腰をかがめて、七瀬と、二人にいった。

「ほんに——」

二人は、益満の肚《はら》がわかった。

「駕屋、すまんのう」

「いいえ」

「さあ、お嬢様、手前、そこまで背負ってまいりましょう」

「いいえ」

益満は、背を出した。綱手は、赤くなった。益満の、着物から、頸筋から臭う、汗と、体臭とが好もしく、綱手に感じられた。だが、綱手は、

「歩きます」

と、いった。しかし、益満が、綱手の腰へ、後手に手をかけて、引き寄せると、よろめいて、もたれかかった。そしてちょっと、身体を反らしたが、そのまま、背へのせられると、思わず、手を、益満の肩へかけて、胸を、脚を、益満の身体へ押しつけた。そして、真赤になった。

「いいえ、歩きます」

綱手は、足を開くのが恥しかった。だが、離れるのも厭《いや》であった。このままじっと抱きしめて欲しかった。綱手は、自分の暖かみと、益満の暖かみとが、一つに融け合うのを感じるとすぐ、次の瞬間、二人の肌も解け合って、二人の血が一つになって、流れているような気がした。

(誰もいなければ、よいのに——)と、思った。だが、すぐ、右手で益満の肩を押して、

「歩けます」

と、強くいった。

「では——」

益満は、曲げていた身体を延ばし、綱手の腰から手を離した。綱手は、

(離さないで、もっと、強く長く、抱きしめていてくれたら——)と、思った。

「もう、すぐでございますから——駕屋、そろそろと、やってくれ」

益満は、先に立った。綱手は、

（益満様に、恋をしたのであろうか――隣同士の家にいる内は、ただ好きな人であったが）と、思うと、母に顔を見られるのが、気まり悪くなってきた。益満が、いつか、

「娘時分と申すものは、手当りしだいに、間近い男に惚《ほ》れるからのう」

と、小太郎と、話していたのを思い出して、胸を打たせた。

（益満様なら、不足のない）と、思うと、同じ家中で、許嫁《いいなずけ》などとなっている人々のことを思い出して、八郎太が、

「益満はよいが、品行が悪いし、家柄がちがうし――」といった言葉が、恨めしくなってきた。と、同時に、益満が、

「御家のためには操を捨てて」

と、いったのも、恨めしくなってきた。

「小太郎にお逢いなされて？」

七瀬が聞いた。

「関所の刻限がきれて――しかし、明日、もうひと追いつかまつりましょう」

さっきの茶店は、店を閉じてしまっていた。角を曲ると宿の前に人だかりしているのが見えた。

五ノ四

宿の表は、三つ、四つの提灯の、ほのかな灯の中に、大勢の人影がうごめいていた。それか

ら、家の中には甲高《かんだか》い叫びと、荒い足音と——表の人々は、口々に、囁《ささや》き合っていた。益満が、その隣りの旅舎《はたご》に駕をつけると、隣りの騒ぎを見物するため、軒に立ったり、往来へ出て見たりしている宿の女中が、番頭が、あわてて、駆け寄ってきた。

「お疲れ様で」とか「先刻のお方様で」とか、いう御世辞を聞き流して、奥まった部屋へ入った。

表の人声と、ざわめきとは、まだ止まなかった。綱手と七瀬とは、不安そうに、宿の人々が、部屋から出てしまうと、七瀬が、

「まあ、嬉しいやら、びっくりやら——なんと思うて、あの下僕《げぼく》の真似《まね》など？」

「隣りの騒ぎを御存じか」

「御存じか、とは？——騒いでいるのは、わかっておりますが——」

「わしの手下の者が捕縛《ほばく》されたのじゃ、小母御《おばご》。関所の刻限にちょっと遅れたばかりに、小太郎にも逢えず——しかし、これが、世の中の常で、一つの仕事を成就《じょうじゅ》させるには、こうした蹉《さ》跌《てつ》が、いろいろと起こる。綱手、そいつにめげてはならぬ」

益満は、脚絆《きゃはん》を畳んでいる綱手を見ながら、茶を飲んで、

「国乱れて、忠臣現れ、家貧しゅうして孝子出ず。苦難多くして現れ出ず、男子の真骨頂。いよいよ、益満が、軽輩を背負って立つ時がまいった」

益満が、三尺あまりの長刀を撫《ぶ》して、柱に凭《もた》れて腕組しながら、こう言って笑っているのを見ると、七瀬も、綱手もなんとなく、心丈夫でもあり、頼もしく思えた。綱手は、

(益満様なら、夫にでも――)と、心の中で囁きながら、さっき山の中で、生れて初めて、ぴったり、肉に、肌に、血に触れ合った、男の暖かさを思い出した。そして、益満を、そっと盗み見した。

「討手《うって》は、小太郎に、もう追いつく時分でござりましょうか」

「追いつくかもしれぬ。追いつかぬかもしれぬ。しかし、いずれにせよ、小太郎も、相当に、心得はある。やみやみ、五人、七人を対手《あいて》にして、斬られる奴でもない。それに、こつこつ石のごとき親爺がついておる。これが、一見頑固無双《がんこむそう》に見えていてなかなか変通《へんつう》なところがある。本街道を避けて、裏を行けば、大井川までは、首尾よくまいろう。ここを無事に通れば、京まででは、まず無事――」

こういっている時、旅舎《はたご》の番頭が、

「明日、早朝お立ちでございましょうか。御弁当の御用意、それから関所切手――なかなか、きびしゅうござりますゆえ、もし、御都合で、お持ちがなければ、手前どもでなんとか御便宜を――」

と、いって来た。

「切手は、持っております。御弁当と、それから、達者な駕人足とを、御頼み申します。時刻は、六つ前――」

「かしこまりましてござります」

番頭が立ち去ると、早立の客たちは、風呂へ入って寝るらしく、隣りも、下も、もう、蒲団《ふとん》を敷く音を響かせてきた。

七瀬は、小太郎のことを、八郎太のことを、それから、綱手は二人で暮している空想を——益満は、敵党に根本的打撃を与える方法を——お互に、それぞれ考えながら、廊下を、轟かせて蒲団を運んで来る女中たちの足音を、黙然《もくねん》と聞いていた。

刺客行《しかくこう》

一ノ一

大井川の川会所《かわかいしょ》の軒下には、薄汚れのした木の札がかかっていて、
帯上通水《おびうえつうすい》、九十五文
と、書いてあった。今日の川水は、渡し人足の帯まで浸すからであった。汚い畳敷の上へ台を置いて、三人の会所役人が横柄《おうへい》に旅人の出す金と、川札とを引き換えにした。その横、暗い奥の方、会所前の茶店の辺には、川人足が群れていて、旅人の川札を眺《なが》めては、
「荷物は、どれでえ」とか「甲州。われの番だに、何を、ぞめぞめこいてやがる」とか、怒鳴っていた。

大井川を渡る賃金は、水嵩《みずかさ》によってちがっていて、乳下通水《ちちしたつうすい》、帯上通水、帯通水、帯下通水、股通水《またつうすい》、股下通水、膝上通水《ひざうえつうすい》、膝通水とわかれていた。そして、一番水のない、膝通水の時の賃金は人足一人が四十文で、乳下通水に少し水嵩《みずかさ》が増すと、川止めになるのであった。

水嵩が増しそうな気配だというので、旅人たちは急いでいた。川会所の前は、そういう人でいっぱいだった。役人が、「輦台《れんだい》二梃」と、叫んで、木札で、台を叩《たた》いた。五、六人の人足が、

「おーい」

と、元気よく答えて、だらだらの砂道、草叢《くさむら》の中に置いてある平輦台の方へ走って行った。

一人の人足が、群衆の前に、編笠を冠《かぶ》って立っている二人の侍に、

「あちらへ」と、御辞儀《おじぎ》した。

「急ぐぞ、人足」

そういって、侍は、すぐ、その人足の後につづいて、河原の方へ降りて行った。その会所前の茶店から、一人の若侍が立ち上って、二人の侍の後姿を見ながら、

「父上、あれは、池上氏と、兵頭氏では」

と、振り向いた。

「似ている、そうらしい」

「見届けましょうか、なんなら、同行しても――」

「さ――」

小太郎が一足出ようとした時、勢いのいい五梃の駕が川会所前の群衆の中へ、割り込んでき

て、駕の中から、

「輦台、五梃、急ぐぞっ」

と、怒鳴る声がした。そして、垂れが上ると、一人の侍が、素早く、駕の外へ出た。八郎太は、歩きかけた小太郎に、

「待て」

と、声をかけた時、小太郎は、その侍の顔を見、次々の駕から出てくる侍を見て、急いで茶店の中へ入って腰かけた。そして、二人は街道を背にして、低い声で、

「四ツ本の奴ではないか」

「はい」

二人は、五人の侍に見つからぬように、顔を隠して、

「急ぐ模様だが――」

と、言った時、一人の侍が、川の方を見て、

「おる、あの二人が――相違ない」

と、四人の者に、川を指さして振り向いた。

「人足、急ぐぞっ」

一人は、刀を押えて、磧《かわら》の方へ小走りに歩みだした。

「今渉《わた》るところだ」

「川の中で追っつけよう」

人々は、群衆の中で、声高に、こう叫んだ。旅人たちは、五人が、前の二人の連衆《つれしゅう》だと思っていたが、仙波父子は、

「討手だ」

と、信じた。

「小太、油断がならぬ」

八郎太は、手早く編笠をきた。

一ノ二

池上と、兵頭との輦台は、川の中央まで出ていた。二人とも、刀を輦台へ凭《もた》せかけて、腕組をしていた。

川人足は、行きちがう朋輩《ほうばい》に声をかけながら、臍《へそ》の辺りに、冷たい秋の川水の小波を、白く立てつつ静かに、平《たいら》に歩いていた。

人足の肩に跨《またが》り、頭に縋《すが》りついている旅人たちは、着物の水へ届きそうになるのを気づかいつつ、子供の時、父の肩車に乗って以来、何十年目かの肩車に、不安を感じていた。

その穏やかな川を渉《わた》る人々の中を、五台の輦台が、声をかけつつ、川水を乱し立てて、突進した。

「ほいっ、ほいっ」

と、いう懸声の間々《まま》に、

「頼むっ、頼むっ」

と、肩車で渉《わた》って行く、また、渉って来る人足に、注意しながら、輦台は突進して行った。

その上に乗っている人々は、刀を押えて、誰も皆、前方を睨《にら》みつけるように見て、

「急げっ、急げっ」

と――中の一人は、刀の鐺《こじり》で、そういいつつ、こつこつ、川人足の肩をたたいていた。

仙波父子は、茶屋の横へ廻って、松の影の下の小高い草叢の中から、この七台の輦台を眺めている。

「五人では討てまい」

八郎太が、呟いた。

「助けにまいりましょうか」

「求めて対手にすべきではない。よし、二人が殺《や》られようと、大事の前の小事じゃ。わしが指図するまで、手出しはならぬ」

「益満は、どうしておりましょう」

「あれも、一代の才物じゃが、世上の物事は、そうそうあれの考えどおりにゆくものでもない。日取りからいえば、もう、追っつく時分じゃが、お上からもこうして討手の出ている以上、妻も子も、助かるとは思えぬ。恩愛、人情、義理をすてて、ここは、京まで、万難を忍んで、牧を討つべき時じゃ」

「はい」

「それに討手は、主持ち、わしらは浪人者じゃ。一人殺しても、身の破滅になる」

「心得ました」

と、いった時、

「あれっ、あれっ」

「喧嘩《けんか》だ」

と、いう声と同時に、人々の走り降りて行く姿と、鬨《とき》の声に近い、どよめきとが起こった。

「やるっ」

八郎太が、低く叫んだ。向う河岸へもう四分というところへまで近づいていた二人の輦台は、五人の輦台に追いつかれたらしく、きらきらと光る刀が、五人の手に、躍《おど》っていた。

「斬合《きりあい》だっ、斬合だっ」

河岸の人々も、川中の人々も、いっせいに、どよめいた。二組の輦台の四辺に、川を渉ろうとしていた旅人は、あわてて、川水を乱して逃げ出しかけた。少し離れて、危なくない人々は、誰も、彼も、川を渉るのを忘れて、眺めていた。

「斬った、斬った」

「まだだっ、まだだっ」

「ああ、やった、やった、やった」

群衆は、興奮して、怒鳴った。五台の輦台の上では、刀を振りあげていた。池上と兵頭とは、後向きになって、輦台の上で、居合腰《いあいごし》であった。川人足は輦台の上で、足を踏み轟かされるので、川水の中によろめきながら、岸へ、早く近づこうとあせっているらしかった。

「父上」

小太郎は、声をかけたが、八郎太は、無言であった。

一ノ三

「もっと踊れ、御神楽武士《おかぐらぶし》め」

池上は、片膝を立てて、微笑しながら、自分の前へ迫って来る追手へ、独り言のように呟《つぶや》いた。兵頭との間は、三間あまりも離れていたから、五人の輦台は、二人を、左右へ離して、別々に討ち取るように、楔形《くさびがた》になって、追って来た。その、真先にいる武士は、輦台の上へ立ち上って、刀を振りながら、

「早く、早く」

と、叫んで、手を、脚を動かしていた。そのたびに、人足は、顔を歪《ゆが》めて、舌打しながら、

「危ない」

とか、

「畜生っ」

とか、怒鳴った。それにつづく四人は、輦台の手すりにつかまったり、立ったりして、刀が届く距離になったら、ひと討ちにしてくれようと、身構えていた。

兵頭は、手すりへ、片脚をかけて、鞘《さや》ぐるみ刀を抜き取って、左手に提げながら、少しずつ

近づいて来る討手へ、

「あわてるな、あわてるな。日は長いし、川原は広い。輦台の上で、あまり四股《しこ》を踏むと、人足が迷惑するぞ」

「黙れっ」

二つの距離は、三間近くまで縮まって来た。討手の人々は、襷《たすき》へちょっと手をかけてみたり、目釘《めくぎ》へしめりを、もう一度くれたりして、両手で刀を構えかけた。

「池上っ」

「おい」

「やるか」

池上が頷《うなず》いた。そして、袴《はかま》の股立《ももだち》をとり、襷をかけて、刀へ手をかけて、立ち上った。

荒いことを自慢にし、喧嘩好きの人足たちであったが、頭の上で、刀を振り廻されて、もしものことがあったら、大変だと思った。前の人足は、

「おーい」

と、叫んで後方の人足へ、あんまり早く近づくなと合図した。後方の人足たちは、いよいよ始まったなら、輦台を、川の中へ投げ出して、逃げようかと、眼で合図した。だが、二、三人の人足は、眼でそれをとめて、

「大井川の人足の面にかかわらあ」

と、元気よく叫んだ。それに、故意に、輦台を顛覆《てんぷく》させては、二度と、川筋では働くことが

なか

追手の人足は、額の汗を拭いながら、時々、声をかけたり、後方《うしろ》を振り向いたりして、なかなか近寄らなくなった。

「うぬらっ、早くやらぬと、これだぞ」

最後の一人が、一人の人足の肩へ白刃を当てた。

「無、無理だよ、旦那」

一人が、振り向いて、

「今日は、帯上だから、そう早く、歩けるもんじゃあねえでがすよ」

池上と、兵頭との輦台が、急に深処《しんしょ》へ入ったらしく、人足たちは、乳の下まで水に浸して、

速度がぐっと落ちた。その時に、最先の侍の輦台が、池上の輦台の間近まで勢いよく突進して

来た。

「止めろ、止めろ」

池上は、足で輦台の板を踏み鳴らした。人足が、その力によろめいて、歩みをゆるめた時、

最先の追手は一間あまりのところまで迫って、

「上意」

と、叫んだ。

一ノ四

と、叫んで、右手の刀を構えようとした、その瞬間だった。池上の脚が、手摺《てすり》にかかり、左手で刀を押え、右手を引く、と――見る刹那《せつな》、

「上意」

「ええいっ」

追手は、斬るよりも、突くよりも、あわてて、身体を避けた。それは、あまりに思いがけない池上の奇襲だったからだ。池上は、猛犬の飛びかかるように自分の輦台を蹴《け》って追手の輦台へ、飛び込んだ。

人足が、顔を歪めた瞬間、輦台が、傾いた。と、同時に池上の体当りを食った追手の一人は、脚を天へ上げて、白い飛沫《ひまつ》を、つづく味方へ浴びせかけて、川の中に陥った。

「たたっ」

人足は、顔を歪めて、肩へ手を当てた。そして、輦台を持ち直した。池上は、輦台が傾いたので、倒れかかったが、手摺《てすり》へつかまって、立ち上りかけると、

「うぬっ」

白く閃《ひらめ》くものが、顔から二、三尺のところにあった。池上は立ち上った。

「弱ったな、土州《どしゅう》」

「やっつけるか」

と、人足が叫んでいるのを、聞きながら、池上は、左右の追手へ、

「輦台の上での勝負は珍らしい。今度は、貴殿のところへ、源義経、八艘《そう》飛び」

と、微笑して、手摺へ、足をかけた。兵頭の輦台は、もう、七、八間も行きすぎていた。

「池上っ」

と、いう声と、

「あとへ、あとへ」

と、兵頭の叫んでいるのが聞こえた。池上は、右手を振って、

「一人でよい、一人でよい」

と、叫んだ。

「小癪《こしやく》なっ」

輦台の上から、一人が叫ぶと、川の中へ飛び込んだ。人足は臍のところまでしか水に浸っていなかったから、浅いところであったが、水流は烈《はげ》しかった。その侍は、二、三間よろめいて、ようよう、押し流されて、立ち上った。ちょうどその時、池上に川へ落された侍も、立ち上った。二人は、刀を抜いて、川下から迫って来た。

「いけねえ」

人足が叫んだ。そして、二、三尺進むと、乳の上まで水のある深いところへ入った。

「待てっ」

一人が、水中から、池上を目がけて、刀を斬り下ろした刹那、一人の人足はびっくりして、肩から輦台をはずした。と、同時に、池上は、輦台の上から、川上の方へ飛び込んでいた。

兵頭は、じっと、川面《かわも》を眺めていた。二人の追手は、胸まで来る水の中を、よちよちと、兵

頭の方へ進んだ。三台の追手は、無言で、川中にいる二人の後方《うしろ》を、横を、兵頭の方へ迫りながら、川下へ浮かんで出るべき池上の姿にも気を配っていた。

兵頭が、輦台の近くへ浮いて来た黒い影へ、身構えた時、池上が顔を出して、頭を振った。

髻《もとどり》をつかんで水を切りながら、

「わしは、歩いて行く」

と、兵頭を見上げて、

「歩けるのう」

と、人足へ笑った。

「ええ」

「旦那っ、強うがすな」

池上の輦台人足は、走るように近づいて来て、

「お乗んなすって」

と、いった。

「大勢かかりやがって、なんてざまだ。やーい、どら公、しっかりしろい」

人足どもは、小人数の方へ味方したかった。

二ノ一

島田《しまだ》の側も、金谷《かなや》の側も、磧《かわら》は、人でいっぱいであった。

「強いな」

「兄弟、もう一度、行こうぜ、輦台二文って、このことだ」

「江戸へ戻って話の種だあ、九十六文、糞くらえだ」

「どうでえ、五人組は、手も、足も出ねえや。町内の五人組と同じで、お葬いか、お祝いのほかにゃ、用のねえ、よいよい野郎だ」

「二人の野郎あ、水の中で、刀をさし上げて、おかか、これ見や、さんまがとれた、って形だ。やあーい、さんま侍」

八郎太と、小太郎とは、微笑しながら、川を眺めていると、

「おおっ、加勢だっ」

「八人立で、こいつあ、早えや」

「棒を持ってるぜ」

「馬鹿野郎、ありゃ槍《やり》だ」

「こん畜生め、穂先のねえ槍があるかい。第一、太すぎらあ」

「川ん中で、芋《いも》を洗うのじゃああるめえし、棒を持ってどうするんだ」

小太郎が、

「父上、あれは、休之助ではござりませぬか」

「ちがいない」

「一人で——」

といった時、八人仕立《じたて》の輦台は、川水を突っ切って、白い飛沫《しぶき》を、乳の上まで立てながら、ぐんぐん走っていた。

「小手をかざして見てあれば、ああら、怪しやな、敵か味方か、別嬪《べっぴん》か、じゃじゃん、ぼーん」

「人様が、お笑いになるぜ」

「味方のごとく、火方《ひかた》のごとく、これぞ、真田《さなだ》の計《けい》、どどん、どーん」

「まるで、南玉の講釈だの」

「あの爺よりうめえやっ、やや、棒槍をとり直したぜ」

「やった」

益満の輦台が、追手へ近づくと、長い棒が一閃《せん》した。一人が、足を払われて、見えなくなった。何か叫んでいるらしく、一人を水へ陥《おとし》れたまま、益満の輦台は、追手の中を中断して、池上の方へ近づいた。もう、金谷の磧《かわら》へ、わずかしかなかった。水の中で閃めく刀、それを払った棒。追手を抜いて、二人と一つになると、すぐ、益満の輦台だけが川中に止まって、二人はどんどん磧の方へ、上って行った。追手の五人は、益満一人に、阻《はば》まれて、何か争っているらしく、動かなかった。

二人の人足が、益満のために、川へ陥った一人を探すため、川下へ急いでいた。時々、頭が、水から出ようとしては没し、没しては出て、川下へ流されていた。

池上と、兵頭とは、磧へ上ってしまった。磧の群衆が二つにわかれた。役人らしいのが、二人に何か聞いて、二人を囲んで、だらだら道を登って行った。

益満は、一つの輦台が、右手へ抜けようとするのを、棒を延ばして押えているらしく、その輦台が止まった。

「益満め、舌の先と、早業とで、上手に押えたと見えるな」

と、八郎太が微笑して、そして、

「この騒ぎにまぎれて渡ろう。なんという不慮のことが起きんでもなし、水嵩も増すようであるし――」

小太郎は、川会所へ行った。川札は、

乳下通水、百十二文

と代っていた。どんより曇った空であった。山の方には、雲が、薄黒く重なり合っていた。雨が降っているのだろう。

二ノ二

島田の宿は、混《こ》み合っていた。風呂の湯は真白で、ぬるぬるしていたし、女中は、無愛想な返事をして、廊下を足荒く走った。

「へん、ってんだ。

雨は降る降る

大井川はとまる

飯盛《めしも》りゃ、抱きたし
銭《ぜに》はなし
隣りの――」
と、唄って、七瀬と、綱手の部屋の隣りの旅人は急に声を落して、
「娘で間に合わそ、か
てな、ことなら、どうであろ
雨の十日も降ればよい」
それから、大声になって、
「ねこ、鳶《とんび》に、河童《かつぱ》の屁《へ》」と、怒鳴った。
七瀬と、綱手とは、お守袋を、床の間へ置いて、掌を合せて、夫と子供の無事と、自分ら二人の道中の無事を、祈っていた。
「やーあい、早くう、飯を持って来《こ》う。
腹がへっても、空腹《ひもじ》ゅうない
大井の川衆《かわしゅう》にゃ、着物がない、
可哀や、朝顔お眼めがない、
俺らの懐《ふところ》、金がない
それは、嘘《うそ》だよ、案じるな
娘に惚れたで、お眼めがない」

「お待ちどおさま」

女中が、膳《ぜん》を運んで来た。

「手前《てめえ》の面には、鼻がない」

女中は、膳を置いたまま、物もいわないで行ってしまった。七瀬と、綱手とが、声を立てんばかりに笑った。

廊下も、上も、下も、喚声《かんせい》と、足音とで、いっぱいであった。

「ええ――」

番頭が手をついて、

「まことに申しかねますが、御覧のとおりの混雑でございまして――それに、ただ今、急に、お侍衆が七人、是非にと――なにぶんの川止めで、野宿もなりませず――すみませんが、女子衆を一つ、合宿《あいやど》ということに、お願い致しとう存じますが――」

番頭は、手を揉《も》んで、御辞儀《おじぎ》をした。

「合宿とは？」

「この御座敷へ、もう一人、御女中衆をお泊め願いたいので、へい」

母娘は、顔を見合せた。

「品のいい御老人で、つまり、お婆さんでございます。是非、どうか、へっ。お隣りの唄のお上手な方も、御三人お願い致すことになっておりますので、へい」

隣りの旅人が、

「やいやい番頭、六畳へ、四人も寝られるけえ」

「へへへ、子守唄を、一つ唄っていただきますと、よく眠ります」

「おうおう、洒落《しやれ》た文句をぬかすぜ」

旅人は、立ち上って廊下へ出て来て、二人の部屋をのぞき込んだ。

「今晩は」

二人は、返事をしないで、番頭に、

「では、そのお方お一人だけ——」

「へいへい、けっして、もう一人などとは申し上げません。ありがとう存じました。それで、お唄の旦那」

「いやなことをいうな」

「すみませんが、お侍衆を、お二人、割り込ませていただきます」

「侍？」

「薩摩の方で、今日の喧嘩のつづきでさあ。後から後詰《ごづめ》の方が、おいおいまいられるそうで」

七瀬と、綱手とは、身体中を固くして、不安に、胸を喘《あえ》がせかけた。

二ノ三

隣座敷へ入った侍が、湯へ行くらしく、廊下へ出ると同時に、七瀬が、障子を開けて、その前へ進んだ。侍は立ち止まって、七瀬を見ると、

「おお」

「ま——御無礼を致しました」

七瀬は、一足、部屋の中へ引っ込んだ。

「お一人かな」

「いいえ、娘と、同行でござります」

「八郎太殿は」

「夫は、何か、名越様と、至急の打合せ致すことが起ったと、途中から江戸へ引き返しまして、もう、追いつく時分でござりますが、どう致しましたやら」

「ははあ」

「ちょうど、幸の川止めで、明日一日降り続きましょうなら、この宿で落ち合えるかと存じております。貴下様《あなたさま》は、お国許へでも？」

「うむ、国許へまいるが——小太郎殿も、父上と御同行か」

「はい」

「今日の昼間、ここで、果し合があったとのこと、お聞きかの」

「何か、大勢で——」

「いや、一風呂浴びて——どれ、後刻、ゆっくり——妙なところで、逢いましたのう」

侍は、振り返って、そういいながら、微笑して、階段を降りていった。

七瀬と、綱手とは、人々から聞く、二人連の侍とは、たしかに、池上と兵頭にちがいなかったし、その二人を援《たす》けたのは、きっと、益満であると考えた。そして、池上らと、益満とが、この辺にいるとすれば、八郎太父子も、この辺にちがいないと考えられた。そして、そう考えてくると、夕方近くから降り出した雨が、自分ら二人の涙のように思えた。雨さえ降らなかったなら、明日か、明後日《あさって》は、八郎太に追っつけるのに——箱根で遅れ、ここで遅れ、天も、神も、仏も、どこまでも、仙波の家だけは、助けてくれないもののように思えた。

追手だの、伏勢《ふくぜい》だの、役人だの、いろいろの者が、自分たちの周囲に潜《ひそ》んでいるようにも感じた。七瀬は、二人の侍を、敵党の者と知って、仙波父子二人が遅れて来ると、欺《あざむ》いたが、うまく欺きおおせるか、もし、自分ら二人と落ち合うものと信じて、もし、ここを離れなかったなら？　それが偽りとわかった時、自分たちは、どうなるか？

八郎太と小太郎とが、馬に乗って走っているのを描いた。夜道の雨の中を、強行して行く姿を想像した。そして（無事で、牧を探してくれますよう）と、誰に、祈っていいかわからない祈りを捧げた。

（もう一度、逢えますよう。無事な顔が見られますよう）

もう一度、夫の顔、子の顔が見られたなら、もう二度とこんな未練な心は起こさないと誓った。四ツ本が、玄関へ来てからの、急な追放、ろくろく口もきかぬうちに、闇《やみ》の中に別れてしまったことが、幾度、思い直してみても、悲しかった。

（こんな雨の夜、川止めの日、ゆっくりと、別れの言葉を交したなら——）と、思うと、しとしと降っている雨の音までが、自分らを、悲しませたり、羨《うらや》ませたりしたさに、降って来たもののように感じられた。

「綱手、考えても無駄《むだ》じゃ、臥《やす》みましょうか」

七瀬は、こういって、うつむいている綱手に、言葉をかけた時、薄汚い婆さんが、濡《ぬ》れた袖《そで》を拭きつつ、

「御免なされ」と、入って来た。そして、

「おお、美しい女中衆じゃ、年寄一人だから頼んます」

と図々しく、坐った。二人は、この婆が、自分たちの家を呪う悪魔の化身《けしん》のように思えた。

大阪蔵屋敷

一ノ一

施米《せまい》に群れている群衆のどよめきが、調所《ずしょ》の居間まで伝わって来ていた。

米が一両で、六斗《ろくと》だ。その高い米でさえ、品が少く、城代跡部山城《じょうだいあとべやましろ》は、大阪からの、米の移出を禁止してしまった。それでも、一両で六斗だ。

天保三年に不作で、四年の米高に暴徒が起こった。五年の秋には、暴騰《ぼうとう》して、囲米《かこいまい》厳禁の布《ふ》

令《れ》が出て、米施行があった。江戸では、窮民のお救い小屋さえできた。

調所は、金網のかかった火鉢へ手を当てて、猫背になりながら、祐筆《ゆうひつ》に、手紙の口述をしていた。

「諸国和製砂糖殖《ふ》え立《たち》、旧冬《きゅうとう》より直段《ねだん》、礑《はた》と下落致し、当分に至り、猶《なお》もって、直下《ねさ》げの方に罷成《まかりな》り」

遠雷に似た響きがした。群衆のどよめきが、ちょっと高くなった。調所が考え込んだので、祐筆が、

「なんの音で、ござりましょうか」

と、言った時、また、物のこわれるような音が秋空に立ちこめて響いた。廊下に、忙しい足音がして、障子越しに、

「見届けてまいりますか」

と、一人が聞いた。

「なんじゃな」

「暴民のように心得まする」

言葉の終らないうちに、門前の施民《せみん》の群が、鬨《とき》の声を揚《あ》げて走り出した。

調所は、金網から、身体を起こして、

「見てまいれ——加納《かのう》に、すぐ邸を固められるように手配申しつけておけ」

二人の去る足音に混って、大勢が往来を走る——騒ぐ音が聞こえて来た。

「起こる、起こると、前々から噂立《うわさだ》っておりましたが――」

「窮民も、無理はないし――と、いって、金持にも理前《りまえ》がある」

調所は、こういって微笑した。財政整理の命を受けて、大阪へ来た時、大阪町民は一人も相手にしなかった。一人で、六十万両を貸し付けていた浜村孫兵衛《はまむらまごべえ》が、催促《さいそく》しがてら、話対手になっただけであった。

調所は、自分の企画が成立しなかったら、切腹するつもりだった。孫兵衛を前にして、年々十二万斤《きん》の産高、金にして二十四万両の黒砂糖を、一手販売にさせることから米、生蠟《なまろう》、鬱金《うこん》、朱粉《しゅふん》、薬種、牛馬、雑紙《ざつがみ》等も、一手に委任《いにん》するから、力を貸してくれと、頼み込んだ。

そして、孫兵衛が承諾するのを見て、密貿易の利を説いた。孫兵衛は、あまり事が大きいから、重豪《しげひで》に一度、拝謁《はいえつ》してからというので、江戸へ同道して、渋谷の別邸で引き合すと、重豪は、

「孫兵衛、路頭に立つと申すことがあるが、今の予は、路頭に臥《ね》てしまっておるのじゃ、あははは。万事、調所と取り計らってくれ」

と、いった。将軍家斉《いえなり》の岳父《がくふ》である。重豪の言葉であったから、孫兵衛は決心した。

調所は、こうして利を与えておいてから、大阪町人に借金している三百五十万両の金を、二百年年賦《ねんぷ》で返す、という驚くべき方法をとった。孫兵衛は、人々に、どうせ取れぬ金だ、しかたがない、と、説得した。

町人が、あまりの仕儀《しぎ》に怒っているところへ、幕府からの献金が来た。つづいて、町人の奢《しゃ》

せかけた。

侈禁止令《しきんし》が発布された。だが、窮民どもはこのへとへとになっている町人へ、米高の罵声《ばせい》を浴

一ノ二

窮民といっても、本当に、その日の朝から一粒の米もないというのは、少なかった。

「貰《もら》わんと、損やし」

と、一人が笊《ざる》を抱えて出ると、

「こんな着物でも、くれるやろか。もっと汚れたのと、着更えて行ったろ」

と、頑強な男が施米所へ走り出した。

そういう人々は、鬨《とき》の声、火の手、煙――それから、本当の窮民はわずかで、乞食と、無頼《ぶらい》漢《かん》とが、勝手に暴れているんだ、と聞くと、自分の財産を守るのに、あわてていた。

「お梅、早う、天井へ、隠れんかいな」

と、母親は、大風呂敷の中へ、入りきらない大蒲団を包みながら、怒鳴った。

「あて、天井へ入れて、焼けて来たら、死ぬがな」

娘は、顔を歪《ゆが》めて、自分の晴着を、抱きしめながら、顔色を変えていた。

「愚図愚図《ぐずぐず》言わんと、早う、隠れさらせ」

父親は、店の間から怒鳴った。

「お尻《いど》、押してあげるさかい――この子、早よ来んかいな」

娘は、裾《すそ》を合せて、天井へ這《は》い込んだ。母親は、娘の白い、張りきった足を見て、（早う養子を貰わんと、こんな時に、かなわん）と、思った。女中は、台所の上げ板の中に、早くから、もぐっていた。

べきん、めりっ、と戸を、木を折り、挫《くじ》く音が聞こえ出した。わーっと、鬨の声が上った。非人と、窮民中の無頼の徒とは、煙の下から、勝手に四方へ走って、町家を襲った。そして、近所の人々と、ついて走ってきた弥次馬《やじうま》とは、戸が破れ、品物が引きずり出されると、

「やったれやったれ」

と懸声しながら、乞食の脚下の品物を懐へ入れたり、担いで逃げたりした。乞食は、英雄のように、突っ立って手を振りながら、

「御仁政《ごじんせい》じゃ、御仁政じゃ。皆んな寄って、持ってけ」

と叫んでいた。気のきいた人は、ありったけの米を、檐下《のきした》へ積んで、家内中が、

「施《ほど》しじゃ施しじゃ」

と、蒼《あお》くなって叫び立てていた。暴徒は、こういう家の前へ来ると、

「ここの嬶《かかあ》、別嬪やなあ」とか「米の代りに、嬶くれえ」とか、怒鳴った。そして、家の人々が逃げ込むと、戸がめちゃめちゃになったが、耐えていると、米だけ持って行くか、乞食が女の手を握るくらいで済んでしまった。

奉行の手から、鉄砲を打ち出すころになると、暴民は、退却《たいきゃく》しかけて、浮浪の徒は、侍屋敷の人々と、町方の人足のために、食い止められてしまった。

憑《つ》かれたように、手を振り、棒を振って、喚《わめ》きながら歩いて来た無頼の一隊が、角を曲ると、薩摩の侍が、四角い白地の旗に丸に十の印をつけて、整然として、二尺ずつの間を開けて、槍を立てていた。

「侍がいるよ」

と、立ち止まると、流れるように、くっついて来た弥次馬が、

「やれやれ」

と、遠く、後方《うしろ》から声援した。だが、侍が槍を引いて、鞘を外して、穂先が光ると、乞食も、人々も雪崩《なだ》れだした。

一ノ三

（三百五十万両を、帳消し同様にしたのは、今から思えばひどかった。窮民の暴徒が起こったのも、少しはわしの罪もあるかな――しかし、そうしなければ、あの時は、しかたがなかった――）

調所は、思い出して、声を立てて笑った。

「良介、西の宮へ泊まったことを憶えているか」

「いや、あの時には――」

二人は、声を合せて笑った。往来を走る人がだんだん多くなってきた。けたたましい叫びと、車の音がした。

斉興は、借金のために、大阪に泊れなかったので、西の宮へ宿をとると、大阪町人が一度に押しかけて来て、借金の催促をした時の、おかしさを思い出したのである。

その当時は、駕人足さえ雇えなかったので、使は誰でも歩いた。道中人夫は、薩摩と聞くと対手にしないで、士分の人が、荷物を担いだ。邸の修繕は玄関までで、庭には草が延びていて、侍が刈って馬にやっていた。

そういう十年あまり前のことを思うと——今は、どうだろう。芝《しば》、高輪《たかなわ》、桜田《さくらだ》、西向《にしむき》、南向《みなみむき》、田町《たまち》、堀端《ほりばた》の諸邸の壁の白さ、こうして坐っていると大阪上《かみ》、中《なか》、下邸《しもやしき》の新築、日光宿坊《しゅくぼう》、上野宿坊を初め、京の錦小路《にしきこうじ》の邸の修復、三都には、斉興御来邸厳封《げんぷう》の金蔵に、約百万両ずつの軍用金の積立さえできた。

調所は、こう考えてきた時、はっとした。斉彬の世になったら？

（いまだ仕事が残っている。琉球方用船《りゅうきゅうがたようせん》の新造、火薬の貯蓄、台場の築造、道路、河川の修繕——）

斉彬は、年が若い。幕府の狸の手に、うまうまと乗って、この金を使うようになったなら、それこそ、御家滅亡の時だ——。

邸の表に人声が、騒がしくすると、廊下へ荒い足音がして、

「申し上げます。窮民どもが、米屋、両替《りょうがえ》を、ぶちこわしに歩いておりますが、御城内よりは、支配方が繰り出しましてござりまする」

「邸の手配はよいか」

「十分でござります」

「水の手配は、佐川に申し付けえ、竜吐水《りゅうどすい》を、邸の周囲へ置いて」

六十を越したが、いまだ年に二度ずつ、大阪を出て江戸から、鹿児島へ巡廻して来る元気のある調所は、

「馬の仕度《したく》」

「御前が――」

「見にまいる。どういうようすか」

「危のうござります。お止めなされませ」

近侍が、眉をひそめて、こういった時、

「御国許より、牧仲太郎殿、御目通りを願いに出られましたが――」

と、襖越《ふすまご》しに、物静かな声で、取次侍が、知らせてきた。

「牧が――」

調所は、半分立ちかけていた腰をおろして、

「すぐ案内せい、鄭重《ていちょう》に――」

物をこわす音が、少し低くなった。時々、鉄砲の音が、気短く、はぜては、すぐ止んだ。

「もう、退治たか。早いの」

と、調所が、笑って、左右の人々へ言った時、襖が開いて、牧が、眼を向けると、すぐ平伏した。

調所が、

「一同遠慮致せ――牧、近うまいれ」

と、機嫌《きげん》よく言った。

一ノ四

「何か――容易ならぬ騒ぎが起こっておりまする」

「そうらしい――秘呪は、見事であったな」

「はっ――米が、両六斗では暮せますまい」

「一人口は食えぬが二人口は食える、ということがある。しかしこの暴民らは、五人口、八人口で、無闇矢鱈《むやみやたら》に子を生んでおる。夫婦二人でなら、どうしてでも食えるが、子を生んでは食えん。国で、御手許不如意《おてもとふにょい》になった時、わしは、子供をまびくほかに方法はないと思うた。減《へら》し児、減し児《ご》と、触れて廻った。すると、山一（山田一郎右衛門）が、例の木像の手柄で、減し児をしてはならん、といいよった。まあ、財政が立ち直ったからよいが、よい子を残して、悪い奴は摘《つ》みとった方がええ。大阪も、それを布令《ふれ》ろ、と跡部《あとべ》に申したが、あいつにはわからん――ところで、また、盛之進様が、御出生になったのう」

「はい」

「頼むぞ」

牧は、伏目になっていたが、眼を上げて、調所の深い皺《しわ》の、だが、皺一つにも、威厳と、聡

明さの含まれている顔を、じっと見て、

「国許、江戸表とも、党派が目立ってまいりました。某《それがし》、国越えの時、秋水党と申す軽輩の若者どもが、斬り込みにまいりましたし、江戸よりは、三組の刺客《しかく》が出ました由《よし》、長田兵助より知らせてまいっております」

「わしも聞いた」

「その上に、某の老師、加治木玄白斎が延命の呪法を行っておりましょう。老師が、これを行う以上、某が倒れるか、老師を倒すか、いずれにしても呪法の上における術競《じゅつくら》べは、生命がけにござりまする。当兵道のためには、究竟《くっきょう》の機でござりますが、これがあるいは、一生の御別れになるかもしれませぬ」

牧は、瘦《や》せた頰《ほお》に軽く笑った。久七峠で、玄白斎に逢った時とちがって、旅に陽を浴び、温泉に身体を休めて、回復はしていたが、生命を削《けず》っての呪術修法に、髪は薄くなり、皺は深くなっていた。

「斉彬公は――」

調所は、目で、その後の言葉の意味を伝えた。

「前に申し上げましたごとく、かの君の、御盛んなる意力、張りつめた精力へは、某などの心の業は役立ちませせぬ」

「そういうものかの。いや、斉彬公は、えらい。ただお若い。斉興公と、わしとが、どんなに苦しんで、金をこしらえたか？　この金を、いつ、何に、使うか、この辺が、よくおわかりなく、舶来品《はくらいひん》をこちらで作ろうとなさっている。至極よいことだが、物にも順序があってのう。それに、久光を、おだてては、いろいろのことをなさるのも、よろしくない。どうも、重豪公の血をお受けなされて、放縦《ほうじゅう》じゃで、なんとかせにゃならん——それで、牧、今申したのう、これが、別れと——術を較べて——」

「いいや、秘術競べのみでなく、あるいは反対党の刺客の手にかかるかも計られませぬ」

「人数を添えてつかわそう」

「ありがとう存じます」

「倅《せがれ》に逢うたか」

「いまだ、ただいま、着きましたばかり——」

「よい若者になったぞ」

調所は、鈴の紐を引いた。遠いところでからからと、鈴が鳴った。

「船でまいれ、陸《おか》は人目に立つ」

「はい」

一ノ五

牧の倅の伴作《ばんさく》は、調所の許へあずけられ、百城月丸《ももきつきまる》と改めていた。主を、主の筋に当る人を呪っている牧の倅として、万一の時に、調所の手で適当な処置をとって貰おうとする、仲太郎の親心からであった。

「ひどく、おやつれになりましたが――」

月丸は、不安そうな口振で聞いた。

「痩せた」

牧は、壮健に――しばらく、見ないうちに、大人らしい影の加わってきた倅を見て、調所へ、

「御世話を焼かせましょうな」

と、微笑した。

「なに、捨てておいても、大きくなる。犬ころじゃ、この時分は。あははは――嫁を、貰うてやろうかと、考えておるがのう。存じておろう。浜村孫兵衛《はまむらまごべえ》」

「当家のためには、恩人でござりますな。ただいま、どうなりました？」

「泉州《せんしゅう》、堺《さかい》におって、内々、わしが見ておるが、この浜村に、よい娘がある、町人だが、これからは、牧、月丸――町人とて侮《あなど》れんぞ。こう金が物をいうては、おっつけ、町人の世の中になろうかもしれん」

「そうなろうとなるまいと、刀を棄てることは至極よろしいと存じます。この縁組、よろしく御取り計らい下さいますよう」

月丸は、黙って、俯向《うつむ》いていた。

「そうか。すぐ承諾してくれてなにより――」

「月丸――国許を立つ時に申した、軍勝秘呪《ぐんしょうひじゅ》は、わし一代かぎりじゃと――」

「はい」

「呪法の功徳《くどく》を示して、わしは、玄白斎殿も、明日か、一月後か、一年後か、とにかく、遠からぬうちに、死ぬであろう。一人の生命を呪《のろ》うて、己の命を三年縮めるが、もし、玄白斎殿と呪法競べになれば、十年、二十年の命をちぢめるかもしれぬ。もし、わしが、三十年、五十年平穏無事に暮せるなら、お前にも、呪法を譲ろうと思うたが、時がのうなった。学んで得られる道でもなく、言って伝えられるものでもない。以心伝心《いしんでんしん》と、刻苦修練と、十年、二十年、深山に寒籠《かんごも》りをし、厳寒の瀑布《ばくふ》に修業し、炎天に詛《そ》し、熱火の中に坐して、ようよう会得《えとく》しても、平常にはなんの用もなさぬ。家に大事がなければ、百年でも、二百年でもそのままに心に秘めて、ただ、人知れず伝えるばかりじゃ。今度、調所殿の命を受けて、思い立ったのも、この秘呪を、秘呪の効顕《こうけん》を広く天下に示さんがため——天下は広大で、効顕さえ現せば、後継者も現れようし、門人らも懸命になろう。調所殿の前ながら、世の中は、実学と理学ばかりで、理外の理が侮蔑《ぶべつ》されている。わしは、最後の兵道家として、命にかけて、この理外の理を示したい。天下のためでもなく、御家のためでもない。己の職のために、悪鬼となっても、秘呪の偉効を示したい。もしも、呪法のためか、刺客のためか、死ぬか、殺されるか、いずれにしても長くはあるまいが、お前は、調所殿の仰せのとおり、町人になる覚悟で、御奉公をせい。けっして、父の後を継ぐとか、わしのように、流行者《はやりもの》に反対するとか、愚かな真似をするな。万事、調所殿の御指図に従って、世の中に順応《じゅんのう》せい。わしの子で、兵道の家に生れたが、けっして、わしを見習うな。これが、お前に与える、わしの遺言《ゆいごん》じゃ。忘れるな」

静かに、だが、力のある言葉で、牧は教訓した。

二ノ一

「さあ、もう、八軒家《はつけんや》やで」

船べりに凭《もた》れて、ぼんやりと、綱手《つなで》の横顔に見惚《みと》れている朋輩《ほうばい》の肩を揺さぶった。

「知ってるが、御城が見えたら八軒家や。きまってるがな」

「わかってたら支度をしんかいな。なんぼ、見たかてあけへんて」

「見るは法楽《ほうらく》や、俺は、お前みたいに、盗見《ぬすみみ》なんぞしえへん。昨夜から、じっと、こう見たまや。何遍欠伸《なんべんあくび》しやはったか、欠伸する時にお前、こう袖を口へ当てて、ちらっと、俺の顔を見て、はあ、ああああ」

「人が、笑うてはるがな。こいつは、少し色狂人《いろきちがい》で」

乗合の爺さんが、

「いやいや。あんな綺麗《きれい》な人を見たら、わしかて、色狂人になる。こう、袖を口へ当てはって、ふあ、ふあ、ふあ」

四辺《あたり》の人が吹き出した。七瀬と、綱手とは、伏見《ふしみ》から、三十石の夜船に乗って、一睡もしなかった。乗合衆は、船べりの荷物に凭れて仮眠をしたり、身体を半分に折って、隣りの人とくっつき合って寝たりしていたが、初めての乗合船で、人々の中で――それから、明日の役目を思うと、眠れなかった。乗合衆は、いろいろの夜風を防ぐものを持っていたが、二人には、それさえなかった。船頭が、薄い蒲団を貸してくれたので、それを膝へかけて、二人は、一晩中坐りつづけていた。

人々が起き出して川の水で顔を洗うころになると、八軒家、高麗橋《こうらいばし》から出た上《のぼ》り船が、そろそろ漕ぎ上って来た。その中に、士《さむらい》ばかりの一艘《そう》が、杯《さかずき》をやり取りしていた。

「朝っぱらから、結構なことや。なんやの、かやのいうて、人の金を絞《しぼ》り取りよって——」

「今度の御用金は、鴻池《こうのいけ》だけで、十万両やいうやないか、昔やと、十万両献金《けんきん》したら、倍にも、三倍にもなる仕事がもらえたけど、当節は、ただ召し上げや。薩摩なんて国は、借りた金を、なんと、二百年年賦《ねんねんぷ》踏み倒すようなもんやないか。今に、徳政《とくせい》ってなことになって、町人から借りた金は返さんでもええ、ということになりよるで。こう無茶したら、大きい声でいわれんが、長いことないで。京、大阪で、お前、大名への貸金が、千六百万両、これを、二百年年賦にされたら町人総倒れや。町人が倒れたら、武家だけで天下がもつかえ」

七瀬も、綱手も俯向いていた。

「あのお船、お前、薩摩やで——」

上り過ぎた船を、一人が眺めていった。

「そや、薩摩や、あいつが、大体いかんね」

七瀬は、そっと、顔を上げて、その船を見た。そして、

「綱手」

と、口早に囁《ささや》いた。

「あれは——」

七瀬は、顔を左、右に動かして、遠ざかり行く船の中から、何かを求めていた。

「母さま」

「牧では——牧ではないかしら」

綱手は、伸び上ったが、牧の顔を知らないし、もう、船は、かなり遠ざかっていた。

「よく似た顔じゃが——」

七瀬は、人蔭で見えぬ牧の顔を、もう一度確かめようと、いつまでも、眼を放さなかった。

船頭が、

「着くぞよーう。荷物、手廻り、支度してくれやあ」と、叫んだ。

二ノ二

江戸へ出る時に見た荒廃した蔵屋敷の記憶は、新しい蔵屋敷の美しさに、びっくりした。十年近い前に見た邸は、朽《く》ちた板塀、剝《は》ぎ取られた土塀《どべい》、七戸《ななと》前の土蔵の白壁は雨風に落ち、屋根には草が茂っていた。邸の中へ入ると、若侍たちが薄汚い着物の裾《すそ》を捲《まく》りあげて、庭の草を刈っていた。草取りの小者さえ、倹約しなければならぬ貧しさであった。

それが蔵屋敷であったから、三田の本邸、大手内の装束邸《しょうぞくやしき》のように立派な門ではなかったが、広々と取り廻した土塀、秋日に冴《さ》えている土蔵の白壁、玄関までつづいている小石敷——七瀬は、これをことごとく調所笑左衛門が一人の腕で造り上げ——そして、自分が、その調所を敵にするのだ、と思うと、一つの柱、小石の一つからでも、気押《けお》されそうな気がした。七瀬は、

裾を下ろし、髪へ手を当てて押えてから、綱手へ、

「よいか」

と、振り向いた。短い言葉であったが、すべての最後のもの——決心、覚悟、生別などが、この中には含まれていた。綱手は、俯向いた。胸が騒いだ。

「御用人様へ、御目にかかりに通ります」

と、門番に挨拶して、広々とした玄関の見えるところの左手にある内玄関にかかった。取次に、名越左源太からの書状を渡して、

「御用人様へ」

と、いうと、しばらくの後に、女中が出て来て、薄暗い廊下をいくつも曲り、中庭をいくつか横にしてから、陰気な、小さな部屋へ通された。二人は、入ったところの隅にくっついて坐った。

女中の足音が、廊下の遠くへ消え去ると、物音一つ聞こえない部屋であった。一方は、北《ほく》宗《しゅう》の山水《さんすい》襖《ふすま》、床の方にも同じ袋戸棚《ふくろとだな》と掛物。障子から来る明りは、二坪ほどの中庭の上から来る鈍い光だけであった。

「よう、覚悟しているであろうな」

「はい」

七瀬は、そういってしばらくしてから、

「こう言うのは、なんであるが——母の口から言うべきことではないが——もう、あるいは、

一生の間、逢えぬかと思うから、申しますが、お前——益満さんを」

綱手は俯向いて、真赤になった。七瀬は、ちらっと、それを見たが、見ぬような振りをして、

「——ではないかと、母は思いますが」

綱手は、俯向いているだけであった。

「益満さんは、ああいう方じゃが——もし、そうなら——機《おり》を見て——綱手」

七瀬は、綱手を覗《のぞ》き込んだ。

「厭なのではあるまい」

綱手は、頷いた。

「わかりました」

「しかし、お母様、妾《わたし》は——」

綱手の声は、湿っていた。

「いいえ、心配なさんな——妾には、益満さんの心は、ようわかっております」

「でも、いったん、操を——」

と、言った時、廊下に、忙しい足音がして、

「よいよい」

と、いう声がすると、障子が開いて、老人が入って来た。二人は、平伏した。

「よう来た。わしは、調所じゃ」

二人は、平伏したまま、身体を固くした。調所が出し抜けに出て来るとは、二人の考えない

ことであった。

二ノ三

「御家老様とも存じませず、無調法を致しまして――」

「なになに、この娘子《むすめこ》は、お前のか」

「はい、いたってふつつかな――」

「美しい女子じゃが、嫁入前かの」

「はい」

「よい聟《むこ》があるがどうじゃ。侍でないといかんかな。これからはお前たち、町人の世の中だぞ。金の物言う世の中じゃぞ。肩肱《かたひじ》、張って騒ぐより、算盤《そろばん》を弾《はじ》く方が大事じゃ。手紙でみると、お前の夫は何か騒ぎ立てているらしいが、そんな夫に同意せずと、離別されて、こうして国へ戻る方が人間は利口じゃ」

「どう諫《いさ》めましても、聞き入れませず、妾《わたし》は離別、またこれの下に、もう一人妹がございますが、姉妹同士でも、意見のちがいがございましょうか、二人だけがこうして離れてまいりましたような訳、国許へまでの路銀がたまりませぬゆえ、申し難《にく》うございまするが、これをしばらく、女中代りになりと、ここへお留めおきを願い、その間に、妾一人国許へ戻りまして、すぐ迎えに参じましょうと、御無理な、虫のよい御願いでございますが、元家中の者のよしみをもちまして、このこと御願い致しとう存じまする」

「徒党を組んでおるのは、幾人ほどかの」

「さ、少しも、夫は、妾に洩らしませぬゆえ」

「なるほど——そして、このごなんとするな、お前たち」

「国へ戻りまして」

「居候《いそうろう》か」

「親族もおりますことなり」

「裁許掛見習では、親族も、たいしたことはあるまい。どうじゃ、嫁入しては——一片《ひとかた》づきに片づくではないか。ここへ置くのは、易《やす》いことじゃが、仙波の娘とあっては、万一の時に——と、申すのは色仕掛の間者など、よく芝居にもある手でのう。若侍だのは——」

七瀬と綱手とは、色仕掛の間者という言葉に内心の騒ぎを、顔へ出すまいと、俯向いて、必死に押えていた。そして、とうてい、女二人の知恵ぐらいで対手のできる人でないかもしれぬと考えた。

「——気が早いから、万一の時に困るで——どうじゃ、対手は、歴《れき》とした町人じゃ。この調所が太鼓判を押す。名を明かしてもよい。存じておろう。浜村孫兵衛。わしが、大阪町人からの借財を二百年年賦ということにしたのは、この浜村の知恵を借りたのじゃが、それが訴訟《そしょう》になってのう、浜村め、気の毒に敗訴して、大阪所払い、ただいま、泉州堺《せんしゅうさかい》におるが、その倅の嫁を、わしに頼んでおる。二百石、三百石の侍より、町人の方がよいぞ。ここへ世話してやろう。一口にお前ら町人と蔑《さげす》むが、国の軽輩、紙漉武士《かみすきぶし》などに、かえって天晴《あっぱ》れな人物がおるように、町人の方が、近ごろは武士よりもえらい。わしも、どれほど町人から学問したかわからん。浜村へ世話をしてやろう。このくらいの別嬪なら喜ぶであろう。なかなかあでやかじゃ。裁許掛見習などを勤めて、四角張って、調伏の、陰謀のと、猫の額みたいなことに騒いでいる奴の娘にしては、できすぎじゃ。ゆっくり、長屋で休憩《きゅうけい》して、よく考えてみるがよい。これからは、町人の世の中――」

と、言って、立ち上って、

「町人の世の中じゃぞ――今、長屋へ案内させる」

と、廊下へ出て、独り言のように言って、どっかへ行ってしまった。二人が、

(調所様は、こっちの企《たくら》みをお察しなさっておられるのではあるまいか)と、胸をしめつけられてきた時、二、三人の侍をつれて、調所が戻って来た。そして、

「案内してやれ」

と、その後方《うしろ》からついて来ている女中に命じた。そして、自分は侍たちと、どっかへ行ってしまった。

二ノ四

大きい眼鏡をかけて朱筆をもって、時々、机の上の算盤《そろばん》を弾きながら、分厚の帳面に何か記入していた調所が、筆を置いて、

「袋持《たいもち》、別嬪じゃろうがな」

と、振り向いた。袋持三五郎は、紺飛白《こんがすり》の上に、黒袴をつけたままで、

「何者でござりますか」

調所は、それに答えないで、机の向う側に坐っていた二人に、

「締《しめ》て」

二人が、算盤をとって、指を当てた。

「一つ、鬱金《うこん》二万三千二百八十五両也。一つ、砂糖、十一万とんで九百三十六両——百城《ももき》、異国方槍組へ、廃止について御手当を渡せと、定便《じょうびん》で、差紙を出したか、どうか、納戸方《なんどがた》で聞いてまいれ」

百城が立って行った。

「いろいろに、小細工をしよっていかん。薩摩隼人のごく悪いところじゃ。金に吝《きたの》うて、小刀細工が上手で、すぐ徒党を作って——」

「何か江戸で騒いでいる模様でござりますが——」

「今の別嬪も、その片割れじゃが——どうも、斉興公が斉彬公に、早く家督を譲って、それで己が出世しようという——斉彬公を取り巻く軽輩には、多分にそれがある」

「しかし、島津の家憲《かけん》では、御世子《ごせいし》が二十歳になられたら、家督をお譲り申すのが常法でござりませぬか」

袋持は、調所に、遠慮のない口調で、いい放った。

「幕府も、いろいろ手を延ばして、早く、斉彬公の世にしてと、阿部《あべ》閣老《かくろう》あたり、それとなく

匂わしておるが——一得《とく》一失《しつ》でのう」

「一得一失とは」

「お前にはわからん」

百城が廊下へ膝をついて、

「まだ差し立てませぬと、申しておりました」

「いかんのう——兵制を改めて洋式にしたので、異国方め、ぶうぶう申しておる最中《さいちゅう》に、廃止手当を遅らせては——」

調所は、国許の反由羅党《はんゆらとう》、反調所党の顔触れを見た時、すぐそれが斉彬擁護《ようご》の純忠《じゅんちゅう》のみでなく、兵制改正、役方任廃《やくがたにんぱい》についての不平者、斉彬が当主になれば出世のできる青年の多いことが目についた。

(そうだろう。そうそう忠義ばかりで、命を捨てられるものではない。万事は金、原因はどうあろうと、今度の動機は利害のこと——結果も、利害で納まるだろう)

「別仕立《べつじたて》で早く、渡してやれと、申しつけい」

調所が、百城に命じた。

「立身出世は、あせってはいかん、わしが、この藩財を立て直す時には、三十か年かかると思うた。朝六時に起きて、夜十時まで——町人に軽蔑《けいべつ》され、教えられ、幾度も死を決して、やっと見込みのつくまでに三年かかった。それから江戸、大阪、鹿児島と三か所を、年中廻って、三十年が、二十年でこれだけになった。三か所に積んだ軍用金が三百八十万両、日本中を敵として戦っても、三年、五年のほどは支えられよう。これを顧《かえり》みると、ただ、辛抱と、精力と、この二つのほかに出ない。同じ人間に、そう奇想天外の策のある訳はない。あわててはいかん。斉彬公の世にならんでも、役に立つ奴はわかっている。袋持《たいもち》、そうでないか」

袋持は、調所が、軽輩から登用した若者であったが、調所の一面には、ひどく敬服していたが、一面にまた、深いものたりなさがあった。

「お前の嫁にもちょうどよいの」

と、調所は言いすてて、すぐまた、帳面をのぞき込んだ。

二ノ五

女中たちの溜《たま》りからは、薬草を植えた庭が、見えていた。鶏が、そのあたりに小忙《こいそが》しく餌《え》をあさっていた。それから馬屋が近いらしく、ことこと踏み鳴らしている蹄《ひづめ》の音が聞こえていた。

一人が親子を案内して来ると、女中たちは、手をとめ、足をとめて、二人を眺めた。二人は丁寧《ていねい》に御辞儀しながら、片隅へ坐って、俯向いていた。女中たちは、すぐ、お互に、二人のことを囁《ささや》き合った。そして、出て行ったり、道具の手入をはじめたりした。

(御家老は、二人の――いいや、夫の心の底まで、見抜いていらっしゃるかもしれない。島津の家を助けた方だから、そのくらいは、御発明かもしれぬ)

七瀬も、綱手もそういったことを考えて、自分の身の破滅を空想するくらいに、怖《おそ》れていた。そして、

（いいや、まさか――）と、うち消してもみたが、到底、自分たち女の手には及ばぬ人のように思えた。だが、

「町人へ嫁入りせんか」

と、いう言葉は、調所が、本当に親切からいったものだとは思えた。そして、その時の調所の眼、言葉つきを考え出すと、二人は安心してもいいようにも感じた。

「母様――妾《わたし》――お嫁入り致しましょうか」

綱手が、低くいった。

「ええ」

七瀬が、眼を上げると綱手は、俯向いたままであった。

「御家老様の仰せに従わぬと――」

「それもあるが――嫁入して仕舞《しも》うては」

「でも――あの御ようすでは、油断も、隙も」

それだけいって、二人は黙ってしまった。

「妾は――」

綱手は、やっとしてから、

「なにごとも、諦めております」

七瀬は道中での、いろいろの危険、斬られた人、斬った人のことを、想い出すと、調所のいうとおり、町人へ嫁入りさせ、一生安楽《あんらく》に、せめて、綱手だけでも送らせてやったらと思った。

（そして、ここのことは、自分が探るとして――国許へ戻ったとて、御家のために、さして働ける身でもなし――）と思った時、一人の女中が、

「百城様が、それ」

と朋輩《ほうばい》にいって声を立てて笑った。七瀬が女中の見ている方を見ると、さっき、ちらっとだけ見た、若い美しい侍が、廊下を足早に通りすぎていた。女中たちが、甲高《かんだか》い笑い声を立てて、肩を突っついたり、膝を打ったりしていた。

（妾《わたし》ら二人に較べて、この人たちは、楽しそうに――）と、七瀬が、娘を見ると、綱手は、身動きもせずに坐っているらしかった。

（深雪《みゆき》は、どうしたことやら？　夫も、小太郎もどうなることとか？　広い世界に、たのむは、綱手ばかり――）と、思いかけると、かたい決心が、だんだん悲しく、崩れてくるようであった。

（益満と、もっと早く、許婚《いいなずけ》にでもしておいたら――）

「お湯を、お召し下されませ」

女中が、後方で、手をついていった。七瀬は振り返って、

「はい、はい」

と、あわてて御辞儀した。綱手は、顔もあげなかった。

死闘

一ノ一

根本中堂《こんぽんちゅうどう》の上、杉木立の深い、熊笹《くまざさ》の繁茂《はんも》している、細い径《みち》――そこは、比叡山《ひえいざん》の山巡《やまめぐ》りをする修験者《しゅげんじゃ》か、時々に僧侶が通るほか、ほとんど人通りのない、険路《けんろ》であった。その小径を、爪先登《つまさきのぼ》りに半里以上も行くと、比叡の頂上、四明《しめい》ヶ岳《だけ》へ出ることができた。

牧仲太郎は、その頂上で、斉彬の第五子盛之進《もりのしん》を呪殺しようと――大阪からの警固の人数の上に、京都留守居役の手から十人、国許から守護して来た斎木、山内、貴島、合して二十四人が、夜の明けきらぬ白川口《しらかわぐち》から、登って行った。

根本中堂で、島津家長久《ちょうきゅう》の大護摩を焚《た》き、そして自分らも、いささか心得ているから、四明ヶ岳で、兵法の修法をしたいから、余人を禁じてもらいたいといって、金を包むと、すぐ快諾《かいだく》して、僧侶が二人見張役として、案内役として、ついて来てくれることになった。

熊笹《くまざさ》の茂った、木《こ》の下道《したみち》を行く時分から、袷《あわせ》では肌寒になって来た。頂上へ出ると、人々は、一望の下に指呼《しこ》することのできる大津《おおつ》から比良《ひら》へかけての波打際《なみうちぎわ》と、大湖《たいこ》の風景、西は、瀬田《せた》から、伏見《ふしみ》、顧みると展開している京都の町々に、驚嘆したが、すぐ袖を掠《かす》める烈風に、顔をしかめて、寒がった。

牧は、そこ、ここを歩き廻ってから、斎木と貴島とを呼んで、

「縄を張ってくれ」

と、草の中へ線を引いて指図した。二人が用意の杭《くい》と、縄とを包から取り出すと、他の人々が杭を四方へ打ち込み、縄を引いて、七間四方の区画を作った。牧は、その真中へ、自分で、杭を打ち、縄を三重に張って三角の護摩壇《ごまだん》を形造った。そして、中の草を焼き、塩を撒《ま》き、香を注いで、土を浄《きよ》めてから、跪《ひざまず》いて諸天に祈った。斎木も、貴島も同じように祈ったが、他の人々は、どうしていいかわからないので、その祈りを眺めたり、景色を見廻したりして、寒さに震《ふる》えていた。牧が、祈りを終って立ち上った。

「余人を、一人たりとも上げないように、――人数を三段に配置して、二人は根本中堂《こんぽんちゅうどう》の上に、四人は中堂とここの途中に、その他の人は、ここにいて、万一のために、四方を戒《いまし》めていてもらいたい。寒かろうが、酒は禁断」

牧の、いつも、人を圧倒するような気魄《きはく》、それは剣客が剣をもって立つと、すぐ対手の感じる人を圧迫するような気魄であるが――牧は、対坐している間にでも、その眼から、その身体から、何か、人を圧迫するものが放射されていた。

「誰々が、下へ、誰々が、上へ」

と、天童《てんどう》がいうと、

「よろしいように」

と、答えて、牧は側の僧侶に、

「水のあるところは――」

僧侶は、遥かの下の白い路を指さした。

「あの、こんもりと茂った木立の――」

「聞けば、わかろう」

こういい放った牧は、もう一直線に、枯草の上を、急斜面を、鹿のように、降りていた。

「危ないっ」

一人が叫んだ。牧は、見る見る、転落して行く石のように、一直線に、小さく、小さくなっていた。一人が、

「天狗業《てんぐわざ》じゃ」

と、呟いた。天童が、

「呪法も、武術も窮極したところは同じじゃ。見事な」

と、腕組して、牧の後姿を、眺め入った。

一ノ二

澄み上った秋空だったが、仙波父子は、宿屋の一間に閉じ籠ったままであった。

（池上と、兵頭とは、危《あやう》く脱したにちがいないが、あれまでに、お由羅方の手が廻っていると

すれば――あるいは、京、大阪から、二人を途中に討ち取るためまた人数を繰り出しているかもしれぬ）

二人の身の上を案じるほかに、

（牧を討つために出た二隊までがおそらくは、全滅したであろうが、益満は、どうしたか。あの男の豪胆《ごうたん》と、機智《きち》と腕前とは、一人になっても生き残るであろうが――名越ら、江戸の同志はこの刺客隊の全滅を知っているだろうか――いるとすれば、第三隊が出たか、出ぬか――）

二人は、京の藩邸、大阪の藩邸にいる同志に、牧の消息を聞き、その返事を待っていたが、

（もし、第三番手の刺客が派遣《はけん》されたとして、自分らより早く、牧の所在《しょざい》を突き留めて討ったとしたなら、自分らの面目は――目的は――立場はいっさいが崩壊だ）

益満の生死より、七瀬らの消息より、このことが重大事であった。浪人させられた武士の意地《じ》として、斉彬に報《むく》いる、ただ一つの、そうして最後の御奉公として、牧仲太郎は人手を借りずに、自分ら二人の手で討ち取りたかった。二人は、京都の宿へ足を停《と》めて、大阪の消息を、袋持三五郎から、京の動静を、友喜礼之丞《ともきれいのじょう》から、知らせてもらうことにした。

黒ずんだ、磨《みが》きのかかった柱、茶室造りに似た天井――すべて侘《わび》しく、床《ゆか》しい、古い香《におい》の高い部屋であった。

二十年あまり、なに一つ、世間のことを知らずに、侍長屋で成長してきた小太郎は、この一月たらずに、起った激変に、呆然としてしまった。すべては、見残した悪夢であって、未《いま》だ頭の中で醒《さ》めきっていなかった。

「小太」

小太郎が、眼を開けて、腕組を解いた。

「牧が国を出る時に、二十人からの警固があったとすれば、今度の旅にも、五人、七人はついている、と考えねばならぬ――その、五人、七人の人数も、一粒選《つぶよ》りの腕ききであろう――ところで、わしは、久しく竹刀《しない》さえ持たぬし、気は若い者に負けんつもりでも、足、手が申すことを聞くまいと思われる。ただ武士の一念として二人、三人を対手に――これでも負けを取ろうとは思わぬが、また、勝てるという自信もない。勝てる、とは、卑怯《ひきよう》ない草じゃ。わしは、生きて戻《もど》る所存はない。牧さえ刺し殺せば、全身膾《なます》になろうとも、わしは本望じゃ」

八郎太は、床柱に凭《もた》れて、首垂《うなだ》れて、腕を組んだまま静かにつづけた。

「しかし――きっと、牧を刺せるともいえぬ。刺せんかもしれぬ。その時に、小太」

八郎太が、小太と、大きくいったので、

「はい」

八郎太は、小太郎の顔を、睨《にら》むように見て、

「お前は、逃げんといかんぞ。わしを捨てて、再挙《さいきよ》を計るのだ」

「しかし――」

「心得ちがいをしてはならぬ。父を捨てて逃げても所詮《しよせん》は牧を討てばよい。二人が犬死をしては、それこそ、世の中の物嗤《ものわら》いだぞよ」

厳格な眼、言葉、態度であった。小太郎は、それを聞くと、なぜだか、父の死が迫っている

ように感じた。

一ノ三

女中が、廊下を走って来て、

「赤紙どすえ」

と、障子を開けた。小太郎が、躍《おど》り出るように立ち上って、受け取った。八郎太が、赤紙へ印判《いんばん》を押して女中に戻した。八郎太は、手紙の裏を返して見て、

「袋持《たいもち》から――」

そして、いつものように、小柄《こづか》で、丁寧に封を切った。

火急一筆のこと、牧仲儀《まきなかぎ》、今暁錦地《こんぎょうきんち》へ罷越候《まかりこしそうろう》が、不逞浪人輩《ふていろうにんはい》三五、警固の体《てい》に被見受《みうけられ》候《そうろう》に就者《ついては》、油断被為間敷《ゆだんなされまじく》、船行《せんこう》、伏見に上陸と被存候《ぞんぜられそうろう》間《あいだ》、以飛脚此旨申進候《ひきゃくをもってこのむねもうしすすめそうろう》、七瀬殿並《ならびに》綱手、当座当屋敷に滞留のことと被存候《ぞんぜられそうろう》――

「母上は、首尾よく――」

と、言った時、廊下に足音がして、

「また、御手紙どすえ」

「御苦労」

「御使の奴《やっこ》さん――」

「わしがまいる」

と、言って、小太郎が降りて行った。八郎太は、友喜礼之丞《ともきれいのじょう》からの手紙を、黙読してしまうと、大きく、肩で呼吸をした。小太郎が入って来て、

「友喜の小者で、怪しい者でござりませぬ」

「友喜の手紙によると、七、八人から、十人近い人数が取り巻いておるらしい」

「して、修法する土地は？」

「比叡山」

「やはり叡山《えいざん》」

「十人と聞いても――二十人おっても、いまさら、他人の助力を受けたり、後日に延ばしたりすることはできぬ。わしが、牧の修法を妨げて斬死《きりじに》したと聞いたなら、正義の人々はいっせいに立つであろう。わしは、それを信じて、死ぬ。しかし、お前もともどもに死んでは、仙波の家が断絶する。大義、親を滅す、とは、このことじゃ。小太――無駄死、犬死をしてはならんぞ。幸い、七瀬が入り込んだとあれば、また、いかなる手段にて、敵を挫《くじ》く策略が生れてまいるかもしれぬ。わしの死はお前が生きておってこそ光がある。お前が生きておれば、犬死にはならぬ。いったんの怨《うら》み、怒りで、必ず犬死してはならんぞ。眼前、父が殺されても、牧を刺す見込みがないなら、斬り破って逃げい。お前は若い。お前の脚ならば逃げられよう。そして再挙して、わしの志を継ぐのだ。よいか。この教訓を忘れては、父の子でないぞ」

「はい」

「すぐに立とう、勘定を申しつけい」

「母上に、一度お逢いなされましては」

「たわけたことを申すな」

八郎太は、床の間に立ててあった太刀を取って、目釘を調べ、中身を見て、

「生れて初めて人を斬るか、斬られるか――こうして、じっと見ていると、この刃の表に地獄の図が現われて来るように思える」

刀を膝《ひざ》の上に立てて、刃の平《ひら》をいつまでも眺めていた。

「お召しどすか」

「勘定をして、麻草鞋《あさわらじ》二足、弁当を二食分、水を竹筒に、少したくさん詰めておいてくれぬか」

「今時分から、どちらへおいでどす」

「叡山へ参詣する。勘定を早く」

小太郎は、室の隅で、鎖鉢巻《くさりはちまき》、鎖帷子《くさりかたびら》、真綿《まわた》入りの下着を二人分積み重ねて、風呂敷に包んでいた。

「思い残すこともない」

八郎太は、刀を鞘《さや》に納めて、

「小太、生れてはじめて人を斬るが、老いてもわしの腕は見事じゃぞ。そうは思わぬか」

と、笑った。

二ノ一

根本中堂の、巨大な、荘厳《そうごん》な堂前に二人は額《ぬかず》いた。内陣には、ただ一つの宝燈《ほうとう》がまたたいているだけで、漆黒《しっこく》な闇《やみ》が、堂内に崇高《すうこう》に籠《こ》めていた。

八郎太が、やがてこの宝燈の中へ消え去るべき自分だとも思ったり――あるいは、もう一度この土の上で同じように合掌して歓喜に祈る自分の姿を想像したり――九死《し》一生《しょう》の勝負だとは信じていたが、自分の死ぬということが少しも恐ろしくなく、胸を打つほどの想像も湧いて来なかった。自分の、包囲されて斬られるところを想像したが、人の斬られたのを見るほどの感じもなかった。

小太郎は、父の勤めを、暮しを、幼い時から見ていたので、下級武士が、手柄を立てて出世するというようなことは、考えられなかった。二十年でも、三十年でも、毎日同じことをしていなくてはならぬ運命だと、感じていた。父が、意地のため、自分のために、牧を斬って、それで仙波の名が名高くなったとて、どうなるのか?――益満ほどの才人、腕前で、家中の人々から恐れられ、称《ほ》められても、少しの出世もできないのに、牧を斬ったとて、どう出世できるか?――それよりも、牧を斬って、その手柄の代りに、母と父とを救い、妹と、自分とを、もう一度、二人の膝下《しっか》へ集めたかった。苦労ばかりをして来た母に、皆の団欒《だんらん》を見せて喜ばしたかった。牧を討つのも、そのためにならし――と、思った。

名越左源太の子は九歳であっても、小太郎は、益満は、道を譲らなくてはならなかった。伊集院平の倅が少し馬鹿であっても、二千石を継ぐのに十分であった。益満は、それに不平をもっていたが、小太郎は諦めていた。だが、斉彬公の愛には望みをもっていた。斉彬公の代になったら、──自分の才も、腕も、きっと人に認められるであろう。知行《ちぎょう》は昇らなくてもいいから、自分の器量《きりょう》を──と、思うと、斉彬を呪《のろ》っている牧が、憎くなってきた。

だが、父が、牧を討たずに死ぬ？　それも犬死ではないか。益満は、きっと、遅れても来着するだろう。それを待って、牧を襲っても遅くはないのに──十人も警固の人数がいては、敵《てき》さないことはわかりきっているのに──。

小太郎の闘志は、少しも起こって来なかった。父は独《ひと》りで興奮しているが、あの手紙も何も、皆嘘《うそ》で、この深い山の中は、この堂と同じように、沈黙と、荘厳とだけしかないのだ。牧なんかいるものか──というように思えた。

八郎太が立ち上った。杉木立の下を、熊笹の中を、裾を捲《まく》り上げて登った。羽織の下に襷《たすき》をかけて、鎖鉢巻《くさりはちまき》を袖の中へ隠して、

「油断するなよ」

二人が耳を澄まし、呼吸を調えて、静かな足どりで小半町行くと、人影が木立の間に見えた。八郎太が佇《たたず》んで、見届けようとした時、木立の間から、細径へ二人の侍が出て来て立ち止った。

「見張《みはり》」

と、小太郎が囁いた。囁くとともに、掌も、胴も、膝頭も、ふるえだした。押えても、ふるえが止まらなかった。腋《わき》の下に、冷たい汗が流れて来た。

（逆上してはいけない。怯《おじ》けてはいけない）と、押えたが、どうしても止まらぬうちに、二人の前近くへ来た。一人が径の真中で、

「御貴殿へ申し入れる。吾々の姓名は御容赦願いたい。当山の許可を受けて、都合によりここよりいっさい登山を止《と》めております。お戻り願いたい。はなはだ勝手ながら、なにとぞ」

一人は、横を向いて、草鞋で土をこすっていた。

二ノ二

「ははあ――」

八郎太は、さも感心したようにいったが、

「当山の許しを得たとおっしゃれば、是非もござらぬが、――念のために、許可状を拝見致しとうござる」

後方にいた侍が、険《けわ》しい眼をして、八郎太の方へ向き直った。

「頂上には、尊貴《そんき》の方が修行してござるで――お戻り願いたい」

「尊貴の方とは？」

二人は、答えなかった。

「尊貴の方の、御名前を承《うけたまわ》りたい」

小太郎は、静かに足を引いて身構えにかかった。いつの間にか、顫《ふる》えが無くなっていた。

「しつこい。たって通られるなら――」

八郎太が、大声で、

「尊貴の方とは、牧仲太郎か」

「なにっ」

二人が、一足退って、柄《つか》へ手をかけた。八郎太はたたみかけて、

「牧の修法か」

二人は、

「いかにも——それを知って通るとあらば、血を見るぞ」

と、叫んだ瞬間、杉木立に、谷間に、山肌に木魂《こだま》して、

「ええいっ」

小太郎の腰が、少し低くなって、左脚が、後方へ——きらっと閃《ひらめ》いた白刃は、対手を打つか、打たぬかに、小太郎の頭上で、八双《そう》に構えられていた。対手の肩口の着物が胸の下まで、切り裂けて、赤黒い血が、どくんどくんと、浪打ちつつ噴き出していた。対手は眼を閉じて、しばらくの間、前へ、後方へ揺れていたが、声も立てずに、脚も動かさずに、転《ころ》がってしまった。それは、ほんの、瞬間だった。

「よし」

と、八郎太が、声をかけた。残った一人は、蒼白な顔をして、正眼につけたまま、動きもしなかった。小太郎の早業に、腕の冴《さ》えに、すっかり圧倒されてしまって、

（逃げたら後方から斬られる——だが逃げないでも——）と——それは、ちょうど、猛獣に睨

まれている兎《うさぎ》であった。自分の斬られるのを知りながら、もう、脚も、頭も、しびれてしまって、自由にならないのだった。

小太郎が、八郎太に、

(斬りましょうか)と、目配《めくば》せをした。八郎太は、顔を横に振った。そして、静かに、刀を抜いて、

「覚悟」

対手は、八郎太へ眼を向けた。そして、じりっと脚を引いた刹那《せつな》──

「やっ──」

真向からの打ち込みを、ぱちんと受けて、摺《す》り上げようとした瞬間、

「やっ、やあーっ」

老人とも思えぬ、鋭い気合が、つづけざまにかかって、引いたと思った刹那に、すぐ、切り返してくる早業《はやわざ》──たたっと、退ると、

「ええいっ」

刀を立てて、頭を引いたが、一髪の差だった。相手の横鬢《よこびん》から、血が飛んで、熊笹へ、かかると、

「突《つき》なりいっ」

八郎太は、若者の稽古のように絶叫《ぜっきょう》して、対手の胸へ一突きくれると、血の飛ぶのを避けて、右手へ飛び退った。

二ノ三

「死骸は、その辺へ隠しておけ――」

八郎太が、杉木立の中の鬱蒼《うつそう》と茂った草と、笹の中を指さした。そして、小太郎が、死体へ手をかけて持ち上げたのを見て、

「一人でよいか」

小太郎は、生暖かい足を摑《つか》んで、

「これしきの――」

と、見上げて、微笑した。そして、両脚を持って逆に立てた。血が、土にしむ間もなく、細い流れになって、ゆるやかに下り出した。小太郎は、はずみをつけて一振り――二振り――ざっと、笹が音立てて、どんと、地へ響いた。八郎太は一人の襟《えり》を摑んで、少し引きずったが、手にあまったらしく、

「力業《ちからわざ》は――いかん」

と腰を延ばした。そして、鞘へ納めた刀を、もう一度抜いて、刃こぼれを調べた。

（十人とすれば、残り八人――）

小太郎は、血に塗れた手を紙で拭いて、

「ここまで見張が出ておりましては、用意なかなか粗末でござりませぬな」

「うむ――」

と、頷《うなず》いてから、

「腕が上ったのう」

「父上も見事でござりました」

「わしは、せっかちでいかん。じわじわ来られると苦手じゃ」

話が終ると、冷たい風と、淋しすぎる静けさとが、薄気味悪く、二人に感じさせた。今、人を二人までこの静かな山の中で斬ったとは思えなかった。

「頂上は、よほどあると見えるの」

左手は、熊笹ばかりの山で、径は、左へ左へ行くが、四明の絶頂は、少しも、現われて来なかった。だが、少し登ると、微《かす》かに、人声が聞こえた。それは、二人でなかった。

「父上、話声が――」

二人は、立ち止った。八郎太は、黙って、鎖鉢巻を当てた。そして、その上から、手拭をかぶった。小太郎も、それに見倣《みなら》った。右に、左に折れ曲る急坂を、二人は、静かに、ゆっくりと、

「急ぐでないぞ、呼吸が乱れては闘えぬぞよ」

と、いいつつそれでも、時々、肩で息をしながら登って行った。小太郎が、目を上げると、遥かの、熊笹の中に、半身を見せて、一人の侍が立っていた。小太郎が、じっと凝視《みつ》めると、向こうも、こっちを眺めていたが、何か合図をしたと見えて、すぐ二人になった。そして、二人になったかと思うと、右手の山陰へ消えてしまった。

「おるのう」

「半町――」

と、いったとたん、

「待てっ――待てっ」

遠くで、人影も見せずに、こう叫びながら――しかし、すぐ足音が、寂寞《せきばく》を破って、乱れ近づいた。小太郎も、八郎太も、羽織《はおり》を笹の上へ棄てた。足場を計った。二人で対手をはさみ討てるように、左右に分れて、径に向い合った。すぐの曲り角から、四人の姿が現れて、一人が、こっちを見ると、

「なぜ、登った。降りろ」

と、叫んだ。四人とも襷がけで、支度をしていた。小太郎は剳形《くりがた》へ、手をかけて、親指で、鯉口《こいぐち》を切った。

「これは、なかなか、手配りがついておる。前だけでなく、左右、後方《うしろ》へも、気を配らんといかんぞ」

と、八郎太が、注意した。

二ノ四

「斬れっ」

一人が、すぐ刀を抜いた。

「待て待て」

四十あまりの、紬《つむぎ》の袷《あわせ》に、茶の袴をはいたのが、人々を止めて、前へ出た。そして、二人を左右に見て、

「この下に、見張の者が、二人、おったであろうがな。それを、なんとした？」

八郎太が、

「さあ――なんとしたかのう」

三人が、

「斬れっ」

「面倒じゃっ」

と、叫んで、八郎太と、小太郎とに迫って来た。

「そうか――目といい、支度といい、二人を斬り捨てて来たに相違ない。人を殺した以上、己も殺されるということは承知であろう。御山《おやま》を汚《けが》した以上、御山の罰を受けるということも承知であろう――」

「天童、貴公の説法は、了《お》えんでいかん。さあまいれ」

一人が、八郎太へ、正眼につけた。一人が、それを援《たす》けて、右側から、下段で迫って来た。

「小冠者っ」

天童は、刳形《くりがた》へ手をかけて、ずっと、鞘ぐるみ刀をちょうど、柄頭《つかがしら》が、自分の眼の高さに行くまで伸した。古流居合の手で、いわゆる鞘の中に勝つ、抜かせて勝つ、という技巧《ぎこう》であった。

こっちはあくまで抜かずにいて、対手の抜いて来るのを待っていて勝つという方法であった。

天童を助けて、一人が、上段に攻《せ》めて来た。二人とも、小太郎を侮って、一挙に討とうとする型であった。小太郎は腰を落したまま、動きもなく、音もなく、声もなく、影のごとく構えていた。それは真剣の場数を踏んできた賜物《たまもの》で、その冷静さは、天童の傲《おご》った心を脅やかすに十分であった。

(侮れない)と、天童が感じた瞬間、天童は、固くなった。怯《おじ》け心が少し、疑いの心が少し——もっとも剣客の忌《い》む、そうした心が起こって来た。

「やあ」

「おおっ」

八郎太の方に、誘いの懸声が起こった。それに引き込まれたように、

「やあ」

と、上段に構えて、じりっと、進んだ時、小太郎は圧《お》されたように一足引いた。上段の刀尖《きっさき》が、手が、ぴくぴく動くと、次の瞬間、

「ええっ」

見事、小太郎の誘いに乗って、大きく一足踏み出すと、きらっと、白く円弧《えんこ》を描いて、打ち込む——その光った弧線が、半分閃めくか、閃めかぬかに、

「とうっ」

肚の中まで、突き刺すような、鋭い気合、閃めく水の影のごとく一条の白光、下から宙へ閃

めくと——刀と、片手が、血潮の飛沫とともに、宙に躍《おど》った。

「ええっ」

その刹那、天童の手から、迸《ほとばし》り出た刃光《じんこう》一閃、小太郎の脇《わき》へ、入るか、入らぬか、八郎太が、

「危ないっ」

と、絶叫した時、天童は、たたっ、とよろめくと、刀を杖《つえ》にして踏み止《とど》まったし、小太郎は、熊笹の中へ転がって、天童の胸へ刀をつけていた。

二ノ五

小太郎は鹿が跳躍《ちょうやく》するように、跳《は》ね起きた。そして、刀を構えて、

「いかがっ」

と、叫んだ。天童は、右手に突いた刀へかけている手を、刀ぐるみぶるぶる震わせていたが、

「無念」

呟くように言葉を抛《な》げつけて、小太郎を睨むと——膝をついてしまった。そして、左手を、土の上へついて、大きい息を、肩でしながら、

「今——今、一手合せ」

そういって、刀を地へ置いて、用意していた血止め、繃帯《ほうたい》を、懐から取り出した。そして、静かに、顫《ふる》える手で膝を探って行くと、べとべとした血潮、開いた創口《きずぐち》——眼を閉じて、指を——全身へ響く痛みを耐えて、創口へ入れて行くと、骨へ触れた。尖《とが》った骨であった。

（骨を断たれた）

天童は、その瞬間、蒼白になって俯向《うつむ》いてしまった。暖かい血が、指の周囲から、外へ流れ出るのを感じた。眩暈《めまい》がして来た。小太郎への無念さが、身体中いっぱいになってきた。天童は、手早く、太腿《ふともも》を縛《しば》った。そして小太郎の立っているところを見ると、小太郎は、もうそこにはいなかった。

「ああ」

断末魔《だんまつま》の叫びが聞こえた。天童は、その方へ眼をやると、小半町も逃げのびた浪人の一人が、崖《がけ》のところへ、小太郎に追いつめられて、右手で刀を突き出したまま、左手で、顔を覆《おお》って、斬られるままに斬られていた。

「卑怯者《ひきょうもの》」

と、いう小太郎の微かな叫び声が、聞こえてきた。

「ああっ――ちーっ」

首をちぢめて、手を顔へ当てて、崖に凭《もた》れたまま無抵抗になっている前で、小太郎は大上段に振りかぶっていた。

「小太」

と、八郎太が叫んだ。その瞬間、血煙が立って、突き出ていた刀が、地上へ落ちた。浪人は、岩角《いわかど》から崩れるように、背を擦《す》りながら潰《つい》えてしまった。小太郎は、血刀を下げてこっちへ戻りかけた。

「ううっ——うむーん」

味方の一人の呻《うめ》き声が天童の後方に聞こえていた。熊笹の中で——すぐ、後方で聞こえていた。天童が、その方へ振り向くと、八郎太の脚が、すぐ眼の前のところにあった。天童は、右に置いてあった刀を取り上げて、少し、身体を斜《なな》めにした。そして、構えると、その瞬間、

「父上っ」

小太郎が、絶叫して、走り出して来た。八郎太が小太郎の叫び声と、その指さすところを、ちらっと、見たとたん、

「おのれっ」

飛び退《の》きざまに、天童へ斬り下したが、一髪の差があった。天童の刀が八郎太の足へ届いていた。八郎太はよろめくと、すぐ、笹の中へ、仰向《あおむ》きに転がった。

「おいぼれ。覚えたか」

天童が、灰色の顔で、八郎太の転がっている身体を睨んだ時、小太郎の足音がした。天童が、振り向いて、あわてて構えるも、構えぬもなかった。

「うぬっ」

小太郎の絶叫とともに、天童の頭に、ぽんと鈍い音がして、赤黒い味噌のようなものが、溢《あふ》れ出した。天童は、刀を構えたままで、頭をがっくり下げた。小太郎は、

「馬鹿め、馬鹿め」

と、つづけざまに叫んで、天童の肩を、斬った。右腕が、だらりと下がって、切口が、木の

幹の裂けたように、真赤な裂け口になった。小太郎は、それを足で蹴倒した。血が、どくどく湧《わ》いて、土の上へ流れた。

二ノ六

八郎太は、起き上って、笹の上へ脚を投げ出して、

「心配するな、傷は浅い」

と、言った。だが、すっかり疲労しているらしく、刀を側へ置いて、両手を草の中へついて、肩で溜息《ためいき》をしていた。

「御手当を」

「うむ。大丈夫か、上の方は」

「逃れた奴はござりませぬ」

八郎太は懐へ手を入れた。小太郎は、父の横へ片膝を立てて、父の取り出した布をもって、

「疵所《きずしよ》は？」

「膝の上下――その辺一面に、ずきずきしているが」

小太郎は、袴の脇から手を入れて疵所を探った。そして、小柄で、袴を切り裂いて、手早く、手拭で太腿をきつく縛った。いつの間にか、腓《こむら》から、向う脛も、探ると、べっとりと、指が粘って、脚絆《きやはん》の上へも、血が滲み出していた。印籠《いんろう》の口を開けて丸薬を出して、

「気付《きつけ》」

と、父の掌へあけておいて、足の疵所へ、脂薬を布とともに当てて繃帯した。八郎太は、腰の竹筒から水を飲んで、小太郎が、手当を終って脚から手を放すと、

「水盃《みずさかずき》」

と言って、蒼《あお》ざめた顔に、微笑して、竹筒を差し出した。小太郎は、父の顔を見た。

「いろいろと、苦労させた――わしの子にしてはできすぎ者じゃ。斉彬公が、いつも仰せられた、みの代になったなら取り立ててやるぞ、と――今まで、わしは、なに、一つ、お前に、やさしい言葉もかけなんだが、心の内では――心の内では――」

八郎太の声が湿《しめ》ってきた。小太郎は父を見つめているうちに、不意に、胸の奥から押し上げてくる熱い涙を感じた。

「――喜んでいたぞ。この疵を受けた上は、牧を斬ること思いもよらぬ」

「父上、六人斬りました。残りは二人か三人」

「さ、それはわかっておるが、脚の自由がきかんでは覚束《おぼつか》ない。お前が、二人前働いてくれ。わしは、それを見届けて腹をしよう」

「父上、手前一人でまいりましょう。ここに、しばらくお待ち下されますよう」

「小太、わしを武士らしく死なさぬと申すのか、昨日も、今日も、犬死するな、と、あれまでに申したのが、わからぬか、わしを犬死させるのか」

「肝《きも》に銘《めい》じておりますが、父上が、ここで、切腹なされても、やはり犬死では――」

「思慮のないことを申すな。これだけの人数を斬って、誰がその下手人になる？　お前と、わ

しと二人が、下手人になって、斬罪《ざんざい》に処せられてなんになる。わしが、ここで、腹を切って、下手人となれば、お前は助かる――母もある。妹も多い。また、お前は、わしの志を継いで、御家を安泰《あんたい》にし、また仙波の家も継いで行かねばならぬ」

八郎太は、こう言って、刀を杖に、立ち上りかけてよろめいた。小太郎が、支《ささ》えて、同じように立った。

「それほどの理を弁《わきま》えぬ齢でもあるまい」

小太郎は、父の慈愛《じあい》と、父の武士《ぶし》気質《かたぎ》と、父の意気とに顫えていた。

「水盃が厭なら、血を啜《すす》るか」

八郎太は、左腕を捲《まく》った。そこにも、疵が、口を開けていた。

「助からぬ命じゃ。牧の前にて、正義の徒の死様を見せてくれよう。小太、肩を貸せ。これでもまだ、へろへろ浪人の一人、二人を対手にしておくれはとらぬ」

八郎太は、血に曇《くも》った刀を右手に提げて、小太郎の肩へよりかかった。

「歩け。何を泣く」

「はい」

「山の上へ気をつけい。ここいらでは死にとうない。牧の顔を見てからじゃ。叶《かな》わぬ節には食いついてくれる」

八郎太は、元気のいい声であった。

二ノ七

伝教大師の廟《びょう》の石に凭れていた一人が、身体を立てて、

「あれは？」と、いって、下の方を指さした。その指さす遥か下の登り口に、一人、一人の手負に肩を貸して、静かに登って来ていた。

「周西《しゅうさい》では？――ないか？」

「ちがう――一人は手負《ておい》だ」呟いて、すぐ人々へ「見張が斬られたらしい」と、叫んで、下の方を指さした。

「誰が」
二、三人が、同時に叫んで駆け出そうとした。山内が、
「あわてるなっ」と、止めて、「誰が斬られたか？」

二人の見張は、それに答えないで、じっと、登って来る二人を見ていたが、

「見張ではない、あやしい奴じゃ――山内殿、ここへまいって――」

手招きした。山内が、大股に、ゆっくりと、草原を二人の方へ歩いて行った。

牧は、貴島と、斎木と三人で、夜の祈禱《きとう》の準備のために四辺《あたり》を火で清浄《せいじょう》にしてから、その跡へ、犬の血、月経《げっけい》の血、馬糞《ばふん》の類を撒《ま》いていた。

「味方でないとすれば、不敵な代物《しろもの》じゃ」

「ここへ来るまでには、見張を斬らなくてはならんが――」

と、残りの人々が話し合った時、山内が右手を挙げた。

「それっ」

人々は、刀を押えて走り出した。牧は、じろっと、それを見たままで、指を繰《く》って、何か考えていた。

「先生」

斎木が、人の走って行くのを見て、

「先生」

「わかっている」

冷やかに答えて、牧は、眼を閉じた。斎木と、貴島は、人々が、一列に立ち並んで、刀へ手をかけているのを見ながら、不安そうな眼をしていた。

山内が、微笑しながら、ただ一人、牧へ近づいて来て、

「よい生犠《いけにえ》が、来よりました。老人、若いの、御好みしだい生きのよい生胆《いきぎも》が、とれる――牧殿」

牧は、眼を閉じて、突っ立ったまま、裾を、袖《そで》を、髪を、風に吹かれていた。

「牧殿」

「わかっております。御貴殿、よろしく」

山内は、じいっと、牧を睨んで、黙って踵《くびす》を返した。ちょうど、その時、真《ま》一列に並んでいた浪人たちが、じりじり左右へ分れかけた。そして、その中央に、草原の上に、二人の頭だけ

が現れていた。誰も、まだ刀を抜かなかったが、身体のちぢまるような、心臓のとまるような、凄《すご》い、気味悪い、殺気が、山の上いっぱいに拡がった。

左右へわかれかけた浪人は、また一つの環《わ》になって、じりじり二人を包囲しかけた。そして、口々に何か叫んでいた。二人の侍が、顔を、胸を現してきた。一人は、刀を杖《つえ》にして、跛《びっこ》を引いていた。一人は、その右手に、その老人を庇《かば》うように、少しの隙もなく、何か、時々、浪人どもにいいながら、少しずつ登って来た。山内が、

「問答《もんどう》無益《むえき》っ、斬れっ」

と、叫んだ。浪人の大半が、刀を抜いた。一人が槍《やり》を構えた。二人は、歩みを止めて、ぴたりと背中合せになった。

二ノ八

仙波八郎太の顔は、死の幽鬼《ゆうき》だった。灰色の中に、狂人のような眼だけが、光っていた。顫える手で刀を構えて、怨《うら》みと、呪いとの微笑を唇に浮べて、

「汝《うぬ》ら、邪魔《じゃま》だてするか」

その声にも、顫えが含まれていた。

「牧っ」

しゃがれた声で、絶叫した。そして、咳《せき》をして、唾を吐いた。

「卑怯者めっ、一騎討じゃ——牧っ、仙波八郎太が、一期《ご》の働きを見せてくれる。まいれ、牧。

まいれ、まいらぬかっ」

遥かのところに立っている牧へ叫んだ。牧は、眼を閉じたままであった。

「吼《ほ》えるな、爺」

山内が、叫んで、

「一人ずつ、六人してかかれ。大勢かかっては、同士討になる。働きに、自由がきかぬ」

浪人が、お互に、左右を振り向いた。そして、

「退《ど》け」

「尊公《そんこう》が――」と、一人が言って、油断を見せた一刹那――小太郎は、影の閃めくごとく、一間あまり、身体を閃めかすと、ぱっと、音立てた血煙――ばさっと、鈍く、だが、不気味な音がした。その浪人がよろめいて、倒れた。

「やられた、やられた、やられた」

と、いう人々の叫びと、

「うっ」

と、咽喉《のど》のつまったような呻きとが、同時に起こって、浪人の列が、二、三間も、だ、だっと、躓《つまず》くように、突きのけられたように崩れた。退《しりぞ》いた。そして、二人の浪人が、草原の中に取り残された。一人は、脚を引摺《ひきず》って這《は》いながら、一人は、刀を持ったまま両腕で頭を抱《かか》えて――しかし、すぐ、坐ったように倒れて、丸く、膝の上へ頭を乗せてしまった。

「不覚者っ」

山内の顔が、さっと、真赤になった。小太郎は、父の背に、己の背をつけて、正眼に構えていた。

「あ、味な真似を――」

一人が、三尺あまりの強刀を、八双に構えて、八郎太の正面から、迫った。それと、同時に、七、八人の口から、懸声がいっせいに起こって、また二人に近づいて来た。八郎太が、

「小太郎、犬死せまいぞ。この人数では敵《かな》わぬ。わしは死ぬ。お前は、早く逃げい」

と、耳のところで囁いた。

「老いぼれっ、まいるぞ」

じりっと、一人が一足つめて来た、瞬間、

「や、やあっ」

右手から、繰り出した槍――八郎太は、自分を牽制《けんせい》するための槍とは知っていたが、反射的に避けたはずみ――たたっと、よろめくと、

「ええいっ」

八双の烈剣《れっけん》、きえーっと、風切る音を立てて打ち込んだ。よろめきつつ、がんと受けたが、その獰猛《どうもう》な力に圧倒されて、刀の下った隙――頭から、額へかけて、頭蓋骨を切り裂かんばかりの一刀――八郎太は、その瞬間、眼を閉じてしまった。よろめいた。地がひっくりかえって、天になりそうに、脚が細く、力なくなって、身体が宙返《ちゅうがえ》りするように感じた。頭の中で、があーんと、頭いっぱいに鳴り響くものと、全身にこたえた痛みとがあった。眼を開いているつも

りであったが、暗黒だった。夢中で、刀を、頭上に構えた。そして、

「小太郎、犬死すな」

と、自分では、力いっぱいに叫んだつもりだが、自分の耳にも聞こえなかった。腕が、肩が、何かで撲《なぐ》られているように、微《かす》かに感じた。そして、暗黒な地の底を、急に墜落《ついらく》して行くように感じた。宙ぶらりんに止まっているようにも感じた。なにか、耳元で叫んだようであったが、どんな意味か、もうわからなかった。ただ小太郎に、

(犬死すな)と、思った。

二ノ九

小太郎は闘志と、怨恨とに狂った猛獣であった。なにを、自分で叫んでいるのか、わからなかった。

(皆殺しだ)と、いう憤《いきどお》りが、頭いっぱいに、熱風のように吹きまくっていた。父の倒れるのを、ちらっと見ただけであったが――食いしばった紫色の唇と、血を噴く歯、怨《うら》みに剝《む》き出した真赤な眼球、肉が縮んで巻き上った傷口、そこから覗いている灰白色の骨、血糊《ちのり》に固まった着物、頭も顔も、見分けのつかぬくらい流れている血――そんなものが、頭の中で、ちらちらした。

対手の浪人の恐怖した眼、当《あて》もなく突き出してくる刀、翻《ひるが》える袖、跳ねる脚、右から、左から閃く刀、絶叫――倒れている浪人――そんなものが、眼の前を、陰のごとく、光のごとく、

ちらちらした。

血で、指が、柄《つか》から辷《すべ》りかけた。膝頭《ひざがしら》が、曲らないように疲れて来た。呼吸が、肩で喘《あえ》がなくてはならなくなってきた。舌は乾き上って、砥石《といし》のように、ざらざらしてきた。脚も、頭も、腕も、灼《や》けるように熱かった。

(いつの間にか、何かなり斬られたらしい)と、ふと思ったが、斬られたという記憶はなかった。撲《なぐ》られたという微かな覚えだけがあった。汗が、血が、眼の中へ入るらしく、眼が、痛んだが、もう眼で対手を見る力もなかった。

「小童《こわっぱ》――小童がっ」

と、叫びながら、人々を相手に跳躍している小太郎を、追って、山内は、歯嚙《はが》みをしていた。浪人の二人まで即死して、四人が深手《ふかで》を負った。山内が激昂《げきこう》しても、小太郎の腕を恐れ、金で雇われているだけの浪人は、小太郎の隙へさえ斬り込まなかった。小太郎が、刀を振ると避けた。ただ遠巻きにして、小太郎の疲労を待っていた。

牧は、縄張りのところへ出て、小太郎をじっと眺めていた。そして、斎木に、

「なんと申す若者かの、あれは?」

と、聞いた。

「仙波　某《なにがし》とか――」

「おおっ、仙波八郎太か、硬直《こうちょく》の武士じゃ。あれは、それの倅か――見事な」

牧は、静かに、小太郎の方へ、歩きかけた。貴島が、

「どちらへ」

といったが、黙って、草を踏んで行った。斎木と、眼を合わして、貴島らの二人は、その後方へつづいた。

小太郎は、伝教大師の石室《いしむろ》を、背にして、血塗《ちまみ》れになっていた。半顔《はんがん》は、人の血と、己の血で染まっていたし、着物は、切り裂かれて、芭蕉《ばしょう》の葉のようであった。瞳《ひとみ》は、もう力なく、動かなくなって、すぐに気を失いそうだった。だが、一人でも、近づくと、凄い光を放って睨みつけた。

突き出している刀尖《きっさき》が、時々下がった。腕が、もう力を支えていられぬらしかった。山内が、

「さ、引導《いんどう》、渡してくれる——南無阿弥陀仏、御大師様の廟《びょう》で殺されるからは、極楽往生疑いなし、南無阿弥陀仏、南無阿弥陀仏。一同の者よく見い、人を斬るのは、こう斬るのじゃ」

上段に振りかぶった。小太郎は、石に、背をつけたまま、だるそうに、正眼に構えた。牧が
「不憫《ふびん》な奴じゃ」と、近づいて呟いた。山内は、ちらっとその方を見ると、もう一足、小太郎に近づいた。そして、左右の浪人へ
「よく見い。真向《まっこう》から二つになるぞ」

と、いった。小太郎は、半眼で、じっと、構えたまま、身動きもできなくなっていた。

二ノ十

「逃げえ、小太郎——犬死にしてくれるな」

それは、墓穴《ぼけつ》の中から、死人が呼びかけたような声であった。斬り倒された仙波八郎太が、左手に刀をついて、立ち上っていた。

「小太郎」

斬り割られた頭から、どす黒く、血と混った脳漿《のうしょう》が、眼から鼻の脇へ流れて、こびりついていた。右手の袖が、切り落されて無くなり、手もきかぬらしく、刀を持ってはいるが、だらりと下ったままであった。

振り向いた人々は、背筋から冷たくなった。八郎太の血を滲《にじ》ませた眼、瞳孔《どうこう》は空虚《うつろ》になって、ただ小太郎を凝視しているだけであった。唇からは、血に染《そ》んだ歯が、がくがくふるえて現われていた。ぼろぼろに切られた袴の中で、脚が、少しずつ近づいて来ていた。血で肌へこびりついた袴は、風ぐらいに動かなかった。それは明かに幽霊であった。子を思う最後の一心が、死んだ身体《からだ》へ乗りうつったとしか思えなかった。やさしい言葉一つ懸《か》けないで育ててきた小太郎に対する、死よりも強い愛の力であった。その愛の力が、死んだ肉体を、蘇《よみが》えらせたのだった。

小太郎は、石に凭せていた身体を立てた。頰に、眼に、さっと光が動いた。

「父上っ」

心の中で、絶叫するか、せぬかに、山内の刀——踏みこんで来た脚、上がった拳《こぶし》、山内の引いていた呼吸が、

「それっ」

と、いう懸声にかわって、毒気を吐き出すごとく力とともに噴き出したとたん、小太郎は、刀を右手に提げたまま、さっと、左手へ避けた。閃いた刀は、空を斬った。かちっと、刀尖《きっさき》が石に当った音がした。

「小太、逃げい」

八郎太がよろよろと近づくのに、浪人たちは、気圧《けお》されたように、恐怖の眼をして、眺めていた。牧が、じっと八郎太を眺めていた。

山内は、ひと討ちと思って打ち込んだのを、はずされて、石に当って、刀尖が折れるとともに、赤くなって、激怒《げきど》しながら、二度目の猛撃をと、さっと振り上げた瞬間――小太郎は鹿のごとく、浪人の中へ飛びこんでいた。八郎太の凄惨《せいさん》さに恐怖を感じて、呆然《ぼうぜん》としていた一人の浪人に、一撃をくれて、人々の囲みを脱出していた。

「たわけっ」

と、山内が、浪人に怒った。そして、振り上げた刀を下ろして、小太郎の後方から走り出した。多勢の浪人どもが、その後を追った。

二人の浪人は、刀を構えて、八郎太の方へ静かに近づいた。八郎太は、もう、眼が見えなくなって来たらしい。眉を顰《ひそ》めて、口を開きながら、眼をしばたたいて、小太郎の行方を捜すように、人々の走って行く方へ、うつろな眼を動かしていた。足は、もう動かなかった。

「父上っ――御免」

小太郎は、走りながら絶叫した。だが、八郎太には、聞えぬらしく、微笑もしなかった。二

人の浪人が、八郎太の前へ立った時、牧が、

「その老人を斬るなっ」

と、叫んだ。そして、足早に、ずかずかと近寄ると、八郎太の右脇下《みぎわきした》へ、自分の肩を入れて、

「仙波っ、気を確かに」

と、叫んだ。八郎太は、眼をしばたたいたきりで、自分を扶《たす》けてくれているのは誰だか、わからなかった。だが、微かに、

「小太郎は？」と、聞いた。

「無事じゃ、無事に逃げたぞ、眼が見えるか」

八郎太が、頷いた。そして、右手で、前方を探るようにした。牧は自分の後方の斎木に、

「肩を貸せ、左の方を、持ち上げて、その小高いところまで運ぶのじゃ」

と、牧は、斎木とともに八郎太の左右から、身体を持ち上げて、急ぎ足に、小太郎の逃げて行く方へ歩んで行った。

二ノ十一

「先生っ」

「いかが、なされます」

貴島が、牧の態度に不審を抱いて聞いた。

「武士の情じゃ」

牧は、ただ、わずかに残った、精神力だけで、微かな命をつなぎ止めている八郎太を肩にかけて、草原のなだらかなところを、少し登った。そこには、将門岩《まさかどいわ》が、そのほかの岩が、うずくまっていた。

見下ろすと、小太郎が、防ぎつつ、逆襲しつつ、走りつつ――もう刀の法も、業も、何もなかった。お互に、ただ刀を振り廻して、なにごとかを叫んでいるだけであった。草原の急な傾斜は、人々の足を、時々奪ったので、小太郎も膝をついたり、浪人も転がったりしつつ、闘っていた。

「仙波っ――あれが見えるか。小太郎が見えるか」

牧が、下の方を指した。八郎太は、最後の息のような大きいのを、肩でして、両手で探すように、前の方へ伸ばして、空を摑んだ。そして、

「小太郎」

と、微かに呟いた。

「見えるか」

八郎太は、瞳《ひとみ》の力を集めて、牧の指さす下の方をじっとしばらく見ていたが――いきなり、右手を右の方へ振って、

「右へ」

と、叫んだ。そして、一脚踏み出そうとしてよろめいた。そして、それでもう残りの力も尽きたらしく眼を閉じた。牧が、八郎太の顔を見てから、小太郎の方を見た。小太郎は、左へ、

左へ避けていたが、そこの行手は谷で行詰まりであった。右手は、草原が、杉木立の中へつづいていた。

「右へ、逃げい。小太郎っ、右手へ逃げい。左手は谷じゃっ。谷があるぞっ」

と、牧が叫んだ。山内が、下の方で、上を振り向いた。八郎太は、耳許で、その叫びを聞くと頷いた。そして、

「御身《おみ》は？」

と、微かに、いった。もう、ぐったりと、牧へ凭れかかって、最後の生命がつきようとしていた。

「牧」

八郎太が、よろめいた。そして、

「御身が、牧——仲太郎か」

と呟いた。もう、牧が何者であるか、判断がつかないようであった。眼を開いて、牧を見ようとしたが、瞳が、だんだん開いて、力なくなってきていた。だが、

「牧」

と、呟くと、眼が、光を帯びて、

「おのれ」

顫える手で、刀を探すらしく手を伸ばした。牧が、仙波の耳へ口をつけて、

「仙波、小太郎は、無事に逃れたぞ。見てみい。見事に働いた。仙波っ——小太郎は、無事だ

ぞ。逃れたぞ。小太郎は無事に逃げたぞ」

八郎太は、もう、耳が聞えぬらしかった。微かに、

「小太郎――な、七瀬――娘、娘は？」

といった。牧はぐったりとしてしまった八郎太を、静かに草の上へ置いて、

「小太郎は、逃げのびたぞっ」

と、耳許で、絶叫した。八郎太の、血まみれの唇に、微笑が上った。牧は、涙を浮べていた。八郎太の脚が、手が、だらりとなって、眼を閉じるとともに、牧は、端坐《たんざ》して合掌した。

秋の日が、傾きかけた。風が、いくらか、弱くなってきた。山の下の方には、時々、浪人たちの叫び声がしていたが、それも稀になった。

「埒《らち》もない――いったい、なにごとじゃ」

いつの間にか、登って来た山内が、牧の、坐って、仙波の死体へ黙禱《もくとう》している後姿を見て、呟いた。斎木が、じろっと、山内を睨んだ。

南玉奮戦

一ノ一

内玄関から、狭い、薄暗い廊下を、いくつか曲ると、遥かに、明るい、広々とした廊下と、庭とが見えてきた。深雪《みゆき》は、こんなに、御屋敷が広いとは思わなかった。先に立っている案内の老女が、狭い廊下のつきるところ——三階の階段があって、それを登ると、広書院《ひろしょいん》の縁側になるところまで来た。そして、

「しばらく」

と、小藤次に挨拶して、そのお鈴口《すずぐち》につめているお由羅付の侍女へ、何か話をすると、侍女が一人、奥へ立って行った。

「ただいま、御案内致します。しばらく、これにてお控《ひか》え下されませ」

老女は、こう言って、小藤次に、深雪に、南玉に、そこへ坐って待っておれ、というように自分から廊下へ坐った。深雪は、老女へ、お辞儀《じぎ》をして、すぐ、つつましく坐った。

「絶景かな、絶景かな」

南玉は、口の中で呟いてから、小藤次に、

「ね、芋《いも》を植えると――」

「叱っ」

「小父さま、お坐りなされませぬか」

「板の上は、腰が冷えるで――」

南玉が、庭へ見惚《みと》れている時、

「岡田様、御案内つかまつります」

と、若い侍女が出て来て、声をかけた。小藤次が頷いた。侍女が、広書院の廊下の方へ行くので、深雪は、

(晴れがましい) と、気怯《きおく》れしたが、侍女は、その手前の、右手の小さい部屋へ入って、襖《ふすま》を開けて、

「こちらにて、お控え下さいませ」

と、お叩頭《じぎ》した。襖を閉めると、真暗になりそうな、六畳ほどの部屋であった。

「お控え下さいやし、ってのは遊人《あそびにん》の仁義《じんぎ》だが、御屋敷でも用いるかな。おそろしく、陰気な部屋で、お由羅屋敷開かずの部屋って、昔、ここで首吊《くびつ》りが――」

「南玉っ」

「てな、話がありそうな」

「喋《しゃべ》ってはいけねえ。困った爺だな。すぐ次が、お部屋だよ」

小藤次が顔をしかめた時、衣擦《きぬず》れの音が近づいて、ちがった方の襖が開いた。一部屋隔てて、女の七、八人坐っているのが見えた。

「にょご、にょご、にょごの、女護ヶ島」

襖を開けた侍女は、開けると一緒に、南玉が、妙なことを言ったので、俯向いて、肩で笑った。そして、赤い顔をして、小さく、

「こちらまで――」

小藤次が、立って、お由羅の居間の次の間へ入って、襖際へ坐った。深雪は、小腰をかがめて、敷居際へ、平伏した。南玉も、その横へ、同じように平伏した。侍女が、小藤次に、

「お近くへ」

と、言うと、小藤次が、

「では、御免を蒙《こうむ》って――」

兄妹であったが、主と家来とでもあった。小藤次は、お由羅の下座一間ほどのところへ坐って、

「この間の――」

「よい娘じゃのう、あれは？」

と、お由羅は、南玉を見た。

「身許引受の、医者でね」

「お医者？」

お由羅と、侍女とが、南玉の方を見ると同時に、南玉は、頭を上げた。そして、

「ええ、おありがたいしあわせで――」

と平伏した。二、三人の侍女が、くっくっと笑った。

「南玉」

と、小藤次が、睨んだ。

「けっこうな御住居で。また、今日は、たいそうもない、よい日和でございまする」

南玉は、こう言って、また、頭を上げた。女たちは、口へ袖を当てた。お由羅も、笑っていた。

一ノ二

「南玉――退ってよい。誰方《どなた》か、玄関まで案内してやってくれぬか」

小藤次が、こういった時、南玉は、頭を上げて一膝すすめた。そして、扇を斜に膝の上へ立てて、

「さて――つらつらと、思い考えて見まするに――」

侍女たちが、袖を、口へ当てて、苦しそうに、俯向いてしまった。

「春枝《はるえ》、案内を」

小藤次が、怒った眼をして、近くの侍女へこういうと、お由羅は、煙管《きせる》を伸ばして、小藤次の言葉を止めた。南玉は平然として、

「これに控えおります拙《せつ》の姪儀《めいぎ》、いやはや奇妙不可思議の御縁により、計らずも、今般、岡田小藤次利武殿の御見出しにあずかり奉り――」

「南玉――いや、良庵《りょうあん》さん、もう、よく娘のことは話してあるから――」

「ところでげす」

「わかってるったら――」

深雪が、南玉の袖を引いた。南玉は、小藤次も、深雪も、気にかけずに、

「この岡田様が、この姪《めい》の、お綺麗《きれい》なところにぞっこん惚《ほ》れ奉って、えへへ――まず、こういう工合でござります、下世話に申します、首ったけ」

扇を、顎《あご》の下へ当てて、頸《くび》を伸ばした。小藤次が、

「南玉っ」

と、叫んだ。侍女の二、三人が、笑い声を立てた。

「それで」

と、お由羅が笑いながらいった。

「ええ、おありがたいしあわせで」

南玉は、一つ御叩頭《おじぎ》をして、扇で膝を、ぽんと叩《たた》いた。

「愚按《ぐあん》ずるに、諺《ことわざ》に曰《いわ》く、遠くて近きは男女の仲、近くて遠いは、嫁舅《よめしゅうと》の仲、遠くて遠いが唐天竺《からてんじく》、近うて近いが、目、鼻、口」

南玉が真面目《まじめ》な顔をして、大声に、妙なことをいい出したので、部屋の中は、忍び笑いでい

っぱいになった。二、三人の侍女は脇腹《わきばら》を押えて苦しがった。

「南玉っ、ここをどこだと思ってやがるんだ。いい気になって――」

と、小藤次が、赤くなると、お由羅が、

「藤次っ」

と、叱った。

「だって――」

「いいではないか。綺麗なら、惚れるのがあたりまえでないか」

「いよう、できました。東西東西、ここもと大出来《おおでき》」

南玉が、扇を拡げて、右手で差し上げた。

「しかしでげす。そこに、道有り、作法有り、不義は御家の法度《はっと》とやら、万一そういうことがしゅったい致しました時には、憚《はばか》りながら、ぽんぽんながら、この良庵が捨ておきませぬ。のんのんずいずい乗り込んで、日ごろ鍛《きた》えし匙加減《さじかげん》、一服盛るに手間、暇取らぬ和漢蘭方《わかんらんぽう》、三徳《とく》具備《ぐび》、高徳無双《こうとくむそう》の拙《せつ》がついていやすから、そういう過ちのないように、隅から隅まで、ずいとおたのみ申し上げ奉ります」

南玉は、真面目な顔をして平伏した。

「ようわかった。御苦労であったのう」

お由羅が、こういうと、侍女の一人が、立ち上って南玉の側へ来て、

「御案内つかまつります」

「いや、おおきに――それでは、深雪」

二人は、二人だけがわかる眼配せをした。南玉は立ち上った。そして、

「へっ、へっへ。猫、鳶に、河童の屁でげすかな。岡田さん、いろいろと、いや、どうも、御世話に。御礼は、いずれのちほど。では、皆様、さようなら――」

南玉は、左右へ、お叩頭をして行った。小藤次は苦《にが》りきっていた。

二ノ一

南玉が、お由羅邸からの引出物《ひきでもの》の風呂敷包を持って、黄昏時《たそがれ》の露地を入ると、自分の家の門口に、一人の男が、蹲《しゃが》んでいた。

「誰様《どなた》でげす？」

「師匠」

男が立ち上がった。

「庄吉か。どうしたい」

「まあ、入ってから話そう」

南玉は、狭い、長屋の横から、勝手口へ廻って、両隣りへ挨拶《あいさつ》した。そして、戸を開けて、庄吉を入れて、庭の雨戸を繰り開けていると、

「のう、師匠。深雪さん、御奉公に上ったっていうじゃあねえか」

「うん」

「お前、あの娘を、小藤次の餌にするつもりかい？」

南玉は、答えないで、戸を開けてしまった。

「まだ灯を入れるにゃ早いし、こうしておくと、油が二文がたちがうて」

懐中から油紙の煙草入を出して、庄吉の前へ坐った。

「近ごろ、富士春との噂《うわさ》が、ちらちら、ちらついてるぜ。気をつけねえと、弟子がへっちゃあ——こういうとなんだが、お前の手も癒《なお》ったというものの、まだ、すっかり元にゃあ、なりきるめえし——困りゃしないか？」

「心得ちゃいるよ」

「気に障《さわ》ったら、御免よ。俺、悪気でいうんじゃあねえから」

「師匠の気持は、よくわかるよ。だが、師匠に俺の気持ゃわからねえらしいの」

「いや深雪さんから、それも、薄々聞いてはいる。いろいろと、骨を折ってくれたそうだが——

——そりゃあ、お前の気性でねえと、他人にゃあできねえことだ」

「と、そこまでは、わかっているが——それから先きだ」

「ふむ——一番。考えてみよう。——それから先き、先き、先き、先きと」

南玉は、もっともらしく腕組をした。

「いろはにほへとの五つ目か」

「ええ？　いろはの五つ目？」

庄吉は、指を繰って、

「ほ」

「れ」

「及《およ》ばねえ色事だよ。師匠、そいつあ十分承知だ。だから、女房にもとうの、妹にしようの――いや、手を握ることさえ、俺あ、諦《あきら》めてるよ。立派に、ちゃんと、駈引《かけひき》なしに、諦めちゃあいるよ。だがのう、俺の、この気持をわかって欲しいと思うんだ。それも、俺あ、憐《あわれ》んでもらいたかねえ。惚れた男を憐れむって裏にゃあ、師匠、軽蔑《けいべつ》がいやあがるからのう。俺、男としてさ、軽蔑されたかあねえや。ただ、わかって欲しいのは、男が惚れた時、その女にどんなに男らしいか？　俺あ命を捨ててもいいよ――この間から、富士春と、これで度々《たびたび》の喧嘩《けんか》だ。あいつあ、深雪さんを、小藤次に取り持って、礼をもらった上に、俺の気持をめちゃめちゃにしようとしているが、あいつとしては、無理はねえ、貧乏ぐらしだからのう」

「もっともな、惚《のろ》けだ」

「本気で聞いてくれ、師匠」

「本気だとも」

「それで、今日、実は深雪さんに逢って、なんか一役命がけのことをいいつけて貰《もら》おうと、こう思って来ると、近所の噂じゃ、小藤次の野郎が来てさ、てっきり、この間からの奉公話だろう。せっかくの命がけがぺしゃんこだあ」

「命がけ？　戯談《じょうだん》いうねえ。食えんからの屋敷奉公をする女に、命がけの、なんのって」

と、南玉が笑った顔を、庄吉は睨《にら》みつけるように眺めた。

二ノ二

「師匠」

「おいおい、睨むなよ。俺あ、臆病《おくびょう》だからのう」

「師匠は、俺の商売を知っていなさるのう」

「うむ、巾着切だ」

「三下か、ちょっとした顔かも、知っていなさるのう」

「うむ、橋場の留より上だって、聞いているよ」

「じゃあ、師匠、もう一問答だ」

「さあ来い、いざ来い。問答なら、桃牛舎南玉、十八番の芸だ」

南玉は、両手の指をひろげて、膝の上へ、掌を立てた。

「上方でのできごとが、俺らの仲間で、幾日かかると耳に入るか、知ってるかい」

「そこまでは調べてはおらんよ。和、漢、蘭の書物にも、巾着切の早耳話ってのは、書いてないよ。これが本当に、わからん」

「びっくりしなさんな、五日で来るんだよ」

「はい——五日でね」

「早い脚の奴は、日に三十五里、なんでもねえ。京を早立ちして、その夜の内に、鈴鹿《すずか》を越える。すると、亀山《かめやま》にゃあ、ちゃんと仲間がいる。急用だっ、それっと、こいつが桑名《くわな》まで一日。

桑名へ来ると、仲間がいる」

「なるほど」

「こうしなけりゃ、金目のものの処分がつかねえ。すられて、あっという間に、品物は、十里先で取引してらあ」

「ふふん、俺の講釈みたいに、少し与太が入ってるんじゃねえか」

「仙波の大旦那は斬死なすったよ」

「ええ？」

「上方の仲間へたのんでおいたら、さっき知らせて来たんだ。比叡山って山の上へ、牧って悪い奴を追っつめて、伏兵にかかったんだ」

「うむ、伏兵にゃあ、東照宮《とうしょうぐう》だって敵《かな》わねえからのう」

「小太郎って、俺の手を折った若いのは、谷間へころがって、生死不明だ」

南玉は、返事をしなかった。

「まだあるんだ。大阪の蔵屋敷へ行った奥方と、そら深雪さんの姉さん、なんとかいった——そら、何手《なにて》、そら、なんとかの手」

「手は赤丹《あかたん》のつかみと来たが——」

と、南玉は、顔をあげて、

「本当だの、その話は」

「俺の嘘《うそ》をつかんことは——」

「わかった」

「それから、益満さんが、調所って野郎の後を追って、江戸へ下って来なさるそうだ――」

「今の、七瀬と、綱手は、そして、どうしたんだい」

「それは、蔵屋敷にいるんだ」

「調所は、江戸下りか」

「うむ。それで、益満さんは、この調所を途中で討つつもりらしいんだ」

「そうだろう」

庄吉は、強く、低く、

「隠さずに、師匠、打ち明けてくれねえか。俺の気性は、町内でお前が一番よく知っていてくれるはずだ。ええ――仙波さんも、益満さんも、お由羅の一味を討ちてえんだろう。どうだ――師匠」

南玉は、じっと、庄吉の顔を見て、黙っていた。

「俺、いわねえったら、首がちぎれても喋らねえよ。お前さん、深雪さんを、一物《もつ》あって、奉公させたんだろう。仙波の娘を、お由羅邸へ。あの、小藤次の手に任して――え、師匠、だから、俺あ、その深雪さんに、そんなあぶないことをしずに、一手柄立てさせて上げてえんだ――わかるかい、師匠」

二ノ三

「俺あ、ちいっとばかし、水臭いと思うよ。巾着切の仲間にゃあ、こんな匿《かく》し立てはねえ。返事がなけりゃ、ないでも、いいんだ。俺は、こうと思ったことを、やってみるまでだ。お前が、よく寄席でいうのう、虎と見て、石に矢の立つためしあり――人間の一心って通じるもんだよ――また、来らあ、あばよ」

庄吉が、立ち上った。

「そうかい」

南玉は、そう口先きで、いっただけであった。

（斬死した？　庄吉のいうのは、本当らしい。だが庄吉に打ち明けて、いいか、悪いか。益満から固く口止めされているのに――）と、南玉が乱れかかる心を、じっと、両腕で押えた時、

「こんちわ」

富士春の声であった。

「いらっしゃる？」

庄吉は、真暗な上り口で、

「お春か」

と、いった。

「そうだろうと思ったよ」

怒りと、恨みとを含んだ、静かな——だが、気味悪い声であった。

「お師匠さんかい。今、灯をつけるよ。庄さんと、話に夢中になって——」

と、いいながら、南玉は燧石《ひうちいし》を叩いて付木《つけぎ》を燃やした。一家中が、仄《ほのか》に明るくなった。庄吉は、上り口で突っ立っていた——富士春は、狭い土間から、庄吉を睨みつけていた。そして、行燈《あんどん》の光が家の中へ充ちるとともに、素早く家の中を見廻した。深雪はいなかった。

「さあ——庄さん、もう一度、お坐り。師匠、ささずっと、これへ」

「はい」

富士春は、上ろうともしないで、

「いったい、どうするんだい」

低い声で、庄吉に言った。

「うめえ魚が、手つかずであるんだ。御馳走《ごちそう》しよう」

南玉は、戸棚から、大きい皿を出して、畳の上へ置いた。

「返事をしないのかい」

富士春が、下から、また、庄吉を咎《とが》めた。庄吉は、

「帰って話そう」

と、土間へ降りかけた。

「ここでいいよ。帰ると、うるさいよ。お上り。南玉さんにも、妾や、聞いてもらうよ」

「聞くぞ、聞くぞ。わさびがきくぞ」

南玉は、刺身《さしみ》のわさびを、なめてみた。

「大丈夫にきく。さあ、こっちい来い、食べながらひと喧嘩《げんか》。へへん、できたては、喧嘩のあとで鐶《かん》が鳴りって、とかく、痴話喧嘩《ちわげんか》と申すものは、仲がよいと、始まりやす。仲人を、あの茶瓶《ちゃびん》がと、寝て話し。桃牛舎南玉が一つ、この茶瓶《ちゃびん》になりやしょう。どうぞこちらへ」

「御邪魔させていただきます」

富士春は、上りながら、突っ立っている庄吉の袖を捉《と》まえて、引っ張った。

「なにしやがるんでえ」

庄吉が張り切るはずみ、袖口が裂けた。

「おやっ、たいそう、手荒いのね。そうだろうよ。新情人《しんいろ》の前じゃあ、威勢のいいところを見せたくなるもんだからね」

富士春は、これだけ、静かに言うと、

「口惜しいっ」

と、叫んで、庄吉の左手へ、齧《かじ》りついた。

「手荒いことをしちゃいけねえ」と、南玉が、立ち上った。

二ノ四

「痛《いて》え、畜生っ」

庄吉は、手を振り切って、女の肩を蹴《け》った。

「蹴ったな、おのれ――ようも、人を、足にかけたな」

南玉は、行燈の灯を吹き消した。そして、大声に、

「ぽんと蹴りゃ、にゃんと泣く」

と、部屋いっぱいの声で叫んで、二人に近づいて、

「人気に障《さわ》る、師匠、長屋の餓鬼《がき》どもに見つかったらうるさい」

と、小声で言った。そして、庄吉の袖を引っ張って耳許で、

「あっちへ」

庄吉も、富士春も、真暗な中での喧嘩は張合いがなかった。

「とんだ迷惑で」

庄吉は、こう南玉に言って、奥の方へ足さぐりに行った。

南玉は戸口へ出て、

「ええ、おやかましゅう、ただいまのは、南玉の講釈の稽古」

近所へそんな声をかけておいて、戸を閉めてしまった。富士春は、上り口の間へ立ったまま剝《は》げた壁へ顔を当てて、泣いていた。

「深雪は、師匠、とっくに、御奉公に上っちまったんだよ。見当ちがいの焼餅《やきもち》だわな。庄吉は、少し人並とちがってるんだから――堪忍《かんにん》しておやりよ。さ泣かずに、こっちいおいでよ――よう、師匠」

南玉は、立って来て、白粉《おしろい》と髪油の匂いを嗅ぎながら、富士春の肩へ手をかけて、そして、

「庄公、その辺に、石があるが――」

「俺、燧石はまだ打てねえよ」

「これは、御無礼、これはしくじり――」

富士春が、帯の間から、燧石を出して、

「ここに」

と、手探りに南玉へ渡した。南玉が石を打つと、庄吉は、座敷の真中に突っ立っていた。南玉は石を打っていた。富士春の顔の白粉《おしろい》は汚れていた。南玉は石を打って、火を出しながら、

「一つとや、人の知らない苦労して」

と、節をつけて、一足一足、石を打ちながら、行燈のところへ行って、

「なあ、それぞれ、人にゃ苦労ってものがあるものだ。俺も、今日は、お由羅邸で、一苦労して来たところだ。自分だけ苦労していると思っちゃいけねえ」

と、言いつつ、行燈に灯を入れて、小声で庄吉に、

「こっちい呼《よ》んでおやりよ」

「うむ」

「やさしく一言かけてやりゃ、女なんて化物は――」

「どうせ、化物でござんすよ」

「ほい聞こえたか？――庄吉、そんな堪忍《かんにん》ぐらいできんで、大仕事の手伝いができるかい」

「そうか。わかった」

庄吉は、元気よく、

「お春、こっちい入らしてもらえ」

南玉が、また立って行って、

「ここで、もう一拗《す》ね、拗ねるって手もあるが、そいつあ、差しの場合での。他人がいちゃ、素直にここへ来て、仲よく食べて、戻って、寝て、それから、ちくりちくりと妬《や》くのが奥の手だて。さあ、こっちい来たり」

富士春は、手を取られて、奥の間へ入って来た。

「やれ——化物を二足退治《ひきたいじ》した。さあ、生《いき》のいい刺身だ。庄公は不自由だろうから、春さん食べさしてやんな。さあ庄公、あーんと、口を開きな。何も、恥かしがることはねえ。こういうふうに——」

南玉は、大きな口を開けて、刺身を自分の口へ投げ込んだ。

「おお、うめえうめえ、頰ぺたが、落ちらあ」

忍泣き

一ノ一

取り締りの老女中が、奥向きの部屋部屋——内玄関、勝手、納戸《なんど》、茶の間、寝室、御居間、書院、湯殿、厠《かわや》というようなところを、案内してくれた。上の厠だけでも三か所、下の厠だけでも五か所あった。

それから、屋敷の中の心得を、口早に喋って聞かせた。古参《こさん》の者には言葉を返してはならぬし、命令に反《そむ》くこともならぬとか、夜中の厠行きは幾時《いくとき》までとか、湯は新参者が一番に入って、古参者の肩を流して、自分は御仕舞《おしま》いに出るのだとか、化粧部屋は一番御仕舞いに入って、皆の掃除をして来るとか——細かいことが無数にあった。

それから、作法を見ると言って、四、五人の老女が坐って、茶を運ばせた。そして、茶碗の捧《ささ》げようが高いとか、低いとか、摺《す》り足で歩いても、そんなに畳の音をさせてはいけないとか、眼のつけどころが——唇の結びようが——深雪は、自分の学んだ礼法は、武家作法だし——少しも、間違っていないと、思っていたが、老女たちは、そういうことを問題にしていなかった。

彼女たちは、古参ということを誇り、自分の下らぬ知識を見せびらかし、それから、自分たちの独り身で老い朽ちて行く憤りを、美しく若い女に向けて、それをいじめることを楽しみとしていた。

素直な、世間知らずの深雪に、そんな気持はわかるはずがなかった。眼七分目に捧げたら、低すぎると叱られ、八分目にすると、高すぎると罵《ののし》られ、その夜の湯殿で、肩の流しようが悪いと、湯を、肩からぶっかけられた時、明日にも暇をとって戻ろうかとさえ思った。そして、冷たい、固い、臭《くさみ》のある蒲団《ふとん》をきて、じめじめした部屋で、泣きあかした。

鶏が鳴いて、夜が明けきらぬころから、耳を立て、拍子木《ひょうしぎ》の廻るのを聞いていた。そして、侍女を起こす木が響くとともに起き出た。老女は、雑用婦《ざつようふ》のする務めである廊下の雑巾《ぞうきん》がけを深雪に命じ、それが済むと、厠の掃除までさせた。

だが、そうして、いじめられている深雪の痛々しさ、雑用婦の仕事までさせる老女中の横暴を見ると、若い女の中には、深雪へ同情する者ができてきた。深雪が、部屋の隅で、小さくなっていると、側へ来て、小声で、

「しばらく辛抱なさいませ」

と、慰めてくれた。それは、当のない、漠然《ばくぜん》とした、頼りない言葉であったが、深雪にとっては、この上ない力になった。

食事時には、一番あとから食べかけて、一番早く終らなければならなかったし、午後の暇な時には、古参が、笑い話をしていても、その人々の着物をつくろったり、鏡を拭いたりしなけ

ればならなかった。深雪は、

（いつになったら、お由羅へ近づいたり、秘密のところへ近寄ったりできるかしら）と、思った。だが、そう思いながら鏡台を掃除《そうじ》していると、

「今夜からまた、奥の御祈禱《ごきとう》が始まります」

と、いっている声が聞こえた。

（祈禱――調伏）

深雪の身体中が熱く燃えた。

「今夜から」

深雪は、案内された時に見たお由羅の居間を考えた。

（あの中で――）

拭《ふ》く手を止めて、祈禱の場へ、忍び込んで行く自分を想像した。

「何をぼんやりと、この新参っ子は――」

と、背後《うしろ》で、老女中の声がした。

「はいっ、御用は――」

と深雪は膝を向けて、手をついた。

一ノ二

夕餐《ゆうげ》を終って、お膳を勝手許へ出していると、一人の雑用婦が、

「ちょっと、こちらへ」

と、納戸の方へ導いた。深雪が、おずおずとついて行くと、

「お越しなされました」

と、襖を開けて、深雪を押し込むようにした。深雪が一足入ると、すぐ小藤次の顔が、近々と笑っていて、手を握られた。深雪は、左手で、襖をもって、力任せに後方へ引こうとしたが、小藤次の力に負けた。

「閉めて――早く」

小藤次は、立ったままで笑っている雑用婦を、叱りつけた。

「約束ではないか、深雪」

「いいえ、いいえ――」

深雪は、右手を握られて、左肩を抱きすくめられて、小藤次の胸のところで、髪を乱すまい、顔を、肌に触れまいと、身体を反らしていた。

小藤次は、今朝結いたての御守殿髷《ごしゅでんまげ》の舞台香《ぶたいこう》の匂い、京白粉の媚《なま》めいて匂う襟頸《えりくび》、薄紅に染まった耳朶《みみたぶ》に、血を熱くしながら、深雪を抱きしめようとした。

「なりません」

深雪は、唇を曲げて、眉をひそめて、小藤次の胸を左手で押した。

「声を立てると、見つかるぜ。見つかったら最後、不義は御家の法度ってやつだ。俺は、助かるが、お前は、軽くて遠島、重いと、切腹って――こいつは痛いぜ、腹を切るんだからなあ」

耳許で、笑いながら、こう言いつつ、胸を押しつけて来た。深雪は、腰を引いて、

「御無体《ごむたい》なっ」

小太郎から教えられた護身術、柔道《やわら》の一手で、草隠《くさがく》れの当て身――軽く、掌でどんと脇腹を突くと同時に、右手を力任せに上に引いて、小藤次の手を振り切った。

「て、てっ――おっ痛、た」

顔中をゆがめて、両手で腹を押えた小藤次の前を飛び退《の》いて、深雪は壁を背に、簪《かんざし》を抜いて身構えた。

「ひ、ひでえことを、しやがったな。ああ、痛え」

小藤次は、真赤な顔をして、怒りの眼で、深雪を睨んだ。そして、痛そうに、脇腹を押えて、身体をかがめていたが、だんだん俯向《うつむ》いて、苦しそうに丸くしゃがんでしまった。

(少し、手強《てごわ》すぎたかしら――本気に、腹を立てたなら、今夜の祈禱場を覗《のぞ》くことも、水の泡になるかもしれぬ。どうしたなら?)と、思った。それで、やさしく、

「こんなところで、欺《だま》し討のように――そんな卑怯なことをなさらずとも、もっと機がござりましょう。約束約束と――私よりも、小藤次様が、約束をお守りなされずに――」

と、眼で睨みながら、言葉は柔《やわら》かにいった。

「俺は、俺は、たたたた、物を言っても痛いや、なにも、たたたたた」

「今夜、遅くに、お居間の廊下へ忍んでござりませ」

小藤次は、くちゃくちゃの顔に、微笑《ほほえ》んで、

「本当かい」

「ええ」

深雪は、こう言うとともに、眩暈《めまい》したような気持になった。自分の言葉で自分を泥の中へ踏み躙《にじ》ったように感じた。涙が出てきた。自分の身体も、心もなくなって、ただ悲しさだけのような気がした。

（操を捨てなくてはならぬかもしれぬ。その代り調伏の証拠を握って——）

「こ、今夜、子《ね》の刻前に——」

小藤次は、よろめいて立ち上りながら、

「広縁《ひろえん》で」

深雪は、頷いた。

「たたた、痛《いて》えよ。深雪、えらいことを知ってるのう。ああ痛え」

小藤次は、少し笑った顔を見せたが、まだ脇腹を押えていた。

二ノ一

「忍ぶ恋路の、か——さて、果敢《はか》なさよ、とくらあ」

小藤次は、口の中で、唄いながら、植込みの中から、広縁の方へ、足音を忍ばせて、入り込んで来た。

真っ暗、くらくら

くろ装束《しょうぞく》で、
忍び込んだる、恋の闇

と、手を伸ばして、広縁の板へ触れたとき、背後《うしろ》から、

「何用でござる」

小藤次は、冷たいもので、身体中を逆撫《さかな》でされたように感じた。柄《つか》へ、手をかけたが、膝も、掌もふるえていた。

「誰だ」

振り向いて、身構えると、

「御祈禱場、警固の者でござる」

誰ともわからぬ、黒い影は、そう、役目にいったまま、小藤次の前に突っ立っていた。小藤次は、安心すると同時に、

(初めっから、俺を見張っていやがったな)と、思うと、柴折戸《しおりど》のところから、四辺《あたり》をうかがって、おどおどとした姿で、忍び込んだ自分の滑稽《こっけい》さを想い浮べて、腹が立ってきた。

「そうかい、えらい、厳しいんだね」

冷笑したように、こういうと、

「なに?」

「えらい、厳しいってんだよ」

「出ろっ。ここを、なんと心得ておる。お部屋様近親の者と思えばこそ、咎《とが》め立ても致さずに

おれば、えらい、厳しいとは、なにごとでござる。それが、御部屋様の兄上の言葉か？」

　低いが、鋭く、叱りつけた。

（誰奴《どいつ》だろう？　えらそうに――）と、思ったが、（上女中の、うるさいのにでも言いつけたら――）と――だがそう叱られて、黙って引っ込むのも、器量《きりよう》の悪い話であった――

（もう、すぐに、深雪が、出て来るのに）と、思うと、それも心配になってきた。

「そりゃ、存じてはいるが――」

「存じていて、なぜ、禁を犯された」

「禁？」

「禁を御存じないのか」

「禁って、なにごとでござる」

「奥へ、男子入るべからずの禁じゃ」

「ああ、その禁か」

「出られい」

　と、いうと同時に肩を摑んで、柴折戸の方へ捻《ね》じ向けられた。

（なんて力だろう）

　小藤次は、その力に、気圧されて、一足歩いた。

「二度と、踏み入ると、許しませぬぞ」

　小藤次はゆっくり、歩きながら、

(深雪は、どうしたかしら——どうするだろう。うっかりこんな時に、出て来て見咎《みとが》められたら——深雪の、見咎《みとが》められるのはいいが、もし、俺と、逢引《あいびき》するために、などと白状でもしやがったなら、お由羅め、なんといって怒るかもしれぬし——身の破滅って、奴だな)

小藤次は、

「忍ぶ恋路の、さて果敢《はか》なさよ、か。果敢なさすぎらあ、畜生《ちくしょう》っ」

寂寞《せきばく》な闇の中に、微かに祈禱場からの鈴の音が、洩れて来た。風が梢《こずえ》を渡って、葉ずれの音がした。

「は、はっくしょっ」

小藤次が、くしゃみをすると同時に、

「静かにせんか」

と、さっきの侍の声が、後方でした。

「へいへい、出物、はれ物ってことがあらあ。すみません、ってんだ。あっ、はっくしょいっ」

と、いった時、遥かに、広縁で、とんとん板を叩く、微かな音がした。

二ノ二

小藤次は、佇《たたず》んで振り向いた。深雪の合図であった。

(不味《まず》いところへ出て来やがって——)と、ちょっと腹が立ったが、すぐ(見つかったら、大変だ）と、思った。そして、自分の後方を跟《つ》けて来ている侍が、どうするか？

（もし、誰かが深雪を見つけて、馳《は》せつけるようなら、もう一度、忍んで行って、なんとか、助けてやらずばなるまいが――）

小藤次は、闇で見えぬ広縁の方へ、深雪の姿を、どうかして、探し出そうとするように、眉をひそめて、首を伸ばして見た。そして、

「忍ぶ恋路の――」

と、小声で唄うと、

「なぜ、行かぬ」

すぐ、側に、黒い影が立っていた。

（執拗《しつこ》い野郎だな、こん畜生め）

小藤次は、腹が立った。

「御苦労様」

言い終らぬうちに、肩を、どんと突かれてよろめいた。

「なに、なにするんでえ」

とんとんと、深雪が、廊下の板を叩いた音が、また聞こえた。

「奥の風儀《ふうぎ》を乱して――貴様は、誰の兄に当る？　取り締まるべき上の者が、なんの体《てい》じゃ」

「媾曳《あいびき》じゃあねえや」

「では、何用じゃ」

「聞いてみな」

「何？　誰に」

「聞いてみたかや、あの声を
　のぞいてみたかや、編笠《あみがさ》を――」

　と、言った刹那《せつな》、くるりと、小藤次の身体が廻転すると、後方から帯を摑まれた。そして、一押し、押されると、前へのめるように、足がもつれて、動き出した。

「ちょっ、一人で歩くよ。放してくれ、危ないったら――」

　と、言った時、

「深雪」

　と、いう声がした。老女、梅野《うめの》の声であった。

（いけねえ、とんでもねえ奴に、見つかっちまった）

　小藤次は、深雪の処置を心配するよりも、一度の睦言《むつごと》も交《まじ》えずに、別れなくてはならなくなった自分の恋に、悲しい失望と、怒りとが起こって来た。

「ちょっと、放してくれ」

　侍は、黙って、ぐんぐん小藤次を押し立てた。小藤次はつるし亀のように、手を振って、小走りに走らされながら、

「ちょっと――頼む――後生《ごしよう》だから――」

　小藤次は、突き当りそうに近づく立木に、首をすくめたり、顔へ当りそうになる木の枝を、

手で押しのけたり、庭の下草を踏んづけたり、石と石との間へ、躓《つまず》いたりしながら、強い力に押されて、人形のように、もがきながら、半分、走らされていた。

「危ないったらっ」

小藤次は、木の枝へ髷《まげ》を引っかけて、怒り声を出した。侍は、片手で、枝を折った。小枝が小藤次の髷へぶら下った。小藤次は、それを取ろうと、両手を頭へやりながら、

「ねえ、後生だから――」

と、いった時、柴折戸の辺へ来たらしく、ほのかに、明りが射してきた。

（誰奴《どいつ》だろう）と、振り向くと、それは、牧仲太郎警固のために、国許からついて来た侍の中の一人、山内という剣道の名手であった。

（強いはずだ）と、思った。そして（木の枝を、頭へぶら下げちゃあ歩けねえや。こん畜生め）

力を入れて引くと、髪の根が痛かった。山内は、木戸から小藤次を突き出して、

「二度と入ると、棄ておかんぞ」

と、睨みつけた。

二ノ三

「深雪かえ」

深雪は、闇の中で、絶壁から、墜落《ついらく》して行くように感じた。

「何をしておじゃるえ」

蛇が、身体中を、締めつけて来るような声に感じた。

「はい」

深雪は、廊下へ、手をついてしまった。

「ついて来《き》や」

「はい」

梅野は、板戸の中へ入ってしまった。深雪は（どう言って、言いぬけたらいいのか？——言いぬけられるか？——もし、言い抜けられなかったら、どうなるのか？——お由羅の調伏を見届けもせずに、小藤次風情《ふぜい》と、不義の汚名をきて、罪にされたら——）と、思うと、（小藤次のような人間でも、人を欺《だま》した罰かしら）と、思えた。

六畳の部屋は、行燈に、ほのめかされていた。

（今時分まで、どうして、この老女だけが起きているのか？祈禱の係ともちがうのに）

梅野は、上座へ坐って、静かに、

「何しに、今時、庭へおじゃった？」

深雪が、顔を上げると、拝領物《はいりょうもの》を飾る棚《たな》、重豪公の手らしい、横文字を書いた色紙《しきし》、金紋の手箪笥《てだんす》、琴《こと》などが、綺麗《きれい》に陳《なら》んでいた。そして、その前で、梅野は、紙張りの手焙《てあぶ》りへ、手をかざしていた。

「はい、不調法つかまつりました。以後心得ますから、お見のがし下さりませ」

深雪は、手をついた。

「さあ、訳を話せば、その訳によって、見逃さんでない——訳は？」

深雪は、どういっていいか、わからなかった。

「返事は？」

「はい」

「涼みに出る時節でもないし、厠を取りちがえるそなたでもないし、まさか、男と忍び合うようなだいそれた小娘でもあるまいし、のう——深雪」

深雪は、真赤になって俯向いた。

(赤くなっては悟られる)と、思ったが、少しも、心に咎めない、小藤次との間のことであるのに、顔が赤くなってしまった。

「とんとんと、叩いていたのは？」

深雪は、身動きもできなかった。

「合図かえ」

深雪は首を振った。

「合図でなければ、なんじゃ」

「はい」

「慣れぬことゆえ、初めのうちは、誰しもいろいろと失策はある。万事、それは、妾《わたし》の胸一存に納めておくから——正直なところを申してみや。偽りを申して、後に露見《ろけん》するよりも——申せぬか？——飽くまで、白状せぬとあれば、責め折檻《せっかん》しても、口を割らすぞえ」

「はい」

深雪は、いつの間にか蒼白《そうはく》になって、涙ぐんでいた。

「申しがたかろうの——それでは、妾から、どうして縁側へ出たか、申して見ようか。これ、面を挙げて——」

梅野は、恐怖におののいている深雪の眼を気味悪い微笑で眺めて、

「小藤次と、忍び合ったのであろう」

深雪は、首垂《うなだ》れた。

「どうじゃ。ちがいあるまいがな」

「いいえ」

細い声であった。

二ノ四

「そうあろうな——そうあろうとも」

梅野は、こう言って煙管《きせる》をとった。

「ここへおじゃ」

「はい」

「ここへ、おじゃと、申しますに」

深雪は、悄然《しょうぜん》と立ち上って、梅野の近くへ坐った。

「ちょっと、手を貸してみや」

「はい」

深雪は、右手を伸ばした。

「ふっくらと、可愛らしい指じゃのう」

梅野は、左手で、手首を握って、右手で、指を広げて、人差指と、中指との間へ、煙管を挟《はさ》んだ。

「この手で、男の首を抱いたのかえ」

梅野は、右手で、深雪の指の先を、じりっと握りしめた。

「あいつつ」

深雪が、その痛さに、思わず引こうとする手を、左で引きとめて、

「この指で、男の――」

梅野は、みだらなことをいって、力任せに、指をしめつけた。深雪は、左手を、梅野の手へかけながら、

「御免下さりませ」

と、痛さに、身体をまげた。

「よいことをした後は――」

深雪は、唇をかんで、身体をねじ曲げて、苦痛をこらえていた。

「いつから、一緒になったえ」

こういうと、梅野は、少し力をゆるめた。

「いいえ、そんな――」

深雪が、微かにいうと、

「強い娘じゃのう」

梅野が、もう一度、掌へ力を入れたとき、廊下に衣ずれの音がしてきた。梅野は、煙管をとって、

「動いてはならぬぞえ」

と、いって立ち上った時、

「まだ、臥《ふ》せらぬのかえ」

足音と、衣ずれとが、部屋の前で、止まった。

「はい、お勤めの終りますまで」

と、梅野は、口早に答えて、あわてて、障子へ手をかけた。と同時に、外からも、一人の侍女が、開けようとした。そして、障子が、さっと開くと、お由羅が、白綸子《しろりんず》の着物を着て、立っていた。梅野は、廊下へ出て、手早く障子を閉めようとすると、

「誰じゃ」

お由羅は、深雪へ眼をやって、梅野に聞いた。

「新参者の深雪でございます」

「深雪」

「はい」

深雪は、お由羅に、泣き顔を見せまいと、俯向いたままでお由羅の方へ、向き直って手をついた。

「早う、部屋へ引き取って、休みや」

深雪は、やさしい、お由羅の言葉を聞くとともに、胸の中の厚いものが砕けて、その下から涙が湧き上ってきた。黙って首垂《うなだ》れてしまった。

「許してやんなされ」

お由羅は、梅野にこういった。

「それが――」

「新参者に、不調法は、ままあることじゃ」

お由羅は、こう言いすてて歩み出しながら、

「深雪、よく、上の人の申しつけを聞いて、叱られぬようにな」

深雪は、袖へ顔を当てて、お由羅を刺そうとして入り込んだ気持などを、少しも感ぜずに、そのやさしさに、泣いていた。梅野が、

「今夜は赦《ゆる》しますが、余《よ》のことではないから、よく憶えていや」

と、言った。

二ノ五

深雪が、部屋へ戻って来ると、灯は消していたが、まだ、眠らない、大勢の朋輩《ほうばい》たちは、低い声で、いつものように、小姓の噂《うわさ》をしたり、役者買いの話をしたりして、忍び笑いをしていた。

「本当に、よく似ていますぞえ」

「誰に？」

「成駒屋《なりこまや》に——」

「おお、嬉しい——あっ、痛い——同じ、抓《つね》るなら裏梅《うらうめ》の形に、抓って下さんせいな、あれっ——」

深雪は、手さぐりに自分の床へ入ろうとした。

「誰？——今夜は、このまま、眠れぬぞえ。どうでも、梅園《うめぞの》さん」

一人の肥った侍女は、すぐ隣りのおとなしい梅園の手を引っ張った。一人が、

「それよりも、あの新参者は？」

「そうそう、あの器量好しを、いじめましょうわいな」

深雪は、そういう会話に、耳を背《そむ》向けて、明日の自分、あの老女梅野の言葉、お由羅のやさしさ、それを刺せという命令、父、兄、母——そうしたことを、毀《こわ》れた鏡に写してみているように、とぎれとぎれに、ちらちらと考えていた。そのうちに自分の名が出たので、それに、注

意すると、

「深雪さん」

と、間近くで、暗い中で、誰かが呼んでいた。そして、他の人々は、深雪が、真赤になって、憤りたくなるような、自分に関して猥《みだ》らな話をして、きゃっきゃっ笑っていた。

昼間の、つつましく、美しい女姿が、こうした闇に見えなくなると、その女たちの包んでいた、押えていた醜悪《しゅうあく》なものだけが、露骨《ろこつ》すぎて、現れてきた。深雪は、寝間着の裾を結んで、蒲団を押えて、もし、手でも出したなら、容赦すまいと、呼吸をこらしていた。

想像していた、礼儀の正しい、奥生活の昼は、想像以上に――苛酷なくらいに、厳粛《げんしゅく》であったが、侍女部屋の夜はまた、深雪の想像以上に乱れていた――と、いうよりも、深雪には考えられない愛欲《あいよく》の世界であった。

「深雪さん」

と、近々と、声がした時、廊下の外で、

「まだやすまぬか」

老女の声であった。女たちは、いっせいに、ちぢんで、押し黙った。

「夜中に大声を立てて。お上は、お眠りじゃぞえ。騒々しい」

うち、二人の女が、深雪の近くで、

「悪魔退散、婆退散」

と、囁いて、近くの二、三人を笑わせた。しばらくすると、ことこと、草履《ぞうり》の音が去って、夜番が、庭を廻って来た。

「明日の勤めが辛《つら》い。皆さん、お先きに」

と、誰かがいった。そして、そのまま静かになった。しばらくすると、歯ぎしりが聞こえたり、小さな鼾《いびき》が聞こえたりしかけた。

深雪は、眠れなかった。なんだか、胸苦しく、頭の心が少し痛むようで、額を押えると熱があった。そして、隣りの女の寝返りや、夜鳴き鶏の声が、はっきり聞えているかと思うと、何かに、はっとして眼を開けた。

(今、少し眠ったのかしら)と、思った。そして、また歯ぎしりをしばらく聞いていたが、また、うとうととした。指の痛みだけが、いつまでも、眠りの中に残っていた。

二ノ六

深雪は、灰色の中に、ただ一人で立っていた。

ふっと、気がつくと、その前の方に、一人の老武士が歩いていた。

(お父《とう》さまだ)と、思った。そして呼ぼうとしたが、どうしても声が出なかった。八郎太は幻《まぼろし》のように、影のようにそれから、すぐ遠ざかってしまいそうに歩いているので、深雪は悲しくなって駈《か》け出そうとした。だが、どうしてか、駈けても、駈けても、父との距離が同じで――そうしている内にも、父が灰色の中へ消えてしまいそうな気がするので、

(飛びかかったら)と決心すると――出し抜けに、父の顔が前に、大きく、苦《にが》い顔をしていた。

「まあ、お父さま」

と言うと、それは江戸の邸の中であった。深雪は、

（お母様も、きっといらっしゃる。嬉しい）と思って襖の方を見ると――急に、胸が苦しくなったので、父の顔へ救いを求めるように振り向くと、八郎太の眉の上に、血が滴《したた》っていて、深雪の心臓も身体も、頭も、凍《こご》えさした。

「誰か、来て下さい。お父様が御怪我《おけが》なさいました」

と、叫んだが、誰も出て来なかった。深雪は、腹を立てて、だが自分の袖をちぎって、疵《きず》へ手当しようとしたが、いつの間にか、袖がなくなってしまって、寝間着一枚であった。

（そうだ。ここは御殿の侍女部屋だ――だってそんなところに、お父様がいなさることはない）と、思うと、一面の草原になって、父は、頭から肩から、血塗《ちまみ》れになっていた。深雪は、父に縋《すが》りついて、斬られるものなら一緒に、殺されるなら一緒に、と、手を突き出して、父へ縋《すが》ろうとしたが、足が、どうしても動かなかった。

全身が、縛《しば》られているように、締めつけられているように――悲しみに、心が裂けそうになったので、兄を呼ぼうとしたが、すぐ近くに小太郎が、いそうな気がするのに、声も出ないし、小太郎も現れなかった。

（お父様が、斬られていなさる）と、狂う頭の中で絶叫した。八郎太はふらふらと、血塗《ちまみ》れのまま、灰色の中に、漂っていた。深雪は、その父の手にでも、着物にでも、縋りたいような気が、全身に充ちてくると同時に、

——。

「お父様っ」

と、叫んだ。

はっとして気がつくと、かたい蒲団の手ざわり、用心のために結んだ裾、隣りの朋輩の寝息

(夢だった)と、思ったが、何かしら、不慮のことが、父に起こっているようで、すっかり、眼が冴《さ》えてしまった。真暗な部屋の中で、時刻も何もわからなかった。ただ夢に見た、父の眼の怨めしい表情だけが、眼の底に灼《や》きついていて、

(もしかしたら——)と、深雪の胸を、冷たいもので、締めつけた。

(夢は、逆夢《さかゆめ》というから——)と、思ったが、本当に、父が斬られて死んでいるようにも、感じられた。

(そんなことのありませんように)

深雪は、蒲団の中で、一心に念じた。合掌している右手の指が痛かった。

(お由羅様は、やさしい人だのに——あのやさしい人を刺《さ》す——妾には、できない——でも、しなければ、お父さまに申訳がないし、いったい、どうしたなら——)

深雪は、もう一度合掌した。

二人の主

一ノ一

斉彬の坐っている膝の前にも、その横にも、いろいろの型の、洋式銃が、転《ころ》がっていた。斉彬は、分厚《ぶあつ》な反古《ほご》紙綴《がみつづ》りの、美濃《みの》判型《ばんがた》の帳へ、何か書いていたが、それを書き続けてから、

「お揃《そろ》いだの」

と、いって、三人へ、振り向いて、微笑した。名越は、村野、成瀬とともに、声が懸らぬので、平伏していたが、その声に、頭を上げた。

「お手を止めまして、申訳ございませぬ。止《や》むなき儀につきまして、言上《ごんじょう》致したく、幸い、国許より、この両名、有志一同に代って見えましたにより、参上致しましたるところ、拝謁《はいえつ》仰《おお》せつけられ、かたじけなく存じ奉ります」

と、名越が、型の挨拶をしている間、朱筆で、何かを、帳へ書き入れていたが、名越が、いい終ると、

「上方の模様は、どうだの」

と、三人の方へ、膝を向けて筆を置いて笑った。

「はっ、調所殿を、初めまして――」

「いいや、そのことではない。京師《けいし》では、勤王《きんのう》、倒幕《とうばく》の説が、盛んだと、申すではないか」

「よりより聞いておりますが――」

「なんと思うな？」

「浪人どもの、不逞《ふてい》の業《わざ》と、心得まする」

「そうかのう」

名越が「寛之助様、御逝去《ごせいきょ》の砌《みぎり》――」

と、いい出すと同時に、斉彬は膝の前の銃を取り上げて、

「これが村野、エンピールじゃ」

「はっ、エンピール銃」

「うん――今までのエンピールは、先籠めであったが、今度のは、改良して、元籠めになった。弾も、前には、円弾だったが、尖《とが》り弾になった。こうして覗《のぞ》いてみい」

斉彬は、自分に近い銃をとって、銃口を眼に当てた。

「筒の中に、きりきり巻いた溝があろうがな。それも改良されてからついたが、わしは腔線《こうせん》と訳した。つまり、弾丸《たま》が、滑《すべ》り出さないように、かつまた、狙いの狂わんようと、そういう条《すじ》をつけたものじゃ。よく考えてあるな。これがスナイドル――」

斉彬は、成瀬の方へ、スナイドル銃を、抛《な》げるように、押し転がした。

「これが、スペンセス——この紙に書いてある」

筒先に、紙切が結びつけてあって、ローマ字で、ツンナールとか、シャスポーとか、ゲーベルとか、いろいろな銃の名が書いてあった。

「のう、左源太、寛之助まで、四人もつづいて死ぬと、どうも、なんとなく、重苦しい気がして、あまり嬉《うれ》しくないものだのう」

斉彬は、一梃の銃の台尻《だいじり》を肩へ当てて、窓外の樹を狙いながら、独り言のようにいった。

「その儀につきまして——」

名越が、銃を置いて、斉彬を見ると、斉彬は、

「関ヶ原で、島津の後殿《しっぱらい》は見事であったと申すが、あの時にも銃砲がたりなかった。この間、それを調べたが、当方の異国方軍制——武田流の軍法——によると、文禄《ぶんろく》までは千人として士分の騎馬五十人、徒歩五十人、弓足軽三十人、槍足軽三百人、銃砲足軽七十人、残りが小者、輸卒《ゆそつ》だが、主力は槍であった」

名越は、困った。また博学な講釈が始まった、と思った。だが、

「さようでござりましょうか」

と、答えるほかになかった。成瀬と、村野の二人は、銃を膝の上へのせて、斉彬をじっと凝《み》視《つ》めていた。

一ノ二

斉彬は、机の上の帳を、時々見ながら、

「それが朝鮮で、戦って戻ると、銃の効能がわかったのだのう。旗十八本、五十四人。槍、弓、鉄砲、各百五十人。合わせて前奇隊《ぜんきたい》五百四人に組更《くみか》えておる。関ケ原の時、伊達家は三千人の同勢中、千二百人まで鉄砲を持たしていたし、それが大阪の陣になると、仙台名代《なだい》の騎銃隊《きじゅうたい》が現れてきた。これが、イギリスのホブソンの、騎兵要妙《ようみょう》という本じゃが、これからの戦には、銃の精鋭《せいえい》なものと、馬のいいのとが無くてはならぬ。壱岐《いき》が来よったおり、軽輩が馬の上で、拙者らが徒歩で、もし出逢った時には、一々《いちいち》下馬して通りますか、それとも乗り打ちしますか、ただささえ、上を軽んじる風が現れたおり、考えものだ、と申しおったが、どうじゃ。あはははは」

「しかし、その大勢が、一時に、馬上で銃を放ちましたなら馬が驚きましょう。敵を崩す前に、かえって味方が――」

「よしよし、わかった」

斉彬は、笑って、手で押えた。

「何か、子供につける、よい名はないか。また、妊《はら》んだらしいぞ。死ぬと、すぐ代りができるで、案じることはない。あはははは」

「しかしながら――」

「今度は、双生児《ふたご》に致そうかの」

三人とも、斉彬の前では、手も足も出なかった。何をいっても、斉彬の方が、遥《はる》かに上であった。それは、主君としてでなく、人間として段がちがっていた。そして、斉彬は、なかなか、何用か、と自分からいい出さないで、ちゃんと、その用を自分が先廻りに言って、それからいろいろの知識、故事《こじ》を語って、ようよう伺候者《しこうしゃ》が、彼らの語ろうとして来た用件をいうと、斉彬は一言で、その諾否《だくひ》を決した。そして、それで、用が終ると、きっと斉彬は、机に向った。人々は、退出のほかになかった。それを心得ていたから、名越は、固唾《かたず》をのみながら、

「寛之助様、御死去につきまして、いろいろ、取沙汰もあり、家中の処置方にも、偏頗《へんぱ》の傾きあり、国許より、この人々――」

名越は、大奉書に書き並べてある人々の署名を、つつましく、斉彬の方へ、押し出した。斉彬は、手にとらないでじっと眺めて、頷いた。

「江戸におきまして、吾々同志」

名越は、斉彬の眼に従って、連名を見ながら、

「合せて、五十余人――このほか、御目見得以下の軽輩に、頼もしきもの幾十人もおりまする」

「志はようわかる――村野、成瀬――もっと、前へ出るがよい。しかし、今の時世が、家中に、党を立てて、私事、私怨《しえん》を争――」

「おそれながら、私事《しじ》では――」

「斉彬も、寛之助も、当家にとっては私事にすぎぬ。島津はおろか、徳川も、あるいは日本の国も、危急存亡《ききゆうそんぼう》の秋《とき》に立っているのが、ただいまの時世だ。久光に命じて、吉野ヶ原において、青銅製口装《くちごめ》五十斤の滑腔砲《かっこうほう》を発射させたのは、まだ二、三年前で、当時、天下は、この新武器に驚愕《きょうがく》したものじゃ。ところが、舶来船の砲を見ると、鋼鉄製百二十斤、元装《もとごめ》の連発砲さえできておる。よいか、この軍事のみでさえ、この隔《へだ》たりがある。暦数《れきすう》、医薬、財政、哲理《てつり》、一として学ばざるを得ない外国が、ひしひしと日本を取り巻いて、戦ってか、外交でか、交易をしようとしている。香港《ホンコン》の阿片《あへん》戦争《せんそう》の結末を聞いておろう。戦えば、あれじゃ。戦わねば――二、三要路者と、わしとのほか、ことごとく攘夷《じょうい》――家老らも攘夷、日本のために、島津家のために、わしは、この声だけと戦っておる。このほかに争うものは、何もないはずじゃ。もし、お前たちも攘夷党なら、さっそく退るがよい。わしは今、日本を、双肩《そうけん》に負うたつもりでいる。私情を顧みる暇がない」

斉彬の和《なご》やかな眼に引きかえ、舌端《ぜったん》には灼けつくような熱があった。

一ノ三

「久光にも、お前たち、何か不満があるらしいが、それもいかん。あれには、立派に、一国の主《あるじ》たるべき器量がある。わしの亡《な》くなった後、誰が継ぐかと申せば、久光のほかにない――」

「いえ、若君が――」

「それはよいとして、その若の後見は誰がする？」

「はっ」

「まさか、ただ今申した家老のおろかしいのにも任せておけまい。したなら、久光のほかにあるまい。今、私の考えていることを実行さして、天下を安きにおくのには、名越、わしと、久光と二代がかりの仕事じゃ。そして、わしと、久光とよりほか、余人にできぬことじゃ。そして、わしと、久光とだけが、それを知っている」

斉彬は、ここまでいって、急に、言葉の調子を変えた。

「ところがの——打ち明け話をすると、わしは、まだ部屋住み同様の上に、父上の受けも、調所の受けも、家老どもの受けもよろしゅうない。受けの悪いくらいは、まあよいとしても、金が出ん。これは困る。ところが久光が、一々わしの意を継いでくれて、わしがこうしたいというと、よろしいと引き受けては、金を引き出してくれる。わしは、このくらいいい兄弟はないと思うている。磯ヶ浜の鋳物製所《いものせいじょ》も、久光が調所にねだってくれたので、できたのだしのう————」

斉彬は、笑いながら、

「船を作ろうとして、シリンドルと、シャフトを鋳造したいと申したら、久光が、由羅の臍繰《へそくり》から、捲《ま》き上げて来てくれた。大名の子供は、どこでも仲のよくないものじゃが、わしら二人は、軽輩の家でも見られぬ睦《むつ》まじさじゃと、いつも二人で話しとるが——名越、よう考えてみい、わしと、久光と仲がよいから、まだわしの命も、仕事も、大丈夫なのだぞ。お前たち妙なことをして、二人の間を疎外《そがい》したなら、それこそ、どうなろうかもしれぬ。この連判《れんぱん》の者は硬直、精忠《せいちゅう》の人ばかりだが、一徹者揃いだから、十分、気をつけてのう——村野、戻って、一同に、わしの、今まで申したことを、よく伝えてくれ」

「はっ」

「皆の用事は、それまでであろう」

「一つ、お願いがござります」

「うむ」

「加治木玄白斎殿より殿の御肌着を頂戴《ちょうだい》してまいれと——」

「祈禱でも致すか」

「さあ——」

「それもよろしかろう。次にて待て、持たせてやろう」

斉彬は、机の方へ向き直った。

「御暇頂戴つかまつります」

三人は、頭を下げて、膝で歩きながら、襖際まで退った。そして、一礼して、次の間へ出て、待っていた。斉彬は、何か書きながら、鈴の紐を引いた。出てきた近習《きんじゅう》に、

「奥へまいって、わしの肌襦袢《はだじゅばん》をもらってまいれ」

と、命じた。そして、小姓が持って来ると、自分で着更えて、今まで肌についていたのを携《たずさ》えながら襖を開けて、

「村野——少々汗臭いぞ」と、三人の前へ投げ出した。村野は、押しいただいた。斉彬は、戻

って、すぐ机の前で、何か書き始めた。三人は、同志の前で、斉彬のえらさを、どう説明したらいいかを考えながら、薄暗い廊下を退《さが》って来た。

「わしらとは、眼のつけどころが、ちがうのう」

「ただ、頭が下るだけでござりまするな。天下の主たるべき方は、この君をおいてほかにあるまい」

「そう、志ある者は、ことごとくそう考えている。京師でちらちら聞いた。この君を擁立《ようりつ》して、幕府を倒そうという考えも——なるほど——世間からも、そう見えるかのう」

三人は、家中の陰謀の企てなど、すっかり忘れて明るい気持で、退がって来た。

二ノ一

斉興は、土へ紙を貼って蒔絵《まきえ》した、小さい手焙《てあぶ》りに手をかざし、脚は、友禅《ゆうぜん》羽二重《はぶたえ》の蒲団を被せた炬燵《こたつ》へ入れて、寝そべっていた。

お由羅は、紫綸子《むらさきりんず》の被布を着たまま、その向い側へ膝を入れて、斉興の腓《こむら》を揉《も》んでいた。斉興の前には、用人と、将曹とが、帳面と、算盤《そろばん》とを置いて坐っていた。

「その五十両は、こいつが、芝居へ行った勘定じゃ」

斉興は、首を伸ばして、

「のう」

と、由羅を見た。

「芝翫《しかん》の時に、妾がいただいてまいりました」

用人が、二人の顔を、交る交る見てから、小さい声で、

「そのとおり、書きましても、よろしゅうございましょうか」

「いかん、いかん。そんなことを書いたら、調所め、どう申すか、わからん」

将曹が、首を振った。そして、

「五十両は、ちと、多すぎるな」

と、由羅へ、微笑した。斉興が、

「こいつは、芝翫に惚れとる。娘時代からの肩入れで、わしの眼元が、芝翫に似とるからと申して、それで、やっと、屋敷奉公を承知したくらいじゃ」

「初めて、承わります。なかなか、芝翫は、よい役者だそうでございまするな」

用人が、真面目な顔で、世辞を言った。

「しかし、もう、皺《しわ》くちゃで――あ痛っ、毛をむしる奴があるか――何も、芝翫を、皺くちゃと申したのではない。わしが、くちゃくちゃだと、申すのじゃ。やれ、痛い、おお痛い」

斉興は、片脚を、蒲団の下から投げ出して、唾を塗った。将曹が、

「お睦《むつ》まじき態《てい》を拝《はい》し、臣《しん》ら、恐悦至極《きょうえつしごく》に存じ奉ります」

「将曹も、ちょくちょく、毛をむしられてのう」

「上を見倣《みなら》わざる臣はございませぬ」

「何を申す、この馬鹿。家中一同毛がなくなっては、蛸《たこ》の足みたいではないか」

お由羅が、ぷっと吹き出して、炬燵の上へ俯《つっぷ》っ伏した。

「戯談《じょうだん》は、さて置き――帳尻を合せましたなら、ちと、密談を――」

斉興が、頷《うなず》いて、用人に、

「その五十両、小藤次へ貸付としておけ。よいであろうが、由羅」

「はい」

「では、退れ」

用人は、算盤と、帳面を持って、退って行った。

「齢をとると、寝ても痛む、起きても痛む」と、呟《つぶや》きつつ大儀そうに斉興は坐り直した。

「うるさい奴らが、騒ぎよるか」

「はい、江戸よりも、国許の手合が、立ち騒いでおります。第一に、加治木玄白斎が、牧の修法を妨げております。それに、力を添えております者に、島津壱岐、赤山靭負《あかやまゆきえ》、山田一郎右衛門、高崎五郎右衛門――以下は、軽輩でござりますが」

「よし、近々、わしは、国へまいるが――考えておこう。それだけか」

「まだ、大変なことが――」

将曹は、眼を光らせた。お由羅が、ちらっと将曹を見た。そして、

「赤山様まで？」

「よって、油断がなりませぬ」

赤山靭負は、一門の中でも、名代の人であった。

二ノ二

「いつか、調伏の人形を、床下より掘り出して持参致しました、仙波なる者――」

「うむ」

「父子にて、牧の調伏所へ斬り込みました由、いよいよ不敵なる振舞――」

「なるほどのう、そんなことまで、致すようになったか？」

「尋常の手段では――いつ、いつ、御部屋様などへも危害《きがい》を加えるか計られませぬ」

斉興は頷いた。

「それに、国許より度々の密使が、斉彬公の許へまいっております」

「さもあろう」

「国許では、久光公がござるゆえ、かようのことも起こる。根元は、久光公ゆえ、この君を討ち取れなどと、悪逆無双の説をなす徒輩《とはい》も、ござります」

「久光を？」と、お由羅が、いった。

「罪も、科《とが》もない久光を――」

お由羅は、憎悪のこもった声と、眼とであった。

「申しようのない不敵の奴らで、よほど、厳しく致しませぬと、懲《こ》りぬと、心得まする」

「そうじゃ。わしの、帰国も、迫っておるし、調べて、厳重に罰してみよう」

斉興は、蒲団の上へ顎《あご》を乗せて、背を丸くしながら、

「久光は、そうした話を存じておるのか」

「手前は、お話し申しませぬが――」

「いわん方がええ、あれに知れると、いろいろと、うるさいで」

「本当に、どうして、あの子は、あんなに斉彬びいきなのか」

と、お由羅がいった時、

「久光様、御渡りでござりまする」

襖の外で、声がした。

「金子をもって行っては、斉彬に渡すらしいが――」

「斉彬様が、上手に、久光様を――」

と、将曹がいった時「御免」と、久光の声がした。そして、襖が開くと、いつものように、ずかずかと入って来た。

斉彬の好みと同じ姿で、紬《つむぎ》の着流しに、木綿の足袋、粗末な鉄鍔《てつつば》の脇差《わきざし》だけであった。将曹が、座を滑《すべ》って、頭を下げたが、ちらっと見たまま、挨拶もしないで、斉興の側へ坐った。そして、すぐ、

「また、密談か、将曹。貴公、密談が、すきだのう」

と、浴びせた。将曹は、

「いえ、今日は――」

「隠すな。近侍も、おらんでないか。正直に申せ」

と、口早にいって、すぐ、斉興に、

「調所が、近々まいりましょうが、二千両くだされますよう」

斉興は、蒲団の上へ丸くなったまま黙っていた。

「紡績《ぼうせき》機械《きかい》を作ります」

「紡績と——申しますと」

「将曹には、わからん——母上、御祈禱について、いろいろ噂《うわさ》がございます。おやめになった方が、よろしゅうございましょう、愚にもつかん迷いごとを——」

三人は、黙っていた。

「いろいろ噂があるが、私は、何も聞かぬことにしております。将曹も、聞かぬようにして貰《もら》いたい。時々は、兄上へ伺候して講義を聞くがよい。為になるぞ。兄上は、方今《ほうこん》、天下第一の人物じゃで、少し見倣《みなら》うがよい。わしは一々、兄上の真似をしておる」

三人は、まだ、黙っていた。

二ノ三

「世間も、乱れてまいりましたが、当家も乱れてまいりましたな、母上」

「そうかえ」

「父上が、近ごろ、少し愚に返っておられる。のう、父上」

「何を申す」

斉興は、苦笑して、

「何か、急用でもあるのか」

「ございます」

「また、お金かえ」

「母上、支那の楊貴妃《ようきひ》を御存じでしょうが――例えますと、父上は、玄宗皇帝《げんそうこうてい》――」

将曹が、おどけた調子で、

「天にあっては比翼《ひよく》の鳥、地にあっては連理《れんり》の枝」

「しばらく、黙っておれ」

久光は、将曹を睨みつけた。

「初めの政治は、よろしゅうござったが、楊貴妃を得て、だんだん悪政になりました。な、父上」

「わしが、それで玄宗か」

「さよう、十年前の父上は、寝るにも、木綿蒲団でございましたな」

「それは、久光、手許不如意《てもとふにょい》であったからじゃ。今の身分で、これなんぞ、けっして奢《おご》りではないぞ」

「いや、物よりも、お心得が――島津家は、代々世子が二十歳になれば、家督を譲るはずでござりますが、兄上は、四十を越しましてござりましょう。しかも、将軍家から、父上は御茶入を拝領して、隠居せよと、謎《なぞ》をかけられていなさるのに、まだ、頑張《がんば》って――近ごろ、いろいろの噂の大半は、ここにも原因がござります」

「それはのう、久光。斉彬は、蓄財《ちくざい》よりも、蓄財を使う奴じゃ。そして、天下は、今、蓄財の使い時じゃで、わしと調所が、せっせと蓄《た》めて、お前ら兄弟に、使わせてやりたいのじゃ。隠居をしても、祖父様のように、することはせい、とお前なら、申すであろうが、それは、ようわかっとる。しかし、斉彬の側近の徒輩には、血気の、軽輩が多い。奴らは、よく、その熱と、誠とで、天下の仕事をするではあろうが——斉彬も、させるであろうが、地味な、蓄財の才能はない。だから、今、わしが隠居すると、わしの育てた理財家と、斉彬の愛しておる急進派とが、きっとまた、いがみ合うにきまっておる。わしも、調所も、これを憂《うれ》えている。なにも、わしが、頑張って——斉彬が憎うて、家督を譲らんのではない。もう少し、斉彬が、理財を、わしに見倣ってくれたらと、申すのじゃ」

久光は、

(父は、まだ、老いない)と、思った。だが、

「御言葉は、ようわかりますが——また、例えば、仙波を、即日、邸払いにしたり——」

「仙波を——いつかの、人形の奴か」

と、将曹に聞いた。

「はい」

「存じておるか、即日の邸払いなど」

「さあ、いっこうに——」

と、いう将曹へ、久光は、鋭い眼を与えて、

「存じておる、存じておらぬにかかわらず、貴殿の落度ではないか――父上よりも、側役どもが老いぼれているのかな。少し、兄上側近の、若手と取り更《か》えられては？　父上」

久光は、いつになく鋭かった。三人とも、その気魄《きはく》と、自分たちの後ろめたさとで、黙っていた。お由羅は、久光に、こういわれながら、

（だんだん利口になってくる）と、じっと、微笑して、久光の顔を、眺めていた。

片手斬り

一ノ一

「チャン、スチャチャン、チャンスチャチャン、おひゃりこ、ひゃりこで、チャン、スチャチャン」

庄吉は、大声で怒鳴って、部屋から、廊下へ出た。泊り客は、宵の内であったし、庄吉の枯れた芸に、微笑をもって、同じように、廊下へ出て、庄吉の踊を迎えた。

庄吉は、眼の周囲《まわり》を、墨で黒く塗って、唇を紅で大きくし、頬と、額へも白粉で筆太に彩《いろど》っ

ていた。

酌婦《しゃくふ》と、宿の女中とが、半分、酔いながら、興《きょう》の乗ったままに、三味線と、太鼓と、鼓《つづみ》とで、けたたましく声立てて囃《はや》し立てて、庄吉について出た。

「お盛んで――」

番頭が金離れのいい庄吉へ、揉手《もみで》をして御叩頭《おじぎ》した。

「番頭も入った。テレックテン。御鼻が御獅子《おしし》で、テレックテン」

「どうも、おそれいります」

番頭は、自分の鼻を押えた。客が、くつくつ笑った。庄吉は、懐《ふところ》から、紙入れを出して、

「帳場へ、あずかっといとくれ」

「たしかに――ただいま、お印をもってまいります」

番頭は、こう言って、一人の女中へ、

「奥に、薩摩っ坊がいるので、あまり、近寄らんように――煩《うる》さいから」

と、囁《ささや》いた。庄吉は、手を振り、足を上げて、

「チャカ、スチャラカ、ステテンテン
お馬は、栗毛で、金の鞍《くら》
さっても、見事な
若衆振り
紫手綱に、伊達奴《だてやっこ》

鳥毛のお槍《やり》で
ほーいの、ほい
チャカ、スチャラカ、スッチャンチャン
栗毛の、お馬に、米つんで
さっても、見事な
与作どん
縄の手綱に、半襦袢《はんじゅばん》
小万《こまん》の手を引き
はーいの、はい」
庄吉は、女たちを従え、二階から、下へ降りて来た。勝手許の女中も、店の間の女も、向う側の人々も、その騒がしさと、踊と、唄とに集まって来た。
「あまり、奥へいらっしゃらんようにの」
「わかってらあ――へん。奥にゃ、天神、寝てござる。中にも、天神寝てござる。奥の天神いうことにゃあ――」
庄吉は、畳廊下を、よろよろしながら、女たちと少し離れて、一人奥の方へ、進んで行った。女どもは、番頭に止められて、階段の下でひと塊《かたま》りになって、
「もう、お帰りな」
と、叫んだ。

「煩《うる》さいっ、どこまでまいる」

襖が開くと、一人の侍が、庄吉を睨みつけて怒鳴った。番頭が、すぐ、走って来た。庄吉は、廊下へ手をついて、

「命ばかりは――おたおた」と、御叩頭してしまった。部屋の中には、まだ数人の侍がいた。番頭が、

「さ、あちらで、旦那《だんな》、もう、ひと踊り、ここは、貸切りでござりますゆえ」

「おた、おた、おた、逢うたその夜は、しっぽりと、のう番公」

庄吉は、いきなり、番頭の首をかかえて、頰をなめた。

一ノ二

調所笑左衛門は、年一度の江戸下りのために、五人の供人《ともびと》を連れて、駿府《すんぷ》まで来た。二十何年のあいだ、幾十度か往来した街道で、すっかり、慣れてはいたが、もう齢が齢とて、あるいは、今度の、江戸行が、この街道筋の見納めになるかもしれぬ、と思うていた。

（もし、自分が、急死でもしたなら？）

調所は、島津家の財源を豊かにした密貿易の責任を、自分一個で負うため、そのすべての関係書類を、いつも、手早く、処分はしていた。がそれでも、処分はできぬ、最近の分だけは、自分の懐に秘めていた。

（江戸へ着いて、早く、この書類を始末し）と、床の間の、手函《てばこ》の中にしまった書類入の方へ

眼をやって、湯上りの身体を、横にしていると、酔漢を、たしなめている供人の声がした。

（面白そうに騒いでおるが――わしには一日も、ああいう日は無かった。斉興公も、近ごろは政務を疎《うと》んぜられてきたが、御無理もない。わしも、心から、疲れたと思う。しかし、斉興公が御怠慢《ごたいまん》なら、わしは、その分も、自分でしなければならぬ――ただ時世が、違って来たのか？　人間が変ったのか？　ここ十年の内に、ひどく仕事がしにくうなった。斉彬公のなさることは、半分はわかる。いい仕事にはちがいない、しかし、その仕事にかかる金子の作り方を御存じない。いつだか、いい仕事は、金子を産む、とおっしゃったが――それは一理だが――すでに、重豪《しげひで》公がいい仕事をなすって、金子を産まなかった例がある）

調所は、斉彬の、明敏《めいびん》に敬服していたが、一藩の主としては、久光の大過《たいか》なき点の方がいいと、信じていた。そして、久光擁立に賛成した。

「ただいまは、どうも、大変、お騒がせ致しまして申し訳もござりませぬ」

宿の番頭が、襖から、謝《あやま》りに来た。

「よいよい、気に致すな」

「ありがとう存じまする」

調所は、番頭が立ち去ると、いつも思い出すように二十年前、同じ宿で、呼んでも、女中さえ来なかった貧しい旅を思い出した。

（江戸と、京と、大阪の御金蔵には、百万両ずつの金がある。日本中と戦っても、二、三年は支えられる。斉彬公は、近いうち、異国とか、あるいは国内でか、一戦あろうと言われたが、三百万両余の軍用金を積んであるのは当家だけだ。その金子は、わしが儲《もう》けて、積んだものだ。よいところに使われても、悪いところに使われても、わしの功績は、永久に、島津家に残るであろう。それを積み立てる間に、悪口も言われた、斬られようともした。しかし――）

調所は、行燈《あんどん》を消して、仰向《あおむ》きになった。

（こういうことを考えるのは、気の弱ったせいじゃ。早く眠って、早く起きて）

調所は、肩の辺の夜具を叩《たた》いて静かに呼吸を調《ととの》えた。隣室の供人も、寝入ったらしく、静かであったし、二階も、下も勝手許も、しんとしてしまった。

（することをした。安心して死ねる。南無阿弥陀仏）

調所は、心の底から、安心し、喜悦して眠りについた。それでも、蒲団の中には、たしなみとして波の平《ひら》の脇差が忍ばせてあった。

一ノ三

寝ずの番が、ぽとぽとと、廊下へ草履《ぞうり》の音を立て廻ってしまった。

庄吉は、静かに、頭を上げた。床から起き出した。そして、真暗な中で、手を伸ばして、床の間の小さい旅行李《たびごうり》を取って、脚絆《きゃはん》を当てた。それから、草鞋《わらじ》を履《は》いた。寝間着を脱いで、黒い袷《あわせ》に更えて、十分に帯を締めた。

それから、行李《こうり》と、枕とに浴衣《ゆかた》を着せて、蒲団の中へ押し込んだ。人が一人寝ているくらいのかさになった。

襖の、敷居へ、枕許の水差しの水を流して、一分ずつ、二分ずつ——それは、大事をとる庄吉の用心からであった。一度に、一寸《すん》も、二寸も開けて、もし音がしたなら、それは、自分の身の破滅でもあり、また深雪への恋心、深雪へ一手柄を立てさせ、自分の男の意地を貫こうとすることに対して、どんな破綻《はたん》を来《きた》すかもしれないと思う用意からであった。だが、心の中では、

(泥棒様は、初開業だ。うまく行きゃあ、お慰《なぐさ》み——じれってえが、ここが辛抱《しんぼう》のしどころだ——ならぬ辛抱するが辛抱——)

指で計ると、五寸あまり開いていた。

(南玉が、いつか、高座で言ったっけ——なんとかの、頭陀袋《ずだぶくろ》、破れたら縫《ぬ》え、破れたら縫え——ってんだ)

一尺あまり開いた隙から、身体を横にして、廊下へ出ると、開けるのと同じような忍耐《にんたい》で、襖を閉めた。そして、階段の上へ出ると、

(ここが、千番に一番の兼《か》ね合い、首尾《しゅび》よく、音も無く降りましょうものなら、お手拍子、御《ご》喝采《かっさい》、テテンテンってんだ)

庄吉は、階段を踏んで音の立つのを恐れた。

(太夫、高座まで、控えさせまあーす)と、口の中で、言いながら、頑丈《がんじょう》な手摺《てす》りに跨《また》がって、やもりのごとく吸いついた。そして、一寸ずつ、二寸ずつ、その都度《つど》、四辺《あたり》の人の気配を窺《うかが》いつつ、静かに、音もなく滑り降りて行った。

庄吉は、しばらく、階段の下へ蹲《しゃが》んでいたが、黒い布で頬冠《ほおかぶ》りして、尻端折《しりはしより》になった。柱行燈《はしらあんどん》の灯が、遠くに、ほのぼのとしているだけで、ここから、調所の部屋までは、廊下だけであった。真暗な、闇《やみ》だけであった。

壁へ、身体をつけて、横に伝って、供部屋《ともべや》の様子を窺《うかが》った。小さい、鼾《いびき》のほかに、なんの音もなかった。庄吉は、耳を澄ましつつ、静かに、供部屋の前を、這《は》って通った。そして、板の臭いを嗅《か》いで、さっき、酔った振りをして、見定めておいた、調所の部屋の前まで来て、詰めていた呼吸を少しずつ吐き出した。

(やり損えば、首は提灯屋《ちょうちんや》へ売って、胴は蒟蒻屋《こんにゃくや》へ御奉公だ。南無天王様、観音様)

濡れ手拭の水を、敷居《しきい》へ流し込んで、じっと、内部の気配を窺っていた。咳《せき》もなく、音もなく、鼾《いびき》もなかった。顔が、ほてって、心臓がどきどきしてきた。

(庄吉、あわてちゃいけねえぞ)と、首を振って、一分ずつ、二分ずつ——呼吸《いき》が苦しくなって、大きく吐きたいのを我慢《がまん》しながら、顫《ふる》える手を、顫わすまいと制しつつ——五寸、六寸、それは短い時間であったが、庄吉には耐えきれぬぐらいに、長く感じた。だが、障子は開いた。庄吉は、障子を開けたまま、廊下の外に、なおしばらく、蹲《しゃが》んでいた。

一ノ四

調所笑左衛門は、十年の間に、島津の家の基礎を作った人であった。常人以上の才分とともに、常人以上の精力と、胆力《たんりょく》とを持っていた。

二十年前、重豪公から、斉興公から、藩財整理を命ぜられたその日から、朝は五時に起き、夜は十二時に寝る人であった。そして、武芸者が、微かな音にも眼を醒《さ》ますように敏感な調所の神経は、夜中にも動いていた。

だが、庄吉は、そういう、自分たちと、類のちがった人を考えてはいなかった。調所は、眠っていると信じていた。夜中には、誰も、熟睡《じゅくすい》しているものと考えていた。そして調所も、熟《じゅく》睡《すい》はしていた。しかし、障子が、一尺あまり開いて肌寒い冬の夜風が、襟元《えりもと》へ当るとともに、眼を醒ました。そして、そのまま、気配を窺《うかが》っていた。

（手函《てばこ》を——）と、思ったが、迂闊《うかつ》に音立てたり騒いだりしたくはなかった。茶坊主上りの調所ではあったが、人並の腕をもっていた。供部屋を起こすにはまだ早いと思った。

庄吉は、部屋の中に音がしないのを知ると、静かに手の先を畳へつけ、それから掌を下ろし、掌の上へ腕の重さを、その上へ身体を——と音もなく、這い出した。きまりきった宿の部屋であったから、闇の中でも、床の間の在所、そこを枕としている調所の臥床《ふしど》は、想像できた。

庄吉は、手さぐりに、押入《おしい》れの襖をさわり、襖伝いに、上手の方から、床の間の方へ這って行った。

調所は、蒲団の中へ持ち込んでいる、波の平の脇差を、音もなく、鯉口《こいぐち》を切った。そして、庄吉が、一寸ずつ、二寸ずつ、這って行くのと同じように、調所も、一寸ずつ、二寸ずつ、夜具を持ち上げた。

庄吉は、床柱へ手を触れた。そして、触れるとともに、じっと、蹲《しゃが》んだ。そして、調所が、なんの音も立てないのを見定めて、床の間を、盲目《めくら》さぐりに——左から右へ、右から左へ——指が当っても、掌に触れても、音立てないように、ゆっくりと、手を動かしかけた。

調所は、夜具を除《の》けて、音もなく、坐った。そして、刀を抜いて、鞘《さや》を夜具の上へ置いた。そして、耳を澄ましていたが——すぐ片膝を立てて、右手に脇差を構えた。風が時々、薄ら寒く入って来た。

庄吉の手に、冷たい、すべすべしたものが、触れた。指で探ると、蒔絵をしてあるらしく、撫《な》でて行くと、一尺四方ほどの——それは、たしかに、手函にちがいなかった。

(しめたっ)

庄吉は、両手を蓋《ふた》へかけて、引き上げたが、細工のいい函の蓋は、すぐには、持ち上らなかった。

(函ぐるみ)と、思ったが、目的は、書類であった。この函の中になかったら、また、別のところを探さなくてはならぬから、左手で、下の方を押えて、右手で、蓋を開けようとした。だが小太郎に折られて、十分に癒《なお》りきっていない手であった。蓋は、いったん浮いたが、手がすべった。ことり、と音がした。

「誰じゃ」

調所は、静かに、咎《とが》めた。そして、波の平の脇差をとって、蒲団の上で、居所を、少し変えた。声を手頼《てだよ》りに斬りかかられても、空を斬らす、心得からであった。そして、脇差を抜いて、じっと、闇の中で、床の間の方の気配をうかがっていた。

一ノ五

低い、静かな声であったが、庄吉は、見えぬ手で一掴みにされたように感じた。じっと、呼吸を殺しているよりほかに、しかたがなかった。

（侍を呼びゃがるかしら――）と感じると、見えぬ闇に、槍《やり》が、手が、刀が、追って来るように思えた。このまま、鼠《ねずみ》のごとく縮み上っているか、鹿のごとく逃げ出すか？――だが、庄吉には、せっかく、手をかけた手函を捨てておくことは男の意地として、できなかった。

（まさか、調所の爺《じじい》め、闇の中で眼が見える訳じゃあるめえし！）

手函を持ったまま、じりじり後へ下りかけた。だが、いつ調所が声を立てて、侍を呼ばんにもかぎらないと考えると、もう、じっとしておれなかった。

（この中のものさえ掴んで逃げりゃあいいんだ。中のものを――）

調所は、そのまま、音のしないのを知ると、脇差を突き出して、じりじり床の間の方へ寄って来た。

（刺客ではないらしい、金をほしさの枕探しか――それとも密貿易の書類を盗みに来た奴か――）

調所には、この判断がつかなかった。ただ、曲者《くせもの》は一人で、まだ床の間にいるらしい、とだけしかわからなかった。

（こそ泥なら？――侍を呼び立てて、宿中を起こすのは、武士として恥だ。書類を目掛《めが》けている奴なら？——しかし、そんな奴は、いないはずだ。こそ泥であろう。懲らしめてやればよい、もし、大それた曲者なら、その時、声を立てても遅くはない、この宿の中を、そう早くは逃げられるものではない）

そう考えたが、調所は、もう一度自分から声を立てて、曲者に、自分の居所を知らすのは、危ないと思った。どう反撃されるか、わからないからであった。

庄吉は、呼吸をこらしながら、手函の蓋を、静かに引きあげた。そして、音のせぬよう蓋を懐に入れた。函の中へ手を入れると、その中には、予期していたように、ふくさ包の、書類らしいものが、入っていた。

庄吉は、それを右手で摑み出すとともに——闇の中から、刀が首筋へ、今にも、斬り下ろされるように感じた。誰も入って来なかったが、四方から取り巻かれているように、身体が恐怖で、縮んできた。

（糞《くそ》っ、食《くら》え）と、肚《はら》の中で叫ぶと——今まで自分の部屋を出た時から、音を立てぬように、できぬ辛抱を、気長にしてきたのが、もう耐えられなくなってきた。

勝手にしゃあがれ、べらぼうめ、書類さえ握りゃあ、こっちのものだと、思うと、同時に、音の立たぬように左手で持ち上げていた手函を、床の間へ置いた。ことり、と音を立てた。

「えいっ」

その声は、低い——だが、力のあるものだった。庄吉が首をすくめた刹那、

（しまった）と、肚の中で、絶叫した。右腕に、灼熱《しゃくねつ》した線が当ったと感じると、腕を貫いて、

身体中に激痛が走った。ぼっと、音がした。血の噴出する音だった。庄吉は、ぐらっと右手へよろめいた。そして、

(腕を斬り落された)と、感じた。自分では、指も、手首も、まだくっついているように思えたが、激痛に縮み上るような右手へ、左手を当てると、臂《ひじ》から切り落されてしまっていて、生温かい血が、すぐ指の股《また》から、流れ落ちた。

(しまった)と、思うと同時に、

(畜生っ)

庄吉は、眩暈《めまい》しそうな、頭を、身体を、じっと耐えて左手で、素早く、書類を握りしめたまま斬り落されている腕を摑んだ。

一ノ六

調所は、十分の手答えを感じた。腕を切り落したのが、明瞭《はっきり》わかっていた。安心して、しかし、十分に注意しながら脇差を構えたままで、しばらくじっとしていたが——ふっと、障子の方に、人の気配が遠のいて行った。調所は、

(しまった)と、心の中で叫んだ。そして、その瞬間、大声で、

「南郷っ」

と、呼んだ。答えが、なかった。

「南郷」

「はっ」

「曲者が入った」

その大声の口早の、平常の調所の声でない声と同時に、襖が開いた。

「御前《ごぜん》」

「曲者だっ。逃げたらしいが、早く捕えい」

供部屋の人々が、一時に、起き上った。一人が、燧石《ひうちいし》を打った。閃滅《せんめつ》する、微かな光の中に、人々が、刀を持って立っているのがわかった。だが、調所の部屋までは、光が届かなかった。

二人が、廊下へ走って出た。調所の部屋へ入ると一人が襖の右の方へ立った。一人が、左の方へ立って、両方から包囲しようとした。付木がついて行燈へ灯が入るとともに、調所が、

「床の間をみい。片腕が、落ちているはずじゃ」

と、いつもの調子で言った。南郷が、行燈を持って床の間へ近づいた。灯のとどくようになってきた床の間を、すかして見ていた調所が、首を伸《の》ばして、

「ないか」

と、叫んで、寝床の上へ立ち上った。そして、床の間へ足早によって、手函の中を覗いた。眼が光った。

「しまった」

と、呟いた。床の間の上には、血が、おびただしく淀《よど》んでいた。そして、たしかに、落ちているはずの腕がなかった。南郷は、行燈を置いて、四辺《あたり》を見廻していた。

「追えっ。遠くへは、行くまい。血の跡があろう。宿の者を起こして、街道、抜道へ、すぐ手配りするよう」

供の人々は、一時に、廊下へ出た。調所は、寝床の上に立ったまま、血の真黒に淀んでいる床の間を睨みつけていた。

(あの中の書類には密貿易の証拠となるべき物がある。もし、人の手に渡ったとして、その人に依《よ》っては、自分の破滅だけではない、島津の破滅の因《もと》になるかもしれぬ。鼠賊《そぞく》だと、侮ったのが不覚であった。相当心得のある忍び者であろうか？——それにしても、たしかに、斬り落した片腕のないのは？)

宿の中が、急に騒がしくなって、番頭が、足音急がしく入って来た。

「まことに、相すみませぬことで——入ったような形跡はござりませぬが——」

「宵に、酔って踊って来た奴があったのう、あの部屋を調べてみい」

「かしこまりました。裏道、抜道へは、よく知った者を出しましたし、御役所へも走らせましたから——」

調所は、黙って、床の間へ歩いて行った。手函の空なのが、血の上にあった。覗き込むと、その中にも、血がたまっていた。

(破滅か)

調所は、静かに蹲《しゃが》んで、眼を閉じた。

(俺は、もう、いい齢だ。いつ死んでもいい、功も成し遂《と》げた。名も残るであろう。すべてを己一身に負いさえすれば——主家には、難題のかからぬ法もある——だが、捕まるものなら、捕まえたい——もし、宵《よい》の男なら？——あいつなら、金と、書類とを間違えたのであろう——それにしても、腕のないのは——）

調所は、寝床の上に坐って、腕組しながら、自分のしてきたことを、昔から、細かく想い出してみた。

二ノ一

庄吉は、自分の切り落された右の小腕を、しっかと、左の手で摑んでいた。そして、摑まれている小腕は、また手函の書類をしっかり、握りしめていた。

庄吉は、右手の切口を、函の蓋の中に入れて、血の落ちるのを防ぎながら、作っておいた裏手の逃路《にげみち》から出ようとした。そのとたん、調所の部屋の方で、大勢の足音がした。庄吉は、自分の傷を知って、長く逃げられぬと思ったから、すぐ、右手の納屋の中へ入って、隅の方の薪、炭俵を積み上げた中へ、もぐり込んだ。

傷口を縛ろうとして、左手で握っている自分の、斬り落された腕を、下へ置こうとしたが、なぜか自分の手から放すのが厭《いや》なような気がした。斬り落された小腕は、愛人のような、愛児のような、自分の命のような——なににも換《か》え難《がた》い、可愛い、そして、不憫《ふびん》なもののように、思えた。自分の手から放すと、自分を怨んで泣くように感じた。

（しっかり、そいつを握って、しばらく、待っていろ。俺《おら》あ、血を止めねえと、命にかかわっちまうからの）と、頭の中で、腕にいい聞かせて、自分の股のところへ立てかけた。そして手拭、頬冠りの黒い布、襦袢《じゅばん》の袖、腹巻の布と、ありったけの布で、二の腕を縛り、傷口を巻いた。

頭が少しふらつくようで、額が、冷たく、呼吸《いき》がいくらか早くなっていた。

（いけねえ、このまま死ぬんじゃあねえかしら？）

腕から肩へかけて、灼《や》け、燃えるようで、身体の底まで、疼痛《とうつう》が突き刺した。人々の叫び声と、走る音と、提灯とが、すぐ前で、飛びちがった。

（どうにでもなれ）

炭俵に、身体を凭《もた》せかけて、足許へ置いておいた腕を懐へ入れた。腕はもう冷たくなって、切り口からは骨が尖《とが》りでていた。

庄吉は、自分の命が、この腕の中に籠っているように感じた。この腕に、書類を握らせておいたら、自分が持っているよりも安心だし――（ひょっとしたら、この腕に、足が生《は》えて、深雪のところへ、この書類を届けてくれるかもしれんぞ）と、いう気さえした。斬り落されて、もう、生命《いのち》のない小腕だとは、十分にわかっていたが、庄吉にはどうしても、生きていて、奇蹟《きせき》を現すもののように思えた。

（こういう廻り合せだったのかなあ――最初は小太郎に折られるし、――とうとう斬られちまやあがるし――お前は己《おれ》のために、随分働いてくれたが、こうなるのも、前世の報いだろう――いや、巾着切をよせって、神様のお告げかもしれねえ。妙な男気《おとこぎ》がでたり、深雪が好きになったり——）と、思った時、頭が、急に堅くなって、後方へ引き倒されるように感じた。

（いけねえ。ここで、気を失っちゃあなんにもならねえ）庄吉は、頭を下げて、じっと耐えた。

（腕の一本や二本——こん畜生め、なんでえ。こんなくらいで——ざまあみろ、ざまを）

庄吉は腕を斬った調所へ、ざまあみろ、と罵《ののし》ってみたが、なんだか、それは、自分へも罵っているように思えた。

（女なんかに惚《ほ》れやがって、大事な腕を斬られて、ざまあみろ。ここで死んじめえ）と、頭の隅で、呟《つぶや》くものがあった。

（馬鹿吐《ぬ》かせっ、ちゃんと、小腕大明神が、書類を握ってらあ。せめてもの申訳に、この腕にこの書類で一仕事させてやらなけりゃ、この腕だって冥土《めいど》へ行って、俺に合す顔がねえや）

庄吉は、斬られた腕に、脚が生えて、よちよち歩いて行くのを空想してみた。

二ノ二

（ここで死んじゃあならねえ）

なんだか身体が冷たくなってゆくようであった。疵口《きずぐち》だけが、万力《まんりき》で、締めつけられているように痛んだ。

（お天道様《てんとうさま》の出ないうちに、ここから、逃げ出さなくちゃあ——）

男たちの怒鳴る声、荒い足音は、すっかりなくなって、女中が、寝間着のままで、時々、うろついて出てくるだけになった。

（今の間だ）

庄吉は、炭俵へ指を突っ込んで、炭の粉を、鼻の下へ、頤《あご》へ、なすりつけた。そして、立ち上ると、少し、頭がふらつくようで、ちょっとよろめいた。そして、しばらく炭俵を摑んで突っ立っていた。斬り落された腕が、懐の中で、突っ張っているので、

（寺小屋じゃあねえが、松王丸《まつおうまる》の、倅はお役に立ったぞよだ）と、書類を、死んだ腕から取り上げて、腕を捨てて行こうと――小腕の指を拡《ひろ》げようとしたが、書類を固く握りしめたまま、左手の指だけの力では、開かなかった。

（一心凝《こ》めて握ってやがらあ）と、思うと、死んだ、自分の子が、大事な宝を握りしめているようで、我子のようなその腕から、書類だけを取って、その腕を捨てて行く気にはなれなかった。

庄吉は、少しずつ出てみた。誰もいなかった。だが、いつ、どこから、誰が、出て来るかわからなかった。見つかったら、常の庄吉ではなくなっている庄吉は、それまでであった。

（手のないのを誤魔化《ごまか》さなくちゃあいけねえが――）

庄吉が、土間へ、じいっと、出た時、一人の女が店の間から、小走りに、奥の方へ、

「まだ見つからないんだってさ。どこへ逃げやあがったのだろうねえ」と、言いながら、走って来た。

庄吉は、そっと炭俵へ凭《もた》れて、だんだんとぼんやりしてくる頭の中で呟いた。そして、女が奥へ行ってしまうと、目を閉じた。

「庄吉」

遠いところで、自分の名を呼ばれたので、眼を開くと、

「わかるか？」

（益満さんらしいが——）と、その声から感じた。そして、そう感じた瞬間（助かった）と思うと、声いっぱいに、泣きたいような、嬉しいのか、悲しいのかわからない気持が起ってきた。そして、

「ええ」

と、頷きながら、自分の横に立っている黒い影に、

「あっしゃあ、駄目だ」

と、呟いた。

「今、手当をしてやる」

益満が囁いた。

「ええ」

益満へ、凭れかかりたかった。子供が、母親へ甘えるようにしたかった。

（こんなに、深雪を思っているんですよ。益満さん）と、いって、益満から背を撫《な》でてほしかった。益満は、庄吉の二の腕を縛り直してから、疵口を解《と》いて、

「何を盗った？」

「なんだか——親爺の大切にしているもんでさあ」

膏薬《こうやく》を貼ったらしく、斬口がひやりとした。強い臭いが鼻を突いた。益満が貼ってくれたので、なんだか、効く膏薬のように感じた。

「書類か？　どうした、どこにある」

「握ってまさあ」

「握って？」

「斬られた腕が――」

庄吉の左手に握っている腕を、益満が、さぐり当てるとともに、

「えらいぞ、庄吉」

と、低く、だが、力強い声で囁いた。

「ええ」

と、いって、庄吉は、涙を流した。

「でかした――見上げたぞ」

庄吉は、微《かす》かに、すすり上げていた。

秘呪相争

一ノ一

息災《そくさい》、延命《えんめい》の護摩壇《ごまだん》は、円形であった。中央に八葉の蓮華《れんげ》を模した黄白《こうはく》の泥で塗った火炉があり、正面を北方《ほっぽう》として、行者は、南方の礼盤上《らいばんじょう》に坐るのである。

右手には、塗香《とこう》と、加持物《かじもの》、房花《ぼうか》、扇、箸《はし》、三種の護摩木を置き、左手には、芥子《かいし》、丸香《がんこう》、散香《さんこう》、薬種、名香、切花《きりばな》を置いてある。行者の前の壇上には蘇油《そゆ》、鈴、独鈷《どっこ》、三鈷、五鈷、その右に、二本の杓《しゃく》、飲食《おんじき》、五穀を供《そな》え、左手には嗽口《そうこう》、灑水《しゃすい》を置いてあった。

部屋の壁には、青地に四印曼荼羅《しいんまんだら》を描いた旛《はた》と、蓮華広大曼荼羅《れんげこうだいまんだら》を描いたものとを掛けて、飲食を供し、旛《はた》の上方には、加治木玄白斎が、自分の血で、三股金剛杵《さんここんごうしょ》を描き、その杵《きね》の中に一宇頂輪《いちうちょうりん》の真言《しんごん》を書いた。玄白、自らの生命を賭《と》した呪術である。

和田仁十郎以下の門人たちは白衣を着て、その旛《はた》の下、壇の周囲に坐して、「大威怒烏芻渋摩儀軌経《だいいぬちょうすうじゅうまぎききょう》」、「仏頂尊勝陀羅尼《ぶっちょうそんしょうだらに》」、「瑜伽大教王経《ゆかだいきょうおうきょう》」、「妙吉 祥平等 観門大教王 経《みょうきちじょうびょうどうかんもんだいきょうおうきょう》」等の書巻を膝《ひざ》の上にもって、黙読していた。

加治木玄白斎は、白衣をつけて、しばらく、座所で瞑目《めいもく》してから、塗香を、三度ずついただいて、額と胸とへ塗りつけた。それから、右手の護摩木、長さ一尺二寸、幅三指の――紫剛木《しごうぼく》、栴檀木《せんだんぼく》、楓香木《ふうこうぼく》、菩提樹《ぼだいじゅ》を取って、炉の中へ積み上げ、その上に、小さい杓で、薫陸香《くんりくこう》、沈香《じんこう》、竜脳《りゅうのう》、安息香《あんそくこう》の液をそそいだ。そして和田が、大威徳天の前にゆらめいている浄火からうつして来た火を差し出したのをとって、護摩木の下へ入れた。そして、口で、

「毘盧遮那如来《びるじゃなにょらい》、北方不空成就如来《ほっぽうふくうじょうじゅにょらい》、西方無量寿仏《せいほうむりょうじゅぶつ》、金剛薩埵《こんごうさった》、十方世界諸仏《ぼうせかいしょぶつ》、世界一切《せかいさい》の菩薩、智火《ちび》に不祥《ふしょう》を焼き、浄瑠璃《じょうるり》の光を放ち、諸悪鬼神を摧滅《さいめつ》して、いっさいの三悪趣苦悩《さんあくしゅくのう》を除き、六道四生、皆富貴延命《ふきえんめい》を獲《え》させたまえ、得させたまえ」

と誦《ず》した。そして、少しずつ燃え上ってくる火を見て、

「火相、右旋《うせん》――火焔直上《かえんじきじょう》」

と、叫んで合掌した。

「火焔の相を象耳《ぞうじ》に、火焔の色を大青宝色《だいせいほうしょく》に、火の香気を優鉢羅華香《うばらかこう》に、火の音を、天鼓《てんこ》になさしめたまえ。南無大日如来《なむだいにちにょらい》、お力をもって、金翅難羅竜《きんしなんらりょう》を召し、火天焔魔王《かてんえんまおう》、七母《ぼ》、八執曜《しつよう》、おのおの力を合せて御幼君のために、息災、延命の象を顕現《けんげん》なさしめたまえ」

こういってから、もう一度、塗香を塗り、香油をそそぐと、炉の中の火は、焔々として燃え上り、紫色の煙が、天井を這い出した。

門人たちは、低く経文を誦《ず》して、師の呪法を援《たす》け、玄白斎は、右手に杓を、左手に金剛杵を執《と》って、瞑目しつつ、無我《むが》無心――自ら、日輪中に、結跏趺坐《けっかふざ》して、円光を放ち、十方の諸仏、

ことごとく白色となって、身中に入る、という境地へ入りかけた。

焔《ほのお》は、青色を放って燃え上りつつ、少し左に、右に揺れながら、時として、真直ぐに立ち、香を放ちつつ、いろいろに聞こえる音を立てた。

しばらく、瞑目していた玄白斎は、眼を開くとともに、大声に、

「焔の相は？」

と、叫んだ。火焔は大きく象の耳のように、ひらひらと燃え上り、消えては、同じ形に燃え上った。門人たちは、誦経の声を少し大きくした。そして、いっせいに、焔を見た。

一ノ二

玄白斎が、秘呪《ひじゅ》を行っている次の間には、家老島津壱岐《いき》らの人々が、言葉静かに、お由羅への対策を話していた。それら、斉彬擁護派の人々は、

家老　二階堂《にかいどう》主計《かずえ》
町奉行兼物頭《ものがしら》　近藤《こんどう》隆左衛門《りゅうざえもん》
物頭　赤山《あかやま》靭負《ゆきえ》
町奉行兼物頭　山田《やまだ》一郎右衛門《いちろうえもん》
船奉行　高崎五郎右衛門《たかさきごろうえもん》（高崎正風の父）
屋久島《やくしま》奉行　吉井《よしい》七郎右衛門《しちろうえもん》
裁許掛見習《さいきょがかりみならい》　山口《やまぐち》及右衛門《きゅうえもん》

同　島《しま》津《づ》清《せい》太《だ》夫《ゆう》
兵具方目《ひょうぐがため》付《つけ》　土《つち》持《もち》岱《たい》助《すけ》
広敷横目《ひろしきよこめ》付《つけ》　野《の》村《むら》喜《き》八《はち》郎《ろう》
郡見廻《こおりみまわり》　山《やま》内《うち》作《さく》二《じ》郎《ろう》（山内八二祖父）
地《ち》方《ほう》検《け》見《み》　松《まつ》元《もと》一《いち》左《ざ》衛《え》門《もん》
琉球館掛《りゅうきゅうかんがかり》　大《おお》久《く》保《ぼ》次《じ》右衛《え》門《もん》（大久保《おおくぼ》利通《としみち》の父）
広敷書役《ひろしきかきやく》　八《はっ》田《た》喜《き》左《ざ》衛《え》門《もん》（後の八田知紀《とものり》）
郡奉行　大《おお》山《やま》角《かく》右衛《え》門《もん》
諏訪《すわ》神社宮司　井《いの》上《うえ》出《いず》雲《もの》守《かみ》

たちで、無役、軽輩の人々は、別に玄関脇の部屋に集まっていた。

次の間からは、玄白斎の振っている金鈴《きんれい》の音が、時々微《かす》かに洩れて来た。

「わしは——追《おっ》つけ、斉興公が御帰国になろうから、その砌《みぎり》に、吉利《よしとし》、平《たいら》、将曹《しょうそう》、豊後《ぶんご》などを、邸ぐるみ大砲にてぶっ壊すのがよいとおもう——」

近藤隆左衛門は、こう言って、懐から一通の書面を取り出した。

「これは斉彬公からのお便りじゃ、読み上げる——

　将（将曹）之調（調所）より勘弁のよし、もっともに候、将は随分と心得も有之《これある》ものにて御座《ござ》候而悪《そうろうてにく》み候ほどのものにて無之様《これなきよう》に被存《ぞんぜられそうろう》候、御前《ごぜん》（斉興公）之《の》御都合《ごつごう》之《の》言《いう》に言われぬことも有之《これあり》、将之評判無拠《しょうのひょうばんよんどころなく》請け候《そうろう》儀《ぎ》も有之候、近（近藤隆左衛門）等のごとく悪み候而《そうろうて》は不宜《よろしからず》、ここはよく心得可申候《こころえもうすべくそうろう》——

御大腹の君として、たとい、将曹ごとき奸物《かんぶつ》にもせよ、こう仰せられるのは、われら家来としてただただ感佩《かんぱい》のほかはないが、ことによる。斉彬公が、公御自身の命を縮め、子孫を絶やさんと計るこれら奸悪《かんあく》のものに対して、こう御存念なさっておる以上、斉彬公のお力を借りることに望みはない。その望みがない以上、君側《くんそく》の奸は、われらの手で討つほかにない。しかして、われらの手で討ち取る以上、われらも腹を掻《か》っ切るかわりに、彼奴《あやつ》らも残らず殺されねばならぬ。それには夜陰《やいん》に乗じて邸ぐるみ、大砲にて砕き倒すがよい——」

といった時、鈴の音が、人々の耳に、明瞭に聞こえ、つづいて、

「火相《かそう》はこれ煽《あお》がずして自然に燃え、無烟《むえん》にして熾盛《しせい》、諸障蔽《しょしょうおお》うことなし」

と、叫んだ玄白斎の声が響いた。人々は、沈黙して次を待った。

「右旋《うせん》して、日輪《にちりん》の魏々《ぎぎ》として照映《しょうえい》するごとく、色相金色《しきそうこんじき》にして、虹霓《こうげい》、雷閃《らいせん》のごとし。南無、延命、息災の呪法を成就せしめたまえ——香気《こうき》いかん」

それは、壮烈な玄白斎の声であった。

「祈禱も成就しそうだのう」

壱岐が、こういった時、赤山靭負が、

「大砲打ち込みもよいが、来春の、吉野牧場の馬追《うまおい》を好機として、久光公を鉄砲にて射ち取ったなら？——禍根《かこん》は、この君が在《おわ》すゆえだからのう」

誰も、黙って、答えなかった。

一ノ三

赤山靭負久普《ひきひろ》は、一所持《いっしょもち》と称される家格《かかく》の人であった。一所持、一所持格といえば、御一門四家につづく家柄であった。

御一門とは、重富《しげとみ》、加治木《かじき》、垂水《たるみ》、今和泉《いまいずみ》の領主で、ことごとく、宗家の二男の人々の家であった。それに次ぐのが、この一所持で、三男以下の人々の家柄を指すのであった。靭負は、すなわち城代家老、島津和泉久風《いずみひさかぜ》の二男で、日置郡日置郷《ひおきごおりひおきごう》六千五百六十四石の領主である。そして、この靭負の日置家が筆頭で、花岡、宮の城《みやじょう》、都の城《みやこじょう》よりは、上席の身分――この一座の中では、抜群の家柄の人であった。その靭負が、

「久光を、射ち取ろう」と、言い出したのであるから、しばらくは、誰も答えなかった。明かに、禍根《かこん》は、久光がいるからではあったが、この陰謀は、久光の手から起こっているものではなかったし、久光は、人々の主君であった。どうあろうとも、主君へ鉄砲を向けることは、できがたいことであった。しかし、靭負から見た久光は、人々の見た久光よりももっと軽かった。靭負自身としてはたいしてちがいのない地位の人であった。だから、英明《えいめい》なる斉彬のために、久光を討つことぐらいは、靭負としては、たいしたことでないと考えられた。

人々の沈黙しているうちに、行事はだんだん進んでいったらしく、読経の声が、しだいに高くなり、鈴の音が烈《はげ》しく響き、人々のいる部屋の中まで、薄い煙が、のろのろと、忍び込んで来た。

「鉄砲役には――わしは、高木市助がよいと思うが――」

と、いった時、山田が、

「しかし――主君に当る方を鉄砲にて――は、ちと、おそれがあると、心得ますが――」

近藤も、

「某《それがし》も、さように存じますが――」

靭負は、二人を見て頷いた。そして、

「わしもそれを考えんではないが――」

と、いって、一座を見廻して、微笑しながら、

「どうじゃ。久光を討つのは、少し過激すぎるかの？」

と、聞いた。人々が、黙って頷いたり、

「さように存じます」

と、答えたりした。

「では、将曹、平、仲の徒を鏖殺《おうさつ》するか」

「吉井、村野らの帰国を待ちまして、すぐさま、その手段にとりかかりましょう」

人々が、頷いて、賛意を表した時、玄白斎は、大声に、

「このごとく観ずる時、まさに、縛字《ばくじ》をいっさいの身分に遍《へん》して、その毛孔中《もうこうちゅう》より甘露《かんろ》を放流し、十方に周遍《しゅうへん》し、もっていっさい衆生の身に灑《そそ》がん。乞い願わくは、この老体を犠牲とし、その因をもって、能《よ》く、まさに、種子をして漸次《ぜんじ》に滋長《じちょう》せしむべし。毘盧遮那如来《びるしゃなにょらい》、北方不空《ほっぽうふくう》

成就如来《じょうじゅにょらい》、西方無量寿仏《せいほうむりょうじゅぶつ》、十方世界いっさいの諸仏、各々本尊を貌《かたち》して、光焔を発し、いっさい罪を焚焼《ふんしょう》して、幼君の息災を垂れたまえ」

それは、人間の声でなく、人間のもっている精神力の音であった。敵にとっては物凄《ものすご》ききわみの声と聞こえるし、味方が聞くと、ともに祈りたくなる声であった。人々は、俯向いて、玄白斎と同じように、合掌する気持になった。そして膝の上で手を合したり、心の中で合したりして、黙禱《もくとう》した。

二ノ一

火炉の中から、だんだん燃え立ってゆく、赤黒い焔を、じっと、眺めていた牧仲太郎は、手を膝へ置いたままであった。

正面に、懸《か》けてある、お由羅が、大円寺《だいえんじ》から借りてきた金剛忿怒尊の画像へ、煙がかかるようになっても、じっとしていた。

仲太郎の、背後《うしろ》に、一段低く――だが、緞子《どんす》の大きい座蒲団の、華やかなのを敷いて、数珠と、金剛杵とをもって坐っているお由羅は、眼を閉じて、低く、何か口の中で誦していた。

仲太郎は、静かに手を伸ばして、蛇皮《じゃひ》を取って火の中へ投じた。ぱちぱちと音立てて、赤褐色の火焔が昇ったが、低く這ってすぐなくなってしまった。仲太郎は、沈香《じんこう》を取って、焔の上から振りかけた。そして、じっと凝視《みつ》めていたが、小さい火が、ぽっと、立っただけで、なんの匂いもしなかった。仲太郎は、眼を閉じて、俯向いた。そして、指を組んだまましばらく、身動きもしなかった。

護摩木が、だんだん燃えつくしてきて、焔も煙も、小さく、薄くなってきたが、仲太郎は、まだ、瞑目したままであった。

部屋の隅に坐っていた、黒衣《こくい》をつけた二人の家来が、互に眼を見合せてから、ちらっと、仲太郎を見た。それと同時に、お由羅も、数珠を左右へ劇《はげ》しく振って、眼を開いた。そして、首をちょっと、曲げて火焔の中の火が消えかかっているのと、仲太郎の姿とを眺めて、家来の方を見た。家来も、お由羅を見て、眼が合った。しばらく三人は、仲太郎を、じっと凝視《みつ》めていたが、

「先生」

と、お由羅が、声をかけた。だが、仲太郎は、俯向いたままであった。お由羅も、黙っていた。

炉の中の火は、すっかり消えて、残り火が、ほのかに明るいだけであった。部屋の中の、薄い煙は、戸迷《とまど》いしたように、天井を、襖の上をうろついているだけで、画像の姿も朧《おぼろ》げにしか見えなくなった。

「先生——いかがなされました」

お由羅がこういうと、仲太郎は、静かに首を上げた。そして黙って、壇を滑り降りて、沈鬱《ちんうつ》な顔をしながら、

「しばらく、行を廃《よ》すと致しましょう」

「ま——なんと、なされました」

牧は、青衣を、静かに脱いで、家来に渡しながら、

「恩師の、逆修《ぎゃくず》がござります」

「加治木玄白の？」

「さよう」

牧は、そう答えて、

「行け」

と、二人の家来に、顎《あご》で指図した。二人の家来は襖を開けて、次の間へ去った。煙が二人を追うように、出て行った。

牧は、壇のところへ立ったまま、

「祈って、祈れぬことはござりませぬ。さりながら——」

首を傾けて、しばらく、無言であった。

「さりながら？」

と、お由羅が催促《さいそく》した。

「さりながら、ここで、某《それがし》、精根を傾けますと恩師の命を縮めまする」

「玄白の？」

「さよう」

「それで？」

牧は、お由羅を、正面から、睨みつけるように、鋭く見下ろした。お由羅も、同じように、見上げた。

そのお由羅の眼の中には、いつものお由羅のやさしさが消えて、女性のもっている悪魔の性質が、獣《けだもの》の精神と、一緒になって、光っているような感じのする凄さが、現れていた。

二ノ二

「憚《はばか》りなく、申せば――某《それがし》修法を行う前に、申し上げたるごとく、たとえ、御幼少の方とは申せ、某にとっては、天地に代えがたき、御主君にござりまする。その御主君の命を縮め奉りますからは、元より一命はなき所存――さりながら、某が、お断わり申せば、毒薬、刺客、いずれの手でかによってお仕遂げにあいなりましょう以上、呪殺申すよりは、証拠も残り、仕損ずることもあり――もし、それが、発覚する上においては、御家の大事、その騒乱は、おそらく御家始まって以来の騒動となり、それこそ島津の荒廃《こうはい》となり申しましょう」

牧は、静かにこう言って、いくらか、険しくなった眼を、まだ、お由羅の正面へ向けて、

「依《よ》って某《それがし》、命に代えてお引き受けつかまつりましてござります。しかし――某は兵道をもって立つ者、兵道を惜しむ念において、人に譲らぬのみか――好機――好機来《き》、兵道の真価を示す時節来《き》、いずれは、お命の縮む御幼君――この大任をはたせば、兵道の無用の悪評の消ゆるはおろか、島津重宝の秘法として、この軍勝図は、再び世に現れましょう――某の面目は、ともかくとして、千載《ざい》一遇《ぐう》の機――よって命をかけ申しましたが、もし、ここで、恩師と、呪法

を争えば、必ず、一方は、倒れまする。老いたりといえども玄白斎先生の気魄、霊気は、凝《こ》って、天地を圧するの概《がい》――これを破れば、老師を倒し、某とても、三年の間は持ちますまい。もし、某死し申して、余の――これから御出生の御幼君たちが余人の手にて、殺害されますならば、前申しましたるごとく御家の大事、また、兵道の絶滅、逸《はや》れば、すなわち、二害あって一利もなし――よって某、今宵より、修法を廃し、老師の霊気の散消するをまって、と――」

「よくわかりました。して、その期限は？」

「霊気は、有にして無、無にして有、その消滅は、対手《あいて》の精気により、場所により、齢により、微妙、精妙。ただただ、老師の、肉体の力が某の力に打ち克《か》つか――いかん。勝負はただこの一点、霊魂の強弱も、ここにかかっておりますが――散消の期は――」

牧は、瞑目した。部屋の中は、小さい燈明の明りだけになった。牧の影が、大きく、襖に、ぼやけて揺いでいた。

「半か年――」

「半か年？」

「御幼君、肌つきの布に、悪血《あくち》をそそいで祈りますれば、三か月――」

「肌つきの」

「さよう」

「では、肌着を取りましょう」

牧は、眼を開いて、じろっと、鋭く、お由羅を見た。お由羅は、壇上の道具を、じっと見な

がら、微笑して、

「ちょうど、その役によい者がおりまする、両三日の内に――」

牧は、無言で、頷いて、歩み出した。襖へ手をかけて、振り向くと、

「御部屋、御自身の濫《みだ》りの修法は、なりませぬぞ」と、いった。

「心得ております」

牧は、そのまま礼もしないで、真暗な次の間へ消えた。お由羅は、気味悪い、少し悪臭のある部屋の中で、じっと坐ったまま、微笑していた。

崩るる淵

一ノ一

蛇にしめつけられているような、悪夢が小太郎の頭の中いっぱいになり、身体の四方を包んでいた。

狂人《きちがい》のような眼を剝《む》き出して、刀は、どこへ捨てたのであろうか、脇差《わきざし》を尻の方に差して、口を開いて、血染めの片手で脇腹を押え、片手で頭を押えて――切り裂かれた袴《はかま》を引きずり、

顔にも、着物にも、血をこびりつかせて、身体で、脚をひきずって行くように——よろめきつつ、立ち止まりつつ、

（水だ——水だ）

じっと一所を見ていた眼が、顔が、水音の方に向いた。脚だけが、残りの力を集めて動いているだけだ。手はどこを押えているのか、眼は何を見ているのかわからなかった。身体は、痛みに、燃えていたが、もう、自分の痛みなのか人の痛みを自分が感じているのかさえ、わからなかった。

頭の毛が手の血にくっついて離れなかった。その手を人の手のように感じながら静かに頭から離して、自分の前に、水が流れているように震わしつつ、突き出した。そして、眉をゆがめ、肩で呼吸しながら、小さい流れの方へ、身体を引きずった。

蹲《しゃが》もうとすると、膝頭が、痛んで、曲らなかった。大腿へ、両手を当てて、少しずつ、蹲みながら、前へ転びそうになるのを支えて、しばらくそのまま眼を閉じていた。

（もう、追手《おって》につかまって殺されてもいい。殺された方がいい。いずれは、死ぬ——水を飲むと死ぬというが、死んだ方がいい）と、いうようなことが、頭の中で、ちらちらとした。小太郎は、疵所《きずしょ》の痛みと、深さとに、すっかり疲労してしまって、それ以外のことは、考えられなくなっていた。

（水だ、水だ）

眼を開いて、手と、身体とを、前へ延ばすと、よろめいた。そして、片膝つくと、倒れてし

まった。

(もう、動けない)

しばらく、そのままでいた。水の音と、風が葉末《はずえ》を渡るほか何も聞こえないし、水の白く光っているほか、何も見えなかった。左手で、草をさぐり、水辺《みずべ》の近いのがわかると、草を摑んで、身体を、水の方へずらした。そして、右手で水を掬《すく》って、掌《てのひら》の凹みから飲んだ、一口飲む、と、つづけざまに飲んだ。

水は、水の味でなく、慰めと、薬と、この上ない甘い味とをもったもののように感じられた。小太郎は、水を飲み終ると、そのまま、草の中へ、顔を伏せて、身動きもしなかった。父の声のようなものが耳の中でなく、外からでもなく、頭の中にでもなく、聞こえているような、聞こえないような——

(小太郎、右へ——)

この耳で聞いたのだろうか？——父が、生きているような、殺されたような——殺されたにちがいないが、起き上って来たあの血染の姿——死んでいないのではないだろうか？——そう思うと、その辺に、父がいそうな気がして、顔を上げた。そして、見廻した。

空には、冬の星が、冷たく、高くまたたいていた。

(動けない)

小太郎は、自分の脚が、二本の重い、鉄棒のように感じた。自分の手は、こわれ易い土製《どせい》のように思えた。

（明日の朝になれば、みつかって、殺されるであろう——それでもいい）

小太郎は、また、水を飲んだ。水が、水の味をしていたし、冷たかった。手が血で固くなっているのもわかった。

一ノ二

小太郎は、頭を子供がいじるように、自分の頭の疵を掌でたたいて、指でいじってみた。疵口は、血で固まっていた。

（そう深くはない）

と感じた。それから、手を這わせて、灼けつくように感じる身体の疵所へ、指を当てた。腕の疵は、口を開いていて、指が切口へくっついた。脇腹の疵は、疵よりも、そこから流れ出た血で、着物の肌へこびりついている方が大きかった。

（深手《ふかで》はないらしい）

と、思った。と同時に（死んではならない）しかし、そう感じて、動こうとすると、身体《からだ》は、鉛《なまり》のように重かった。

（牧に捕えられては？）

そう思うと、ここで、死んだ方が、立派な最期《さいご》のように思えた。小太郎は、左手で、腰をさぐった。刀の鞘《さや》もなくなっていた。手を廻すと脇差があった。

（腹は切れる）

小太郎は、一尺二寸しかない脇差が、世の中で一番頼もしい友達のように思えた。そして、脇差を力に、起き上ろうとした。一時に、身体も、手も、脚も痛んだ。

(これしきに――)

半分、身体を起こして、片手に脇差を、片手を地に支えながら、起き上って、足を投げ出した。

(ここは、京だ。十三里西へ行くと、母も、妹もいる。逢《あ》いたいが――)

涙も出ないし、悲しくもなかった。

(しかし、逢えぬ。言伝《ことづて》を――)

と、思った時、小さい灯がちらちらした。

(家がある)

小太郎が、そう思った時、灯が、左右に揺れた。

(提灯《ちょうちん》だ)

小太郎は、呆然《ぼんやり》としていた眼を光らせた。

「追手の奴ら?」

そう感じた時、人声がした。小太郎は、立とうとした。腰も脚も動かないし、立っても、逃げても、働けもしなかった。

(どうせ、死ぬのだ。捕えられては、隼人《はやと》の名折《なお》れになる)

小太郎は、顫《ふる》える手で、脇差を握った。指も、掌も、固く凝《かたま》っていた。提灯と、人声とが、だんだん近くなって来た。それは、足早く来るらしく、ぐんぐん近づいて来た。

（見事に切らぬと――）

と、思うと、何も考えることがなくなって、ただ腹を、見事に切ることだけが、望みのように感じた。

小太郎は、脇差を抜いて、袴を切り取った。そして、刃へ巻きつけて、左手で、着物を押しあけた。しっかりと、帯を、袴を締めて来たので、弱っている力では、十分に披《ひら》かなかった。

（早くしないと――）

小太郎は、両手で、着物を拡げてから、坐り直そうとしたが、うまく坐れなかった。

（どうにでも切ればよい）

小太郎は、片足を曲げて坐ったように、片足を横へ投げ出して、左手を草の中へつきながら、脇差を腹へ当てた。そして、間近に高い声が聞こえると同時に、突き込んだ。

「何か――」

と、いう声が聞こえた。力がたりなかった。小太郎は、脇差の柄頭《つかがしら》を地へ押しつけて、自分の体をのしかからせようとした。刀が滑った。

（不覚な）と、思った時、襟《えり》が摑まれた。

二ノ一

「聞かれたか」

と、襖《ふすま》を開けて、脇差を腰から取りながら袋持《たいもち》が、七瀬と、綱手とを見た。

「ええ？」

綱手が、母の旅立の脚絆《きゃはん》を縫いながら、

「何を？」

袋持は、床の間の刀掛へ、脇差を置いてあぐらになって、

「牧氏の修法場へ、斬り込んだ者がおる」

二人は、身体を固くして、胸を打たせた。

「二、三人の小人数で――」

「どなた？」

と、七瀬は言ったが、自分の声のようでなかった。

「さ、それが、殺されての」

「殺されて――」

綱手の顔色が、変った。手が、微かに顫えてきた。

「牧氏の一行は、そのまま、江戸へ立ったし、顔見知りはおらぬし――牧氏の方々も、七、八人はやられたらしい。京の邸から知らせて来たが、よほどの手ききらしく、見事に斬ってあったそうじゃ。もう、御帰国かな」

袋持が、七瀬を見た。

「そろそろと――」

固い微笑をして、

「そして、牧様は？」

「牧は、無事に、今申したごとく、江戸へまいったが――」

「御無事で――」

「ここの、御家老も、近日、江戸下りをなされるが――」

「調所様も？――」

「大殿の御帰国までに、行かねばならぬ用があるでのう」

二人は、調所のことを探りに来て、調所の人物に感心した上、今、江戸へ行かれては、誰にも、顔向けができないように思えた。叡山で、斬られたというのは、八郎太であるか、ないか――そうした苦しいことが、小さい女の胸の中へ、いっぱいの毒瓦斯《どくガス》となって、いぶり立った。

「袋持」

「入れ」

隣りの百城《ももき》が、襖を開けて、

「今、聞いたが――」

と、言って、二人に挨拶《あいさつ》をした。

「今、御二人に話したところじゃが、誰であろうな、牧氏を狙《ねら》ったのは？」

「ふむ」

百城は、坐って、腕組して、

「詳しく聞いたか」

と、袋持の顔を見た。

「いや、牧氏の無事と、七、八人も斬られたのと、斬口の見事さと、残らず殺されたのと、これだけじゃ」

「同じじゃ。明日、わしは、京へ行くから、詳しゅう聞いてまいろう。一人、逃げたと申すでないか。若いのが――」

「それは知らぬ」

七瀬が、

「その狼藉者《ろうぜきもの》の名は？」

「それがわからぬ。乱暴者の手ききなら、益満休之助と聞いておるが、あるいは、そうかもしれぬし、手ききは多いからのう」

「御家老は、なんと仰せられているか、知らぬか」

「領いてばかりおられたそうじゃ――京への用は、御家老からか」

「ふむ、ついでに、詳しく調べてまいれと、仰せられたが、牧氏が、御無事なら、余のことは、調べるほどでもない」

月丸は、微笑していた。

二ノ二

七瀬と、綱手とは、隼人《はやと》たちの着て寝る、木綿の固い蒲団《ふとん》を着て、ぴったり、くっついて寝ていた。十九になる娘であったが、こうして、母親と、一つの床に添臥《そいね》していると、子供の心になっていた。

「なんだか、妾《わたし》には、お父様のように思えて――お父さまの斬られなすった姿が――」

綱手は、小さい声で囁いた。

「不吉なことを言うものではありません」

「妾――明日、百城様と、京へ、様子を見にまいりましょうか」

「さ、妾も、そう思うが、なまじのことをして、ここの人たちに悟《さと》られてはならぬゆえ、百城様のお帰りを待って、万事それからのことにしようではないか」

「ええ――百城様は、お母様、敵でしょうか、味方でしょうか」

「さあ――口数の少ない人ゆえ、聞いたこともないし話したこともないが、袋持様の御朋輩《ごほうばい》なら味方であろうかの」

七瀬は、こういって、

（百城様のような、無口な人はかえって頼もしい、益満様とは、まるでうってちごうた性質なり、振舞なり――）と、思った。そして、そう思うと、早く、綱手に、よい聟《むこ》をとって、孫を見たい、と思っていたことが、まるで、ちがった方角のことへ来たのに、淋しさと、頼りなさとを感じた。それから、傍に寝ている綱手を見ると、不憫《ふびん》さが、胸を圧した。

（自分は、この子の齢より、一つ若い時に、八郎太へ嫁いだのだ）と、思い出すと、じっと、抱きしめて、愛撫《あいぶ》してやりたかった。綱手は、江戸の邸にいて、月に一度、外へ出るか出ずに、男は、八郎太と、小太郎と、それから、益満とだけにしか、口をきく機《おり》がなかった。だから、手近い益満に、軽い、乙女心の恋を感じていたが、旅をし、男の数を知り——百城に逢うと、その顔立、物腰、寡黙《かもく》のうちのやさしさ——それは、益満の粗暴とはちがって、男の値打に経験のない綱手には、ずっと、益満より、立ち優《まさ》って見えた。

「世が世なら——もう、聟取《むこと》りのころじゃに、お父様の頑固と、今度のことで——来年は、二十歳になりますの。二十歳を越えると、世間では、不具者じゃとか、疵物《きずもの》じゃとか申すのが慣わしゆえ、なかなか嫁入口が、あるまいが——」

「御家老様が、なんとか——町人のところへと、いつかおっしゃりましたが」

「そうそう、あの話は、そのままになっているが——のう綱手——百城様のような方が、味方なら、そちゃ、なんとしやるぞ」

綱手は、少し赤らみながら、

「百城様？——さあ」

「嫌《きら》いではないであろうの」

「ええ」

「益満様とは？」

「そりゃ——百城様——」

「やさしゅうて、真実のありそうな——しかし、明日立って、いつお帰りになるか、安否を知りたいし——綱手、大事の前ゆえ、よう心してたもれの」

「はい、もう、更《ふ》けましたゆえ、お眠《やす》みなされませぬか」

「眼が冴《さ》えて、なんとなく胸苦《むなぐる》しゅうて」

「妾も——」

「御無事であればよいが——」

「さっきから祈っていました」

「もしものことがあっても、取り乱したり、悟られたりすまいぞ」

二人は、夜具の中で囁き合った。そして、二人とも叡山で斬り込んだ武士は、夫と、兄とだと思っていた。だが、それを口へ出すことは恐ろしかった。そして、そう信じながら一方では、その二人でないようにと、祈っていた。

三ノ一

「百城が京より戻りよった、追っつけまいるであろう」と、袋持が、いってから、一刻の余になった。二人は、百城が何をいうか、聞きたいようでもあったし、聞くのが、恐ろしいようでもあった。

「遅い奴だの、何をしとるのか」

袋持が、膝を抱いて床柱へ凭れた時、草履《ぞうり》の音がした。袋持は、すぐ、膝から手を、床柱から背を離して、

「百城か」

と、怒鳴った。

「おお、ようようすんだ。一つ一つ、算盤玉《そろばんだま》に当られるので、手間どってのう」

庭から上って来た。袋持が、身体を延ばして、障子を開けた。

百城は、旅姿を改めたらしく、新しい着物に、袴をつけて、

「待たれたか」

と、二人に、声をかけた。二人は、百城の眼から、唇から、身体中から、夫の、父の、子の、兄の安否を、探そうとした。

「わかりましてござりますか」

「うむ」

二人は、その短い声から、返事から判断しようとした。そして、不安な胸を打たせていると、

「現場へもまいった」

百城は、女二人の問いに答えないで、袋持に話しかけた。

「比叡山の、どの辺?」

「頂上――物の見事に、斬ってあったそうじゃ。袈裟《けさ》がけに、一尺七寸、深さ四寸というのが、返す太刀で斬ったらしく、下から上へ斬り上げてあったのは、人間業でないと、申すことじゃ」

「下から上へ、さようなことができるのかのう」

「陶山《すやま》が、見た話ゆえ、たしかであろう」

七瀬と綱手とは、待ちきれなかった。

「して、その狼藉者は？」

百城は、黙って、じっと、袋持の胸の辺を見ていたが、急に、二人の方を振り向いて、

「狼藉者は――いいや、そういう名で呼んではもったいない。斉彬派の忠臣として、多勢を目掛けて、命を捨てにまいったのは――」

それだけいって、二人から、眼を離し、袋持の方へ、

「仙波八郎太父子」

七瀬と、綱手との顔色が、少し変った。だが、七瀬は、すぐ、落ちついた声で、

「二人きりでございましたか」

「御覚悟は、ござろうが、どう挨拶申し上げてよいか――」

百城は、俯向いた。袋持は、腕組して、天井を眺めて、吐息した。

「八郎太殿は、斬死。小太郎殿は、生死不明――」

「生死不明とは？」

「斬り抜けるには、斬り抜けられたらしいが、それから、どうなされたか？　牧氏の人数が二十余人、その中へ、二人での斬り込みでは――」

「二十余人」

綱手の声は顫えていた。

「八郎太は、斬死」

七瀬は、ここまでいうと、声がつまってしまった。四人はしばらく黙っていた。

「八郎太は、斬死に致しましてござりますか。本望《ほんもう》でござんしょう」

七瀬は、こう言うと、微笑した。

「頑固《がんこ》一徹《てつ》の性《たち》で——どう諫《いさ》めましても、聞き入れませず——」

百城が、

「小太郎殿は、京の近くに、知辺《しるべ》でもござろうか」と、母子《おやこ》の顔を見較べた。

三ノ二

「いいえ、知辺《しるべ》など——」

「うむ——知辺もないと——」

百城は腕組をして俯向いた。袋持が、

「深手で、山の中へでも、倒れておられるのではあるまいか」

「さあ——坊主どもが捜したらしいが、かいくれ行方《ゆくえ》がわからぬ。深い山だからのう——御二人の前ながら、八郎太殿の性《たち》は存ぜんが、武士としては、かくありたいもの、のう袋持」

「善悪はさておき」

「いや、善悪から申しても、わしは八郎太殿へ味方する。詳しゅうは存ぜぬが、一家の内の争いとしては、申し分は双方にあろう。それは、互角じゃ。申し分を互角とすれば、御幼君を失うなど、悪逆無類の業ではないか？　それに対して斉彬方の人々が、お由羅様でも殺したとあれば、それは双方が悪いが、陰謀は一方のみじゃ。さすれば、八郎太殿ならずとも、わしでも立ちたくなろう。のう、七瀬殿」

「ありがとう存じまする」

七瀬は、百城の同情に、しばらく頭を下げていた。それは流れ出して来る涙を押えているのを見せないためでもあった。

「叡山と申す山は、高《たこ》うござりましょうか」

綱手が、少し蒼《あお》ざめた顔で聞いた。

「高い山でもないが――」

「お母様――お兄様を捜しにまいりましては？」

「なりませぬ」

綱手は俯向いた。

「小太郎殿を、捜しに？――その儀ならば、某が手助けしてもよろしい。御家老へお願い致さば、六日、七日の暇はくださるであろう」

百城は、こういって、七瀬に、

「なぜ、捜してはなりませぬか」

「浪人者の上に、無分別な父へつきました不孝者――」

「いいや、それとは、ことがちがう。正義とか不正義とか、そうしたことを離れて、ただの子として、親として、妹として、兄としての情義《じょうぎ》、真逆《まさか》──例えば、八郎太の死骸《しがい》を葬《ほうむ》るとしても、一遍の念仏も唱えずに、無分別な夫と、足蹴《あしげ》にしては、人の道にはずれましょう。それと同じように、小太郎殿の生死が不明なら、これを求めて、もし、逢えたなら、諫めて正道に──正道ではなくとも、七瀬殿としては小太郎殿の意見を翻えさせるのが、これ、人の道、母の情ではござらぬか」

百城は、いつにも似ず、雄弁であった。

「はい」

「袋持、そうではあるまいか」

「うむ」

「御家老に、申し上げてみよう。お許しが出ずば、是非もない。もし、出たなら、七瀬殿、綱手殿とともども、捜しにまいろうではござりませぬか」

「ありがとう存じまする」

「生であれ、死であれ、わが子の運命を見届けるのが、人倫に外《はず》れることは、よもござりますまい」

「はい」

百城は、立ち上った。

「お許しのほど、ただ今聞いてまいろう」

二人の女が、頭を下げるのを後に、百城は足早に出て行ってしまった。

「お前一人でいけますか」

「お母様《かあさま》――」

綱手は、決心の眼で、母を見た。

「妾は、お国許へ早く戻らねばなりませんから、お前一人で、お供をして――」

と、七瀬がいった時、袋持が、

「百城は――」

と、いったまま、じっと、前の壁を見て、しばらく考えていたが、綱手へ顔を向けて、

「十分覚悟して、行きなさるがよい」

二人は、袋持の言葉に、ちょっと、不安を感じたが、それよりも、百城を信じていた。

四ノ一

茶店にいた人々は、似合の夫婦らしい、百城と、綱手とを、羨《うらや》ましそうに感心したように、じろじろ眺《なが》めた。

二人は、冬の山風に吹かれながら、薄く額に汗を出して頰を赤くしながら、人々の、あわてて引っこめる脚の前を、奥の腰掛へ通った。婆が、茶をもって来ると、百城が、

「この間の斬合のう」

「はいはい」

「あの時、一人、逃げた者があったであろう。存じておるか」

「聞いとります。今もそれで、話をしてましたが、貴下《あんた》、親子の縁と申すのは、怖いようどすえ」

「怖いとは？」

「あの大勢の方の死骸は、すぐ、下から、お侍衆が来て引き取られましたが、貴下、お年寄りのだけが、明くる日の夕方まで誰も引き取り手のなかったのを、貴下はん、お山に義観《ぎかん》さんいうて、えらいお坊さんが、おしてなあ、なんと不思議や、おへんか、この義観さんが、もう、かれこれ、七十にもならしたかのう、爺さん」

婆は、土間にしゃがんで煙草を喫《す》っている爺を振り向いた。

「うん、わしと、六つちがいや」

「そんなら、六十八か。大分、お前よりも、達者やなあ」

「いびりよる婆がいんからのう」

「とぼけんとき。いびるのは、お前やあらへんか」

百城が、

「その義観が？」

「その義観さんが、貴下はん、その前の日に、今、お話の一人逃げよった奴を、救うておいでなさったやおへんか、なあ、爺さん、血だらけで、虫の息で、誰も、かまいてのないのを――」

「婆さん、ちがうがの。道側《みちばた》に倒れていたんを、お坊さんが見つけて、京の屋敷へ引き渡そうというたのを、義観さんが、まあまあいうて、御自分の庵室《あんしつ》へ連れ戻りなされたんやがな。それで、お侍様」

　爺が、立ち上った。

「その若いお侍を連れて戻ると、なんと、義観さんは、山に捨ててあるのは、この人の父親にちがいないと、一人で頂上へ、お越しなされて、どうどす、血みどろの死骸を、担《かつ》いで降りて来なさったやおへんか。そして、庵室の前へ埋めて、その倅《せがれ》の方を、貴下《あんた》、義観さん一人で、手ずから介抱してなさるそうやが、これは義観さんでないとできんことやと、大評判どすがな」

「いや、かたじけない。そして、その義観の庵室は」

「根本中堂の下どす。あんた行きなはるか」

「うむ」

「けったいなお坊どすえ」

「ははあ、どう、けったいな」

「一風、二風、三風、も変ってますね。物をいわなんだら一日でも、黙ってる——」

　綱手が、立ち上がった。百城も、鳥目《ちょうもく》を置いて立ち上った。

「ありがとうございます。御綺麗な、京にも、こんな御綺麗な夫婦衆は、ちょっと、見られまへんどすえ。ありがとう存じます。どうえ、このお美しさは」

　婆さんは、そう言って、綱手に見惚《みほ》れていた。

四ノ二

杉木立の、鬱々《うつうつ》とした、山気と、湿気との籠《こ》めている中に、大きい堂が、古色を帯びて建っていた。傾斜した山地を、平にしたところに建っていて、その堂へ行く細い苔道《こけみち》には、いくつも、杉丸太を二、三段ずつ横にした、段があった。綱手は、膝頭を押えるようにして、その一つ一つを登って行った。

「お頼み申す」

なんの答もなかった。綱手は、どこに、父の亡骸《なきがら》を埋めてあろうかと、見廻したが、そうしたらしい新しい土の盛り上ったところは、どこにもなかった。皆、草と、苔とが、物静かに、清らかに、黙っていた。

「お頼み申す」

百城が、前より大きく叫んだ。遠くに小鳥の声と、高い梢《こずえ》を渡る風の音しかなかった。

「物申す。義観と仰せられる方のお住居《すまい》は」

微かに、部屋の中で、音がした。深い、屋根の下、高い杉の下に陽を遮《さえぎ》られて、障子の色は沈鬱《ちんうつ》であったし、縁側の、くちかけた板は、湿っていた。物音はしたが、また、そのまま、静まり返ってしまった。

「どなたか、おられませぬか」

百城は、こういいながら、縁側と、急傾斜な土手との間の、狭いところを、堂の後方《うしろ》へ廻りかけた。微かな人の呼吸らしいものが聞こえた。

「お頼み申す」

百城が、立ち止まった。綱手は、きっと、兄の呻《うめ》きだと、思った。その時、ばさっと、葉にすれる音が堂の真上の木立の中でした。二人が、見上げると、老僧が、枝から、枝へ手をかけながら、猿のように、急傾斜な山の茂みの中を降《お》りて来た。

(これが、義観だ)と、二人は思った。

老僧は、道のない山に、道があるらしく、少しも、躊躇《ちゅうちょ》しないで、杉の幹《みき》に手を当て、灌木《かんぼく》の枝を摑み、大きく飛び降り、滑り降りして、たちまちの中に、堂の後方へ消えてしまった。百城が、歩きかけると、僧は、部屋へ入って来たらしく、足音がした。

「お頼み申しまする」

障子の中から、

「どなたじゃ？　御用は」

「当所において、御介抱にあずかっておりまする者の妹、ならびに、付添にまいった百城月丸と申す者——お眼にかかれましょうなら」

「ああ、さようか、お上りなされ」

「勝手許は？　足が汚れておりまするが」

「そのまま」

「はい」

二人は、脚絆《きゃはん》をはずして、埃《ほこり》を叩《たた》いた。そして、襟《えり》を、裾《すそ》を合せ、障子を開けた。七輪に、土鍋をかけて、草を、膝の左右へ並べて、薄汚れした白衣の老僧が、坐っていた。二人が手をつくと、

「ほほう、似ておる」

と、綱手に、微笑して、すぐ、百城を見たが、

「御夫婦か」

綱手が、首を振って、

「いいえ」

「身寄りか」

「いえ、身寄りでも――」

義観は、じっと月丸を眺めていたが、

「利発な方じゃが、瞳中《どうちゅう》少し、険難《けんなん》だの」

「剣難」

「剣ではない、陰険の険」

「はっ」

「ま、気をつけるがよい。病人は、身に十二、三か所疵《きず》しておる。命に別条はない。ただ、熱が高い。これから、薬を煎《せん》じるのじゃが――その間に、顔だけ見るがよい。まだ譫言《うわごと》をいって正気づいてはおらん」

義観は、草を持った手で、次の間を指さした。

四ノ三

小太郎は、汚れた、白い、薄い、蒲団を被《き》て、つつましく臥《ふせ》っていた。頭から、耳、頤《あご》へかけて、陰気な部屋の中に、くっきり白く浮き立つ包帯《ほうたい》をして、片方の眼だけ、微かに、白眼を見せて、眠っていた。

顔色は灰とも、土とも、白いとも、つかぬような色をして、江戸の時と、一月にもならぬのに、げっそり痩《や》せてしまっていた。そして、時々呻いた。

綱手は、そっと手を額へ当てた。熱かった。汚ない白い蒲団。汚い白い着物、陰気な部屋。それは、自分たち一家の宿命の色のように、しみじみと、悲しく、淋しく、綱手の胸をしめつけた。そうした色彩の中に、医者でもない僧侶に看護されて、こうしている小太郎は、もう生き返らぬ人のように思えた。

「明日になれば、熱も下って、人心地《ひとごこち》がつこう」

義観が、土鍋のところから、声をかけた。

「山は寒いで、熱には毒じゃが、疵にはよい」

「いろいろと、お世話くだされまして、かたじけのう存じまする」

綱手は、小太郎の側《そば》から、礼を言った。

「今夜は、この下の寺で泊って、明日、病人と、口をきいて戻《もど》るがよい」

「はい」

「父御《ててご》の墓参りもするかの」

「はい、その、お墓は――」

「ちょっと、降《くだ》ったところにある。案内しよう」

義観は立ち上った。綱手は、自分の家のできごとでなく、他人の世界のできごとを見ているような気がした。一月ほどの内に、江戸の長屋から追い出され、道中、父の死、兄の病――自分の生きているこの世の中のできごととして、その一つ一つを、はっきりと、感じる暇もなく――感じるにしてはあまりに大きく、深く、悲しいことが、引っきりなしに起こって来たので、頭がぼんやりしてしまっていた。

「父の墓」と言われても、どこかにまだ父が生きているようで、死んだとも、斬られたとも思えなかった。

汚れた草履を履《は》いて、義観の背後《うしろ》からついて行くと、竹樋《たけどい》から水の落ちている崖《がけ》の下を降《くだ》って、少し行ったところに、二尺四方に近い石を置いて、土の高くなったところがあった。義観が、その前に佇《たたず》むと、綱手は、その土を見た。同時に、涙が湧いて来た。

「極楽往生はしておられる」

義観は、朗《ほが》かに、自信ありそうにいった。

綱手は、石の前に、跪《ひざまず》いて合掌した。合掌するとただ、無闇《むやみ》に悲しくなって、涙が、いくらでも出てきた。

（兄もああだし——母がここにいたなら、三人で、ここで死んでもよい。死んだ方がよい。このお坊様に、回向《えこう》してもらって、この浄《きよ》らかな山の中で、静かな——ほんとに、静かな——なんという騒々しい、いやな世の中であろう。こんなところに住んで、何も見ず、何も聞かずにおったなら、どんなに楽しいであろう？）

自分の一家の運命と較《くら》べて、綱手は、いろいろのことを思った。

「それだけ泣けばよい。泣くと、胸が納《おさ》まる。父御《ててご》は、極楽で、今ごろ、いい御身分になっておられる。安心するがよい」

義観は、こう言って、堂の方へ歩み出した。百城は、最後の合掌をして、

「綱手殿」

と、言った。綱手は、泣いた醜《みにく》い顔を、百城に見せたくはなかった。袖で掩《おお》うて、立ち上った。

五ノ一

床は、ちがっていたが、初めて他人《よそ》の男と——それも、お互に好意をもっている男と、同じ部屋に寝なければならなかった。

綱手は、正気のない兄、小太郎の身体を案じ、斬り刻まれた亡骸《なきがら》を埋めている父を悲しむとともに、こうした場合の自分の身嗜《みだしな》みについても、細かい用意をしなくてはならなかった。

武家育ちとして、人に素の肌は見せぬものと、教えられていたし、嫌いでない百城の前であ

ったから、風呂で、白粉《おしろい》をつけはしたが、鏡が無かった。

滅入《めい》るような、薄暗さと、静けさとの中で、綱手は、鏡無しでつけた白粉ののり、紅の濃淡、髪の形を気にしながら、百城の前で、じっと、俯向いて黙っていた。

何か、月丸と、話をしたいし——話でもしなくては、耐《た》まらなく淋しいし——話しかけても欲しかったが、それでいて、月丸から、話されることを、想像すると、胸が、どきんとした。

(恋であろうか)と思うと、いつか箱根路の闇の中で益満の身体に触れたことが思い出された。

(大事の時に、なんという淫《みだ》らな心——)と、自分を叱ったが、いくら、叱りつけても、滑らかな、暖かい乙女の肌が、その時の感じを喜んでいて、益満の臭が、鮮かに、頭の中へ、蘇《よみがえ》ってくるように感じた。

そう思って、俯向いていると、月丸が、じっと、自分の顔を視《み》つめているような気がした。そして、

(白粉が、斑《まだら》なのかしら)と思うと、なんだか、それ一つで、月丸が、自分に愛想をつかすようにも思えた。

「静かだ」

月丸が、呟《つぶや》いた。綱手は、

「本当に、静かでございますこと」

と、言いたかったが、いおうとしている内に、いいそびれてしまった。

(もう一度、何か、言ってくれたなら——)

綱手が、こう思った時、

「綱手殿」

綱手が、顔を上げると、月丸が、正面から眺めていた。綱手は、俯向いた。

「はい」

「再び、お身を悲しませるようなものじゃが、八郎太殿はおなくなりになったし、小太郎殿は――よし命を取り留むるに致せ、あの深手では、不具――悪くまいれば、不具とならんも計りがたいし、また、腕の筋一つちがっても、二度とは、刀のとれんこともあるし――七瀬殿のお心、お身の気持を察しると――なんとも申しようもない。世の中のふしあわせのいっさいを、一身、一家に受けておるとしか思えぬ――申しようも無い次第だ」

綱手は、身躾みのことも忘れ、その同情の言葉を嬉しく、悲しく聞いていた。

「七瀬殿と八郎太殿とに、どう、意見の相違があろうとも、また――そなたと七瀬殿とが、同意であろうと、なかろうと、某は、八郎太殿に、また、小太郎殿に、味方したい。これは、お身に計るのではない。某、一存の決心――ただいまより小太郎殿に代って、牧の一味を討とうと存ずる」

「貴下様が――」

綱手は、眼を見張った。

「お身は、七瀬殿と、同意ゆえ、某のこの決心には不同意であろうが、八郎太殿の志を思い、その働きを思うとき――武士として、見すごしできぬものがある。小太郎殿、御回復を待って、談合の上、斉彬派同志の一人へ入りたい――ただいま、決心致した――御不服か」

月丸は、低く鋭く言った。

五ノ二

綱手は、

(不服どころか――嬉しゅう思いますし、兄も、聞いたなら、さぞ喜びましょう)と、思いはしたが、七瀬が、固く、月丸に対して、夫とは反対ゆえ、と、いいきっていたから(お頼みします)とは、言えなかった。だから、月丸のそうした言葉に黙っていたが、

「綱手殿は、御不服であろうか」

――と、月丸が、もう一度言ったのに対して、

(不服でございます)

と、明瞭《はっきり》と、返事もできなかった。月丸は、綱手が、黙っているので、

「いったい、お身《み》は、不服か、それとも――」

と、問いつめてきた。綱手は、どっちとも返事ができなかったし、したくもなかった。

「七瀬殿のことを、悪《あ》し様《ざま》に申してはよくないが、嫁《か》しては夫に従う、これが、婦《おんな》の道でござろう。まして、いずれが正義、いずれが不義と、判断のつかぬ騒動、斉興公に従うが利益ゆえと――ただ、利益ゆえで、夫の意見に逆《さか》らうなど、ちと、腑に落ちんこともある。では、ござらぬか――綱手殿」

月丸は、微笑した。

「しかし――女としては、よく決心し、よく計られた。貞女、節婦《せつぷ》とも、称《ほ》められんこともない――と――某は――見ておるが――」

月丸は、綱手の上げた眼へ、美しく、澄んだ眼で笑いかけた。綱手は、ようよう返事のできそうなことを、月丸が言ったので、

「と、申しますと――」

と、月丸の言葉の意味が、十分にわからなかったから、同じように、微笑して聞いた。

「某《それがし》は、それが、七瀬殿なり、お身の本心じゃ、と、思うが――どうかの」

「それがとは？」

「父兄《ちちあに》に不同意と、見せかけて――」

月丸は、腕組をして、綱手を見ながら、だんだん唇に、眼に、笑を、大きくしていった。

「見せかけて」

綱手は、冷静に、こういったが、月丸の、明察《めいさつ》に、感心をし、月丸を半分信じ、半分怪しみながらも、なにかしら、安心したような気のするところもあった。

「父兄と、争《いさ》かって家出したとは、真赤な嘘、ちゃんと、諜《しめ》し合せて、御家老の秘事でも、探ろうという所存――」

綱手は、胸を衝《つ》かれて、少し、赤くなったが、

「いいえ」

と、烈しく、首を振った。

「それなら、江戸に止まっておりまする。国へ戻りすがらの——お恥かしゅうございますが、路銀《ろぎん》も乏しく、御家老様にお縋《すが》りしてと——」

「いや——気に障《さ》えられては困る——もし、さような女丈夫であったなら、某——命にかけても——」

こういって、月丸は、急に黙った。綱手は、その後につづく言葉が、なんであるかを察した。そして耳朶《みみたぶ》を赤くし、全身の血を熱くしながら、月丸が、はっきりと、次をつづけるのを待っていた。月丸はじっと、腕組をして、俯向いていたが、

「さようのことは、芝居話——今の世にあろうとは思えぬ。しかし、八郎太殿の血を受けていながら、兄妹《きょうだい》としてそうまでもちがうものか——のう、綱手殿。武士としては、単身敵地へ間者に入るほどの女を、女房にしたいものじゃ。当節は、士《きむらい》も、旗本のごとく、ことごとく遊芸に凝れば、婦女子も、芸妓を見習って、上下、赴《おもむ》くところは、惰弱《だじゃく》の道のみ、それと、これと雲泥《うんでい》の差ではござらぬか。お身も、小太郎殿の妹ならなぜ、及ばぬまで、牧の行方を求めて、小太刀の一本も恨まれぬぞ——いや、こういうことを、近ごろは、野暮《やぼ》と申す。夜も、ふけた。臥《やす》みなされ」

月丸は、こういって、立ち上った。そして、廊下へ出て、

「快い夜じゃ」

呟いて、厠《かわや》の方へ行った。

五ノ三

綱手は、口惜《くや》しかった。好きな月丸であっただけに、罵《ののし》られるのが、辛かった。だが、同時に、

（女丈夫――命にかけて――妻にしたい）と、いう言葉が嬉しかった。

（もし、百城様が、妾の本心を知ったなら）と、思うと、もう、百城は、自分のもののように思えた。

（いつか、わかる時があろう）と、心の中で、微笑したが、（わかる時までに――もし、ほかに、好きな女子《おなご》ができたなら）と、思うと、心臓が早くなった。

（打ち明けたら？――あれだけの決心をしていなさるからには――しかし、母も、父も、余人には知られるな、知らすな、と固く仰せられたのだから――でも、対手によって――百城様なら、と母も称《ほ》めていなさるし――）

綱手は、半分の口惜しさ、悲しさと、半分の嬉しさとを抱いて、百城の戻って来る足音を聞いていた。百城は、障子を開けて、

「早く、お臥《やす》みなされ」

と、冷やかに言った。

「はい、貴下様から」

「何刻《なんどき》であろうか、山中暦日無《さんちゅうれきじつな》く、鐘声《しょうせい》なし」

半分、節をつけて呟きつつ、手早く、着物を脱いで、

「御免」

兎のように、蒲団の穴へ入ってしまった。綱手は、その子供らしい快活さに、微笑みつつ、脱ぎ棄てた月丸の着物を畳んだ。男の体臭が、微かに匂った。益満のことを、また思い出して、二人を比較しながら、

(益満様を、世にも頼もしい方と思っていたが、ここにはそれにも増して、頼もしい方がいなさる)

そう思って、月丸の、後ろ寝姿を見た時、

「これは、恐縮」

月丸が、寝返って、畳んでいる自分の着物の方へちょっと手を延ばした。

「いいえ」

綱手は、眼がぶっつかったので、あわてて俯向《うつむ》いて、畳んだ着物を素早く、蒲団の裾へ置いた。そして、月丸に背を向けて、自分も、帯を解《と》きながら、

「灯は?」

「消す」

綱手は、長襦袢姿《ながじゅばんすがた》を、見られたくはなかったので、帯を半解きにしたまま、二つの床の真中《まんなか》を、静かに通って、行燈《あんどん》の火を、手で消そうとした。だが、なかなか、消えなかった。

「某が――」

月丸が、半身を出して、手を延ばした。二つの手が火影《ほかげ》のところで、ぶっつかろうとした。

綱手は、あわてて手を引っ込めた。月丸は、肩を、胸を、少し現しながら、

「なかなか、消えぬ」

と、呟いて、烈しく、手を振った。

火が消えた。

「ありがとうございました」

軽く、油煙《ゆえん》の臭気のする中で、そういって、綱手が、帯の解けたのを、引き上げると、月丸が、押えているらしく、動かなかった。だが、すぐ、

「これは、御無礼」

と、手を放したらしく、帯が自由になった。腰紐を解き、着物を脱いで、床の上に坐った時、

「綱手殿――どうも、本心が」

「本心が？」

「わかりかねる」

「その内に――おわかりになりましょう」

「その内に？――その内に？」

月丸は、綱手の床の方へ向いているらしかった。

五ノ四

しばらく、二人は、黙っていた。冷やかな闇と、深い山の沈黙とが、凄《すご》いまでに感じられた。

綱手は、固い蒲団を、肩まで被《き》て、襦袢の裾で両足をくるんだ。

「綱手殿」

月丸の声が、月丸の臥床《ねどこ》の端――綱手の蒲団の近くでした。綱手は、両脚を固くして、胸を躍《おど》らせながら、

「はい」

「本心が、わかるとは――どういう本心、また、それがいつわかるか――」

「さあ」

綱手は、月丸が、愛慾のことでなく、さっきの言葉のつづきを話すのだと思って、安心した。だが、答えられないので、そのまま黙っていた。

「母上は、生きておられる。父上は、しかし、斬死になされた。なぜ、それに、お身は、母上にのみ、孝行をなさる」

綱手は、答えなかった。

「綱手殿」

綱手は、まだ答えなかった。こうして親切に、熱心に、味方してくれる月丸に、打ち明けたくて、鉄瓶《てつびん》にたぎる湯のごとく、口まで出かかっていたが、それがいえなかったし、だからと

いって、ほかのことでいいまぎらすことも、できなかった。

「なぜ返事なされぬ」

月丸の声が、近々として、蒲団の端が、動いた。綱手は、月丸の無礼を咎《とが》めるよりも、月丸になんとかうまく答えたいと、考えていたし、月丸の同情に対し、自分の答えのできないのに困っていた。

「無理かもしれぬ」

こういった月丸の声は、坐っているらしく、上の方でした。

「いつかわかる、と――その意味は？――綱手殿。某の申した、女ながら、天晴《あっぱ》れの決心が、わかると申す意味か――そうとしか、某にはとれぬが、綱手殿、そうとってよいか、よくないか」

低いが、情熱的な言葉であった。綱手は、済まぬと思うと、薄く、涙が出て来た。それは、他人の情熱的な同情に対して、なんとも答えられぬ苦しさからであるとともに、自分の愛する男へ、本心を打ち明けることのできぬ悲しさからの涙であった。

「綱手殿」

異常に、昂奮《こうふん》した声が、低く響くとともに、月丸の手が、綱手の肩をぐっと掴んだ。

「そうとって――とってよろしゅうござるか」

綱手は、月丸の手を払おうとして、自分の手を動かしたが、それが、月丸の手に触れるのが恐ろしかった。だが、自分の肩から月丸の手を離すのも、厭なような気がした。しかし、その

ままに摑ませておいて、

（だらしのない女）と、思われたくなかったので、静かに身体を引きつつ、寝返ろうとした。その瞬間に、月丸の手が綱手の腕を握った。そして、耳許《みみもと》へ口が近づいて、

「打ち明けて――某、命にかけてのこと」

月丸は、喘《あえ》ぐように囁いた。綱手は、頭の中が、唸《うな》り渡っているように、しびれているように――脚を固くしめて月丸に握られている腕を、引き離そうとしながら、全身を恥かしさで火のようにして、顫《ふる》えていた。月丸は、綱手の腕を握ったまま、耳許で、

「命にかえて他言せぬ。きっと――そうじゃ。本心は父と同腹であろう。恋する者には、対手の肚の中まで読める。命にかけての――綱手殿、命にかけて――」

月丸は、女の耳朶《みみたぶ》へ、時々、唇を触れさせつつ、微《かす》かにだが、情熱的に囁いた。そして、両手で、腕と、肩とを抱きしめていた。綱手は、顫えながら、そして、軽く抵抗しながら、肩が、腕が、肉体が、血が、男の締める力を快く感じているのを、どうすることもできないで、羞恥《しゅうち》と、興奮とで、物もいえなかった。

五ノ五

「百城様――」

「うむ」

月丸は、眠りかけているらしく、鈍い返事しかしなかった。綱手は、

（こうなりましたうえは、一生見棄てないで——）

と、言いたかったのだが、口へは出せなかった。

（眠っていらっしゃるなら、ちょうどいい、そんな恥かしいことが、口へ出せるものか）

とも、思ったが、月丸が、ただうむと一言だけしかいわなかったのが、ひどくものたりないようにも感じた。そして、だんだん眼の冴えてくる自分と、もう、眠りかけている月丸を較べて、

（男というものは、こんな人間の大切な時に——一生に一度の大事な時に、こんな気楽なものかしら？）

とも、思った。

身体中が、熱っぽいようでもあるし、痺《しび》れているようでもあるし、何かが抜け出したような感じもするし——不安でもあるし、幸福にも思えるし——生娘でなくなったという後悔は、少しも起こらないで、明るい未来の空想だけが、いろいろ金色《こんじき》の鳥のように羽を拡げて翔《か》け廻った。だが（兄上は？）と思うと、ちょっと、暗い気もするし、八郎太を埋葬《まいそう》したところが、すぐ、頭近くの外にあると思うと、すまぬような気もしたが、それはすぐ、

（でも、この方が、親身になって力を添えてくださって、きっと、お志は貫きますから——）

と、いう弁解《いいわけ》をして、たいして心が咎めなかった。それよりも、兄と、八郎太とに対して、月丸を獲《え》たことを誇りとするように、

（よい男で、お強くって、お利口で——本当に、妾を可愛がっていてくだすって——どうぞお

喜びくださいませ。お母様は、きっと、嬉しくお思いでしょうが、お兄様も、お父様も百城様を御覧になったら、けっして、お叱りにはなりますまい。淫らな綱手ではございませぬ。ちゃんと考えて、お父様のお志を継ぎ兄様の手助けにもなり――それから、妾のよい夫として、申し分のない方だと思って、許したのでございます。それも――それも百城様から――あちらからせがまれて――なにも、妾から、手を、口を、出したのではございませぬ――）

綱手は、父に、兄に、母に、こう説明していたが、

（益満――）

と、思うと、はっとした。

（妾は、益満様を好いていたのに――二人を好くということは、操《みさお》の正しい女ではないのかしら？――いいや――いいや――益満様は、ただちょっと、好きな人。百城様は、夫――一生添うてゆく、妾の夫――）

綱手は、微かに聞こえる月丸の呼吸を、全身で聞きながらなにか、もっと、話して欲しい、と思ったり、手でも、足でもいいから、ちょっと触れたい、と思ったり――だが、つつましく、固くなって、闇の中で、ただ一人、心を、眼を冴えさせていた。

時々、梢を渡る風の音と、なんともしれぬ鳥の叫びと、自分の寝間着のすれる音のほか、何一つ聞こえない静寂さであった。

（もう、何刻《なんどき》かしら――）

と、思った。そして、

(眠くなった。疲れているから——百城様も、本当に、今日はお疲れでいらっしゃるだろうから、お眠いのも無理はない)と、思ったりしているうちに、寝入った。月丸が静かに身体を動かして、

「えへん」と、小さく咳《せき》をした。綱手は、動きも、答えもしなかった。

(眠ったな)

と、月丸は、思った。そして、静かに、蒲団の中から抜け出した。

六ノ一

月丸は、帯を締め直した。そして、自分の蒲団の中へ入れてあった脇差《わきざし》を差した。

(この女を利用して、敵党の秘密をさぐりだす——忠義の前には、こういう手段もしかたはあるまい)

月丸は、しばらく、綱手の寝息をうかがってから、立ち上った。そして、足音を盗んで、障子を忍びやかに開けた。冷たい廊下、冷たい風の中へ出た。

(だが——わしは、この女に惚《ほ》れている。それは本当だ。だが、味方をするといって欺《あざむ》きもした——欺いたが、好きは好きだ——好きな女を——欺くということ——それも、武士として致し方がない。いいや、それが、武士の辛い道だ——しかし、この女に、それがわかるだろうか?)

月丸は、そう思いながら、跣足《はだし》のまま、苔《こけ》のついた土の上へ降りて、草の中を、庵室の方へ

歩み出した。

（わしの、この――こうした本心を知ったなら、怒るか、嘆くか――怒りもするし、嘆きもしようが――妻は、嫁しては、夫に従うべきはずだ――）

月丸は、綱手を、妻とし、自分をその夫だと考えてみて、苦笑した。

（あれで――妻であり、夫であるのか）

と、思ったが、綱手の誓ったそうした言葉も、自分のいった同じ言葉も、そういった時は、お互に本気だったと思うと、人間は、愛慾の世界にいる時は思慮のない情熱で、憑《つ》かれたようになるものだと思った。

（妻でも、夫でも、なんでもよいが、本心を語るのは、少し早い――いいや、早いというよりも、あの女は、わしを自分らの味方と信じて、肌を許したのだ。わしが、こうして、わしの父を狙っている小太郎を討ちに行く、と知ったなら、もちろん許しはしなかったであろう）

月丸は、夜露に濡れながら、高山の冷気の中を、冷たいとも感じずに、歩いて行った。

（それでは、一生、この本心を打ち明けずにいるか？　そんなことはできることでない。いつかはわかることだ。いつかわかる、その時まで自然に任せて待つか？　それとも、いい機《しお》に打ち明けるか？　それとも、小太郎を斬りすてて、父の身体を安らかにし、敵党の模様をさぐった上で、別れるか？――いいや、別れたくはない――では、どうしたらよいか）

足で、手で、さぐりつつ、木立の間を、庵室へ近づいた。そして、星あかりに庵室が黒く見えるとともに、静かに裾を端折《はしよ》って、帯に挟み、

（女のことなど、どうでもよい、父を狙う奴を——）

と、思った。そして、戸締りもしていない廊下へ手をつき、膝をあげて、じっと、耳を澄ますと同時に、心も、身体も、小太郎と、義観とに対する注意と、用意とで、いっぱいになってしまった。

部屋の中の物音は少しもしなかった。月丸は脇差を静かに抜いて、右手に持ちながら、入口から、小太郎の寝ている奥の方へ、這《は》うように、廊下を伝った。

（あの老僧は、小太郎の部屋にいるか、次の間にいるか？）

夜ざとい老人が、起きては邪魔であった。月丸は、次の間のところまで来ると、義観の寝息を窺《うかが》うため、しばらく、じっと、耳を立てていた。だが、少しの音もしなかった。小太郎の室《へや》からも、物音は聞こえなかった。

（二人とも眠っている）

月丸は、それでも、足に、手に心を配りつつ、自分の耳にでさえ、少しの音も聞こえないくらいにして、次の間と奥の間の境まで来た。そこに立っている柱が、その境であった。月丸は、右手に脇差を立て、左手を障子へかけた。そのとたん、次の間から——月丸の半立《はんだ》ちになった耳のところで、障子一重の近さで、

「なんの御用かの」

その声は低かったが、優しかったが、月丸は頭から、一摑みに、身体ぐるみ、冷たい手で摑まれたように感じた。

六ノ二

義観の声は、月丸の、すぐ耳許でした。あまりに近すぎた。その声は、月丸の心の中も、刀も、何も、見ているらしく感じられる声だった。

（この真暗な中で——見えるものか）と、月丸は、あわてながら、もがきながら、頭の中で叫んでみたが、あまりに近く、あまりにやさしい、その不気味な声は、見えているとしか、思えないくらいのものだった。

月丸は、答えもできないし、動きもできないし、刀を握りしめたまま、全身を固くして、いすくんでしまった。障子が開いても、義観が出て来ても、手も、足も、舌も、動かないと感じるくらいに、薄気味悪い、凄い声だった。

昼間見た、山を降りて来る足取り、あの石を運んだという怪力、その鋭い眼——それは、人間でなく、何かの化身《けしん》のように、もう一度月丸へ蘇《よみが》えって来た。

刀を取っての対手《あいて》なら、誰にも負けぬ自信はあったが、闇の中に物が見え、刀を抜いて近々と近づいている者へ、やさしく、

「なんの御用かの」と、空々しくいいかける老人は、どう対手《あいて》にしてよいかわからなかった。

（しまった）と、感じた。そして、義観が現れたら、身体ぐるみ、ぶっつかってやろうと、しびれるような気持の中で決心をして、次の言葉と、義観の出現とを、待っていたが、それっきり、次の言葉がなかった。

月丸は、自分の耳を疑ってみた。だが、明かに聞こえたのは聞こえたのに違いなかったのだから、たった、その一言だけで、後はいくら待っていても、次の言葉が聞こえないとなると、いっそう、不気味になってきた。だが、月丸は、何ともいえなかったし、身体を動かしたなら、なにかしら、大変なことが、自分に起るようにも思えた。今の、やさしい言葉が次には鋭い言葉になって、自分の刀は折れて、小太郎が出て来る——そういうようにも感じられた。

月丸は、呼吸をこらし、身体を固くして、じっとしていたが、少しずつ、そんなものが、ほぐれかけると、

(義観ぐらい——この刀の下に——)

と、いうような勇気が肚《はら》の底から少しずつ湧いて来た。だが、もうどうしても障子を開けて、小太郎の居間へ入る勇気は出てこなかった。退くか、義観と戦うか？　その二つが混乱して、月丸の頭の中を走り廻った。

(もう一度、あんな、薄気味悪い声を聞きたくはない——戻ろう)

と思ったが、戻りかけたら、なにかしら、あはははと、笑われそうな気がした。月丸は、四方から、義観の眼を浴びていると感じた。

少しずつ、恐怖が薄らいでくるとともに、月丸は、声のした障子のところから、一寸、二寸と、身体を離しかけた。

(黙っていろ——声をかけるな)

と、いうような、臆病な心が起こって来たが、どんなに、それが、卑怯《ひきょう》だと叱ってみても、

止まらなかった。廊下の端へ近づくと、月丸は、片脚を延ばして、土へ触れさせた。そして、ほっと、安心し、呼吸をついだ時、

「馬鹿がッ」

それは、大きく、鋭く、月丸の肚の中を、拳《こぶし》で突き上げるように、響いた。頭の中へは、ぐゎん、という音とともにいっぱいに拡がった。それは、声でなくて、人間の内臓を、頭の中を、その内部から撲《なぐ》ったようなものだった。

月丸は、よろめいた、そして、一気に、崖を飛び降りた。そして、立木にぶっつかりつつ、凹地《くぼち》につまずきつつ、走り出した。

六ノ三

魔物の住家にいるように感じられた。寺へ戻って来たが、義観は、すぐ、その障子の外で、まだ自分を見ているように思えた。

荒い足音、障子を開けたので入って来た冷たい風に、綱手は、眼をさました。

「百城様」

月丸は、綱手の声で、心強くなった。あわてている呼吸、狼狽《ろうばい》している心臓を押えながら、鞘《さや》へ刀を納めて、手早く、蒲団へ差し込んで、

「まだ、眠らぬか」

「貴方様は――どちらへ」

うに感じた。

月丸は、綱手も、自分が、小太郎を斬りに行ったのを、知っているのではないか、というよ
「わしか――」

「わしは、厠《かわや》へ」

「冷とうございますから、早う、お臥みなされませ」

綱手は、媚《こ》びと品位とを含んだ、滑らかな口振りでいった。

「寒いのう――ほどなく、夜が明けよう」

「ほんとに、寒い――」

月丸は、それが、自分を添寝《そいね》に呼んでいるのだ、と思ったが、

「明日は、また、歩かねばならぬから、早く眠るがよい」

「歩くとは？」

「大阪へ戻らねばならぬ」

綱手は、しばらく答えなかったが、

「妾も――」

「いいや、そなたは意のままに――」

綱手は、また、しばらく黙っていた。

「小太郎殿は、あの――老僧の手当で十分であろう。しかし、介抱してあげるがよい。わしは、いろいろと用があるゆえ、早く戻らねばならぬ」

「でも──来る時は、四、五日──」

「思い出したことがあっての」

「では──帰りは──妾、一人？」

「迎えに──迎えに、京までまいってもよい。綱手、ここで一日、二日別れたとて、一生別れるわけでもあるまいに──」

「それは、そうでございますが──」

綱手は、起き上ったらしく、蒲団の上の方で声がした。そして、衣《きぬ》ずれの音がしたので、

「どこへ」

「ちょっと」

「厠へか」

「はい」

綱手は、月丸の枕頭のところを、静かな足取りで歩んで行ったが、

「ま、砂が──ああ、ここら──一面に」

立ち止まったらしく、

「誰か──入ってまいったのでござりましょうか、ひどい土が──」

「土？」

月丸は、自分のあわてていたことに、怒りが生じてきた。そして、それを執拗《しつよう》に、大仰《おおぎょう》らしく調べている綱手へも腹が立ってきた。

「まあ、お枕の方へ——」

「狸でも入ったのであろう。よいではないか」

「狸が」

「山のことじゃ」

「まあ、気味の悪い、妾——」

綱手は、月丸の枕近くへ寄って来た。

「武士の娘が、狸ぐらいを——」

月丸は、綱手を叱ったが、綱手の廊下へ出るのを見に自分が立ったなら、障子の外に義観がいるような気がした。

「でも——」

綱手は、媚びるように、甘い口調であった。

「そこまで見てやろう——子供でもあるまいに——」

月丸が立ち上ると、すぐ綱手に触れた。二人の手は互に探しあった。

「まあ、冷たいお手々」

綱手は、自分の両手の中へ、月丸の右手を挟んで押えた。

七ノ一

「連衆《つれしゅう》は、どうした」

と、義観が聞いた。

「用事がございまして、大阪へ戻りましてございます」

綱手は、誰に逢うのも恥かしかった。誰でも百城と自分の仲を知っているように思えた。顔か、身体《からだ》か、眼か——どっかに、変ったところができているように思えた。

「昨夜《ゆうべ》は、なんともなかったかな」

義観のこういった言葉は、優しく低かったが、綱手には、月丸と二人のことを知っている言葉のように思えて、真赤になった。そして、義観の柔らかであるが、底光りのする眼は、すっかり二人の仲の何もかも知っているように思えた。綱手は、返事ができないで、俯向いてしまった。

「あの若者は、利発じゃが、気をつけんといかん」

綱手は、一々自分のことを指されているのだと感じた。初めて見た時から、ただでない僧だと思っていたが——仏の前に、ひれ伏す罪人のように、義観の前では、小さくなって行くのが感じられた。

だが、なにかしら、百城に、悪いところがあるような、義観の言葉には、小さく反抗したかった。悪いのは、皆、自分が悪いので——百城様に悪いことがあれば、それは、妾が、悪くさせたので、百城様の罪ではない、といいたかった。そして、

(気をつけぬといけない、と、おっしゃいましても、もう取返しのつかぬことになりました)

と、心の中で呟いていた。

「熱が退《ひ》いて、もう、口がきける。逢うがよい」

綱手は、少しでも早く、義観の前を去りたかった。

「ありがとう存じます」

と、両手をついて、すぐ、次の間の襖を開けた。小太郎が、仰向《あおむ》いたまま、細目を、襖の方へ向けた。二人の目が合った。綱手は、小太郎の鋭い、表情のない眼を見て（まだ悪いのかしら――見えたにちがいないのに、眼の色ひとつかえないで――）と、思った。そして、小太郎に、笑いかけて、

「よく、お癒《なお》りになりました」

と、枕の横へ行って、上から、なつかしそうに覗《のぞ》き込んだ。だが、小太郎の眼は、冷静であった。

「なにしにまいった」

「ええ？」

綱手は、小太郎の口調が、意外なので、はっとした。

「お前には、お前の仕事があろう。わしに付添うていて、それが、なにになる？　死ぬものは死ぬ。癒るものなら、癒る。そんな覚悟で大事がなせるか――帰れ。母上にも、そう申せ。いったん、袂《たもと》をわかった上は、事成就の暁《あかつき》まで、濫《みだ》りに小さい恩愛のためには、動きますまいと――」

綱手の方を向いて、低く、こういうと、くるりと仰向けになって、眼を閉じてしまった。

「でも——お母様は、お兄様の生死を案じなされて——」

「たわけっ。お別れする時から、生も、死も覚悟をしておるのではないか。これが、京と、大阪の間じゃから、とにかく、もし、わしが、国許で、生死不明にでもなったら、それでも己の仕事をすてて、国許まで探しに戻るか。た、たわけっ」

「はい」

「帰れっ」

義観が、襖を開けて、

「そう叱ってはいかん」と、頭を出してから、ゆるゆる立ち上って入ってきた。

七ノ二

「老師」

小太郎は、義観へ、微笑した。

「暁ごろに、誰か、忍んでまいりましたが——」

「猿じゃろう」

義観は、こともなげに答えた。小太郎は、義観が猿だと信じているのへ、押し返して聞くのは、悪いような気もしたが、

「いいえ——老師は、馬鹿と、一喝《かつ》なされましたが」

小太郎は、義観の眼を、下から、じっと視《み》つめながら、

「猿ではござりませぬ」

「猿みたいなものじゃ、猿ではないが——」

「忍びよる気配には殺気がござりました」

「感じたか」

「害心なきものの近づく音とはちがっておりました」

「のう、妹御」

と、義観は、綱手の正面から、

「昨夜、遅くに、小太郎を殺そうと、忍んで来た者がいた。わしが、一喝したら、転げて逃げた。心当りがあるか」

綱手は、自分が、百城と、愛慾の世界に歓喜している間にも、兄にはそんなことが、起っているのかと思うと、心の底からすまぬように感じたが——そう感じた刹那《せつな》、

（あの畳の上の土、砂——）

綱手は、全身を蒼《あお》ざめさせた。

（もしかしたら、百城様が——いいや、いいや、けっしてそんなことは、そんなことを百城様が）

「心当り？——さあ」

と、口だけ答えて、じっと、俯向いていたが、

（急に、大阪へ戻ると言って、暁に立って行ったのも、怪しい、と思えば、怪しいが——百城

様が、そんな——あのやさしい、頼もしい百城様が、そんな、兄を殺すなどという——）

打ち消したが、綱手には、立っている崖が崩れかけたように感じた。遥かの下に渦巻いている深淵《しんえん》へ陥込《おちこ》んでいくような、絶望さえ感じてきた。

「よく、剣禅一致と申すことを聞きまするが、不立文字《ふりゅうもんじ》にて、生死を超越する境地は、剣も、禅も同じと致しまして、昨夜の、馬鹿と申された一喝、その気合の鋭さは、剣客の気合とても遠く及ばぬ気魄《きはく》が迸《ほとばし》っておりまして、某の腹の中へも、ぐゎーんと響いて、しばらく、呆然《ぼうぜん》としておりました。最初に、なんの用か、と、やさしく聞いて、敵の意表に出て、後に虚を衝《つ》いての一喝、その虚実の妙——」

「よしよし、もうわかった。ところで、女、気をつけるがよいぞ」

「はい」

「よく考えてみい」

綱手は、自分の身体が真暗な中の空間に引っかかって、手、足を、もがいているような気がした。

「綱手、牧は、どこへまいったのであろうか、存ぜぬか」

「江戸へまいられました」

「調所は？」

「やはり、御勝手方御調べのため、近々に、御江戸へ」

「そうか——わしは、二、三日、こうしておって、すぐ江戸へ立とう。益満から、便りでもあったか」

「いいえ」

「あれも、この辺へまいっているはずだが――」

「益満様が？」

　綱手は、こういう時に、益満に逢えたなら、と思った。

「疵《きず》は、皆浅手じゃで、心配することはない」

「腹の疵も、少し痛むくらい――」

　と、小太郎は笑った。

「自分で斬ったのが、一番、深手じゃとは、おかしい、あははは」

　綱手は、二人の話によって、小太郎が、自分で腹を切ったとわかったが、それに対して、口をきくことさえできなくなっていた。月丸のことで、頭の中に熱い風が吹きまくっていた。

調所の死

一ノ一

斉興《なりおき》は、調所《ずしょ》が、襖のところへ平伏したのを見ると、

「どうじゃな」

と、声をかけた。調所は、それに答えないで、静かな足取りで、斉興の前へ来て、

「お人払いを――」

その眼の中にも、言葉の中にも、いつもの調所には無かったものが感じられた。

「人払いか」

と斉興は、軽い不安を感じながら、

「皆、退れ、遠慮致せ」

と手を振った。近侍たちは、一人一人礼をして作法正しく、次の間へ立って行ってしまった。

「なにごとじゃ。また、わしに隠居せいと――かな」

調所は、黙って、首を振った。それから、じっと斉興の顔をみて、

「手前、覚悟致しておりましたが時節《とき》がまいりました」

「覚悟しておった？——どういう覚悟」

調所は微笑した。

「十余年前に申し上げました覚悟——万一、密貿易露見の暁には、手前、一身に負いまして、御家の疵には——」

とまで言うと、斉興の眼は鋭くなって、叱りつけるような口調で、

「そりゃ、真実か。真実、露見致したのか」

「致しました」

「そいつは伊勢（老中、阿部伊勢守）の手に握られているのか」

「はい」

「なんとして？——誰が、そのような——」

「心当りもござりまするが」

「誰じゃ、其奴は——」

「匹夫《ひっぷ》の業、格別咎《とが》めだてしても」

斉興は、烈しく、首を振って、

「いいや、八つ裂きにしても飽きたらぬ奴。他国者か家中の者か」

「その詮議《せんぎ》は後として、御前、伊勢の手に、証拠が入りました以上は——」

「どういう証拠が入ったか？」

「しかとは存じませぬが、それにも、心当りがござります。しかし、緊急の御相談は、――密貿易の罪は手前負うと致しまして、手前亡き後の財政処理のこと、また、密貿易を今のままに続けるか、続けぬか？　琉球の処置方、同意町人どもの処置方、また、もし公儀より、この件について御手入れのあった場合の時のこと、また、手前以外の貿易方御取調べのあった節、どう口を合せるか、それから手前の務めと致しまして、亡き後の物品の処置方、帳面の整理引合せ等。いろいろの、短い時日の内に、山のごとくござりますゆえ、御大儀ながら、その辺、御意見をお洩らしくだされますよう――」

斉興は、俯向いて、じっと、調所の言葉を聞いていたが、「かたじけないぞ」と、低く呟いた声は、湿っていた。調所は、

「はい」と、答えて、同じように俯向いた。

「二十年近くの間、今日死ぬか、明日死ぬかと、覚悟をして来てくれた心底、わしにはよくわかっておる。かたじけない。笑左《しょうざ》、改めて礼を申すぞ」

調所は、答えなかった。

「島津を救い、島津の礎《いしずえ》を築いてくれた功績は――」

斉興は、脇息《きょうそく》から、手を離して、両手を膝の上へ置いた。

「家中の者に代り、御先祖代々の御霊に代って、礼を申すぞ」

調所は、畳へ両手をついたままであった。

一ノ二

「笑左――しかし――」

斉興は、手早く、眼を拭いて、いつまでも黙って俯向いている調所へ、

「何かよい分別はないか」

「手前――」

と、いって、調所も、指で眼頭を押えた。そして、少し紅味《あかみ》がかった眼を上げて、微《かす》かに笑いながら、

「勇士は馬前の討死《うちじに》を本望《ほんもう》と致しますからには、手前は、密貿易にて死ぬのを、本願と致します。この齢をして、三年、五年生き延びんがために、なまじ悪あがきは致したくござりませぬ」

「うむ」

と、斉興は、大きくうめいた。

「御茶坊主から取り立てられまして三千石近い大身となり、家老格にも列しましたうえは、仕事は、まず、十中八、九までは成就、もはや思い残すこともござりませぬ。それに、竹刀《しない》持つすべだにも存ぜぬ手前、腹の切りようはもちろん、存じませぬが、従容《しょうよう》死に赴いて、死に対する心得のあったことだけは、老後の思い出、若い者に、示しておきたいと存じまする。ともすれば坊主上りと、世上の口にかかりますが、その坊主上りの死にざまを見せて、冥途《めいど》の土産に

と、平常から――」

と、調所は、手を懐《ふところ》へ入れた。そして、紙入を出して、その中から、小さい錫《すず》の容《い》れ物《もの》を取り出した。

「毒薬でございまする」

斉興は、黙っていた。

「伊勢の手にて取調べるにしても、まだ、十日、二十日は命がございましょう。その間に、御奉公の納め仕舞、もうひと儲けしておいて、さようならを致す所存、先刻申し上げました処置方のいろいろにつきまして、掛りの者どもを、御呼び集めてくだされますよう。夜長ゆえ、あらましは、二、三日にても片付けられましょう」

「心得た。わしも、手助け致そうが、その毒薬を、そちは飲むのか」

「蘭方には、なんとか加里《かり》と申すそうにござりますが、口へ入れると、すぐ、ころり――」

「試みたか」

「犬に試みました。まことに、鮮かに、往生つかまつります。老体のことゆえ、長い苦しみは致しとうござりませぬ。なめると、すぐに、ころり。一名、なめころ、と申します。あははは。いや、こうしているうちにも、時刻が経ちまするから、それとなく、暇乞をするところだけは、今日のうちに廻って、明日早々より後始末ということに致しとう存じまする」

「由羅には、申さぬがよいぞ、死ぬなどと」

「はい。御部屋様には、例の方の始末の話もあり、ただ今より御伺い申しましょう」

調所は、こういって立ちかけた。

「笑左、伊勢へ、密告した奴は、斉彬に加担の奴ではないか」

「で、ございましょうが、手前にとってはよい死に際、憎い奴でもございませぬ」

「存じているなら、名を申せ」

「さ——いや、ただ心当りと申すだけ——申しますまい」

調所は、立ち上った。

「笑左、本当か、真実露見致したのか」

「これは、異なことを」

「嘘《うそ》のように思えてならぬ。お前が、毒を飲んで死ぬなどと、そうして、笑っているお前が——」

斉興は、独り言のように呟いた。

「拝顔つかまつりましてより六十年、夢と思えば夢、長いと思えば、飽き飽きするほど、長うございました」

調所は、立ったままで、平然として、他事《ひとごと》のように、朗らかであった。

二ノ一

斉彬は、七、八人の若侍を前にして、自分の写真を見せていた。若侍たちは、次々に、斉彬の写真を回覧《まわ》しながら、

「筆では、こうは描けん」とか「よく似ておりますな」とか——斉彬と、写真とを、見較べてみたり、陽のさして来る方へ、透かしてみたりしていた。

「異国には、もっと、不思議なものがある。十里も二十里も離れていても、便りができる。一刻の間に——」

人々は、斉彬の笑顔を視つめたまま黙っていた。

「電信機、というもので、今、わしは、それを造らしておる。わしは、異国の事物を、ことごとくも感心はせんが、よいものを、ますます、よくして行くという点には、及ばんと、思うておる。日本人には、それがない。支那人にもない。例えば、釈迦《しゃか》の後に、釈迦は出ない。孔子祖述者は、皆孔子以下じゃ、しかるに、洋学は、その創始者より、次の代の者、その者よりも、ちかごろの者と、だんだん、その学問が研究され、究理されて、日進月歩しておる。旧習を墨《ぼく》守《しゅ》せず、よい物は躊躇《ちゅうちょ》することなく取り入れておる。だから、日本が、三百年間鎖国していた間、異国は、遥かに、進歩を遂げてしもうた。それは、お前たちにも、よくわかっているであろう」

若侍は、一斉に頷いた。

「じゃによって、これからの若者は、一生懸命に勉強して、それを取り返さねばならん」

「そうでござりまする」

一人が、感激した声でいった。

「それを取り戻すためには、異国へ行かなくてはならん。行くには、言葉を学ぶ要もある。わしが、行けるものなら、明日にも行きたいが――」

斉彬は、こういって、そのまま黙っていた。

「お供ができましたらと、心得ます」

「そのうちに、行ってもらうこともあろう――お前たちは、よくわかってくれるが、わからん人たちが多い。つまらんことに、青筋を立ててのう」

と、いった時、

「名越左源太、御目通りに」

と、襖の外で、取次がいった。

「許す」

若侍は、膝を寄せて、名越の坐るところをこしらえた。襖際で一礼した名越は、人々を、微笑で見廻して、

「また、ねだっているの」

斉彬が笑いながら、

「例の講釈じゃ」

「少し、お耳に入れたい儀がござりまして、参候つかまつりました」

「よい話か、珍らしい話か」

「よい話と心得まするが、――ほんの暫時《ざんじ》、御人払いを――」

「ふむ――」

斉彬が、なんとも言われぬ先に、若い人々は、写真を置いて、

「遠慮つかまつります」

と、立ち上りかけた。

「待て」

斉彬は止めて、名越に、

「一言でいえることか」

「申せます」

「では、その隅へまいれ、一同、そのままでおれ」

斉彬は、こういって、立ち上った。名越も立ち上った。人々は、じっと俯向いていた。二人が、部屋の隅へ行くと、名越が、

「密貿易の件にて、調所を、御老中へ訴えましたが――」

斉彬の柔和な眼の中に、鋭い光が閃《ひらめ》いた。

二ノ二

「と、申すと、その方が――」

「いいえ、益満が――」

斉彬は、静かに元のところへ引っ返してきた。名越は、(益満のいったとおり、お喜びにならぬわい。敵党の巨魁《きょかい》にしても、調所は、偉物《えらぶつ》は偉物なのだから――)と、思って、後方から

ついて来て、斉彬の横へ坐った。斉彬は、しばらく黙っていたが、

「益満の所在《ありか》は？」

と、名越へ振り返った。

「手前のところに引き止めてござりまする」

「召し出してくれんか」

「かしこまりましてござりまする」

人々は、何か、相当大きい事件が起っているにちがいない、と思った。名越と同志の二、三人の若者は、

「なにごとでござります」

と、咽喉《のど》まで声の出るのを我慢《がまん》していた。名越は一礼して出てしまった。

「そこで——この写真だの、電信機などのできたのは、なんの力かと申すと、理化学によってじゃ。理化学と申す学問は、例えば、水は何からできているか、ということを研究する」

「水は、水からではござりませぬか」

「誰しもそうとしか思えぬ。しかし、紅毛人たちは、水のないところに、水のたまるのへ眼をつけた。例えば、煙管《きせる》の中に、水がたまる。煙と、火ばかりで、水に縁がないのに水ができる。これは、なぜであろう？」

「唾《つばき》がたまるのでは——」

「唾ではない」

と、斉彬がいうと、二、三人が、

「それが、なぜに水がたまります」

と、口をそろえた。

「それで、いろいろと実験した結果、水は、水素と酸素と申すものから、成り立っているということがわかった」

「はあ」

一人の若者は、熱心に斉彬の顔を凝視して、呻《うめ》くように答えた。

「酸素というものは、どういう形で」

「形はない」

「色は」

「色もない」

「臭いは」

「臭いもない」

「はて、屁玉《へだま》より摑みどころのない――」

人々は笑った。だが、その若者は、真面目な顔で、

「どうしてそれがわかりましょうか」

「詳しいことは、皆方喜作《みなかたきさく》に聞くがよい。あれの家には、実験所もできている」

斉彬は、人に命じて作らせている大蒸気船、紡織機械、ピストンの鋳造機、電信機などの設

計図のことなど思い出して、

（調所は、可哀そうに――）

と軽く胸をしめつけられた。

（当家は代々、内訌《ないこう》によって、いい家来を失うが、いつまで、この風が止《や》まぬか）と、思うと、自分が、自分の命を脅《おびや》かされ、子供を殺されても、無抵抗でいるのに、どうして、自分の近侍に、その気持がわからないのかしらと、腹立たしいような、悲しいような気持になってきた。

「益満休之助。お目通りを」

と、襖外で声がした。

二ノ三

「益満、調笑の事を、御老中へ訴えたと申すのは、真実か」

斉彬は、もう、平素のように柔かな眼をしていた。

「はい」

「なんと、考えて、訴えたぞ」

「はい」

益満は、頭を上げて、正面から斉彬を見た。決心と、才気との溢《あふ》れた眼であった。

「これより申し述べまするこど、御賢察願わしゅう存じまする。もとより数《かず》ならぬ軽輩の身、もし誤っておりましょうなら、刀にかけて、申訳はつかまつりまする」

益満は、畳から、手を揚げて、膝の上へ置いた。

「もはや、かの老人は、有害無益、為すべきことを為し終った上は、ただ一日も早く死ぬべきものにござりまする。常々、お上の仰せられますがごとく、異国との交易は、そのうち、天下公然として営むことにあいなりましょう。調所殿の功績は、ただこの一点。承りまするともはや四百万両の非常準備金も、できましたよし、一介の茶坊主より立身して、この功績を為し遂げましたうえ、御家老の列に入り、功成り、名を遂げたるしだい。しかして、その時にこそ、調所殿の死すべき好機にござりましょう。この上の長命も、人の情として、また、某《それがし》と致しましても、願いまするのは、当然のこと。この島津の功臣を、罪なくして殺すことは、致しませぬが、この功績とともに、一方、お由羅方に通謀《つうぼう》して、赦《ゆる》すまじき悪逆を企てる罪、その張本人の一人として、天より罰をくだされるか人の手にかかるか、当然調所殿の負わねばならぬ罪にござりまする。もし、お為方《ためがた》の誰かの手にかかり、斬殺でもされましょうなら、調所殿のために惜しみても、あまりありますること。今日、某、訴人したる罪を負うて、自裁なされますなら、その最期《さいご》の潔さ、それこそ調所殿の一生を完《まっと》うするものに、ござりましょう。さて――」

益満は、赤い頬をして、米嚙《こめかみ》に筋を立てた。斉彬は、眼を閉じて、一言も言わなかった。そのほかの人々は、俯向いたり、腕を組んだり、益満の顔を見たりした。益満は、言葉をつづけた。

「ただ一つの訴訟の筋、禁《おきて》を犯しましたることが、無事、調所一人の自裁にて、納まりまするや、否や、老中が、差赦《さしゆる》しますか、どうか、軽輩、某のごとき身分として、御老中の心中、幕府の政策を窺《うかが》うのは僭上至極《せんじようしごく》の沙汰に存ぜられまするが、某、思いまするに、幕府はもはや、諸大名に対し、その勢力を失墜《しつつい》しておりまする。また、御老中阿部殿は、穏和至極の人にござりまする。第三に、お上とはただならぬ交りの仲にござりまする。第四に、禁を犯して、密貿易を行っておりまする家は、ほかにもござりまする。第五に、それを従来より黙認致しておりまする。第六に、密貿易は国益になることにござりまする。第七に、禁を破ることとはいえ、幕府を危くすることとは異なっておりまする。第八に密貿易の証拠として御老中へ拙者より呈出しおる物は、ことごとく調所殿が咎めを負うべき性質のもので、当家へお咎めがござりましょうなら、某にても立派に申し開きの立つものにござりまする。第九に、当家と、幕府とは、縁者にござりまする。第十に、もし御当家へ咎めのかかることがあれば、証拠書類は、某の謀書として、この腹一つ切れば、よろしきようにも企んでおきましてござりまする。常々、お上より、天下大難の時、家中の争いを禁じるようとの仰せを蒙《こうむ》ってござりますが、家中に、両党あり、二君あっては、一致して、外敵に当り得ましょうか？　まず、身を修め、家を修めて、困難に当るのが順序、某これだけの思慮を致しまして、調所殿を訴え出ましたしだい、もし、過《あやま》っておりましょうなら、覚悟は、とくより致しておりまする。お耳に逆らいましたる段、お詫び申し上げ奉りまする」

益満は、いい終ると、平伏した。人々は、ほっとして、身体を、首を動かした。

二ノ四

「よく思慮した。お前として、天晴《あっぱ》れな思案じゃ」

斉彬は、片手で、火鉢の縁《ふち》を撫でながら、

「しかし、人の上に立つ者として、そうもゆかぬ。お前は、わしのために、調笑の、人を憎み、罪を憎んでいる。あるいは、罪をのみ憎んで、人を憎んではおらぬかもしれぬが——わしは、おまえが頼もしいと同じように、調笑も頼もしい。それはな、調笑が、当家の財政破綻《ざいせいはたん》を救ったから、頼もしいのではない。救わずとも、わしの性《しょう》——とでも申すか、家来は、皆頼もしいものじゃ、と思うている。いろいろの噂《うわさ》がある。わしの子は、四人とも死んだ。お前たちにいわせると殺された、というかもしれない。そして、調笑も、その張本人の一人だというかもしれぬ」

斉彬は、俯向いて、黙然《もくねん》としている人々へ、穏かにこういいつつ、自分も、じっと、眼を膝の上へ落した。

「いうかもしれぬでなく、それが、真実かもしれぬ。そして、わしも、凡夫《ぼんぷ》である以上、子を殺されては、嘆《なげ》かわしいし、殺した者を憎む情も、持っておらぬことはない。それは、益満、人間、自然の情じゃ。しかし——ここをよく聞いてくれ。父、斉興がおわす。今、お前の申したごとく、政道筋が、あるいは二途に出ているように、世間は感じておるかもしれぬ。たしかに、幕府などは、父を差し置いて、万事、わしと談合をしにくる。そして、わしはそれにいろいろと申し述べることもある。これは、子として、たしかに、父に反《そむ》く者じゃ。あるいは、調笑らの企てよりも、罪としては深いものかもしれぬ。だが――」

斉彬は、しばらく、言葉を切った。

「だが――天下の形勢――つまり、幕府の事情、異国の事情、人心の帰趨《きすう》、動揺を見る時、わしは、父も、子も、家来も、むろん、わしをも、犠牲として、この日本を救わねばならぬような気がする。そしてただ、それだけが、わしの天から与えられた職責で――少し、いうのは、おかしいが、今、日本において、そういうことを考えているものは、わしら二、三人のほかにはない――と、いう自信も、持っている。益満は、ただいま、家の中さえ修められずに、外敵に当りうるかと申した。いかにも、家は修まっていぬ、しかし、わしは、家を修めて、わしの手で外敵に当ろうとは思わぬし、それは、できないことじゃ。それを行うには、わしの考えていることを日本中が、一致して行ってくれることで、わしは、わしの意見が天下の輿論《よろん》となれば、それでいいと思うている。実行とは別じゃ。つまり、わしが時代の犠牲となって、それが人民の、当路《とうろ》の目を醒《さ》ましてくれればよい。日夜、わしは、それを念じて、わしの思うたことを、微かながら、実現しようとしている。子は可愛いぞ、益満。しかし、天下のために、子を斬る時も人間にはあるぞ。まして、お前たち、軽輩の身軽さとはちがう。いろいろの、拙《つま》らぬ、小さい、煩《わずら》わしいことが、わしを縛っている。それと闘いつつ、己の感情と闘いつつ、わしは、日夜ただ、そのことのみに突進しておる。そして、それを知ってくれる者は、わずかに二、三人じゃ。時々は、淋しゅうなる。わしとて、子とともに遊び、父のよい機嫌を見、奥と楽しく語らう味を、知らぬものではない。しかし、日本の前途を思うと、そうはしておれぬ。こうしている一刻《とき》たりとも、時間が惜しい。身が軽かったなら、わしは、異国へでも行っておろう。益満、わかるか、わしの心が——」

斉彬は、微笑していたが、一座の人は、涙を流して、膝の上へ落ちたのを、拭こうとはしなかった。益満は、俯向いたまま、黙っていた。

二ノ五

「お察し申しております」

益満の声も、少し顫《ふる》えていた。

「よって——、よって、奸物《かんぶつ》どもが、憎うて」

「お前としては——しかし、わしには、憎む暇がない。また、わしに万一のことがあれば、久光が立つであろう。久光はわしの心をよく知っていてくれるし、わしの志をも継いでくれるであろう」

「久光殿と、殿と、較べ物になりませぬ」

益満は、鋭くいった。

「では、わしに万一のことがあれば、誰が志を継ぐ？　お前が、島津の当主になれるか？」

「万一のことなどと——よって、奸物どもを——」

「万一とは、兇刃《きょうじん》に倒れることだけではない。薬品の爆発もある。意見の相違による刺客もあろう。幕府の方針の変更による処分もあろう。わしも、わしの身辺も、多事なのじゃ。だからいつも申すが、お身《み》たちには、わかっておるようで、わかっておらぬらしい。つまり、わしの仕事を助けてくれること、天下のために、犠牲となる所存の下に、この国の危機を救い、福利を計ること。わずか、百万石たらずの家督《かとく》を争ったり、子供の二人、三人の死ぬことに、腹を立てたりしておる時では、ないのではないか。わしは幾度、幕府にすすめられても、相続せぬのは、それゆえじゃ。しても、せんでも、わしの仕事に変りはない。幕府は、父君が保守家ゆえ、わしを立てて、幕府の進歩的方針の一助にしようと、考えているらしいが、問題は、開国するか、せぬかの一つではない。それも重要なことにちがいないが、もっと国民の根本を富ます、産業の発達法も、わしのほかには考えている人がない。わしは、紡織機械に工夫を凝らしているし、シリンドルの製造にも、着手している。また、電信と申す、人智《じんち》では考えられぬものにも、手を着けておるが、こういう理化学品を、どんどん作るほかに、天産物に乏しいこの国の福利を計る方法はない。しかし、世の中は、大船を造ることさえ禁じられておる。いつになったら、わしの意見が輿論となり、実行となるか？　それを考えると、眠る暇も惜しい。お前の、のう、益満、お前とわしとは、考えていることが、根本的にちがっているではないか。お前の、ただいま、申したことは、わしには、よくわかる。ありがたい志じゃ、しかし、わしには、なんの役にも立たぬことではあるまいか？　わしの仕事には、なんの助けにもならぬことではあるまいか」

益満は、俯向いたまま、答えなかった。一人が、

「いかが致しますれば、お助けできましょうか」

「それはいろいろとある。異国へ渡って、異国の文物を見て来るのもよいであろう。わしは、わし自身でも行きたいと、思うているくらいじゃ。また、語学を学んで、よき書物を訳してくれるのもよいであろう。また、機械の取り扱いに熟練するのもよいし、なにか、有益なものを発明してくれるのも嬉しいことじゃ」

一座の人々は、まだ、黙っていた。斉彬の言葉はよくわかりはするが遠いところに灯っている大きな燭光《しよつこう》のようであった。自分たちの近づけない、えらい主君であると思うと同時に、あまりに、その距《へだた》りがありすぎて、斉彬のこうした意見には、誰も、何もいうことができなかった。

「某の処置は？」

と、益満がいった。

「お前は、お前のしたいとおりにするがよい。とめはせぬ。しかし、うれしいことでもない。お前は国許における西郷吉之助と二人で、仕事したら、やりすぎが無うてよいがの」

斉彬は、しかし、頼もしそうに、益満を眺めていた。

三ノ一

「遠路《えんろ》、お疲れなされたで、ありましょう」

お由羅は、古代紫《こだいむらさき》の綸子《りんず》の被布《ひふ》を被《き》て、齢に似合わぬ大奥風の厚化粧をしていた。調所は、

「手前は、御覧のごとく、齢をとって皺《しわ》くちゃになり、従って、疲れを覚えるようにもなりましたが、お方様は、だんだん若くおなりになりますな」

「お前様のお陰で、ちかごろ、ずんと、くったくがなくなりましたからのう」

「結構な至りにござります。手前は、旅にも疲れを感じるようになりましたし、また、生きているのも、物憂《ものう》くなってまいりました」

調所は、こういって、お由羅の側にいる深雪に、じっと眼を注いでいたが、

「その御女中は、ちかごろ、召抱えになりましたかな」

お由羅が、

「あれかえ」

と、深雪の方へ顔を向けた。深雪は、お由羅と、調所との眼を、ちらっと見て、すぐ俯向いた。胸が波立った。調所が、

「お前は、仙波の娘ではないか」

深雪は、調所の言葉に、はっとして、耳朶《みみたぶ》を赤くしたが、

「いいえ」

お由羅が、鋭く、深雪を見た。

「ちがうか――益満休之助と、同じ長屋の隣同士に住んでいた仙波と申す者の娘が、大阪へ、わしを手頼《たよ》ってまいったが――瓜《うり》二つじゃで」

お由羅が、口早に、

「仙波の娘が、お前様を手頼《たよ》って？」

「母子二人で――」

「そして、どう致しましたえ」

「手前、その娘を、浜村孫兵衛の倅へ、縁づけるよう申し残しておきましたが、いかが致しましたか」

「仙波は、牧様を討とうとして、殺された、八郎太とか申す者ではござりませぬか」

「ま、その話は後にして、少々、内密のことを――」

お由羅、女たちに、

「次に退《さが》りゃ」

と、命じた。女中たちが、立って行った。深雪は、立ったのも、歩いたのも覚えなかった。見破られたのではないかという不安よりも、南玉が、半分疑いながら知らして来てくれた父が殺されたということが、確実になったので、覚悟をしていながらも、深雪は、胸をくだかれた。

(この間見た夢のように――)と、思うと、父のほかに、兄にも、母にも、姉にも、どんな不慮のことが起こっているか、知れぬ気がしてきた。深雪は、

(お由羅を刺せ)と、父からいいつけられたが、何も知らずに、自分を、意地の悪い老女からかばってくれ、助けてくれ、古参《こさん》よりも可愛がってくれるお由羅を、どうしても刺す気にはなれなかった。

(でも、父が、殺された上は)

そう思って、萎《な》えてくる心を励ましてみても、父が、兄が、なぜあんなに、敵党の人々を憎むのか？——お由羅でも、斉興でも、調所でも、いい人だのに——と、深雪は、男のように、心の底から、憤《いきどお》りを、これらの人々に感じることができなかった。いくら、

(憎め、殺せ、刺せ、悪人だから)

といわれ、悪人だと思ってみても、毎日やさしくしてくれ、可愛がってくれる人を殺す気にはなれなかった。しかし、父が殺され、お家が危ない以上、自分のそうした感じを捨てて、命じられたとおりに刺し殺すよりほかに、小娘の深雪としては、考えようもしようもなかった。

女中たちは、次の間で、二人のところへ持っていくべき、茶と、菓子とを備えていた。深雪は、

(自分さえ死ぬつもりなら——)と、思った。

(死んだ方がいい)とも、思った。そして、

「妾が持ってまいりましょう」

と、菓子台へ手をかけた。

三ノ二

梅野が、茶をもって先に立った。深雪は、心を、手を顫わしながら、少し、顔色を、蒼ざめさせて、菓子台をもって、その後方からつづいた。梅野の前へ行く女中が、襖をつつましく開けると、お由羅と、調所とが、ちらっと、こっちを見た。二人とも、引き締った顔をしていた。

梅野が、茶を調所へ差し出し、深雪が、菓子を置くと、

「深雪、話がある。梅野は、下りゃ」

と、お由羅がいった。深雪は、俯向いて手をついて、懐の懐剣《かいけん》の紐の解いてあるのを、見られまいとした。

「お前、隠しているのではあるまいのう」

「はい」

「小藤次も、あのお医者も、信用のできぬ者じゃが、お前の、いとしそうな顔を信用して召し上げたが、まさか仙波の娘ではあるまいのう」

深雪は、心臓をしめつけられるように、苦しくなってきた。情の深い、お由羅を欺《あざむ》くこともできなかったが、仙波の娘だということもできなかった。じっと、俯向いていた。調所が、

「いや、軽輩には、かえって見上げた人物がいる。その輩《やから》が、ことごとく斉彬公をお慕い申しておるが、お方、これは、悲しんでよいか、喜んでよいか――つくづく思案致しますと、わかりませぬぞ。将曹殿、平殿、豊後殿――こう指を折ってくると、ろくろく人によって事を為すの徒《と》ばかり。手前も、また、お部屋様もこれ軽輩上り――。この女のごときも、また、もし、仙波の娘としたなら見上げたもの――それに、久光公が、また斉彬公に見倣《みなら》って若者好き――所詮は、しばらくすれば軽輩、紙漉武士《かみすきぶし》の天下になりましょうか。今度の訴状のごとき、その用意の周到《しゅうとう》さ。御家を傷つけずと老生《ろうせい》のみを槍玉に挙げようとする策略、家老、家老格が十人よっても、出る知恵ではござりませぬ。今、少々、生き延びて、御小遣いを差し上げようと存

じましたが、いろいろと、案じまするに、手前が、よし亡くなっても、この軽輩の手より、経世上手《よわたりじょうず》が出てまいりましょう。その上に、密貿易は、斉彬公の仰せられるごとく、そのうち、天下公然としての交易になりましょうが——安心して、明日にも手前、死んでよい時節となりました——」

調所は、一息に、ここまで喋《しゃべ》って、茶をのんだ。お由羅は頷《うなず》いたが、調所には、返事をしないで、深雪に、鋭く、

「なぜ、返答せぬ」

「はい」

「仙波の娘か、娘でないか——」

深雪は、頭の中が、くらくらしてきた。腋の下にも額にも、汗が滲《にじ》んできた。そして、

「娘でござります」

と、答えると、身体も、心も、冷たくなったような気がした。手も、膝も、顫えた。

「そうかい、それで、なんのために、名を偽ってまで、御奉公に上ったえ？」

深雪は、

（三人きりで、調所は老人だし、この間に突いてかかろうか？）

とも、思ったが、そう思っている心の底には、

（すみません、許してください）

とお由羅の前へ身体を投げ出して、泣きたいような気持もあった。

「深雪、何をするために、お上りだったえ」

お由羅の言葉が、鋭くなってきた。

「返事が、できませぬか」

いつもの、やさしいお由羅でなく、深雪の身体も心も、針のついた手で、締めつけてくるように感じる、声であった。

（お父上も、殺されなされた——妾《わたし》も、こうなった上は、死ぬほかはない）

絶望的な、つきつめた心が湧いて来た。

「責めても、言わせますぞ」

と、言ったとき、深雪は、懐へ手を入れた。そして、立ち上った。

「御免っ」

と、叫んだ。

三ノ三

深雪の手には、細身《ほそみ》の、五寸ほどの懐剣《かいけん》が、握られていた。お由羅が、

「あっ」

と、叫んで、よろめきながら、立ち上った。そして両手を、前に突き出して、深雪の刃《やいば》を、防ぐようにしながら、恐怖と、憐みを乞う心との、混じたような眼で、深雪を見た。

「お許しくだされませ」

深雪は、甲高《かんだか》く叫んだ。そして、短刀を突き出して、一足進むとともに、お由羅は、後方の床の間へにげ上った。深雪は、お由羅の眼の中の、恐ろしがっている表情と、自分に憐みを乞うている色とを感じるとともに、声を上げて、泣きたいような気持になってきた。

（許してくださいまし。妾も、お後からお供致します。すみません。もったいない——妾風情に、あんなに恐れて、あんなに、いじらしい眼で、憐みを乞うて——妾は、けっして、けっして、お殺し申すような、大それた心はありませぬが、これもしかたのない——許してくださいまし、妾も、どうしていいのか？——どうしたら——）

そんなことが、きらきらと、頭の中に閃いた。短刀を突き出して一足進んだきり、お由羅を見つめて立ったままであった。なぜかしら、もったいないようでもあり、気の毒のようでもあり、可哀そうなようでもあり——突いてかかれなかった。

「たわけがっ」

調所は、叫んで、立ち上った。

「誰か——誰かっ、早く」

と、お由羅が、叫んだ。お由羅がこう叫ぶと、同時に、深雪は、

（見苦しいっ——なんというあわてた振舞、いつものお部屋様に似ず——）

と、感じた。そして、そう、感じると、なぜかしら、腹が立って来た。

（町人上りの——）

と、微かに、憎らしくもなってきた。そして、短刀を振り上げて一足迫《せま》った。その刹那、調

所が立ち上ってきて、深雪の、右手を摑んだ。そして、

「放せっ」

と、叫んで、短刀を持った手を、力任せに、締めつけた時、二、三人の女中が、襖から、中をのぞくと、

「あっ」

と、叫んで、駈《か》け込んできた。深雪は、ちらっとそれを見ると、その瞬間に、懐剣を、自分の胸へ突き刺した。そして、よろめいた。眼がすっかり、上ずってしまった。顔色は、灰色であった。
二、三人の女中が、蒼白になりながらも、深雪を、後方から抱きすくめるのと、調所が、深雪の手から懐剣をもぎとるのと、同時であった。
次の間には、高い声と、それから、幾人も幾人も入って来て、深雪を取り巻いたり、お由羅へ、

「御無事で」

とか、

「いかがなされました」

とか、口早に、騒がしく喋った。調所が、

「医者を呼んで、手当をしてやれ。一同、出い。これしきに、なにを騒ぐ」と、怒鳴って、まだ、なにか、声高にいいつつ、深雪を運んで行く女中たちへ、

「静かにせんか」

と、叱りつけた。

お由羅は、蒼白な顔に、固い微笑をして、着物をつくろいながら、脇息を引き寄せて、元の座へ坐った。

「だいそれた――」

と、いう呼吸《いき》が、喘《はず》んでいた。

「お方を斬れと、命じられたのでござりましょう。しかし――」

「目をかけてやっておるのに」

「だから、斬るに、斬られず。察しておやりなされ。あの女と、地をかえて、あの女になったとして――きつい処分をせずに、狂人にして、宿へ上げてしまいなされ、小女の一人、二人、罪にしたところで、手柄にはなりませぬ。平生慈悲《へいぜいじひ》をかけられて、親からは、何か申しつけられて、十七や、八で――お方など、あの娘盛りには、四国町の小町娘、付文《つけぶみ》を読むのに忙しかったばかりでござろうがなあ。ははははは」

お由羅も、笑った。

「許してやりなされ。よい功徳《くどく》になりまする」

「許しましょう」

「ありがとうござりました。年寄りの手前として、それがなにより、ありがとうござりました」

お由羅も、調所も、老いてしまったものだ、と思った。

四ノ一

仏壇の黄金仏《おうごんぶつ》は、つつましく、燈明《とうみょう》の光に、微笑《ほほえ》んでいた。白い菊の供《そな》え花、餅《もち》、梨《なし》、米――それから、新しい金箔《きんぱく》の光る先々代、島津重豪の「大信院殿栄翁如証大居士《だいしんいんでんえいおうにょしょうだいこじ》」と書いた位牌《いはい》が、中央にあった。

金梨地の六曲屏風《きょくびょうぶ》で、死の床を囲《かこ》って、枕元には朱塗《しゅぬり》の経机が置いてあった。そして、その上には、紺紙《こんし》金泥《きんでい》に、金襴《きんらん》の表装《ひょうそう》をした経巻一巻と、遺書を包んだ袱紗《ふくさ》とが置かれ、その机と枕との間には、豊後国行平《ぶんごのくにゆきひら》作の、大脇差が、堆朱《ついしゅ》の刀掛に、掛っていた。

調所は、白麻の袷《あわせ》を重ね、白縮緬《しろちりめん》の帯をしめて、しばらく、仏壇の前で、黙禱していたが、手を延ばして、経机の下から金の高蒔絵《まきえ》をした印籠を取り出した。そして、

「お流れ頂戴つかまつります」と、小声でいって、仏壇に供えてあった水を取り下した。印籠を、開けると、黒い、小さい丸薬が、底の方に、七、八粒あった。調所は、それを、掌の上へ明けて、しばらく眺めていた。部屋の中を、静かに、見廻したり、俯向いたり、また、丸薬を眺めたり――そして、微笑して、口のあたりへ、掌をもってきた。それから、指の先で、摘み上げて、しばらく、いじっていたが、そのいじっている一粒を、静かに、口の中へ入れた。

皺の多い、筋肉のたるんだ、歯の少し抜けた唇をしばらく動かしてから、ちょっと、眉を寄せて、水を、一口飲んだ。そして、両手を、膝の上に置いて、じっとしていた。

人々は、寝静まっているらしく、なんの物音もしなかった。次の間には、茶釜《ちゃがま》が微かに鳴っていた。

調所は、自分のして来た努力の完成したことに、十分満足であったし、もう、これから後に、自分が出ようとする仕事のないのにも、十分、安心ができた。

腹の中が、少し熱くなったようであった。調所は唇を嘗《な》めてから、もう一度、仏壇へ御辞儀した。そして、

「ただ今、おあとを、お慕い申しまする」と、いった。それから、膝を斉興の居間の方へ向けて、同じように、頭を下げて、

「つつがなく、御帰国遊ばしませ。これにて、御家は、安泰《あんたい》にござりまする。御寿命の後は、冥途《めいど》にて、御奉公を勤めまする」

そういってから、しばらく言葉を切っていたが、

「斉彬公にも、つつがなく、在《おわ》しますよう。御幼君には、あの世にて、お詫び申し上げまする。老人亡き後は、意のままに、御消費くだされますよう。三年越しにてまいりましたる江戸の形勢は仰せのごとく開けてまいっております。御賢明の段、当家のために、祝着至極《しゅうちゃくしごく》、老人、思い残すところ、一つも、ござりませぬ」

調所は、唇に微笑を浮べて、眼に、涙をためていた。それを、しばらく、拭きもしないで、じっと、襖を視《み》つめたまま微笑していた。遠くで、時計が三つ鳴った。

調所は、膝の上に置いている毒薬の入った掌を、口へ当てて、俯向いた。掌が空になると、

水を取り上げて、一息に飲んだ。そして、仏壇と、斉興の方とへ、御辞儀をして、床の上へ坐った。白い木綿の下蒲団の上に、甲斐絹《かいき》の表をつけた木綿の上蒲団であった。その上へ、仰向きになって、眼を閉じた。幾度か枕を直してから、身動きもしなくなった。

四ノ二

だんだん、胃が、熱くなって、呼吸が、せわしくなりだした。

（楽に死ねると、いっていたが――）

調所は、熱さを増してくる胃の腑《ふ》を、じっと眺めていた。そして、脈へ手を当てると、脈搏《みゃくはく》は、急であった。自分でも、感じるくらいに、呼吸が烈《はげ》しく、肩が、自然に動きだした。しかし、胃は、それ以上に、熱くなってこなかった。

その内に、身体中が、少しずつ、倦《だる》くなってきた。関節が、倦くて、たまらないから、揉《も》みたい、と思ったが、もう手を動かすのも、厭《いや》であった。

（いよいよ毒が、廻ってきた。このくらいで死ねたら――）

と思った。倦《だる》さが、少しずつ薄らぐと、手の先、足の先の感じがなくなって、いつの間にか、胃は、熱くなくなっていたし、呼吸が早いが低くなっていた。そして、だんだん眠さが拡がってきた。

（深雪を、赦《ゆる》してやれと、いったが、赦したかしら）

調所は、少し、口を開けて、静かに、呼吸をしていた。

(鬱金《うこん》、十二貫目)

調所は、袋に入れた、鬱金の包みが、近くにあったり、遠くにあったりするのを見た。

(将曹は、奸物じゃ。しかし、斉興公の御引立を蒙ったわしが、斉彬公の御味方になれるか?奸物と申しても、綱手と申す女は――益満か――御金蔵に、火がついた?)

調所は、唇に、微笑をのせて、少し、口を動かした。

(わしは、何を、考えていたのか? 夢をみたのか?――いいや、死んで行くのじゃ。ちがう、今死んでは、島津の家をどうする?――島津――島津というのは――)

調所の、眼の下に、唇に、薄い隈取りが出てきた。細く白眼《しろめ》を開けて、薄く、唇を開いたまま、だんだん冷たくなって行った。二、三度、微かに蒲団が、動いた。

四つの時計が鳴ってしばらくすると、邸《やしき》の中が騒がしくなった。人声は低く、物音は高く。それは、邸内のみでなく、門の外にも、馬の嘶《いなな》き、馬蹄《ばてい》の音、話声がしていた。

長い廊下の端から、調所の部屋へ、近づく足音がして、

「御家老様」と、いう声がした。

「御用意を、お願いつかまつりまする」

しばらく、そういったまま黙っていたが、返事がないので、立ち去った。

物音も、人声も、だんだん高くなってきた。そして、小走りに、走って来る足音がして、

「調所殿」と、叫んだ。返事がなかった。

「御免くだされ」

襖が開いた。仏壇の明りは、微かになって、またたいていた。

「御出立でござりまするが――」

侍は、臥《ふせ》っている調所に、こう声をかけて、じっと、顔を眺めていたが、

「調所殿」

と、叫んだ。そして、さっと、顔色を変えて、膝を立てて、滑《すべ》るように、近づいて、額へ手を当てた。素早く、経机の上を見た。胸へ手を差し込んだ。そして、立ち上ると、廊下を、けたたましく走っていった。

しばらくすると、忙しく、大勢の足音がして来た。参覲交代《さんきんこうたい》のために、帰国する旅支度の斉興が、躓《つま》ずくように、廊下を急いで来た。眼を光らせて、唇を顫わせて、危ない足取りを、急いで、小走りに走って来た。手燭を持った若侍が、足許を照らしていたが、斉興の足とすぐ、ぶっつかりそうになって、そのたびに、燭が揺らいだ。

下巻へつづく

本書は、昭和五十四年七月に刊行された『南国太平記　上巻』（角川文庫）を底本としました。

なお、本文中には、跛、不具、片輪、かったいなど、今日の人権擁護の見地に照らして差別的な語句及び表現がありますが、作品発表当時の時代的背景、並びに著者が故人であるという事情に鑑み、底本のままとしました。

編集部

南国太平記《なんごくたいへいき》　上

直木三十五《なおきさんじゅうご》

昭和54年 7月30日　初版発行
平成29年 11月25日　改版初版発行
令和7年 6月10日　改版9版発行

発行者●山下直久

発行●株式会社KADOKAWA
〒102-8177　東京都千代田区富士見2-13-3
電話　0570-002-301（ナビダイヤル）

角川文庫 20648

印刷所●株式会社KADOKAWA
製本所●株式会社KADOKAWA

表紙画●和田三造

Printed in Japan
ISBN978-4-04-106347-7　C0193

◆◆◆

角川文庫発刊に際して

角川源義

第二次世界大戦の敗北は、軍事力の敗北であった以上に、私たちの若い文化力の敗退であった。私たちの文化が戦争に対して如何に無力であり、単なるあだ花に過ぎなかったかを、私たちは身を以て体験し痛感した。西洋近代文化の摂取にとって、明治以後八十年の歳月は決して短かすぎたとは言えない。にもかかわらず、近代文化の伝統を確立し、自由な批判と柔軟な良識に富む文化層として自らを形成することに私たちは失敗して来た。そしてこれは、各層への文化の普及滲透を任務とする出版人の責任でもあった。

一九四五年以来、私たちは再び振出しに戻り、第一歩から踏み出すことを余儀なくされた。これは大きな不幸ではあるが、反面、これまでの混沌・未熟・歪曲の中にあった我が国の文化に秩序と確たる基礎を齎らすためには絶好の機会でもある。角川書店は、このような祖国の文化的危機にあたり、微力をも顧みず再建の礎石たるべき抱負と決意とをもって出発したが、ここに創立以来の念願を果すべく角川文庫を発刊する。これまで刊行されたあらゆる全集叢書文庫類の長所と短所とを検討し、古今東西の不朽の典籍を、良心的編集のもとに、廉価に、そして書架にふさわしい美本として、多くのひとびとに提供しようとする。しかし私たちは徒らに百科全書的な知識のジレッタントを作ることを目的とせず、あくまで祖国の文化に秩序と再建への道を示し、この文庫を角川書店の栄ある事業として、今後永久に継続発展せしめ、学芸と教養との殿堂として大成せんことを期したい。多くの読書子の愛情ある忠言と支持とによって、この希望と抱負とを完遂せしめられんことを願う。

一九四九年五月三日

角川文庫ベストセラー

戦国幻想曲　池波正太郎

〝汝は天下にきこえた大名に仕えよ〟との父の遺言を胸に、渡辺勘兵衛は槍術の腕を磨いた。戦国の世に「槍の勘兵衛」として知られながら、変転の生涯を送った一武将の夢と挫折を描く。

英雄にっぽん　池波正太郎

戦国の怪男児山中鹿之介。十六歳の折、出雲の主家尼子氏と伯耆の行松氏との合戦に加わり、敵の猛将を討ちとって勇名は諸国に轟いた。悲運の武将の波乱の生涯と人間像を描く戦国ドラマ。

夜の戦士 (上)(下)　池波正太郎

塚原卜伝の指南を受けた青年忍者丸子笹之助は、武田信玄に仕官した。信玄暗殺の密命を受けていた。だが信玄の器量と人格に心服した笹之助は、信玄のために身命を賭そうと心に誓う。

仇討ち　池波正太郎

夏目半介は四十八歳になっていた。父の仇笠原孫七郎を追って三十年。今は娼家のお君に溺れる日々……仇討ちの非人間性とそれに翻弄される人間の運命を鮮やかに浮き彫りにする。

江戸の暗黒街　池波正太郎

小平次は恐ろしい力で首をしめあげ、すばやく短刀で心の臓を一突きに刺し通した。男は江戸の暗黒街でならす闇の殺し屋だったが……江戸の闇に生きる男女の哀しい運命のあやを描いた傑作集。

角川文庫ベストセラー

西郷隆盛

池波正太郎

近代日本の夜明けを告げる激動の時代、明治維新に偉大な役割を果たした西郷隆盛。その半世紀の足取りを克明に追った伝記小説であるとともに、西郷を通して描かれた幕末維新史としても読みごたえ十分の力作。

炎の武士

池波正太郎

戦国の世、各地に群雄が割拠し天下をとろうと争っていた。三河の国長篠城は武田勝頼の軍勢一万七千に包囲され、ありの這い出るすきもなかった……悲劇の武士の劇的な生きざまを描く。

卜伝最後の旅

池波正太郎

諸国の剣客との数々の真剣試合に勝利をおさめた剣豪塚原卜伝。武田信玄の招きを受けて甲斐の国を訪れたのは七十一歳の老境に達した春だった。多種多彩な人間を取りあげた時代小説。

戦国と幕末

池波正太郎

戦国時代の最後を飾る数々の英雄、忠臣蔵で末代まで名を残した赤穂義士、男伊達を誇る幡随院長兵衛、そして幕末のアンチ・ヒーロー土方歳三、永倉新八など、ユニークな史観で転換期の男たちの生き方を描く。

賊将

池波正太郎

西南戦争に散った快男児〈人斬り半次郎〉こと桐野利秋を描く表題作ほか、応仁の乱に何ら力を発揮できない足利義政の苦悩を描く「応仁の乱」など、直木賞受賞直前の力作を収録した珠玉短編集。

角川文庫ベストセラー

闇の狩人（上）（下）　池波正太郎

盗賊の小頭・弥平次は、記憶喪失の浪人・谷川弥太郎を刺客から救う。時は過ぎ、江戸で弥太郎と再会した弥平次は、彼の身を案じ、失った過去を探ろうとする。しかし、二人にはさらなる刺客の魔の手が……。

忍者丹波大介　池波正太郎

関ヶ原の合戦で徳川方が勝利をおさめると、激変する時代の波のなかで、信義をモットーにしていた甲賀忍者のありかたも変質していく。丹波大介は甲賀を捨て一匹狼となり、黒い刃と闘うが……。

俠客（上）（下）　池波正太郎

江戸の人望を一身に集める長兵衛は、「町奴」として、つねに「旗本奴」との熾烈な争いの矢面に立っていた。そして、親友の旗本・水野十郎左衛門とも互いは心で通じながらも、対決を迫られることに――。

本能寺（上）（下）　池宮彰一郎

戦国の風雲児信長。その天才的な戦略・政策は家臣の誰もが窺い知ることの出来ない古今未曾有のものだった。光秀、秀吉、勝家を擁し、旧弊を打破する大いなる戦いに船出する信長の、躍動感溢れる生涯を描く。

四十七人の刺客（上）（下）　池宮彰一郎

江戸城内で藩主浅野内匠頭の起こした刃傷事件を発端に、播州赤穂藩廃絶の決定が下された。藩主の被った汚名を雪ぐため、家老大石内蔵助は策を巡らす。まったく新しい視点で書かれた池宮版忠臣蔵！

角川文庫ベストセラー

豊臣家の人々　新装版　司馬遼太郎

貧農の家に生まれ、関白にまで昇りつめた豊臣秀吉の奇蹟は、彼の縁者たちを異常な運命に巻き込んだ。平凡な彼らに与えられた非凡な栄達は、凋落の予兆となる悲劇をもたらす。豊臣衰亡を浮き彫りにする連作長編。

司馬遼太郎の日本史探訪　司馬遼太郎

歴史の転換期に直面して彼らは何を考えたのか。動乱の世の名将、維新の立役者、いち早く海を渡った人物など、源義経、織田信長ら時代を駆け抜けた男たちの夢と野心を、司馬遼太郎が解き明かす。

尻啖え孫市（上）（下）新装版　司馬遼太郎

織田信長の岐阜城下にふらりと現れた男。真っ赤な袖無羽織に二尺の大鉄扇、日本一と書いた旗を従者に持たせたその男こそ紀州雑賀党の若き頭目、雑賀孫市。無類の女好きの彼が信長の妹を見初めて……痛快長編。

乾山晩愁　葉室　麟

天才絵師の名をほしいままにした兄・尾形光琳が没して以来、尾形乾山は陶工としての限界に悩む。在りし日の兄を思い、晩年の「花籠図」に苦悩を昇華させるまでを描く歴史文学賞受賞の表題作など、珠玉5篇。

実朝の首　葉室　麟

将軍・源実朝が鶴岡八幡宮で殺され、討った公暁も三浦義村に斬られた。実朝の首級を託された公暁の従者が一人逃れるが、消えた「首」奪還をめぐり、朝廷も巻き込んだ駆け引きが始まる。尼将軍・政子の深謀とは。

角川文庫ベストセラー

秋月記　葉室　麟

散り椿　葉室　麟

ちっちゃなかみさん　新装版　平岩弓枝

密通　新装版　平岩弓枝

江戸の娘　新装版　平岩弓枝

筑前の小藩、秋月藩で、専横を極める家老への不満が高まっていた。間小四郎は仲間の藩士たちと共に糾弾に立ち上がり、その排除に成功する。が、その背後には本藩・福岡藩の策謀が。武士の矜持を描く時代長編。

かつて一刀流道場四天王の一人と謳われた瓜生新兵衛が帰藩。おりしも扇野藩では藩主代替りを巡り側用人と家老の対立が先鋭化。新兵衛の帰郷は藩内の秘密を白日のもとに曝そうとしていた。感涙長編時代小説！

向島で三代続いた料理屋の一人娘・お京も二十歳、数々の縁談が舞い込むが心に決めた相手がいた。相手はかつぎ豆腐売りの信吉。驚く親たちだったが、なんと信吉から断わられ……豊かな江戸人情を描く計10編。

若き日、嫂と犯した密通の古傷が、名を成した今も自分を苦しめる。驕慢な心は、ついに妻を験そうとするが……表題作「密通」のほか、男女の揺れる想いや江戸の人情を細やかに描いた珠玉の時代小説8作品。

花の季節、花見客を乗せた乗合船で、料亭の蔵前小町と旗本の次男坊は出会った。幕末、時代の荒波が、恋に落ちた二人をのみ込んでいく……「御宿かわせみ」の原点ともいうべき表題作をはじめ、計7編を収録。